MINGUO TONGSU XIAOSHUO
DIANCANG WENKU

民国通俗小说典藏文库·顾明道卷

情波·茉莉花

顾明道◎著

中国文史出版社

顾明道和他的小说（代序）

张赣生

在本世纪（指二十世纪）二十年代末，能与“南向北赵”并称的武侠小说作家只有顾明道。

顾明道（1897—1944），原名景程，江苏苏州人。他八岁丧父，自幼体弱，上学时膝部患骨结核（中医所谓骨痨）致残，行动依赖拄拐。他毕业于教会所办的振声中学，因学习成绩优秀，即留在该校任教，并受洗为基督教徒。1922 年，范烟桥移居苏州，范氏在辛亥革命的时候就曾与友人组织“同南社”，诗酒唱和；这时又于七夕会同赵眠云、郑逸梅、顾明道等九人组织“星社”，以文会友。顾氏由此结识了一批文友，他一生的文学活动大体未超出这个小团体的范围。顾明道因一直希望医好腿疾，所以结婚较迟，抗战爆发后，他和母亲、妻子全家移居上海，苏州的家产毁于战火，从此落入贫病交加的处境中。他一生以教书为业，战前一直在苏州振声中学执教，迁居上海后一面写作，一面仍自办补习学校，招生授课，直至肺结核把他折磨得卧床不起才停办。病重时生活无着落，全靠朋友周济，终年只有四十八岁，身后凄凉。

了解了顾明道一生的经历，有助于我们客观地认识和评价他的小说。

从顾明道一生经历来看，腿残、留校执教、参加星社，这三件事深刻影响着他一生的文学事业。民国初年的上海，盛行哀情小说，即文学史上称之为“淫啼浪哭”的时期。1912 年，徐枕亚的《玉梨魂》和吴双热的《孽冤镜》在《民权报》同时连载，随即又连载李定夷的《霣玉怨》，流风所被，一片哀音。顾明道就在这种风气的影响下，开始试写小说，那时他只有十七岁，尚未成年。他的处女作是短篇言情小说，发表在高剑华主编的《眉语》月刊上，这是一份以知识妇女为读者对象的刊物，脂粉气很重，在该刊的创刊号上发表了一篇阐明办刊宗旨的《宣言》，其中说：“花前扑蝶宜于春；槛畔招凉宜于夏；倚帷望月宜于秋；围炉品茗宜于冬。璇闺姐妹以职业之暇，聚钗光鬓影能及时行乐者，亦解人也。然而踏青纳凉赏月话雪，寂寂相对，是亦不可以无伴。本社乃集多数才媛，辑此杂志，而以许啸天君夫人高剑华女士主笔政。锦心绣口，句香意雅，虽曰游戏文章、荒唐演述，然谲谏微讽，潜移转化于消闲之余，亦未始无感化之功也。每当月子弯时，是本杂志诞生之期，爰名之曰《眉语》，亦雅人韵士花前月下之良伴也。”看了这篇《宣言》，读者当能了解此刊物的性质。顾明道在 1914 年左右开始写小说时，选中这样一个刊物投稿，也就表明顾氏本人的性格难免有些多愁善感的脂粉气。

我指出顾氏性格中的脂粉气，因为这决定着他文学作品的基调，丝毫也没有嘲讽顾氏之意，每个人都在一定的环境下养成他的性格，这没有什么可嘲讽的，我们要研究的只是事实。郑逸梅在《悼顾明道兄》一文中提到两件事，其一为：“明道最初的作品，刊登在许啸天所辑的《眉语》杂志上，该杂志多载女作家的文字，他就化名梅倩女史，撰着短篇小说。有一位读者，是登徒子之流，写信追求他，缱绻缠绵，大有甘伺眼波之意。明道接到了信，大笑之下，用梅倩具名答复他。那个登徒子欣喜欲狂，寄给他一帧照片，请他交换‘芳影’，并约他会晤某园。明道到这时，才用真姓名自行揭破。这一段趣史，明道时常讲给人听的。”其二为：“《江上流莺》稿成，我曾为他写一小序，有云：‘江山摇落，风雨鸡鸣，我侪丁斯乱世，应变无方，干禄乏术，臣朔饥欲死，乃不得不乞灵于不律，红茧缫愁，绿蕉写恨，借以博稿资而活妻孥。社友顾子明道固与予相怜同病者也。’明道读了，亦为之感喟百端，不能自已。”当时正值日寇侵华，人民生活困苦，对此局面“感喟百端”也是情理中的事，我们不必咬文嚼字，过分挑剔；但达到“不能自已”的程度，就难免少些丈夫气了。以上两件事都可证明顾氏确有些多愁善感的脂粉气。

顾明道养成这样一种性格，固然与前述民初上海文坛的时尚有关，在当时一些人的心目中，唯其如此才配称为“才子”，少了贾宝玉味道就被视为粗俗；但是就顾氏本身的内因而言，腿残对他心理上的影响，恐也不容忽视。肢体的残疾不仅影响着顾明道的性格，也限制着他的行动。郑逸梅《悼顾明道兄》一文说：“这时他在吴门振声中学担任教务，因不良于行，往返不便，所以他住在校中。”顾氏是一位多半生未离他那中学小天地的人，缺少广泛的社会生活经历，在这方面，他既不能与同时的“南向北赵”相比，更不能与后来的“北派四大家”同日而语。对于这样一位学生出身，生活面狭窄，又多愁善感的作家来说，写言情小说自然是最方便的，他可以坐在家里凭自己的情感体验来打动读者，只要情感诚挚，哪怕写的只是他个人的小天地，也总会有其可取之处。但自向恺然《江湖奇侠传》引起轰动之后，报刊编者和出版商均热心于武侠一途，顾明道为适应这一潮流，便也改弦易辙，于1923年至1924年在《侦探世界》杂志发表武侠小说。1929年，他由杭返苏，途经上海，与当时主编《新闻报》副刊《快活林》的星社文友严独鹤相会，恰逢《快活林》需要连载长篇武侠小说，严约顾撰写，这就促成了他一生的代表作《荒江女侠》的问世。

《荒江女侠》刊出后竟大受欢迎，同年冬，上海三星图书局向新闻报馆购买版权出版单行本，至1930年8月已翻印四版，1934年11月更达到十四版，这在当时是很可观的销行数。可见其轰动的程度。由于此书畅销，顾氏也就续写下去，共出版了六集，并被友联公司改编为十三集连续影片，上海大舞台、更新舞台也改编为京剧连台本戏，风靡一时，大有凌驾《江湖奇侠传》之上的势头。这部小说之所以能取得如此出人意料的效果，今天的读者或许很难理解。当时最著名的武侠小说，是“南向北赵”的作品，向恺然连缀民间传说，自有其吸引人的一面，但却少了点爱情纠葛、哀感顽艳；赵焕亭的《奇侠精忠传》据说原有不少狎媟的描写，因而触犯禁例，出版时经过删削。顾明道于此际把武侠、恋爱、探险等成分捏在一起，就给读者一种新鲜感，满足了十里洋场那特定读者群追求新奇、热闹的要求，正如严独鹤在《荒江女侠序》中所说：“以武侠为经，以儿女情事为纬，铁马金戈之中，时有脂香粉腻之致，能使读者时时转换眼光，而不假非僻之途，不赘芜秽之词。是以爱读者驰函交誉。”

顾明道用以吸引读者的另一个办法是写“冒险”，他在谈及自己的作品时说：“余喜作武侠而兼冒险体，以壮国人之气。曾在《侦探世界》中作《秘密之国》《海盗之王》《海岛鏖兵记》诸篇，皆写我国同胞冒险海洋之事，与外人坚拒，为祖国争光者。余又著有《金龙山下》一篇，可万余言，则完全为理想之武侠小说也，刊入《联益之友》旬刊中。又曾写《黄袍国王》长篇说部，记叙郑昭王暹罗之事，曾刊《大上海报》，后该报停版，余亦中止，他日拟出单行本以飨读者矣。又新著《龙山争王记》，则方刊于《湖心》周刊中，该刊为西湖小说研究社出版者也。曩年余为《新闻报·快活林》撰《荒江女侠》初续集，尚得读者欢迎，今由三星书局出单行本，三集亦在付梓中矣；又为《小日报》撰《海上英雄》初续集，则以郑成功起义海上之事为经，以海岛英雄为纬，以上两种皆由友联公司摄制影片。又尝作《草莽奇人传》，则以台湾之割让，与庚子之乱为背景也。”（转引自郑逸梅《悼顾明道兄》）所谓“冒险体”或“理想小说”，显然是接受了西方的小说观念，是指类似斯蒂文生《宝岛》或斯威夫特《格列佛游记》的体裁，譬如他所著的《怪侠》，写一个身负绝技的革命者，失败后率党徒逃亡海外，去非洲探险，与当地土著争斗，称雄异域，即是一例。

就顾氏的为人来说，他是一个正直、爱国的书生。“一·二八”日寇进犯上海，顾氏写了《国难家仇》《为谁牺牲》等小说，表示了他作为中国人的同仇敌忾之心。顾氏一生写过五十多部小说，以武侠和言情为主，也有社会、历史、侦探等作，他临终前，春明书店出版了他的最后一部作品《江南花雨》，这本小说具有自述的性质。

目　录

情　波

茉莉花

情　波

自　　序

诗有之，风雨如晦，鸡鸣不已。说者谓既思贤人，又不肯忘世，则托于文章，以自见谅哉。士君子生当乱世，则宜先忧后乐，踔厉风云，以救国为己任。若时运不济、命途多舛，至道不见用时，始不得已而闭户著作，可谓穷矣！

故太史公称孔子作《春秋》，下至左丘、孙膑、韩非之徒，皆归本于贤圣发愤之所为作。然则著作之事，固非古人所得已而为之者，亦了然已。

余年方少壮，既不能为傅介子、班定远斩名王头，立功异域，为国家光荣，又不能乘长风破万里浪，历游欧美文明诸邦，采其维新富强之学校，归而饷国人为改造社会之先河。而乃穷年兀兀于故纸堆中寻生活，为此无益于人于己之事。且才愧袜线识等醯鸡，而欲祸梨枣以侥幸于或传或不传之数，得毋虑旁观之者疑于吾乎？虽然，香草美人，无非古人之寄意，巫山神女，亦属文士之寓言。推之东坡说鬼，干宝搜神，事虽涉幻，要亦有由，大丈夫怀忧国之心，挥伤时之泪，生不逢辰，奈何徒唤，亦唯有借三寸毛锥，作不平之鸣。言者无罪，闻者足戒，借以激浊扬清，廉顽立懦而已。然则此书之行世也，亦岂余之初志哉？若以著作为名山之事业，文章乃经世之谋猷，必欲希踪前贤，求一时之名，则雕虫小技，萤火末光，余小子何敢望乎？

博雅君子，如有饷我以哲理至道者，则当执鞭随之，担簦裹粮而从，虽举此书拉杂摧烧之，亦所愿也。

吴门景程顾明道识于正谊斋

情　　波

一个人回想往事，必有许多感慨，何况袁锦明是多情善感的人呢？当他踏进那个园林时，美丽的春景送入他的眼帘，啁啾的鸟声送入他的耳鼓，但见碧草如茵，好花欲笑，映着和煦的阳光，拂着骀荡的春风，足使一班嬉春仕女心醉神酣。何况今天园中又开着兰花会，游人更觉拥挤，一对对的异性青年，携手并肩，做出亲昵的形状来。唯有他一个人别无伴侣，踽踽凉凉地先到陈列兰花的厅上去打了一个转，但见一盆一盆的兰花，披着红绸，标着名目，五光十色，目不暇接。他又想：这些兰花陈列在这里，无非供人鉴赏，但是那些游人大半是看热闹而来，能有几个知音呢？兰为王者之香，空谷幽兰，宜乎给高人雅士玩赏，现在却向那些伧夫俗子争妍取怜，恐怕不是兰花的本性吧。主者还要给他们披上彩绸，自炫其异，有心人当为兰花放声一哭了。他遂从人丛中挤出，心里觉得清爽些，沿着假山石畔，走到荷池东首一株大树下，立定身躯，顾着水中自己的影子，听树上黄莺魔曼的鸣声，使他细细地思量，默默地思量。前尘影事涌上心头，想起什么？想起他以前的意中人来。

两年前头，他不是同着可爱的璧也曾到这里来游玩过的吗？那时，正是夏日，荷池中菡萏盛放，清香沁人肺腑。可爱的璧穿着英白轻纱的旗袍，立在荷池的旁边，一种清丽之状，醉人心骨，但是现在可爱的璧到了哪里去呢？思量又思量，竟使他荡气回肠。

这时，有一阵风过，吹落几瓣花朵，堕在泥中，鲜艳的颜色已是粉褪香消。他呆呆地看着，心里平添不少感触，徘徊良久，才返身走出园来。回到家中，跨进书房，见小婢阿菊捧着几枝开残的玉兰花，正要抛去。袁锦明便问道：

“你为什么要把这花抛去?”

阿菊答道：

“刚才太太走到少爷的书房里来，见桌上瓶中插的玉兰花已开残了，所以吩咐婢子来收拾去的。难道这开残的花，少爷还要它吗?”

袁锦明想，前几天他的母亲从鹤园归来，捧着几枝玉兰花，含笑对他说道：

“你看这花开得很好，雪貌冰姿，像姑射山中的仙子，又白又嫩又香，所以我特地向园主说明了，折得几枝回来，供在你书房里的玉胆瓶中，谅你也很欢喜的。”

他是个爱花如命的人，喜滋滋地接过，用清水安插着。读书之暇，偶然见那玉兰花莹洁清丽，如美人淡妆素抹，别有婉媚之致，确是读书良伴。现在，不到几天已残了，被人抛弃了，坐在圆椅中叹道：

“花犹如此，人何以堪？真是一样可怜。”

阿菊不懂少爷胸中的意思，笑了一笑，又把花瓶中的水倾去，然后走出去了。他坐着，呆呆地坐着，又想起可爱的璧。

那还是三年前的事了。袁锦明正在上海一个大学里读书，在他的一级，有一个同学，姓陈名文，和他很是投契，交情莫逆。陈文有一姊姊名婵月，也在他们一级肄业，善奏钢琴，是校中音乐会里的健将。袁锦明是寄宿生，陈文姊弟虽也住在校中，但因他们的家里是在上海，所以每星期六要回去一次。袁锦明闲着没处走，便到陈文家中去盘桓，有时伴着他们姊弟俩到影戏院去看电影，有时到炮台湾去散步，这样消遣他们的假日。

陈文的家庭很简单的，他的父亲是在首都供职，每个月回家一次，家中只有他的母亲和姊姊，还有一个小妹妹名丽月，不过九岁光景，在小学校里读书，平日陈文姊弟住宿在校，家中只有她们母女俩了。她们住在北四川路的富禄里，租的两楼两底的新屋，陈文的母亲新迁到这里来，也只有三四个月。伊感到家中的寂寞，且有余屋可以出租，经着亲戚的怂恿，遂决计放租，一则可以节省经济，二则稍慰岑寂，便贴出召租，把楼中间和背后一个亭子间出租。但是伊取严格主义，孤独男子不租，别地方人不租，人口多者不租，实则上海做二房东的也不容易，只恐租着一个歹人，一旦有事，便要殃及池鱼了。北四川路是很热闹的所在，所以召租一贴出去，第三天便有房客来租去了。

一天，正是星期六，陈文姊弟照常要回家去，袁锦明跟着他们同往，因为陈文要请袁锦明吃夜饭，留他住一夜，明天同他出外游览。三人坐在电车中，袁锦明忽然问婵月道：

"听说府上租了一家房客，不知是怎样的人家？"

婵月答道：

"我也没有见过，只知道那家姓汪，人数也不多。"

坐了一刻，电车已到目的地，他们跳下去，走到家中。陈文的母亲见他们来了，很是快活，对婵月说道：

"今天我烧的狮子头大肉圆和鲫鱼，专备你们来吃夜饭，这两样是你喜欢吃的。"

陈文道：

"母亲，我预备要请锦明兄吃晚饭呢，稍停再要添几样。"

陈文的母亲说道：

"好的，晚上到馆子里去喊吧！"

袁锦明道：

"伯母，快不要忙，我是常常来的。"

三个人遂到楼下书房里坐定，女仆献上香茗，陈文的母亲取出西瓜子和胡桃糖给他们吃。只见书房门前一个雏婢提着痰盂走过，婵月问道：

"母亲，新租的汪家共有几个人？和他们可谈得来吗？"

陈文的母亲道：

"一共只有三人，从闸北搬来的，是上等人家。"

正说到这里，忽听革履声，从外面走进来。陈文的母亲说道：

"他家的璧小姐来了，你们快看吧!"

三人看时，见有一个十七八岁的少女，身穿血牙软绸的衬绒旗袍，滚着玄色的边，肉色长筒丝袜，六寸圆肤，踏着一双跳舞皮鞋。香风过处，叽咯叽咯的，正走到书房门前。婵月看了，连忙走过去，不觉失声呼道：

"咦！你不是韩家璧吗?"

少女立定了娇躯，对婵月相了一相，答道：

"我正是家璧，姊姊可是陈婵月？好几年不见了。"

婵月遂握着伊的柔荑说道：

"不错，真是的，我正想念你，难得你家迁居来此，和我们住在一起了。这里都不是外人，请入内小坐如何?"

家璧点点头，踏进书房，先向陈文的母亲叫应，又向陈文和袁锦明鞠躬为礼。二人也起身答礼。伊在小圆桌旁坐定，陈文的母亲因为有事便走出去了，只剩他们四人坐在一起谈天。婵月又问家璧可还在母校读书，几时毕业。家璧面上一红，说道：

"自从姊姊毕业后，先母不久弃养，我就读到高中一年便废学了。"

婵月道：

"可惜呀！妹妹有这样聪颖的天资，将来大可造就，为什么辍学呢?"

家璧默然不答。隔了一歇，却说道：

"环境使然，我实在不得已啊!"

说时，秋波斜盼，向二人看了一眼。婵月遂代他们介绍，指着陈文道：

"这是舍弟陈文。"

又指着袁锦明道：

"这是同学袁君锦明，我们都是同学同级。"

家璧听了，便问道：

"姊姊现在哪一学校修业?"

婵月道：

“东华大学。”

家璧又说道：

“东华大学是本埠很有名的学校，姊姊真有福气，能受高等的教育，若像我时只好望洋兴叹，自愧不如了。”

婵月又问道：

“妹妹家中现有几个人呢?”

家璧眼圈儿一红，答道：

“我是个无父无母的孤女，现在跟着姑母汪氏同居，幸亏姑母没有女儿的，待我很好，如同自己的子女一般。还有一位表弟，今年不过十岁，在小学校里读书。除此之外，雇着一仆一婢，没有他人了。”

婵月道：

“我们两家都很清爽的，从此我又多了一个朋友呢!”

家璧嫣然一笑，露出雪白绝齐的牙齿。锦明在旁，见伊生得一张鹅蛋脸，明媚的秋波，嫩红的粉颊，截发新装，秀丽动人，觉得彼美人兮，真是董双成再世，令人可爱。婵月又和家璧闲谈几句，家璧遂立起身来说道：

“失陪了。”

向三人点点头，回身走出室来。只听革履声响，到楼上去了。锦明瞧着陈文，低低吟道：

淡淡青山两点春，娇羞一点口儿樱。
一梭儿玉一端云，白藕香中见西子。
玉梅花下遇文君，不曾真个也销魂。

陈文听锦明吟着那首《浣溪沙》，也微笑道：

“‘不曾真个也销魂’，妙哉！妙哉！锦明兄，你的魂儿可曾飞去天半吗？不曾真个已要销魂，若是真个起来，又如何呢?”

说罢，哈哈大笑。婵月也掩口而笑，对锦明说道：

“我来代你介绍和伊做个朋友可好?”

锦明笑道：

“不敢请耳，固所愿也。”

婵月道：

“我以前在振秀女校读书时，我在高中科，伊还在初中一年级呢。伊读书很聪明，娇小玲珑，校中同学都喜和她玩笑。有一次，校中开游艺会，她扮一个小女儿，做来丝丝入扣，于是大家加了一个小明星的头衔。散课时，我常拉着伊手，说说笑笑，并不因年级的高低而轻视伊。伊也对我姊姊长姊姊短的，十分亲昵。后来，我毕业离去母校，才和伊别离多年，想不到萍踪偶合，合住在一起的。但是，讲起伊的身世，也很可怜，天下最苦的是没有父母的孤雏，我们都是双亲同在，天伦乐事，哪里知道其中苦况呢？”

说罢，觉得身上有些暖烘烘的，遂到楼上换了一件丝绒短袄，走下来到钢琴边坐下，说道：

“我来弹一阕《落花曲》吧！”

接着，叮叮咚咚地响起来，繁音促节，靡靡动人，最后一转，琴声渐低，恍如幽咽。袁锦明和陈文坐在沙发中静听。这时，婵月的妹妹丽月才放学回来，听姊姊弹琴，一定要伊的姊姊弹《船夫曲》给伊听。婵月遂又奏《船夫曲》，丽月娇声唱和。锦明、陈文两个也是在旁和着，很是热闹。等到天晚，陈文的母亲果然去喊了几样菜，宴请锦明。大家吃过夜饭，陈文发起打牌，但是三缺一不能成功。婵月道：

“我去请家璧下来凑成一局。”

锦明拍手道：

“很好。”

婵月走到楼上去，不多时，拖着家璧来了。锦明看家璧已换了一件密色软绸衬绒短袄，灯光下，益显着美丽。四人入局坐定，斗起牌来，好在大家都不精熟的，逢场作戏而已。有一次，家璧坐庄，起首拿着东风暗扛。陈文道：

“不好，庄家反要敲我们一下了。”

锦明却一声不响，闷打着牌。恰好陈文打出一只八索，锦明拿出一张九索和一张七索，要吃又像不要吃的样子。家璧同时说声碰，把一对八索放出来，问婵月道：

“可以碰的吗？”

婵月道：

“你既有两只八索，自然可以碰的。”

锦明道：

“横竖我也不要吃，你去碰吧！”

遂把一张八索摆到家璧面前，家璧碰了，斗出一张凤风。锦明忙喊道：

“扑！”

便取出一对凤字来，打去一张九索。家璧道：

“九索我也要碰的。”

碰过九索，打出一张六索。陈文便说道：

“庄家是做索子了，对对和加一番的，这副牌和出来一定满了。”

又对锦明说道：

“你这张七索难打了。”

锦明露出尴尬的面孔，说道：

“不见得吧！她碰了八九索，还要七索的。”

陈文道：

“你若要看大牌，不妨试试。”

转到锦明斗牌时，锦明把自己手中的牌整理一下，又对家璧面上看看。家璧低头不响，静候锦明斗牌。陈文和婵月都道：

“锦明兄，你还敢打七索吗？”

锦明却把一张七索放到家璧面前，轻轻问道：

“要不要？”

家璧道：

“袁君当真打索吗？”

锦明道：

“什么都不管了，我就打七索，预备你和的。”

家璧不慌不忙，把手中四张牌放倒了，大家见一对七索、一对白板。陈文说道：

“三番三番，我知道七索是必要的。锦明兄，你真个好人!”

锦明把自己的牌放倒了，说道：

“你们看吧，我不打七索，却打哪一张?”

大家见锦明手里的牌，是三张龙风、三张三万、一二万各一对，台面碰出凤风。锦明道：

“本来我也不要吃八索的，碰了凤风，打九索去，偏偏摸着一张龙风，不打七索还打谁？岂肯打去三万的呢?”

婵月道：

“七索是打的，我也要打。”

锦明道：

“密司的话对了，此所谓天之亡我，非战之罪也。”

话罢，哈哈大笑。大家都输给家璧六两码子，于是家璧一家独赢。打完牌时，已有十二点钟，婵月打了一个呵欠，对家璧说道：

“这位袁君锦明是我们校内的高才生，中英文都考第一，他是苏州人，寄宿在校内，品学都优，很情愿和你做个朋友。不知妹妹可肯允诺吗?”

家璧面上一红，嗫嚅着答道：

“我是个没有学问的人，惭愧之至，还要请密司脱袁指教才好。”

锦明道：

“密司韩不要客气。”

婵月又道：

“好！我已介绍过了，你们从此做个朋友吧!”

两人对视一笑，家璧遂告辞上楼。婵月姊弟便请锦明住在楼下后房，大家道了晚安，各自安睡。明天，锦明又同陈文出去游览一天，回到校中，心里觉得多了一件事，总是放不下。次日，陈文姊弟到校，又和锦明谈起家璧，都说伊好似一头小百灵鸟，动人爱心。婵月又告诉锦明说：

“家璧的姑母很有钱的，常常做衣服给伊穿，且给伊使用。却不知道为什么不使伊继续求学，岂非埋没伊的美质?”

锦明听了，记在心中。此时，锦明的一颗心已完全给家璧的美色吸引住了。以后，他到陈家，总和家璧见面，渐渐熟识了。家璧姑母汪氏和陈文的母亲一样都是和蔼可亲的。

有一天，正是星期日，汪氏要游半淞园。家璧和锦明说起，锦明遂雇了两辆汽车，请他们出去游玩。陈文姊弟和陈文的母亲，以及小妹妹丽月同坐一辆，锦明却伴着家璧和伊的姑母，以及小弟弟慎官同坐一辆，风驰电掣而去。在半淞园中，又坐着小舟绕游，锦明和陈文都兴高采烈。直到晚上，锦明又伴着他们到觉林去吃素菜，因为这天汪氏吃素的缘故，都是锦明做的东道。陈文暗暗对婵月说道：

“锦明今天花钱很多了，他从来没有用过这许多钱的。”

婵月笑道：

“他很情愿出的，我们何必管他?”

汪氏见锦明花钱，很觉不好意思，谢了又谢。锦明还要请他们去看电影，汪氏和陈文的母亲都要回家了，遂取消这个提议。锦明又送他们回去，谈了好久，才独自归校。

锦明对于家璧已有十二分的爱情，因为家璧质美未学，非常可惜，所以每逢星期六、日，总到家璧处去教伊补习国文、英语，家璧当然愿意做他的女弟子。汪氏也很放任，由他们耳鬓厮磨，不拘形骸。有时，锦明伴着家璧，双双出游，婵月姊弟很知趣的，往往托故躲开，好让他们畅叙幽情。不过婵月有意对锦明说笑话道：

“希望你们早日成就美满良缘，但将来不要忘记了介绍的功劳。”

锦明很得意地笑笑。校中有几个同学约略知道他的艳遇，大家都向他乱说笑话。凑巧还有一天，有个姓蒋的同学在静安寺路看见他和那位密司韩手挽手地走着，于是益加证实了。

放暑假时，锦明要回乡了，因为他家中还有老母和幼妹盼望他回去呢！锦明的心理，最好住在上海，以便常和家璧聚首，可是事实上所难能，不得不和意中人暂别。恰巧家璧因为伊的姨母住在苏州钮家巷，要招伊去苏州小住，这个消息被锦明知道了，极力怂恿伊到苏州去，自己情愿多留数天，等伊同行。家璧心里也想出外活动活动，这两个多月的暑假，日长如年，若是锦明不在沪滨，怎样消遣呢？遂到伊的姑母面前去商量。汪氏因有家璧姨母的来信，无可无不可地答允了。家璧大喜，于是摒当行箧，要跟锦明到苏州去。

这一天正是七月六日的早晨，家璧梳洗已毕，换上一件英白的轻纱旗袍，映着里面的长马甲，足穿长筒白丝袜，一双高跟皮鞋，玉臂上挽着一个银丝袋。婵月和陈文看了，都觉得伊风姿绰约婉媚，宛如出水芙蕖，一尘不染。稍停，锦明雇汽车来了，换得一身新制的西装，翩翩可喜，一看手表道：

“时候将到，我们走吧！”

汪氏向家璧叮嘱几句话，又托锦明好好照料，家璧遂和汪氏及陈文的母亲告别。陈文姊弟与他们一同坐上汽车，送到车站，他们购的是二等票，锦明和家璧遂并坐在一起，陈文姊弟立在月台上候车开出，家璧还倚着车窗和婵月絮絮谈话，只听汽笛数声，火车蠕蠕地动起来了。婵月把素巾一边扬着，一边对家璧说道：

“妹妹，早去早来，不要乐不思蜀啊！”

家璧听了，回过脸来，对锦明嫣然微笑。车轮辗尘疾驰，载着一对情侣，在两小时后已到了吴王台畔。

锦明在车上时，已向家璧要求先到他家去下榻一宵，然后再送伊到姨母处去。好在锦明的家里是在悬桥巷，和钮家巷相去不远的，家璧点头应诺，所以二人一下车，便雇了两辆人力车，先到锦明家中。锦明的母亲潘氏于前日早已接到锦明来信，说他将要伴送一个同学的高邻韩小姐至苏，或者要到家中来一游。潘氏对于儿子十分相爱，没有不答应的。锦明见了他母亲，遂介绍家璧相见，家璧称呼潘氏伯母，温文有礼。潘氏见伊又美丽又时髦，确是一个上等人家的小姐，心里也十分欢喜，殷勤款接。锦明的小妹妹锦玲，不过一十二岁，却生得玲珑非常，会说会话，和家璧一见如故，跟着伊姊姊长姊姊短地胡乱谈天。家璧见锦明家中也很讲究的，美轮美奂，是个小康之家。这天，伊便在那里耽搁一宵，晚上住在客室中的。次日，用过早餐，锦明便送伊到姨母家中，坚嘱伊时时前来盘桓，家璧一口应允。因为伊在苏州，除掉姨母一家，也没有旁的地方去了。

吴中的私家园林很多，最著名的城外有留园，城里有狮子林，那狮子林本是狮林寺的寺产，现在被富商贝润生以重金购去，出资重建，造得非常精美，轰动了许多人去游玩，因为内中的假山堆叠得非常玲珑曲折。家璧到了苏州，在姨母家中住得几天，便觉闷气，遂到锦明家里来游玩，锦明当然欢迎之不暇。

这一天天气稍凉，锦明因闻家璧要游狮子林，遂伴前去游玩。家璧见园中的假山果然奇妙，左盘右旋地走得额上香汗涔涔，两人坐在真趣亭里喁喁情话。但是，园中没有烹茗的所在，家璧口渴欲饮。锦明说道：

"我们去游拙政园吧！也是个很好的地方，离此不远。"

家璧点点头，于是二人离了狮子林，又到拙政园来。锦明购了门票，携手而入。当门便是一座假山，二人低头穿过假山洞，一路行来，见乔木参天，亭台幽深，别有一种古雅之趣，比较狮子林却是一新一旧，大不同了。狮子林似乎富丽一些，而带火气，一到拙政园，更觉凉爽。二人在荷池边小立，池中荷花正在盛放，红掌翠盖，清香扑鼻。锦明见家璧薄施脂粉，幽香袭人，穿着英白轻纱旗袍，玉靥生春，似笑非笑，一种清丽之状，足使自己销魂荡魄。家璧见锦明向伊看得出神，不觉面上一红，低下头去，又向锦明轻轻说道：

"你紧瞧我作甚？难道还不认得吗？"

锦明道：

"古人说，望梅止渴，我看密司韩秀色可以疗饥。"

锦明说了这话，自觉语气不免有些儇薄，深悔失言。但家璧微笑着毫不生嗔，又到亭中烹茗憩生。直到夕阳西下，游人四散，才在晚蝉声中微步归去。

家璧在苏州住了一个多月，已到新秋，伊的姑母汪氏写了几封信来，急欲催伊回沪。陈文姊弟也有函来问他们其乐如何，实在他们俩在这一个多月的光阴里头，常常相聚在一处，游泳于爱河中间，彼此都有情了。但家璧知道伊的姑母盼望甚切，不便多住，遂告知锦明。锦明屈指一算，距校中开学时期不过两星期了，自己便要赴沪，仍可和伊觌面的，遂也不再多留，却伴家璧去观前绸缎店里买了一件夹旗袍料和采芝斋的西瓜子糖食等类，送给家璧，家璧老实受了。到动身的一天，锦明又送伊至车站，握手叮嘱而别。

暑假日子过得很快，但这两星期的光阴在锦明看来，长得可厌了。家璧在苏州时，他曾伴着伊到留园去摄过一个小影，家璧遂送给他一张，那照片是六寸头的，家璧立在一株柳树下，一手拈着柳丝，含情凝睇，非常婉媚。经伊亲笔签上伊的芳名，所以锦明十分珍贵，无聊时常要取出，对着影中人痴视久久，爱不忍释。他又问他的母亲：

“若然家璧愿意许配我，那么老人家的心里如何?”

他母亲说道：

“我看韩小姐果然又美丽又活泼，令人可爱，不过稍觉轻浮一些，大约伊还是年轻之故。倘你蓄意要伊为妻，只要你们二人同意，我是无可无不可的。因为我听得现在外边男女婚姻，和以前不同，都要先让子女同意，然后将来没有抱怨了。”

锦明听了他母亲的说话，很觉放心，知道家庭方面没有什么妨碍，只要自己努力在情场中早奏凯歌，使意中人投入怀抱便是了。

锦明早夕看着日历，一到晚上，赶紧把案头的日历翻过一张，看了明天的日期，聊以自慰。这样，他所盼望的九月六日校中开课日渐渐近了，他遂收拾行李，告别母亲，重来上海。到校中付去学费膳金，定下房间，遂急急跑到陈文家中来和陈文姊弟见面，互谈别后状况。家璧早从楼上跑下来，见了锦明，只是憨笑。锦明又和汪氏及陈文的母亲等相见，汪氏因家璧在苏，曾蒙锦明优待，遂向他致谢，锦明说了许多谦逊的话。这天，便由陈文请客，请锦明和家璧同到北京大戏院看影戏，映的新片《郎心妾心》。二人看了，心里都觉得热辣辣的，十分温馨。

天下的事往往不测，情海中尤其是波谲云幻，变化倏忽。锦明和家璧如此亲密，在旁人看来，总以为有情人可成眷属了，谁知好事多磨，忽有风波发生。因为有一天，锦明到家璧处去，却见伊家里多了一个少年，那少年衣服穿得漂亮，面貌也生得俊美，言语举动却有些浮滑，和家璧有说有笑，一些儿也不客气。锦明碍着家璧的眼，不好查问，背地里去问婵月和陈文的母亲，始知这少年姓汪名炳生，是汪氏的侄儿，一向跟着他继母在江西，现在因为父亲病殁在外，遂奉着他的母亲到上海来居住。家中薄有资财，家璧却和他很亲近的。锦明听了，心中有些不快，坐得不多时，便辞去。

过了一星期，锦明再来看家璧，约伊去游法国公园，家璧答应，换上一身新制的衣裙，与锦明同往，二人坐在僻静处谈话。锦明遂问道：

“上星期我在府上遇见的少年，可就是密司韩的表兄吗？”

家璧答道：

“正是炳生哥哥，我们自幼便相聚在一起的。后来他到了江西去，一直不通音信，现在他来了。”

锦明听得“哥哥”两字，觉得很刺耳朵的，又说道：

“他既有服制，但看他妆饰却完全不像戴孝的，大概他很时髦的吧！”

家璧微笑不答。锦明很想对家璧说，你的表兄是个轻薄少年，你最好不要和他亲近，免得受他诱惑而上他的当。但是，这话如何说得出呢？只好忍住，暗暗用话来讽谏，家璧却似乎一些儿不觉得。锦明为了这事，心中非常不定，好比大海中的小舟，被风浪颠簸着，不得安息。因为家璧像一朵鲜艳欲滴的好花，自己是一个护花使者，此番忽然遇到花中的蠹虫，须得设法排除他去，不然这朵花是很危险的。

又有一天，正是星期六，锦明随着陈文姊弟前去，意欲和家璧出游。谁知一问汪氏，方知家璧已被伊的表兄约去游玩了，上午便出门的。锦明自思：伊明明知道今天是星期六，我要来看伊的，应该守候着我，为什么背着我反去和伊表兄同游呢？本来女子的心很易变动而很神秘的，不想伊竟对我变更态度了，叫我如何呢？他倒身在沙发中，闷闷不语，面上似罩着一层愁雾。婵月是聪明的女郎，岂有不知之理，遂带笑对锦明说道：

“我听人说机会这样东西，好比脑后没有头发的人在你身边走过，一瞥即逝，须要打叠起精神迎头接住。否则待它过去后，要拉也来不及了。你和家璧相识已近一年，本来你们二人的感情，我看倒密切的，若是成就了姻缘，郎才女貌，相得益彰。可是近来家璧的情形对你有些变动了，你自己也觉得的，自从那个汪炳生来后，伊好似着了魔的，又似铁针遇着磁石，被人家吸引过去。因为伊的表兄为人很是阴险，表面上虽做得很好，然而明眼看来，终看得出他的作伪，完全是个纨绔子弟啊！可是家璧年轻易惑，难免不被他的花言巧语所引诱，这是我冷眼旁观的，我欢喜老实和你讲。你如始终一心爱伊的，请你及早进行，所谓先到制人，后到为人所制，若是不一定的，那么任伊去休。否则将来反多许多痛苦，摆布不脱了。”

锦明沉吟片刻，遂答道：

“密司陈，我也老实说吧，家璧是我心爱的人，我的心坎里早储藏着伊，满拟先行交友，待彼此感情融洽无间，恋爱成熟，遂作进一步的要求。想不到伊会中途改变的，我心里难过得很，那个姓汪的真是蟊贼。”

婵月道：

“话虽如此说，或者家璧心里仍未忘情于你，不如你就试探伊的心思，可知端倪。”

锦明点点头。这天，陈文姊弟陪着他去看了影戏回校的。明天星期日，锦明早上便赶来，见了家璧，便说道：

“好啊！昨天你同人家出游，却不等候我了。”

家璧两颊微红，答道：

“我以为你或者不来的，凑巧炳生哥哥来看我，约我到南翔去游玩的。对不起，请你原谅。”

锦明又听得“哥哥”两字，遂叹道：

“这种风寒木落的冬天，到南翔去有什么可游呢？”

家璧不答。锦明遂低低问家璧道：

“今天我要请你出去同游，不知你可赞成？”

家璧道：

“你请我白相，我总答应的，不过我想吃了午饭去吧！”

锦明道：

“要走便走，我请你吃饭。”

家璧道：

“也好，待我去告知姑母。”

遂走上楼去。不多时，御上羊毛绒的围巾，穿着一件滩皮旗袍，下楼对锦明说道：

“要不要请婵月姊同去？”

锦明摇头道：

“我已问过伊了，伊要紧预备功课，我们不要妨碍伊的自修，还是我们两个人去吧！”

婵月送他们出门，微笑道：

“愿你们今天快活。”

明天，陈文姊弟到校，婵月惦念着昨天的事，遇见锦明时，又见锦明面上毫无喜色，忍不住问道：

“昨天如何？”

锦明也问道：

“伊回来时怎样？”

婵月道：

“伊回家已不早了，我们没有和伊多讲，也不便问伊。”

锦明摇头道：

“依然无效，我向伊表示爱心，伊却假作痴呆，始终没有切实的表示，一半儿肯，一半儿不肯的，叫我怎样办法呢？我想来想去，此事不可勉强人家的，还是听其自然。否则，直接痛快些，便仰求你去做媒，便可知道成功不成功了。但我又恐怕把这事弄僵，不欲冒昧从事，总之，须要家璧自己觉悟才好。”

婵月也道：

“这真是好事多磨了，汪氏以前曾向我母亲探听过你的家世，我很想自告奋勇，代你们做撮合之山，但恐这个障碍若不除去，将来于你们爱情上幸福减少，还是水到渠成，自然成熟的好了。”

锦明尽搔着头不响，似乎十分懊恨的样子。婵月挟着书走开去，自言自语道：

“情场中旋涡很多，然而我人苟陷身其中，蚕丝自缚，便要不能自已了，锦明真是可怜腊鼓声里。”

锦明又回转家乡，心中总是放心不下可爱的璧，两边时常鱼雁往来，聊慰相思。

一天，他接到婵月的来函，言家璧在这岁尾年头时和伊的表兄出游，连伊的姑母也很不直伊的所为。敢说你们俩的爱情已有显著的裂痕了，望早思良策，云云。这时，正在旧历新年，距离开学日期也无多，锦明遂禀明母亲，立即束装赴沪，先到陈家来，和他们姊弟及家璧相见，觉得家璧很是淡漠。又目睹汪炳生前来和家璧亲近的样子，他又不好干涉，愤无可忍。

一天，他又约家璧出去，家璧却回绝他道：

“请你原谅，昨天炳生哥哥已约定我今天去看戏了，恕我不能从命。”

锦明大怒，就此不辞而行。他再也不到这里来了，唯有一封极长信写给家璧，望家璧善自珍重白璧之体，不要再受奸人的诱惑而玷污，且叫伊清夜自思，何去何从。但家璧已深深地受了伊表兄的诱惑，不能解脱，方沉酣其中，所以锦明的信虽然写得很恳切，而伊竟不注意。还以为锦明脾气任心，强要干涉人家的事呢，遂置之不答。锦明见家璧没有回信给他，以为伊已变心，也不再发信了。不过有时和婵月姊弟谈起家璧的薄情，好似抱憾无穷。婵月却说道：

“种瓜得瓜，种豆得豆，家璧种下恶因，绝没有好果的，我们请拭目以观后来吧！”

陈文也道：

“家璧的性情太觉活泼，所以容易受人诱惑，不知伊为什么舍得丢弃了锦明兄而和伊的表兄相好？大约那姓汪的对于女性一定有一种非常的手段了。”

锦明道：

“‘一失足成千古恨，再回头已百年身。’这两句很熟的话，实在是切贴不移的。自古以来，不知有许多红颜失足在孽海之中，但愿伊悬崖勒马，及早回头便是了。”

说罢，唏嘘不已。

春假中，校中诸同学发起旅行杭州，一探西湖胜景。锦明和陈文姊弟也一齐往游，他和婵月、陈文，还有一个女同学，雇着一只小艇，在湖中游览。四围青山如沐，绿柳摇曳，心神为之畅适，自思：若和家璧同游，当必更饶兴味，可惜伊人此时已跟他人去游了，对着清平若镜的湖水，心里不胜低回。

次日，又去游虎跑、石屋、烟霞、龙井、九溪、十八涧诸名胜，回沪时，又买了一些橄榄和茶叶，预备送给朋友和寄还家中的，但他又想起家璧以前曾说过最欢喜吃杭州方裕和的橄榄，其味很腴，现在他却不能送橄榄给伊人吃了。不料回沪以后，休息两天，星期一校中开课，陈文姊弟到校，婵月便对锦明说道：

“我来告诉你一个不幸的消息吧！家璧背了伊的姑母，私自跟着他表兄走了。他们两家得知消息，四下找寻，不见影踪。现在汪氏气愤已极，声言家璧以后若要回家，伊也不承认了。”

锦明叹了一口气，说道：

“家璧，家璧，你是一个聪明的女子，何至于此？”

婵月道：

“这真是聪明一世，懵懂一时了，越是聪明的人越会干出这种事来。”

锦明道：

“我总不明白，若然他们二人真的有了恋爱，好在都是很近的亲戚，不妨央媒说合，正式订婚，何必私逃呢？”

婵月道：

“其中情形复杂，我昨天听了汪氏告诉的话，方才知道。原来家璧的表兄早已在江西由他父母做主，和人家订下婚姻了。现在他到了上海，和家璧亲近，爱上了伊，遂想把那家的婚约取消，和家璧订婚，但他的父母不许，而汪氏意思也不愿。家璧竟被伊的表兄诱惑得不由自主，倾心相爱。最近他家得到江西媒人的来信，催问婚期，他母亲预备择日代他成婚了，他们遂闹出这桩事情。家璧也不顾非议，跟着他一起走了。”

锦明道：

“原来还有这许多曲折，我总要怪汪氏，既不赞成，为什么不早些防范，而纵容伊的侄女到这地步呢?”

婵月道：

“是啊！汪氏的为人也是优柔寡断的，所以如此。但我看他们如此结合，恐怕将来没有好结果。”

锦明不语，只是长叹。

毕业后，锦明回到家乡，因他身体忽然软弱起来，遂没有出去做事，在家休养。春日无事，常到园林中去散心，但他独自一个人，无素心人为伴，所以这天在拙政园看了兰花会归来，便想起可爱的家璧。伊的眉黛、伊的秋波，不知现在可和以前一样吗?

光阴倏忽，已是三年，伊的芳讯杳然阒然，徒令人相思无穷。虽然我无负于伊，而伊有负于我，似乎我和伊已完全没有关系，我尽可别爱他人，但我终是曾经沧海，一颗心已献之家璧，他无所恋了。我既失败于情场，此后当偃旗息鼓，匿影销声，不欲再有所活动，否则婵月至今尚未字人，当不致遭伊摈斥。但我何尝有这心呢? 想起了可爱的璧，时时想起，怅望天涯，心中有无限的悲叹，外人怎会知道呢? 反笑我痴了。

他有一个朋友在上海开办了一家规模宏大的公司，要请他去帮助一切。他的身体比较以前也大好了，家中虽然不靠他吃饭，然而自己读了这许多年数的书，总要出外做事。老守在家中，局促如辕下驹，把那壮志渐渐消磨，也被人家讥笑，遂决定答应了。辞别友人，束装赴沪。这时，陈家姊弟都到首都任事去了，所以他也不去拜访。在公司中做事，还称顺手，暇时独自出去看影戏，以为消遣。

过了两个月，有一天，他在先施公司门前守候电车，这天正是阴雨，他穿着雨衣，立在电车站上，忽见那边姗姗地来了一个女子，撑着一顶半旧的黑洋伞，把螓首罩没了，只见伊胸口以下的全身，穿着一件花洋布的单旗袍，踏着一双半新旧的漆皮革履，身材很是苗条。他不觉心里有些狐疑，看这女子的体态，很似家璧，难道天下也有极像的人吗？此时，那女子也走到站上，把洋伞收落，露出伊的面庞来。锦明目光射到那女子脸上，同时那女子的秋波也瞧见了锦明，很迅速把头一低，背转身走向对面去了。锦明目送伊走往先施公司的北首而去，暗想：这不是家璧吗？伊也看见我了，伊不是来坐电车的吗？为什么就走呢？大约伊惭愧见我，所以走去，但数年不见，觉得伊人的面庞有些消瘦，蛾眉深锁，似有隐忧，而且看伊身上穿的衣服，可以料意处境必然不好。唉！可怜的家璧，你有什么隐忧，不妨和你故人一谈，何必要学尹邢避面呢？可知道三年前的袁锦明，依旧恋爱着你，还没有另行婚娶啊！

这时，电车已到，他怅怅地跳上电车，眼睛还向两边张望，可有伊人的倩影。他归后思量，估料家璧一定受着隐痛，伊是很爱时髦的，缘何如此憔悴可怜呢？懊悔那时没有跟伊去一询究竟，又想伊的芳踪在那地方的，还不如仍去守候，或者可以再见。

次日天晴，他仍到那电车站守候。这时，已近五点钟，电炬灿烂，街衢通明，锦明等了一刻，果见家璧仍穿着昨天的衣服，向电车站上走来，一眼早又瞧见了锦明，立刻要想缩定脚步，不料旁面呜的一声，已有一辆汽车疾驰而至，只好避到电车站上。锦明连忙走过去，将草帽一脱，向伊招呼道：

“密司韩，别来无恙？”

同时，他觉得这个称呼，恐怕已不适合吧！然而除掉这个，没有再适合的了。家璧此时只好勉强答道：

“密司脱袁，多谢你不忘故旧，不知怎样我们又会遇见了。”

锦明道：

“弹指三载，我何尝忘情于你？不知近状如何？”

家璧见锦明问她近况，眼眶一红，好像要哭出来的样子，轻轻答道：

“我住在南洋桥恺乐里，你可能屈驾一谈吗？”

锦明点点头。这时，二人要紧讲话，电车已过了。锦明道：

“我们坐人力车去吧！”

家璧点点头，二人遂坐着车子赶到那里。锦明付去车钱，见一个小小石库门。家璧对锦明道：

“不嫌肮脏，请里面楼上坐吧！”

推推门进去，从客堂背后走上扶梯，来到一个亭子间里。锦明见内中有一张铁床，沿窗放一书桌，还有一只面汤台，此外有几张椅子，虽是旧式木器，收拾得倒也洁净。家璧请锦明坐定，便对锦明说道：

“我真对不起你，请你原谅。今日之我已非昔日之我，往事成尘，不堪回首。我实在有难言之痛，对你也非常惭愧，所以昨天见了你，急忙避去。不意你还不忘掉我，偏偏今天又在那里守候我，只好厚颜相见了。”

说到这里，已落下泪来。锦明道：

“家璧，你有什么难言之痛？不妨告知我，或者我能解决。你的表兄在哪里呢？”

家璧见锦明态度恳挚，遂把自己的往事详细告诉他听。原来，家璧跟着伊的表兄潜逃后，便到无锡去租了小房子住下，以后，汪炳生把带来的金钱渐渐用罄，仍旧暗地里回到上海，在闸北居住。可是，从此伊的表兄对待伊的情景，和以前大不相同了。天天去逛游戏场，结交一辈无赖，专图吃野食。家璧已看破炳生的为人，深悔以前自己没有眼睛，不能辨别好歹，被他花言巧语迷惑了心，反把多情的袁锦明甘心抛弃，跟着他私奔，被人家唾骂非笑。不料炳生又去姘识一个姓何的年轻寡妇，他贪寡妇手中有些金钱，被他引诱到手，那寡妇也爱他相貌俊秀，是个美少年，所以情愿失节。从此，炳生不大归家住宿，和家璧的爱情日益淡薄，家璧向他责问，他不睬不理，把他无可奈何。他的母亲同时觅到了儿子，又要代他完婚，因此哭泣数日，毅然决然要求和伊表兄脱离关系。好在当时没有婚约的，炳生已厌弃伊了，伊要去由伊去吧！家璧也不能向他要求赡养费的。家璧自和炳生脱离后，又不能回到姑母家去，不得不亟谋自己的生活。幸亏有一个幼时的同学，邂逅以后，得悉家璧狼狈情状，遂介绍伊到北京路姓黄的家中去教授几个小学生，每日上午九时前往，五时放学，月薪二十番，一个人勉强可以过活了，租着这个亭子间，过伊凄凉的光阴。现在遇见了锦明，触起伊胸中悲痛。告诉完毕，竟倒在锦明怀中哀泣。锦明用话去安慰伊，家璧道：

"我记得你最后给我一封信时，信上写着几句极诚恳的话，劝我珍重白璧之体，不要受奸人的诱惑而有玷污。现在我这白璧之体已有玷污了，虽汲长江之水，不足洗濯我的耻辱。偷生于世，无颜见人……"

锦明忙说道：

"可爱的璧，你又要说这些话了，你虽白璧有玷，在我看来，却不成问题的，只要你自己觉悟悔改便了。须知天壤间还有一个袁锦明，他依旧守着鳏鱼，守候你的悔悟，现在被他守候着了。白璧之玷他却愿意接受的，他的爱情对你没有变更，天荒地老，海枯石烂，永永长存。以前的视作幻梦，不要放在心头。今日的璧还是昔日的璧，这一些瑕玷，反足巩固我们以后的爱情，而我们的爱情，经过一重创痕，而重新结合，是费了极大的代价得来，愈觉珍贵。可爱的璧，你现在预备着接受我的爱吧！"

锦明说完这话，热泪滴到家璧的颊上。家璧耸动香肩，哭泣愈哀，断续着说道：

"锦明，你的话句句打入我的心坎，我愿接受你的爱了。"

锦明俯身下去，在伊樱唇上接了一个甜蜜的吻，两人的眼泪也沾染成一片，分不出谁的了。

荷花香里，陈文姊弟在首都接到一个粉红色新式的请柬，婵月接了一看，不由大喜雀跃，告诉陈文道：

"袁君锦明和家璧结婚了。月缺重圆，镜破复合，这杯喜酒不可不吃的。"

陈文也很兴奋地说道：

“打破贞操问题，我很佩服锦明的毅力和热爱。”

情海中本来是波谲云诡的，现在他们俩经过了极大的风波，已安登彼岸了。但是，世界上尚有许多青年男女，正在情波中回旋，不知结局如何呢。

红碧奇缘

这一天已是腊月之中，一年的岁底，天气却很是寒冷，一阵阵的西北风吹得又紧又峭，把天际的彤云浓浓地吹布起来。不多时，便飞下了漫天大雪，端的如鹅毛片片，粉絮满堆，顿把大地上的枯树老屋都妆成了粉装玉琢，琼楼玉宇。

这时候，江南金陵城中，富厚之家，一家家会亲聚友，开筵玳瑁，欣赏这一天瑞雪，都是拥裘围炉，羔羊美酒，十分的快乐。内中却有一家人家，姓李，主人是个年未满二十的英俊少年，唤作碧芙。这人年纪虽小，很有才学，在金陵城中，有才子之称，又是倜傥不羁，性爱交友，仗着父亲鸿宾在京中任职侍郎，官爵显赫，家中平日又是十分富足，所以碧芙用不着理什么生财，只在家中同了一班意同道合的亲友饮酒赋诗，过那闲散欢乐光阴。

这天，自然亦聚着一众亲友，在一座望月楼上开宴赏雪。这望月楼，正面对着一处花园，园中亭台水山，色色俱全，而且装饰得十分幽雅宜人。在望月楼上，望将下去，可以把园中全景一望了然，还可以望见园墙之外一带的杨柳堤岸，夹着一顶小桥，真是风景卓绝，又加着一片雪光，把所有的园林、柳堤、小桥都堆成了一片白银世界，越发的可爱。碧芙在楼上，一面举卮徐饮，一面赏那一片瑞光，心中很觉得舒泰。正是得意，远远望见小桥的一头走过一个白发衰翁，已是须眉皆皤，龙钟不堪，巍巅巅地走上小桥，满身已吹得成了个雪人啦。这时的桥上，方是雪满径稀，路滑难行，这老头儿一个不留神，脚下一滑，不由得一个身躯倾倒下去，跌在雪堆之中。碧芙望见，不禁脱口而出地叫了声“哎呀!”忙命着仆人去到小桥，把倒在雪中的老头儿救到家中。仆人领命，便到桥侧，把老头儿扶起，救到望月楼下。碧芙且不饮酒，下楼一看，已是冻昏过去。碧芙忙命人捧过姜汤，灌将下去，果然不到半个时辰，老头儿悠悠醒转，睁开眼来，见了这般式样，知是碧芙相救，便立起相谢。碧芙即问了老头儿的住址，吩咐一个仆人送他回去，又瞧他可怜，赠了十两银子。老头儿千恩万谢，问了碧芙姓名，竟自告辞，同了碧芙的家人，一同回到寓所。碧芙家人自回复命，碧芙饮了半天，众亲友都已辞去，方才罢饮。

光阴迅速，匆匆离赏雪的日期，有了半载光景，正是六月暑天时候，碧芙在家中，剖着绿沉沉的浮瓜，慢慢地饮啖解暑。方觉得心襟凉爽，百虑皆涤，门外忽地奔进一个家人，只奔得气急败丧地喘个不定，见了碧芙，只叫得声：“公子，大事不好了!”便面色大变，热泪交流。碧芙一看，却是随父亲鸿宾在京中的管家李福，不由得也脸色大变，知道京中定有什么变故，忙喝问道：

“李福，有什么大事，要这般地大惊小怪?”

李福也不言语，只在身旁取出了一封信来，授给碧芙，正是鸿宾的亲笔。碧芙拆开一看，立即昏倒榻上，原来书上写着：

> 余被王中堂奸人所陷害，现蒙圣上恩典，发配云南大理，覆巢之下，安有完卵?吾儿可速为防备。余立刻须同汝母起解，到大理之时，再当设法报汝，汝若有孝心，可到大理探望余与汝母也。

碧芙昏去之后，慌得李福匆匆叫醒碧芙，含泪道：

“公子，既是老爷吩咐，可得速速预备才是。”

这时，碧芙早已放声大痛，心乱如麻，哪里想得出什么主见?正要请人来商议，守门的家人却又送进一封信来，上面字迹很是娟秀。碧芙拆开一观，不禁诧异起来，叫道：

“怪了，这是谁呀?”

便把信授给李福，李福一看，上面写着：

万事都有俺，不必慌忙，千万不可妄动。这时，老奸绝不敢来动一草一木，李大人到大理，路上有俺保护，无妨于事了。

下面的署名却是“红娘子”三字，李福看毕，向碧芙道：

“公子，这信来得奇怪，红娘子是谁呢?”

碧芙也不知就里，只是一时也不及躲避，便打定主意，吩咐李福前去打探，自己在家中守候，可有什么变动。果然过了十天模样，李福回来，报告碧芙，鸿宾已经起解，王中堂并没有要把家中怎样地抄没。碧芙暗想：父亲来函，说是覆巢之下，安有完卵，事情当然非常重大，怎样王中堂却没有什么变故？可见红娘子这封书信，却有来历，谅来父亲在路上，定不出什么岔子。便安心了不少，只待父亲到了大理，有书信前来，自己可以到大理去，探望一回。

又过了七个月光景，碧芙在家中，接到了鸿宾到大理的书信。碧芙忙忙地拆开一看，上面却写着很是平安：

碧芙吾儿：

余一路平安，现已与汝母同抵大理，路上多蒙红娘子照拂。据云，红娘子与儿有恩未报，故特不远千里，保余平安，不知红娘子究为何等样人，儿如到大理时，当细细告余也。

碧芙看了，越发地不懂起来，暗道：红娘子这人，自己同他素昧平生，怎样说有大恩未报呢？想了一阵，依然想不出来，且喜父母已平安抵达大理，只须自己到了大理，问父亲红娘子怎样的面貌，便能知道。当下即吩咐了李福，同一个忠心的账席，替自己看守家园，自己带了一个忠厚家人，名唤李二的，一同向云南进发。碧芙一则年纪尚轻，不知江湖上的危险，二则念父母的心肠比较了一切都重，所以也不计较由金陵到云南有多少路程，路上有多少危险，勇往直前地带了一个家人李二，身旁却带着五百两赤金叶子。因是怕父母在云南缺少用度，又带了二三百两的银子，作为盘川。骑着一匹骏马，一径地前进。反是李二放心不下，一路上战战兢兢，保护着碧芙，事事留心，不露一点儿破绽。亏得路上并没有什么风险，过了安徽地界，进得湖北。

那一天，到了日落，尚没有投宿客店，远远望着前面，是一派荒凉，真是前不靠店，后不着村，把个李二急得小鹿心头乱撞。碧芙却漫不经心，只向前行，看看天色已晚，迎面又来了座大丛林，黑郁郁的惊人异常。李二暗暗叫苦，碧芙却把马一拎，想蹿进树林，李二只得把牲口加紧，紧紧地赶在后面。猛然间，树林内发出叮当的一响，一支响箭飞也似的射出，直入一棵大椿树内插定。李二见了，知道有了响马，不觉"哎呀"一声，早堕下马来。树林中已蹿出了二人，一色的皂衣皂帽，密扣英雄袄，见了碧芙，大喝道：

"快留下买路钱来!"

碧芙也知是强徒，忍不住也嘤的一声，滚下鞍来。二人哈哈大笑，一跃上前，方待摘取二人的包裹，背后听得一声马铃，飞来一骑，大叫道：

"快些住手，红娘子请下的贵客，谁敢动手?"

二人听了，不禁都齐齐地一呆，懊恼道：

"糟了，咱们兄弟候了两天，不想是这么的一个大来头，有这么的大靠山。好啦，算咱们晦气。"

说毕，一晃身，只见两条黑影飞进树林去了。来人即一跃下马，上前挽起碧芙道：

"公子，受惊了!"

碧芙心中又不禁纳罕，这人的言语，怎么说是红娘子请自己去呢?那红娘子究竟是何等人物，这番来搭救自己？两个强徒又何听得了红娘子三字，便束手而退呢？瞧上去红娘子的为人，总有些来历，如今一望下马的人，见他生得虬髯绕颊，剑眉虎目，长身岳立，蜂腰猿臂，似个英雄神采，忙施礼道谢。来人笑道：

“公子不必多谢，这都是红娘子的命令，谁敢不遵？”

碧芙忙道：

“壮士，红娘子究是怎样的一个人物？小可同他面不相识，怎的三番四次地搭救小可全家？”

来人微微一笑道：

“公子，如今不必多问，赶路要紧，前途自然明白。”

碧芙被他一语提及，想起了父亲、母亲盼望自己，便不多问，匆久上马。李二早已立起身来，叫声惭愧，方拍掉尘土，见碧芙上马，忙也上牲口，同碧芙一齐赶路。来人却亦一跃登骑，追踪着二人，向前飞驰。

天色渐渐地黑了下来，碧芙抬头一看，远远望见前面一处村堡，倒也灯光明亮，热闹异常，迎面一所招商客店，幌子上写着“迎宾客栈”四个大字。李二道：

“公子，在这店内安歇了吧！”

碧芙点头允诺，二人便加了一鞭，直到店门。店门口立着七八个彪形大汉，好似是等候什么似的，雁翅般地站立两旁，见了碧芙主仆二人，都道了声：“来了！”便有一个上前牵住碧芙等二人马匹，又有一个年约三十余岁的壮汉，生得面如淡金，浓眉大眼，走上前来，向碧芙唱个肥喏道：

“请公子下马，红娘子特命咱们来侍候呢！”

这一来，碧芙大诧起来，什么红娘子待自己这般的周致，心中不觉起了阵好奇心来，暗道：

“我定要见识这个红娘子，究是因了何事，要这般地报答。”

忙又问道：

“红娘子在里面吗？”

壮汉答道：

“不在里面，明天在山上等候公子呢！”

碧芙听得是在山上，忍不住又狐疑起来，只是到了这般地步，究竟是个明白事理的人，知道红娘子几次三番替自己出力，必然没有恶意，反把心头放宽起来。李二哪里懂得？早吓得面如土色，只为到了这时，亦无法可想，瞧定了碧芙。碧芙却昂然下骑，李二便也下马，自有人带过马匹，方欲走进店去，听得鸾铃响处，又飞来一骑，正是方才的虬髯大汉。众人一见，都垂手唱喏，虬须大汉一壁下骑，一壁向碧芙道：

“公子，请里面坐吧！”

便先自引道，一同走到店内。店小二上前招呼，直进一间精致卧室，收拾得雅洁异常。大汉笑道：

“这地方公子可将就安歇一夜吧！”

碧芙暗暗称奇，怎的这村店之内有这般的雅洁房间？知道又是红娘子所布置，心中越发感激。大汉即躬身辞去。碧芙即坐在桌边，方待吩咐小二端正酒饭，早见两个店伙送进一席上等酒菜，一坛女贞陈酒，向碧芙道：

“公子请用饭吧！尊管也在外面吃呢！”

碧芙亦已知是何人吩咐，腹中正是饥饿，便饱餐一顿。因了一天劳顿，很觉疲倦，叫李二进来，收拾床上，倒身睡下。

到了明天，一觉醒来，已是天色明亮。碧芙慌忙起身，店小二上前端正早点，一切舒齐。那虬髯大汉早一踅脚走将进来，向碧芙道：

“红娘子请公子上山。”

碧芙心内也要瞧瞧红娘子是怎样一个人物，便点头应允。大汉便高叫一声：“备马！”即同了碧芙出房。碧芙唤过店小二，要算昨天的酒饭账，店小二赔笑道：

“公子不必费心，红娘子早吩咐过了。”

碧芙便不再说，同了大汉，出了店门，十余个彪形大汉一个个排在门前。李二立在一旁，见二人出来，如暴雷般地一发大喏，一个人牵过马匹，二人上马，直向前行。背后李二同众人也都上马，拥定二人，一径地前奔。这时，碧芙主仆已是身不由主，任众人拥定。约有半天光景，迎面一座高山，很是雄壮，山麓边又立着十几个大汉，见了众人，都迎上前来，在碧芙马前立定，笑道：

“红娘子已候久了，请快上山吧!”

虬髯大汉忙把碧芙一手带定，随手一鞭，两匹马飞也似的上山去了。到了山头，见有一带房屋倒也宽大，二人下马，早听得里面一声黄鹂般的娇笑道：

“恩公到了!”

接着，走出十余个女子，都是美丽非凡，中间拥定一人，生得如西子再世，王嫱复生，芙蓉白面，玫瑰红唇，柳眉含黛，杏目迎春，说不尽的千娇百媚。见了碧芙，忙说道：

“请恩公里面坐吧!”

碧芙这时目眩神昏，忙答应一声，跟定女子到了里面，一桌盛馔摆得端端正正。女子请碧芙上座，碧芙推辞不下，只得坐了。席间，碧芙向女子道：

“小姐想便是红娘子了，几次搭救，我李碧芙感恩匪浅。”

红娘子笑道：

“公子是小女子的大恩人，这些些事情，理当效劳的。”

碧芙不解道：

“小姐，小可有什么恩德，怎好这般称呼呢?”

红娘子笑道：

“公子不必多疑，自然有来历了。”

便回头高叫道：

“爹爹，请出来吧!”

接着，后面走出一个白发老者，拱手向碧芙道：

“公子，还认识跌雪的老头儿吗?”

碧芙只惊得直跳起来，心如恍然大悟。原来，自己赏雪的一天，所救的个跌雪衰翁，便是红娘子的父亲，这倒意想不到，自己一时的慈善心肠，反而收了这种效验。不由喜上眉梢，立起身来，答礼道：

“老丈，倒失敬了。如今多蒙小姐搭救小可一家，真是恩德难报，小可将来誓必粉身碎骨，结草衔环了。”

老翁笑道：

“好说，好说。老朽若不是公子搭救，早填在沟渠，成了冻骨了。公子的事情，也不必焦灼，自有老朽办理，且在山上安住几时再说。”

当日，碧芙被老翁、红娘子二人苦留不放，只得住下。一连的几天，每天宽待得很是丰厚，无奈碧芙心中只记念着父母，总是苦辞，老翁总不放走。又过了三天，碧芙定要告辞，老翁笑道：

“公子，不必心焦，明天老朽定送公子下山便了。”

碧芙虽然留住在山上，总是怏怏不乐，又不见红娘子哪里去了。过了一天，明天天色方明，碧芙起身之后，方要出房，猛然听得外面老翁哈哈大笑道：

“好了，俺早已算就，今天是要来了！”

又听得红娘子的口音笑道：

“爹爹，孩儿做事，可不含糊。”

老翁笑道：

“你做事还要含糊，还能号令一切吗？”

接着，有一个苍老而至熟的口音道：

“小姐，怎的这般地厚爱，把我救出？真是大恩难报呢！”

碧芙一听，心中大惊，忙奔出房来，抬头一看，不是自己父亲鸿宾，又是何人？忍不住热泪交流，慌忙抢上前去，双膝跪倒，流泪道：

“爹爹，不孝孩儿在这里呢！”

鸿宾也是双目下泪道：

“孩儿，倒难为你了，快些起来。”

一手扶起碧芙。碧芙忍住悲声，问道：

“母亲呢？”

老翁哈哈大笑道：

“早在后堂了！”

碧芙不暇置答，忙请红娘子引道，一齐到了后堂，见母亲方氏正在后面，便上前见过，皆下了些又悲又喜的热泪。红娘子笑道：

“今天骨肉团聚，正是大喜日子，不要悲伤了。”

便命人备了筵席，一同坐下。席间，碧芙问那一切情景，怎的鸿宾等到这山上。鸿宾笑道：

“多亏这位红娘子小姐。”

便把以前的事情都说了出来。碧芙听了，方知都是红娘子一人之力，立即立起，向红娘子拜谢。红娘子谦逊不迭，于是一齐欢呼畅饮起来。那鸿宾怎的不在大理，却到山上呢？内中却有一段奇情呢！

鸿宾同王中堂的交恶，是在去年，王中堂有一个亲戚，在兵部任事，却因着渎职，被鸿宾参掉。王中堂怀恨在心。那一天，事有凑巧，鸿宾因言语之中冒犯了圣上，王中堂立刻奏了一本，要把鸿宾斩首。不料圣上回至宫内，安睡在龙床之上，到了明天早上，桌上插着晶光吐发的一柄锋利匕首。只吓得圣上同了嫔妃，大呼起来，一时，内侍都已聚来，拔起匕首，下面插着一张纸条，上面写着“李侍郎罪不至死，请恩赦以祝万岁无疆”几个大字，下面署着“红娘子”三字。本来皇上并不想把鸿宾斩首，因鸿宾的冒犯，也是为着诤谏，如今见了插刀留柬，心中便有赦他之意。这却巧了。

王中堂回至家中，同了一个爱妾欢娱一会儿，安然睡去。明天早上，枕边也有一柄利刃，下面写着“老奸，快救李侍郎性命，不然，李侍郎朝死，汝即夕亡。毋谓言之不预也”的几句，署名却是“红娘子”。那爱妾的前胸，一件衬肉衫子已划然中断，被刀剖成两半。这一来，吓得那爱妾花容失色，王中堂也战战兢兢，哪里再敢暗害鸿宾？到了早朝时候，忙保了一本，皇上便下赦旨，把鸿宾发配云南大理。

鸿宾起解之时，忽地有人递来一封书信，鸿宾拆开一看，却写着：“万事有小女子照料，路上自然太平，可释尊怀。王中堂不敢加害。”下面便是“红娘子”三字。鸿宾心中纳罕，红娘子是何人呢？为什么这般的热心呢？当下，也恬然置之。过了一天，即起解上道。

原来，王中堂的家中，养着一班死士，都是武艺惊人的大盗，王中堂收在家中，作为护院的保家。内中有一个姓左名杰的，江湖上人称金翅大鹏，这人本领可算得超超等的一类，非但武艺精通，本领非凡，而且晓剑术，能够飞行绝迹。只因在江南一带犯下了泼天大案，才投奔王中堂来。王中堂的心中，想着留了鸿宾，将来总是祸根，又怕红娘子留下的言语，心中很是不乐，左杰早猜透了王中堂的心事，便献计道：

“主人，何不让小人前去？在路上把李官儿刺死，那便了了。”

王中堂大喜，即命左杰前去行事。谁知过了几天，左杰却没有回来，王中堂大厅正中的梁却挂着左杰的首级。王中堂惊倒地上，家将们取了下来，却有一张纸条儿，上写：“左杰已经斩首，老奸再不改过，左杰便是榜样。”下面依然是“红娘子”三字。王中堂自此之后，便不敢再想把鸿宾暗害了。左杰怎样死的呢？自然是被红娘子所杀的了。

鸿宾自起解之后，不上两天，到了涿州。那一天晚上，落了客店，忽地又有人送进一封信来，上面写着：“今晚如有声息，请安心勿惊，自有小女子在。——红娘子”鸿宾越发地不解起来，夜间，心中怦怦然的，不敢熟睡。到了三更时分，听了窗外啪的一响，便有一条青光，好似要飞进窗。陡地从梁上飞下一道白光，迎将上去，一刹那间，浑如金鼓大作，雷电奔腾，窗外青白两道光华刺击个不住。不一刻，白光越发光华，青光却渐渐淡下。又一刻，只听得啪嗒一响，两道光华都消灭个干净，便有一个女子娇笑一声，即寂然无声了。

明天早上，鸿宾出去一见，看屋檐下有一堆黄水，当下也不敢声张，这堆黄水，也不用说得，自然是左杰的尸身，被红娘子用剑术所杀，用化骨丹化成的了。从此天后，鸿宾一路平安，不论到哪一处地方，总有人来招待，而且临走之时，一钱不要。鸿宾奇怪，一问情形，都说是红娘子吩咐。又问红娘子怎的如此，都说碧芙是她的大恩人呢！

鸿宾到了大理之后，不到半月，圣旨下来，赦鸿宾回乡。鸿宾不知就里，却又得到红娘子的一封信，说已命王中堂设法相救，明天便有人来迎接归家。鸿宾暗想：王中堂是自己的仇人，怎么肯救自己呢？细细地探听，方知一天晚上，王中堂正在房中饮酒，忽然红光一瞥，从窗外飞进一个遍体红色的美人儿，手执利剑，把王中堂一个爱子挟在肋下，飞身而去。临走的时候，留下一句言语，说要救李侍郎还乡，方放回这小孩。王中堂爱子心切，不得不想了妙法，连上了三本奏章，把鸿宾保救。这时，皇上本听信王中堂的言语，便下旨放回鸿宾，圣旨一下，王中堂的儿子却已在大厅上出现起来，只是背上写着“红娘子”三个粉字。鸿宾探知之后，越把红娘子感激。到了明天，果然有人来接，并且有轿有马，鸿宾问起何人来接，却说是碧芙早已知道，所以命人来迎。鸿宾心中以为红娘子碧芙必然知道，便深信不疑，同了方氏，上轿乘马，随了众人前行，不想到了这处山上。碧芙听毕，谢过老翁同红娘子二人，一连几夜，住在山上，宾主十分欢悦。

离碧芙上道到云南之时，约有一个月光景。金陵李家忽地热闹起来，鸿宾、方氏、碧芙、李二都已归来，内中却又多了二人，一个便是白发衰翁，一个便是红娘子，而且碧芙同红娘子二人，常是同起同坐，十分恩爱。原来，二人已成就了百年姻缘。

有一年的冬天，又下了很大的瑞雪，二人在望月楼上同坐饮酒赏雪，红娘子指着小桥道：

“这桥虽小，却很有景呢！”

碧芙笑道：

“岂止有景呢！并且是我们的大媒了！”

红娘子听得，不禁双颊飞霞，同白雪相映，顿成了奇景。墙外的人见了，都啧啧称叹，哪里知道，这绝色的美人儿，是一个名满天下的大侠士呢！

鸢　媒

话说清朝时期，正是春天最好的时候，树上花开得红的是艳桃，碧的是绿柳，芳草如茵，碧阴似盖，说不尽的艳阳景致，更有那啼断柔肠的黄莺飞遍，妆阁的紫燕撩人耳目。此时微风拂拂，最适配的是放纸鸢，所以苏州城里那些少年趁着学堂里散课的时候，带了心爱的纸鸢，什么美人啊，蜈蚣啊……各色各样，到着那绿茸茸的浅草地上，一齐放起来。那纸鸢摇摇摆摆地，在青天云里风动弦鸣，其声泱泱然送入人家耳际，真是清越有趣哩。

吾这书中的主人翁姓孙，字邦彦，他父亲是一个铁路上的工程师，他母亲王氏，在某女校里当校长，所以家境很是富裕。每当春假里，邦彦常邀着几个同学到草地上放纸鸢，夜中点着灯，甚是好看。

一天，邦彦同了他知交郭凌云到城外放纸鸢，凌云放的是蜈蚣，邦彦放的是蝴蝶，大家要争着谁的高。邦彦只顾放线，不防自己的纸鸢被人家的线割断，乘着风势，如箭一般往东去了。邦彦发着急，便举步追那纸鸢跑了许多路，见纸鸢落在一家的柳树上，邦彦临近一看，却是一个小小花园，有一带粉墙隔着。邦彦正在没法的时候，忽见柴扉两扇虚掩在那里，正是花园的后门，也不问信，只顾飞奔进去。那纸鸢挂在柳枝上，随风飘荡，好像招呼主人的样子。邦彦便撩起衣服，攀上树去，好容易取下来，回头便奔。却不料假山石边走出一人来，正撞一个满怀，只听娇滴滴的“哎哟”一声，那人扑倒在地。邦彦收不住足，也是一滑跌在那人身旁，鼻子里却闻着一阵非兰非麝的香气，心里觉得有异，连忙立起身来，定睛一看，不禁羞惭满面，原来是一位千娇百媚的女郎。当时邦彦双手扶起，深深一揖，谢罪不迭。那位姑娘把云环整了一整，抬起头来偷看了一眼，两颊绯红，回身便走。邦彦柔声和气地喊道：

“小生粗鲁，罪该万死！”

那姑娘却低低回答道：

“不打紧。”就匆匆地去了。

邦彦站着看那姑娘去远，正想走出园门，忽见地上黄澄澄的一只金针。拾起一看，玲珑非凡，谅是那姑娘头上的饰物，心中大悦，藏在怀里。提了破纸鸢步回原处时，凌云已收了纸鸢，见邦彦来了，便问道：

“落在哪一家？”

邦彦道：

“落在一家的花园里。”

凌云见邦彦神情恍惚，不禁奇异，又问道：

“你还遇着什么事吗？”

邦彦微笑不语。凌云见他不肯说，也就罢了，遂扯着邦彦的手道：

“我们不要放纸鸢，还家去吧。”

邦彦连声诺诺，二人便分手回家。

平常日子，邦彦返家的时候必和他母亲谈论一番，然后回到书房，或读英文，或习算法，有一定不易的次序。那夜吃了晚饭，却不与母亲谈话，也不看什么书，坐在灯下，呆呆出神。他母亲十分诧异，便同着小姑娘轻轻掩到那天井里，将舌把窗纸舐湿了，戳个小孔，往内张看。见邦彦托着腮，对着纸鸢出神，一会儿，在身边取出一件饰物，灿烂有光，乃是一只闺女用的金针。邦彦把玩勿释，好似痴的模样。他母亲看了，心中有几分明白，便缓步归房去了。

却说邦彦自从到那园内拾得金针之后，与着素不相识的女子会了一面，却刻骨记在心里，时常想起当日的情景。没精打采，茶饭俱废，口中不言，心内却思虑得一个不了。古人说得好，百忧感其心，万事劳其形，有动乎中必摇其精，而况思其力之所不及，忧其智之所不能，宜其渥然丹者为槁木，黟然黑者为星星。那邦彦的脸虽不至于槁木，那发儿虽不至于星星，然而已经憔悴堪怜，人比黄花瘦了。他母亲已看出心事，便忍不住问邦彦道：

“吾儿，你到底为着何事，弄得如此模样？”

邦彦起初还想抵赖，继而想着母亲是生我的，怎好在她面前撒谎，所以一五一十地细细说了一遍。母亲道：

“好啊！你着魔了，幸亏没有隐瞒你娘，岂不要累死人吗？现在我且请你的舅舅去打听一遭。”

邦彦听他母亲说这话，不觉快活至极，便命家人去请舅老爷前来。那舅舅姓王，名盛鼎，得信便来。王夫人便告诉他兄弟如此这般，请他去打听一个下落。盛鼎允了，雇了一匹花驴，加鞭疾驰，出城而去。约莫走到邦彦指点所在，果然有一座花园，园门紧闭，寂静无声，只有那鸟儿飞出飞进，啁啾不已。盛鼎看了，便转到前面，好大一个墙门，上写“淮南张庐”。盛鼎知道那家姓张，遂返身徐步而行。见有一个小茶坊，也有些曲栏盆花，盛鼎即拣了一座坐下，命茶博士泡了一壶绿茶，取了一张小报看着，见左右无人，前唤茶博士前来问道：

“我问你，这巷东那个姓张的大户人家，他们家的事情你可略知一二吗？”

茶博士道：

“不瞒客官说，我们做生意的人，终朝忙碌，哪里有工夫去管人家的事情？客官如有要事必须访问，我有个兄弟在张家做长工，他倒晓得底细哩。”

盛鼎道：

“也好，请你去唤你的兄弟前来。”

那茶博士便遣一小厮去了。不多时，他的兄弟已到，问茶博士道：

“二哥唤我做什么？”

茶博士便引至盛鼎身前道：

“老四，这位客官有话相问。”

盛鼎微笑道：

"你且请坐。"

老四倒也爽快，连忙坐下，他的哥哥便做生意去了。盛鼎又从身旁摸出两角小洋，递与老四道：

"请你吃些点心，不算什么。"

老四道：

"哎呀呀！无功不受禄，怎好受老爷的银钱？"

盛鼎道：

"不要客气，收了吧，我有数句言语问你，关于人家的婚事。凡你所知道的，可要和盘告诉我，又不可泄露于他人。"

老四诺诺连声，盛鼎道：

"请你将主人家的内容告诉我听。"

老四道：

"我家主人姓张，名字我却不晓得。手中家私很富，太太姓贝，也是大户人家的女儿。"

盛鼎道：

"有小姐吗？"

老四道：

"有的。老爷膝下只有一位千金，名叫舜华，真真爱得如夜明珠一样。"

盛鼎道：

"容貌好吗？才学好吗？"

老四指手画脚地答道：

"不是我夸口说，我家的小姐，直可称得世间无双。若论皮肤，雪及不上她白；若论容貌，花及不上她美，对里面说的貂蝉、西施怕也不过如此。至于她的才学，也是不消说得。你想外国学堂的学生才学有不出人头地的吗？"

盛鼎又问道：

"你可晓得这位小姐已受过人家的聘礼吗？"

老四道：

“不曾不曾，尚在待字之年哩!”

盛鼎听罢，笑道：

“你回答得甚好，时候不早了，我也要走咧。”就会了茶钱，道声再会，跨上驴儿还家了。

回到孙家，如此这般，一齐告诉了王夫人。夫人对邦彦道：

“你舅舅已打听明白，果然是一位有才有貌的小姐。后日我请你舅舅去作伐便了。”

邦彦听他母亲说话，不胜之喜，因此欢欢喜喜地到学堂上课去了。后来盛鼎去执柯，不料那张家的老儿执拗不过，竟不应允。盛鼎与王夫人不敢使邦彦晓得，只有暗中愁叹罢了。

再说那张舜华小姐，是个热心自由的人，这也怪不得她。大凡女儿家入了学校，专喜讲究新法，便有自由的念头。舜华心高气傲，一心要想自己择人而事。自从在花园里为邦彦撞到之后，当时见他一表人才，出落不群，谅必是个有才的学生，只为瓜田李下的嫌疑，便忽然不顾而去。回到房中，觉得少了头上的金针，晓得已为此生拾去，又惊又喜，时时刻刻记挂在心，终日神情颠倒，像有了心病模样。他母亲很是爱她，赶忙延医诊治。这事传入盛鼎耳里，以为机会到了，又去向张府求亲。张家的老头儿不知其中委曲，直接地去告知贝夫人。夫人一意怂恿他允婚，老头儿无奈也就答应了。

盛鼎回来，告王夫人道：

“张府幸而允了，但是必须招赘在家。”

王夫人初有难色，后经再三商议，言明两家同居。邦彦一人顶替两姓香烟，接洽已毕，择吉成婚。结婚之日，两家亲朋俱到，说不尽的繁华景象。看的人都赞道：

“这一对夫妇，郎才女貌，可称得起神仙眷属了。”

邦彦的同学王凌云等一齐到新房里取闹。凌云便将放纸鸢的故事告诉众人，众人都大笑起来道：

“原来有这样的故事，那真正的媒人却是不言不语的纸鸢了。”

闹到更深，诸友方才散去。这夜，双双携手，同入锦帐。新人之乐，不必细表。

却讲他们结婚之后，尔怜我爱，真是说不尽的恩爱，不瞒看书的人说，那孙邦彦便是小可的至友，结婚时的祝辞就是小可做的。现在这位嫂嫂，膝下已有一个宁馨儿了，我曾经记得去年我同凌云往虎阜踏青，在马路上遇见夫妇二人坐在一轮橡皮车上，抱着孩儿，马蹄嘚嘚，如飞地跑过。可笑我们发痴一般，也赶到虎邱，在剑池旁边遇见他们，就此席地谈话。这时候，恰巧有一只纸鸢在空中翱翔，弓弦嘹亮，声声送入耳鼓。那舜华女士睹着丈夫面庞，微微地笑了一笑。这时，我也明白了，因为女士在旁，故不去调笑。邦彦便同凌云告别而归。

凌云劝小可将他们艳史写出来，小可也就不辞，他们的姻缘，都是纸鸢的力量，合了古人"赤绳系足"的话儿，故取名叫《鸢媒》。只是诸君看了小可的小说，不要尽学着邦彦去放纸鸢，巴望遇着第二个舜华女士，恐怕要枉费心机，没有如此多情的女郎会爱上你呢。

友人艳史

那一天星期日，我正在家中没事做，要想出去拜访几个朋友，忽然履声橐橐，来了一个不速之客。这人名叫王志远，是我幼时的同学，志同道合，十分相契。但是，他今夏刚从美国毕业还来，趁着黄色时节，三秋天气，便在春申江畔，同他的意中人成了百年良缘，那些老同学没有一个不说他是享尽人间艳福的。

当时，我见了他，便请他坐了，问道：

“足下这两日新婚燕尔，正在温柔乡里消磨岁月，却为什么有空到苏州来?”

志远笑道：

“老友，你这话说得奇怪，苏州是我家乡，我生于斯，长于斯的，难道不应该回来吗?”

我道：

“不是这么讲，你突然前来，自然令人惊奇，何况你正在蜜月中呢!”

志远道：

“我本为着扫墓而来，所以同我母亲及内子一齐来的。”

我喜道：

“尊夫人也来的吗?”

志远笑着点点头。我道：

“我是久仰你这位夫人的大名，明天倒要来识荆一番呢!”

志远道：

“老友，我这番也心满意足了，现在这世界上道德衰败，大有江河日下之势，要求一个真正纯洁高尚，于品貌上皆无缺憾的女子，可算是凤毛麟角，不可多得。老友，不是我夸口说，像我这样的内子，也算难得了。”

我笑道：

“你晓得的，蒋慕侠不是你我的老友吗？他在前年得了个才貌双全的细君，便向我十分夸赞。我曾经代他作了一篇小说，名叫《倩影》，是登在《小说新报》上头，现在你这位夫人，看起来也同他的夫人可称一时瑜亮，无分轩轾，待我也来与你作篇小说，好不好吗？”

他道：

“你肯如此，再好也没有，我重重地拜托你。”

我们谈了良久，他因有事在身，便告辞还去。我横竖没什么事做，便秉笔直书地写了出来。

话说志远是苏州人氏，他从小便没了严亲，只剩下十数亩的田地，供他娘儿两个过活，家中又无别人。志远幼时候攻书上学，都是他母亲一个人费尽心力，他家的亲戚又是寡少，唯有志远的姑母是嫁在上海一家富户，倒也时常有些津贴。唯那志远的母亲穷志气极大，从来不曾开口向那边借过钱，她时常对志远说：

“一个人生在世上，贫富倒不要管他，总要争口气，做一番出人头地的事业。你幼时已成了一个无父之儿，无人来提拔你，管教你，况且家道又是十分穷苦。你读了书，须要学那范文正公、欧阳文忠公的榜样，将来可以显亲扬名，博得人家说个生子当如王志远，便不负娘儿今日一番含辛茹苦了。”

志远听他母亲说得痛切，所以时常用着那话勖励自己，读书非常用功，常得考列前茅。到了十六岁的时候，已是在一个高小学校里卒业了。志远是预备着读书的，既然在高小里卒业，便要进中学校了，但是照他们家中现在的情形，实在栽培不起，哪有这笔读书的款子？因此，志远的母亲同志远十分忧虑。

却巧不多几天，从他姑母处来了一封信，说是闻得侄儿既然毕业高小，急需努力上进，沪上某中学新设，正在招考学生，其中教师多是东西洋的博士，内容精美，课程完善，侄儿有志，可以来沪肄业。至于学费一层，谊关亲戚，不妨由彼氏代出云云。他们娘儿两个得了这封信，商量了一夜，他母亲决计愿她儿子离开膝下，到海上去读书，不负那姑母的美意，便命志远恳切地写了一封回信去。

隔了几天，那姑母处又来了信，说某校招考在即，已代为报名，望志远在一星期中要赶紧来沪，并由邮局汇了一百龙洋前来，叫志远预备一切行李。于是他母亲忙着代志远添了几件衣服，购了些零星物件，志远也拣自己心爱的书籍，买了数本，预先两日，在家温习些功课，好去应试。又写信与他姑母，约明日期，请那边派人在车站等候。

到了走的那一日，志远有些小同学聚集在一处，替志远饯行，临别赠言，不外是些勖勉的话。志远也十分感激，握着酒杯，对那班朋友说道：

"今天蒙诸位知己殷勤送别，我心中实在非常快活，非常感激。此后到沪，当将诸位勤勉的说话放在心上，将来倘有飞黄腾达的日子，这便是诸位所赐了。"

在下当时也在其中，便向众人道：

"志远兄说的话，足见有志。有志者事竟成，我等当共贺一杯。"

说毕，众人都道：

"是啊！我等也愿志远做个未来的伟人，可以大有为于天下。"

遂举起酒杯，大家一饮而尽。志远也吃了三杯，等到席散时，各人告辞还家。

却说志远回到家中，少不得他母亲也有一番叮嘱，叫他在姑母面前须要规矩，读书亦要用功，好使姑母欢喜。又说道：

"你在上海热闹的时候，不要忘了有个孤苦的老母在着苏州眼巴巴地望着你。你要晓得我心上的人，除了你，世界中没有第二个，你将来……"

志远的母亲说到那时，便不由呜咽起来。志远也含泪说道：

“娘啊！孩儿年纪虽轻，心中却知道我王家门中将来或兴或衰，只靠着我一个人，我必要争口气才好。还有我母亲身受的一番苦楚，都是历历在目，我将来要是不发达便罢，若有一天富贵的日子，断不会把母亲忘记的。”

他母亲听了志远的话，心中稍慰，叫他冷暖要自己当心，家信要不时写来。可怜他们母子二人，絮絮地讲了一夜天话，直到天明起来，泪眼未干。志远洗了面，吃了点心，便喊个轿夫，先把行李挑到火车站去，然后拜别他的母亲，走出门来。他母亲送到门前，一手把手帕揩泪，一手握着志远的手。隔了良久，迸出两句说话道：

“你好好去吧，火车要快到了。”

志远也说了声：“母亲，珍重！”硬着头皮去了。他母亲倚在门边，睁着两眼，直看到志远去远，已是无影无踪，然后将门关了，走到房中，觉得一个人凄凉非凡，心中十分难过，低低地饮泣了一番。

却表志远行到车站，见有几个朋友在那边等着。见了志远已来，便大家走来欢迎，一一地握了手。讲了几句话，只听得远远的汽车笛呜呜叫了两声，火车已是奔雷掣电地开来。到了车站，便慢慢地停了，那些乘客都是一拥而上，志远早已买好了车票及行李券，便对众人说了声：“后会有期！”踏上车去。走到一个三等客室里面，早已拥挤不堪，志远便抢了一个座位坐。隔了一歇，那车便拨动轮机，徐徐地开了。志远在车窗内见那些同学都站在天桥上，远远地送他，便取出他的手巾来，在着车窗外面扬了几扬。那时，车已开足了汽机，如飞地一般向前行去。一刹那间，那绿杨城郭早已见不到了。志远在车内买了一份《申报》看着，不到几点钟，上海已是到了。停了车，志远忙下来认取行李。

那时他姑母差来的仆人已在那里等候了。那仆人姓赵名福，去年有事到过志远家中，所以认得他。当时招呼了，走出栅栏来，将车票验过，赵福忙去喊了两部黄包车前来，同着志远坐了，把行李分载在两部车上，便推向维新里去。志远初次到沪，在车上看那夷场的风景，真是车水马龙，非常繁华。不多一刻，到了他姑母家的门前，便下了车。赵福先把车钱付了，志远不肯，定要自己拿出来。赵福道：

“这是太太吩咐的，少爷不必客气。”

便替志远携了行李，一同入内。志远见一排三楼三底的房屋，金碧辉煌，团团尽是玻璃窗，中间是个客堂，摆设也非常华丽，赵福便请志远坐了。那时，有一个女仆忽从里面走出来，见了志远，便笑问道：

“可是王家少爷来了吗？”

赵福道：

“正是，你快去报与太太知道。”

那女仆答应了，便噌噌地跑上楼去。少时，他那姑母下来了，身旁还跟着两个表妹。志远看他姑母尚在四十岁的光景，慈颜悦目，和蔼可亲，那两个表妹，一个是十五六岁，年纪与他仿佛相同，一个是七八岁，梳着两条辫子，打扮得都秀雅温文。志远便上前向他姑母跟前请安。他姑母便双手搀起，说道：

“不要多礼，侄儿现在长得好一表人才，不认识了。你母亲近日身体好吗？”

志远谢了，又说道：

“姑父近日在京中如何？”

他姑母说道：

“他身体很健，但是时常有些咳嗽罢了。”

说时，即向他们两个女儿说道：

“你们也上来见见表兄。”

志远红了脸，同他两个表妹揖了两揖，两个表妹却对他鞠了一个躬。他姑母便问他：

“肚子觉得饿吗？”

志远说道：

“姑母不要费心，侄儿是吃饱了上车的。”

他姑母道：

“年轻的人容易觉着饿，我这里午饭已是备好，我们不客气地一同吃吧！”

遂唤仆妇开饭。我如今要趁这个当儿，把志远姑母家的历史略略说了一遍，好使看书的看得明白。

原来，他姑母王氏，是在志远父亲在世的时候嫁给上海一家富户姓赵的，她丈夫名重华，胸中很有学术，现在京里政界中任事，在上海地面也很有名气。他姑母嫁了这一家富贵人家，可算得称心如意了，只是可惜，她膝下无儿，只有两位掌珠，这却是她终身的一个大缺憾。她那两个女儿，大的名佩珍，年方十五，生得秀外慧中，美丽非常，两个点漆一般的瞳神，活泼可爱，同她的小妹妹玉珍在着一个女校里读书，天性本是聪敏，加了非常用功，所以那时已在师范预科班了。按下慢表。

却说志远坐到席上，腼腼腆腆地吃了两碗饭，把筷子一举，便说了声“慢用!”要想不吃了。他姑母本是没有儿的，她见志远生得如玉树临风，芙蕖映日，真是一个少年公子。又听得他在家中如何用功读书，一切艰难，都能晓得，所以心中十分爱他，便笑着对志远说道：

“侄儿，到了我这里，却不能客气，你的年纪是在长发时代，吃了两碗饭，少间肚子必要受饿，你再用一碗吧!”

便回头命仆妇代少爷添饭。志远推托不过，便吃了。等到夜间，晚餐以后，他姑母便领志远到东边一个夹厢内，请他住下。志远见室内床帐枕席，一切均已铺好，沿窗摆着一张书桌，几只洋式的交椅，壁上也挂着四条王麓台的山水对联。靠着书桌悬着一盏电灯，看上去真个景致非凡。又谢了他姑母的一番安排，坐下来打开书箧，要想看一刻书。他姑母说道：

“志远，你今天路上必然也很疲倦，早些睡吧！不要再用功了，我明天要带你同你的两个妹妹出去游逛一趟，好在考试尚在后天呢!”

志远答应了，便脱衣安寝。他姑母待他睡后，便还到自己房中去了。到得明天起来，吃了早饭，约莫有十点钟光景，他姑母便命赵福喊了两部汽车，命志远同她小女儿玉珍坐在一部车里，她自己便和佩珍坐了一部，命车夫赶着到张园虞虹园一带去游玩。午饭便在外用了，直游到夕阳西坠，电灯初亮的时候，方才回来。在理，上海的地面，到了下午四五点钟，正是上市的时候，但那志远的姑母喜欢清静，所以一到热闹的时候，她反不游了。闲话休表。

且表他们还到家中，他姑母已是有些疲倦，便在房内歇息去了，唯有志远同着两个表妹在庭中拍皮球玩耍。到了晚上，吃过夜饭以后，志远便温习了几门算学，上床便睡。到了明天早上，志远梳洗了，吃了点心，便端整笔墨，到他姑母处去告别，他姑母便命赵福送他去。志远乘着车，到得那校门，首见已有许多学生拥挤着，志远便命赵福在外等候，自己进去验了体格。等到铃儿一摇，大家都肃静无声，便有一个穿西装的教习到外面来点名，发考卷。点到第十七名，挨着志远，他便接了考卷，到里面去考了。考毕以后，便同赵福还家。他姑母见志远回来，含笑问道：

“考题难不难？我想侄儿如此用功，必然考取的。”

志远答道：

“考的是中西文算学，共是三种，侄儿勉强做了出来，不知道能够取不取呢。”

其时，天气甚热，志远脱去了长衫，用手帕揩汗。他姑母便喊了一个仆妇，端上一盆热水来，让志远揩身，又说道：

“你也辛苦了，不用忧虑，且等到后天再看吧！”

到了后天揭榜的时候，那主考的因为志远的考卷十分优美，便和校长商量了，竟把他插在二年级内。志远见了，这一喜非同小可。他姑母晓得了，也是非常快活。志远便写了一封家信回去。

到了开学的日期，志远便往校中上课，一切书籍学费都是他姑母拿出来的，他是个半膳生，所以是朝去夜还的。他每日从校中归来，孜孜矻矻，终不肯荒废功课。他姑母见他才学很高，便命她两个女儿，到了晚间，在他处补习学科，是要他指点指点的意思。志远也答应了，所以每日一到晚餐过后，佩珍、玉珍带了几本书，一同到志远房中温习一个钟头，他姑母有时也来坐着，陪他们读书。因为他姑母是富贵家的人，家中有的是仆人，有事时只要歪歪嘴便了，她也没得什么事体做的。志远要想报答他姑母的恩，所以很用心教他两个表妹，讲到中文、算术两方面，那佩珍天生的聪明伶俐，倒也和志远相去得有限，唯有科学和英文两课，尚不甚高深。志远素来喜欢研究科学，便把肚里晓得的一样一样讲给她们听。佩珍却都能一一领悟，唯有他那姑母见志远说的好像野话，什么地球啊，微生物啊，物理啊，化学啊，一些儿都不懂，她只有笑着说道：

“你们都进了学校，便相信洋人的话，说得稀奇百怪，连天地也没有了，虽然有些也有道理，然而我终有点儿不信。”

志远见他姑母如此说法，只得对着佩珍笑了。几个月之后，佩珍的科学大有进步，连玉珍也稍微有些懂得，有时吃饭时候，只要肉烧得有点儿不烂，她便不要吃，说肉中有许多微生虫，叫猪身旋毛虫，烧得不透，这虫便不死，一进了人的肚肠，再到肌肉内，十分危险，甚至于要送命的。有时，仆妇喝冷水，她便劝她们不要喝，说水中也有几千几百个微生虫，人的眼睛看不见的，喝了进去，能使人生病，所以不煎沸的水千万不要喝。他母亲笑眯眯地对她说道：

“你听了你表兄的话，真正添了许多新知识了。”

玉珍跳在她的母亲怀里，偎着她母亲的脸，说道：

“母亲，你要我讲给你听吗？”

她母亲笑道：

“罢了，你拾了人家牙慧，要来做先生了。我年纪已老，不懂也不要紧，我不要听，还是我来讲两支《山海经》与你听吧！”

那玉珍听了，便掩着两耳道：

“我不要听，我如今晓得母亲从前讲过那些神怪的事体，都是后人捏造的，世间上哪有这种事情？我不要听。我今天夜里还要听哥哥讲苍蝇和蚊虫的历史呢！”

驹光迅速，一眨眼睛，已是年假来了。志远待到大考过后，校中放了假，便收拾行李，拜别了他姑母，回到苏州。母子相逢，自然快乐非常。那志远也有许多旧时同学，听见志远来了，便都来看他。志远趁着空的时候，仍旧要习字看书，不肯放松一点儿。等到新年一过，不多几时，开学的日子一到，志远又要重离吴门，作客春申了。当时，他到了姑母家中，却巧他的姑父重华从京中还来了，已过数天。他便上前拜见姑父，那重华听见他夫人说过志远如何好法，今日见了志远，谈吐之间，觉得他夫人的话不错，便非常器重他，每逢星期日，常常同他出去饮茶吃酒，拜会朋友，因此志远由他姑父的介绍，便认识了许多有名人物。后来，重华假期满了，要到京里去，便悄悄地对他夫人耳边说了几句话。夫人对她丈夫笑道：

“不消说得，我早有此心了。”

其时，她女儿佩珍正在旁边，只不晓得她父母说的什么话罢了。暮春三月，江南草长，那时间，天气和暖，上海地方一带的男女学校一个一个地开起运动会来。志远的学校运动一方面也很注意，所以，也不落在人家后面，唯有他表妹佩珍读书女校，在着黄歇浦边，可算是数一数二的，所以将要开会的前头，便有许多人预先要去讨入场券。志远听他同学说得那校运动如何如何优美，他心中想，他的表妹佩珍正在这校读书，想入场券一定是有的，倒也要去看他一看。当时回到家中，见佩珍等姊妹二人尚未还来，他姑母对他说道：

“后天星期五，听得佩珍、玉珍的校里，要开运动会，所以她们姊妹二人今天尚在校中操练，天色已将暗了，怎的还不回来？我已差张妈去迎接了。”

志远答道：

“姑母请放心，大概不论什么学校，每逢开会的日子，预先几天必要加紧预备，只要预备功夫一熟，临时就不至于被来宾讪笑了。”

他们二人正说着话，只听门前车声辚辚，接着打门声音，乃是佩珍、玉珍同着张妈还来了。他姑母搀着他们的手，说道：

“今天你们辛苦了！”

玉珍答道：

“我倒练得只有两回，只是我姊姊习练的那个舞蹈足足有一点钟呢！”

佩珍笑着对志远说道：

“哥哥，你后天能来参观吗？我这里有入场券，最好请哥哥陪我母亲一同去。”

志远道：

“要的，后天礼拜五，下午好在没甚重要功课，我可以请半天假，同姑母来看看。”

玉珍闻志远也情愿来看，便跳着说道：

“哥哥，到那天，你须留心看我，姊姊一班中的跳舞真是出色呢！”

到了星期五的那天，真个是天朗气清，风和日暖，佩珍的校门首校旗高扬，人头拥挤。志远伴着他姑母坐了两部包车，到了校旁，便下了车，取出两张入场券来，交与收券员验了，然后同他姑母踱将进去。一路弯弯曲曲，走到操场门口，见人山人海，运动会正在开始。志远拿了次序单，便请女宾招待员引他姑母到女宾席中去，他自己挤到人丛中一看，场中正是高二的哑铃操，动作甚是整齐。原来，佩珍那校是分着初等、高小、师范三科，每级均要上场操演的。志远占了一个座位坐着，看看过了数节，便是初四的表情游技出场了，他表妹玉珍也在其内，做得很熟，等到初四的表情游技完毕了，接着本科一年的棍棒操演，四年的麦浪风翻，高三的暮春游，初二的楚汉纷争，高一的碧波月，演得五花八门，大为来宾称赞。志远一看次序单上，本科三年西洋柔软体操之后，便是本科二年的蛱蝶穿花，他晓得佩珍就要上场了。果然三年进去之后，便有一个女教习喝着口令，领出一队学生来，都是一色的白操衣黑裙，每人手中提着两条红绿颜色的带，步伐整齐，走到操场中心，一齐立定。志远一眼瞧见佩珍，正在第三行内，桃窝儿浅晕，嫣然欲笑。那时，做起那个蛱蝶穿花来，手如回雪，身若转波，翩翩跹跹，陆离光怪，真个令人目迷五色，加以琴韵悠扬，歌声清脆，顿时全场拍起掌来。志远正在看得出神时，只见那些学生舞到好处，忽地一齐停住，然后一对一对地走将进去。志远又看了十数节，见暮鸦归林，天色已晚，运动方始闭会。那些来宾都是一哄而散，志远同他姑母却到来宾室中，坐着等候，少时，佩珍、玉珍和几个同学说说笑笑地走将进来，他姑母立起身来道：

“来了，我们一同还去吧！”

佩珍便与她的同学说了声再会，一齐走出校来，坐着车子还家。志远到了家中，便称赞佩珍等的跳舞，进退有序，周旋中节，十分佩服。佩珍低头笑了一声，似乎露出很得意的样子。玉珍道：

“哥哥，可是我的话不错吗？”

她母亲笑道：

“果然不错，今天你也做得极好。”

玉珍听了，把头藏在她母怀中，说道：

“我晓得的，我是操得极不好，母亲你也要来笑我吗？”

她母亲说道：

“你不要冤枉，真的，你做得极好，你不信，你可问你哥哥便晓得我的话不错了。”

志远便说道：

“是啊！玉妹今天果然做得出色，不输于你姊姊呢！”

志远说了，便走到他自己室中看书去了。

有一天，志远从校中归来，觉得额上有些微热，头晕目眩，支持不住，夜饭也吃不下，竟往床上卧了。到得明天，更觉得身子非常不舒服。他姑母走到他床边，用手在他额上一摸，便说道：

“志远，你今天发寒热，不能到校了，校中可要写请假条子去吗？”

志远点点头，便坐在床上，勉强写了一张请假条子，他姑母拿了出房去了。到得晚间，佩珍等姊妹二人因为志远生病不能去同他研究，她们便在着自己房中预备功课，只是佩珍面上很露出忧愁的样子罢了。一连过了两天，到第三天上，志远的寒热未退，舌干唇焦，精神恍惚，觉得病势非常沉重。他姑母发急，便令赵福去请了一个有名的医生来诊治。志远的同学听说志远患病，便有几个知己一同来看他，志远也应酬了几句，他们见志远说不动话，坐了一歇，便告辞去了。到了晚上，志远服了药，他姑母同着两个女儿一齐走到他房里来。玉珍走上前去，把志远的帐子钩起，说道：

“哥哥，你心中觉得如何？”

志远睁开眼睛看看玉珍道：

“妹妹，谢谢你，我还好。”

玉珍道：

“我要求天保护哥哥立刻就好，我们便再可以听哥哥讲书了。”

他姑母也坐在床边，问志远道：

“你觉得究竟如何？我代你颇为忧急，你母亲处要送个信去吗？”

志远听了，摇头道：

“这倒请姑母勿必，我病虽重，尚不至于十分危险。我母亲是非常疼爱我的，假使被她知道，她不知要急到如何地步呢！可怜她一个人在着苏州……”

说到此间，志远的喉咙咽住了，不禁落下泪来。他姑母见了他形景，也觉得心中十分难过。那时，佩珍在着他母亲旁边，听了志远的话，忍不住把手帕掩住眼泪，低声说道：

“哥哥，你不要悲伤，以致坏了身体，吉人天相，哥哥的病不日自然会好的。”

志远道：

“是啊！但愿依着妹妹的金口便好了。”

他姑母坐了良久，便唤了一个仆妇住在他房间里，以便夜中伺候，然后同她两个女儿出房去了。

过了一星期，那志远吃了这医生的药，病势渐退，精神复旺了。一天夜里，志远啜了些薄粥，沉沉睡着，睡梦中，觉得有人揭他的帐子，睁开眼来一看，不是别人，乃是他表妹佩珍。志远问道：

“妹妹，可有什么事吗？”

佩珍梨窝儿薄晕，低着头答道：

“我来看看哥哥身体如何。”

志远道：

“多谢你，现在已好了许多，再隔两天，我总可以起来了。只是我口里觉着很渴，请你唤声张妈前来。”

佩珍道：

“张姑正有事呢，哥哥，你要喝茶吗？待我来取与你吧！”

说罢，走到桌边，倒了一杯茶，自己先用口尝了一尝，走过来授与志远，说道：

“哥哥，喝吧！这茶不甚烫呢！”

志远坐起身来接过，一饮而尽，把杯子还了佩珍。佩珍问道：

“再要喝吗？”

志远摇摇头道：

“不要了。”

佩珍放下茶杯，还过身来，坐在床沿上，对志远说道：

“我晓得哥哥是最可怜的人，所以哥哥生了病，我心中非常焦急，现在幸亏好了。哥哥，请你以后千万要保重身体，不要为着处境窘迫的缘故去悲伤。孟子说的《降大任》一章，是千古颠扑不破的话，哥哥只顾安心静虑地做上去，怕不有鹏飞的日子吗？”

志远听了佩珍的话，十分感激，对佩珍说道：

“妹妹的话使我实深佩服，你可算得是我一个知己，将来我倘有扬眉吐气的一日，绝不能忘掉你。”

志远说了，觉得自己的话末一句太说得过分恳挚了，不觉面上红了一红。佩珍也是蝤蛴低垂，脉脉无言。正在这时候，只听得门外玉珍喊道：

“姊姊，你在哪里啊？”

佩珍答道：

“我方在这里看哥哥呢！”

说罢，立起身来，匆匆地去了。志远见佩珍已去，他仍旧睡下去，口中叹道：

“像我表妹的话，真是对着我十分体贴，究竟女孩儿家的心是天真烂漫、温柔怜爱的呢！”

过了几天，志远的病是完全痊愈，仍旧到校中去读书了。他姑母见了，心中甚是快乐。话休絮烦。

且说志远在中学校内毕业出来了，这因为志远在着二年级内，考试的分数是第一，所以照校中的新章程，志远竟一跃而到四年级了。毕业之后，他便要预备到外国去学习专门科学。他姑母见志远的志向很大，便应许将来仍旧代他出学费，所以他在暑假期内也不回苏，仍住在他姑母家中，每日早晨到一个西人所设的理化研究社去补习一点钟。这时候，佩珍在她的学校内，也快要卒业了。他二人在这暑假中，弈棋弹琴，讲经论史，耳鬓厮磨，亲密非常，他姑母见他二人怜爱的情景，也极愿把佩珍配与志远，况自己又膝下无儿，虽然目下坐拥巨产，到后来不免为若敖之后鬼，若要招赘个乘龙快婿，然而雀屏中选的人，心目中除了志远，非常难得。那时，她便想起她丈夫临行的话。

原来，重华走时，曾告诉她说道：

“我看志远这侄儿，世间真是罕有，将来不如把他招赘在家吧!”

所以，她便决计从她丈夫的说话，请人暗底写了一封信到京中去，告诉重华。又写一封信到苏州，请志远的母亲来沪。志远的母亲在早晨得了信，不知道为了什么事体，便略略收拾一番，把门户托与邻人照顾，趁了一点零五分的特别快车，赶到上海，到了她姑娘家中。佩珍的母亲便同着玉珍出来迎接，姑嫂相见，自然有一番说话。这时候，志远同佩珍正在书房中弈棋，忽听外面说话声音，正是他母亲，他心中吃了一惊，便立起身来。只见仆妇来说道：

“少爷，请你出去，苏州的太太来了。”

志远便同佩珍走了出来，见左手交椅上坐的正是他母亲，他走上前见了，问道：

“母亲，你为着何事前来？我很挂念你。”

他母亲笑道：

“我此次来沪，是妹妹写信来叫我的，你问你姑母便知道了。”

他姑母对他说道：

“志远，你不要问吧，我有一件事体要同你母亲商量，到后来，你也要晓得的。”

那时，佩珍缓步走上前来，叫了一声舅母，志远的母亲见佩珍挽着两个堕马髻，脂粉不施，蛾眉淡扫，耳上悬了一副珠圈，身穿轻罗小衫，亭亭玉立，真是一个千娇百媚的女儿。她便握了佩珍的手，对她母亲说道：

“数年不见，两个甥女真长得如花朵一般不认得了。我记得妹妹来苏的时候，大甥女方梳着双丫髻，玉珍小甥女正抱在怀中呢！光阴如箭，易催人老，无怪我们一年不如一年了。”

佩珍的母亲说道：

“可不是吗？这两年嫂嫂的容貌也老了许多了。”

正说着话，仆妇端上点心，是五碗蟹粉虾仁面。佩珍的母亲便请她嫂嫂用点心。到了晚膳过后，佩珍的母亲请她嫂嫂到她自己房中谈话，先是志远的母亲谢了她姑娘照料她儿子的恩，佩珍的母亲便说道：

“这些小事，何足挂齿？我是很爱志远的。”

便把她心中的事一一地告诉出来。志远的母亲答道：

“我的儿子就是你伯儿子，妹妹既然爱他，这是最好的事了，只是恐怕我无福享受这样贤美的媳妇呢!”

佩珍的母亲见她答应了，十分欢喜。当夜，就请她嫂嫂住在自己房里，又请她隔两日同志远还苏，收拾收拾，一同回到上海来。志远的母亲也因自己在着苏州，两年以来，一个人凄凉非凡，况且以后志远又要出洋了，便也应允。

过了三日，志远的母亲便同志远回到苏州，收拾一番，将房子退了租，辞别了许多乡邻和朋友，搬到上海去了。那时，志远和佩珍大家都晓得订了婚姻了，所以见面时反而有些腼腆。志远得了他表妹为妻，心中非常快乐，依着志远姑母的意思，要想在志远出洋留学以前便替他二人成了婚。然而志远立定主意，要等他外国毕业还来方始与佩珍同圆好梦，一来因为自己年方十九岁，他表妹佩珍的芳龄亦只有二九，他素来不喜早婚，晓得男女早婚于身体上有害的；二来因为他要到自己可以自立的时候，然后好讲到“室家”二字。他姑母见他的议论甚是有理，没奈何，也只好依他了。

到得七月底边，天气渐凉，志远便摒挡行李，要和一个校中教习，名盘克门的，一同动身。那盘克门是美国人，前在志远校内教授理化，和志远感情很好，这番志远留学，一半是他鼓吹的力量，他因有事还国，所以约了志远一同走。志远进的是纽约大学理化科，也是他介绍的。当时，待到外国轮船出口的日子来了，志远便向他母亲、姑母及表妹等辞别。他母亲与他姑母叮咛了他许多言语，真个是南浦送别，黯然销魂。佩珍当了众人面前，不好意思开口，便在暗地里勖勉了志远几句，又叫他在着外国要善自生珍卫，保重身体。他二人觉得有千万句的言语在着心头，只是苦着说不出口罢了。志远别了众人，坐着车到得埠头，盘克门已在那里等候，也有许多同学齐来送行。志远一一谢了，同盘克门下了舟，在一个舱内过了一宵。

次日，舟已启碇，出了口，便是东海了。志远在舟中有时同盘克门讲些化学，有时看些小说，倒也颇不寂寞，当着风浪平静的时候，便走到甲板上来，眺望海中的风景。但见碧海青天，渺茫无际，远远地唯有海鸥点点飞翔在波浪中间，回首神州，已隐在水平线下，连一线黑影也没有了。志远是乘风破浪，觉得前程万里，将来学成返国之后，应该如何使祖国富强，种种念头，潮上心来，可笑这东海虽然不是长江，然而志远此时不觉大有祖逖渡江击楫中流之慨。看官，大概不论什么留学生，在着出洋的时候，都有这种观念，可惜等到还国以后，一经着社会潮流的冲击，十个倒有九个就要失了从前志愿的。但是，做书的却巴望志远不要像这种人呢！

却说志远到了纽约，觉得外邦风景非常热闹，加以纽约地面是美国第一个富庶之区，商贾辐辏，梯航云集，真个是目眩神移，如入山阴道上，大有应接不暇之势。志远便住下一家旅馆，等了几天，同盘克门往纽约各处有名的地方去，游玩了一番，然后由盘克门介绍，考进了纽约大学的理化科。志远便在内用心学习，好在一切费用都有他姑母源源不绝地寄来，他也非常节俭，不肯过分浪费。又不时与他表妹通信，托他照顾他的母亲，他在美国也结识了好些朋友，假期内也游历了好些地方，待到四年期满，志远便受了文凭，预备要回国了。他便先写了一封信，寄到家中，说明几时动身，何时返国，然后预先购下了船票，收拾行装。到得还国的一日，那些外国同学开了一个送别会，送他动身，志远答谢了他们的盛意，便乘了轮船回国了。到了上海，有些同志远知己的朋友，都已在轮埠迎接。赵福也在人丛中挤出来，见了少爷，便相帮领取行李，志远上了岸，便同他们握手道故，阔别四载，大家状态都有些改变了。志远说了几句话，便辞别众友，同赵福押着行李，坐着车，向他姑母家来。在路上，觉得上海处处都变了样式，愈觉比前十分奢华，不觉大有沧海桑田，今昔异殊之感了。到得家中，志远上前拜见了他母亲及姑母，她们二人见志远学成还国，英姿飒爽，较前益发来得轩昂，各人心中不胜欣喜。志远见佩珍、玉珍都不在家，他知道佩珍是早已毕了业，在本埠某女校教书，玉珍是必然在着校中尚未放学，因为他在美国时早已接到佩珍的信了。当时，他母亲及姑母拉着他坐了，讲个不绝。志远便讲了些美国风景及有名的所在，等到四点钟后，玉珍携着书包先回到家中，见了志远，笑嘻嘻地说道：

"我晓得哥哥今天必要还国了，请你在空的时候，要讲些外国的事情给我听听。"

志远见玉珍已长大了许多，便答道：

"要的，或还有许多风景的明信片在书箱里，等一刻我要拿出来送给妹妹呢！"

玉珍听了，十分快活，便安她的书包去了。又停了一歇，志远刚正立起来，背着手走到庭中，这时，佩珍回来了。志远见佩珍穿着薄罗的夹衫，革履长裙，香风飘溢，觉得意中人芳体无恙，容貌如昨，心中非常安慰。那佩珍见了志远，有些含羞的样子，低低地叫了一声：

"哥哥回来了！"

志远答道：

"我是午前到此的，妹妹可是从校中还来吗？"

他姑母见他二人的形景，便笑道：

"你们隔了数年，相见时倒反觉着冷淡了，不如待我来做主与你等做了亲吧！"

佩珍听见了她母亲的说话，羞得两颊红晕，跑上扶梯去了。

过了一星期，志远应酬的事体稍定，他姑母便择了一个吉日，又写信到京中去请她丈夫回来，收拾青庐，预备同志远、佩珍二人成婚。那时，佩珍在校中已请人代了她的职务，等到重华回到上海，吉期已届，志远便同佩珍在着爱俪园中结了婚。当时正是题糕节近、黄花初放的时候，嘉宾满座，欢腾华屋，竟是非常热闹。讲到志远和佩珍结了婚之后，自然是帐稳鸳鸯，翼比鹣鲽，画眉添香，极尽闺房的韵事了。

在下作到此间，便要收笔，只是不知道我的老友志远同他的夫人，倘然见了我这篇小说，心中作何感想呢！

郎心妾心

明道曰，骄阳肆虐，扇挥不止，暑假中余每与家人当残暑未退，繁星如沙时，乘凉小园中，畅谈古今，信口开河，颇足乐也。吾家有女仆，邗上人，治事毕，辄来余处絮絮谈幼时家乡事，语及兴盛事实，则手舞足蹈，张口作鹭鸶笑；至凄惨事，则搔首踌躇，废然长叹。余喜其口若悬河，形状足哂也，有时亦侧耳听之。一夕，告我以李生事，至更深始罢，且曰：

“今则一抔黄土，三尺宿草，事中之主人翁，皆作地下长眠人矣。”

余聆言讫，不禁叹曰：

“天下事竟有如斯可惨者，我中国家庭专制之祸，猛于洪水毒兽，束缚儿女自由，摧残儿女幸福，往往不幸男女，情不能遂，卒演惨剧，言之可为太息。昔西人有言曰：‘不自由，毋宁死。’彼西人能享其自由之真乐，何等光明，何等活泼？我中华士女，被数千余年专制家庭之桎梏，不知何日能脱此羁绊，只有望洋兴叹，抚卷眼羡矣！”

因此笔记之。

黄菊向荣，红枫如醉，一丽人仙裳缟袂立花丛，纤纤玉手，执银剪为嫩菊娇棠芟除野草。金风飒飒，吹女郎额上发散乱，时方昼静人倦，鸟雀无声，忽闻足音跫然，起于廊外。女郎回眸视，则见雏鬟银菊匆遽入，神色仓皇，手中尚持一箕帚，至女郎前，气喘不止。女郎曰：

“银菊，何事如此惊惶？”

银菊掷帚于地，附耳与丽人言。女郎闻之，玉靥顿如灰白，退倚槐树上，附膺呼曰：

“冤哉天乎！吾何罪而使吾至于此极也。”

言时，身几发晕。银菊曰：

“小姐，毋悲伤若此，婢子思老爷聪明不惑，绝不致闻人谗言，而见疑骨肉。”

女郎曰：

“休矣！吾父生性戆直，且善多疑，最易受人离间，此事莫须有千古不白之冤。假使吾母在世，则事尚有救，而今已矣！”

言讫，痛哭不止。银菊亦以巾拭泪，徐徐伴女郎登楼去。

吾即写此数行，使读者疑惑渺茫，无从捉摸，今将叙女郎之历史矣。

女郎姓赵，闺名婉琴，伊父振德，在前清尝为道员，听鼓吴门，固亦簪缨望族也。家道富裕，有负郭之田数千亩，以此经营菟裘，足可娱老。女士之母，李其姓，亦陇西世裔，知书达理者，年二十即于归其父，数年不育，祷于神前，始生女士。父母爱之若掌珠，虽昆山之玉，随和之宝，不是及也。女士天性颖异，故年方髫龄，即延名师训读，课以经史，皆能领悟，且评判古人，发意新颖，常出师所不料。而握管为文，斐然成章。故其师尝为振德曰：

“令爱兰心蕙质，将来巾帼贤才有愧须眉，曹大家第二不足为也。”

父闻师誉其女，心花满放，辄购玩物与女。顾婉琴非寻常娃儿，不喜此类俗物，每受好藏之于箱，不复玩弄。其师喜抚其髫曰：

“女才子当谨慎用功，长时必得一翩翩公子，貌若潘安，才如宋玉者，为汝乘龙客也。”

时婉琴年十四，闻是语，已知其意，面泛桃花，伏案无声。师叹曰：

“天生奇才，亦未来之情种也。”

女士有表兄曰人杰，年二八，居邗上，幼失椿萱，孤苦伶仃，依舅氏而居。赵母念及其兄，不禁泪下，思招此孤雏来吴门，即商于振德。振德许之，赵母喜，即遣人赍程银去。不一旬，而李人杰已至，拜见时揖让有节，进退有度。赵母大喜曰：

“李氏有子矣！”

即命家僮粪除客室，请公子居之。人杰酷嗜山水，喜古画，其绘事能神形酷肖，诗书精通，文章满腹，然以幼失怙恃，思念父母，读《蓼莪》之诗，不啻椎心之痛，故百感丛生，罕有欢笑之容。今蒙姑母抚养，感佩无既，即居于花园之侧。人杰爱洁净，亲自点缀风景，庭前植梅数株，古拙淡雅，令人有淡泊明志之想。自题其斋曰“寄傲”，师见之，刮目相待。赵母又命生与女共读，生亦有情人，赏女文章，辄叹勿如，屡思与女叙谈，各抒意见，互倾衷肠。然而婉琴华若桃李，凛若冰霜，可望而不可即。生又叹曰：

“表妹多情人，守身似玉，不可以游词犯也。”

一日，师适有事外出，人杰独坐书房，信笔画梅花数株，盘龙屈曲，朴素淡雅。忽见婉琴挟古文一册，姗姗而来。生起立曰：

“表妹略待，师尚出外未返也。”

婉琴见师不在，思还闺房，见生恳挚相请，不得已，坐于案侧，凤目微窥，见上有画图，乃取而观之。生笑曰：

“拙作鄙劣，污妹慧眼矣！”

婉琴曰：

“兄画神妙，不逊古人。妹有团扇一，请兄有烦笔墨，为白绢生色。”

生曰：

“敢不从命？但恐……”

言至此，师已步入，二人乃无语。各就师上课。

情之一字，与生俱来，不发则已，一发则如长江、黄河，浩浩荡荡，源源不尽，虽有阻力，莫之能挠，而况男女之情，如琥珀拾芥，如磁针吸铁，苟两相爱慕，则其情递演递深，水乳融解，不能分拆，春蚕缚茧，苦不自知，所以怡红颦卿，千古叹为情种。又不料难能而可贵者，世间尚有此一对可怜虫也。

李生回斋，见银菊已持扇来，生大喜，即研精殚思，为之画《黛玉葬花》一图，以博玉人欢娱。数日后，女于花园中遇生，时秋气萧条，玉露生凉，桂花芬芳，梧桐叶落，婉琴与人杰拂拭泥尘，共坐于太湖石上。婉琴谓生曰：

“兄所画者伊谁，而伤心若此？”

人杰叹曰：

“妹亦未读《红楼梦》乎？”

乃为女解曰：

“彼姝者，子名黛玉，天生薄命，父母早丧，栖身于贾府。贾家有公子曰宝玉，多情人也，儿时同处，两小无猜，璇闺唱酬，可称腻友。宝玉慕黛玉才貌，思娶之，而黛玉工愁善病，形质亏瘦，且冷淡高傲，为臧获婢妾辈所不喜。时又有薛宝钗者，亦绝色佳人也，善窥人意，得主仆欢，贾母乃为宝玉订婚于宝钗，黛玉以情不能遂，卒吐血而亡。宝玉既失意中人，乃云游为僧，以四海为家，此图即黛玉悲伤身世，葬花喻己之时也。此书兄有之，妹如喜观，可命银菊来取也。”

婉琴笑颔之。人杰又历举古事，娓娓而谈，婉琴因被母召，遂告辞行。人杰独坐石上，睹婉琴披花拂草而去。

绿窗双影，谈经论史，灯下并肩，写画吟诗，此时二人已心心相印，一点灵犀，各通情愫。盖婉琴目中只有一李人杰惨绿少年，而人杰心中亦满贮一赵婉琴红粉佳人矣。

一夕，读古史，至《项羽本纪》，婉琴曰：

“项王，英雄也！”

人杰曰：

“然。世皆以项王为重瞳一勇之夫，而吾独以为英雄，何则？项王身先士卒，喋血于枪林箭雨之中，破釜沉舟，九败秦师，喑呜叱咤，风云变色，有拔山举鼎之勇。血战七十余阵，所当者破，所击者服。鸿门宴上，不杀沛公，有人君之度，光明磊落，不肯出于侥幸，以袭人之穷，故垓下之战，虽败犹荣。汉高亦一泗上亭长耳，无三杰，则汉不能得天下，无项羽破秦，则汉高亦不能起于行伍之中。盖汉高乃因人成事者耳，非若项羽之光明正大、独立不惧者也。观其乌江自刎，悲壮苍凉，至死不肯示弱，有豪杰气概。假使汉高处此，必偷渡江东，希图再举也。英雄末路，儿女情深，至今读之，尚为悲感。得《史公传》，纸上有声色矣。”

婉琴又询曰：

“唐之李三郎，亦多情人否？唱《雨霖铃》曲，而追念杨妃《长生殿》之约，怆然流涕，读之怃然，千古帝王中，可谓风流天子矣。”

人杰曰：

“否。世之多情人，不用则已，而用则必专。梅妃首入宫中，即擅椒房之宠，当初朝夕侍从，何等恩爱？乃未历几时，玉环进而秋扇见捐，铜雀深锁矣。见色移情，朝秦暮楚，谓之负心郎则可，不可谓之有情人也。吾往往见世之少年，风流自赏，山盟海誓，怜我怜卿，及色衰爱弛，则弃旧怜新，此等人公论不容，天良何在？读唐诗而删李益，览元曲而斥王魁，薄情无义，是皆李三郎所谓多情种子之类也。红颜薄命，不幸而逢斯人，真可为之放声痛哭者欤？”

语至此，婉琴螓蛴低垂，若有所思。时灯花结穗，黄昏人静，小婢银菊已持红妙灯来迎婉琴归绣闼矣。

婉琴之父振德，年虽五旬，喜作狭邪游，走马章台，问津桃源，所费虽巨，亦不顾惜，而于他处则非常悭吝，一毛不拔。尝谓夫人曰：

“婉琴丫头，才色双全，他日若嫁得缙绅子弟，门楣有光矣！”

赵母曰：

“妾思富家子弟，多生不肖，自恃家资巨富，食非粱肉不饱，衣非绫罗不御，一掷千金，出入车马，遂懈于学问，鲁鱼亥豕，亦所不计。既长则所交者皆富豪少年，茶坊酒肆，视为固然，寻花问柳，几成习惯，醉心于锦绣之场，迷恋于销魂之窟，锦鞍骏马，驰驱于山阴道上，鬓光钗影，征逐于绮罗丛中，颐指气使，趾高气扬。观其状傅粉朱唇，衣锦絅裳，俨然王孙公子也，孰知其乃一绣花枕，徒尚文采耳。试使此辈没字碑猥琐龌龊，吾婉琴乃玉洁冰清之好女儿，设贪其不可恃之财产，宁非以一朵青莲堕之泥溷中耶？自古来，圣贤英雄何一非生于蓬户华门，是以断齑划粥，名相起于贫贱，箪食瓢饮，大贤出于陋巷，谁谓贫贱之士可轻哉？且坦腹东床，只求其才之有无，岂计其富之轻重者哉？吾侄李人杰，天才也，以匹吾女，可谓良缘。昨日先生曾以其文呈妾观，警辟透露，不落肤庸，年幼才高，平步青云，取富贵如反掌耳!”

言毕，遂以一纸授振德，墨迹琳琅，笔加龙蛇。振德展而读之，乃论说一篇，周厉王使卫巫监谤事也。其文曰：

今夫闻谤而无动于衷，不思所以消弭之术者，乃悍然无忌惮者也。然欲有以消弭之，而其术顾唯钳制众口，使人心怨毒愈深，则其愚又实甚何也。盖人君既予民以有可指摘之处，则反己自省改过不吝，舍不善以从其善，戒不仁以免于仁，安知向之交相谤之者，不又欣然讴之歌之耶？

昔尧舜设谏鼓谤木，盖唯恐人民不直言规谏，无由自见其过，自知其非也。然则民谤其君，正人君所乐拜其赐者，不然，桀杀龙逢，纣戮比干，谤言固不至于此耳！竟一乱而不可收拾，此殆以谤为未足，不常为万世所唾骂，而其心不快也。乃有周厉王者，肆行暴虐，国人遂谤王，厉王非但不改其过，复使卫巫监国民之谤，于是国人莫敢言，甚至道路以目。呜呼！不畏人言，甘犯众怒，其愈于闻谤而无动于衷者相去几何？夫民怨沸腾鬼神之所垂悯也，天视自民视，天听自民听，厉王不自惭其得罪于天，不惧鬼神之责罚，顾借卫巫以弭谤，何愚惑一至于此？天变示儆，尚可修德以消灾，人之多言，无非冀君上之悔悟，又何难罪己以释群谤，不谓彼昏不知者，乃颠倒错乱也愈甚，则谤不胜谤，是亦何足以相警？计维与众弃之而已矣！此厉王所以卒罹流彘之祸也，卫巫监谤之奇策，其效果安在哉？

振德览讫，投纸于地曰：

“穷措大，小有才，何足道哉？吾儿宦家女，岂肯嫁彼寒素子弟乎？若从汝言，不且以吾女堕入奈何天中耶？”

赵母曰：

“君误矣，君岂未读圣贤之书耶？”

振德怒曰：

“汝读了数部诗书，便思难倒人耶？微论者何？彼辈窭人子，休思雀屏中选也。”

言讫，恨恨去。赵母见其夫利欲熏心，欺贫重富，叹曰：

“吾向以为汝通文达礼，孰知汝乃一势利小人耳！噫！吾嫁汝亵渎甚矣！”

婉琴从屏后闻此一席言，不觉珠泪盈盈，自伤身世。又见其母气塞心胸，颓然倒椅上，于是同银菊出堂，跪于赵母膝前，曰：

“儿不肖，罪孽重大，至父母勿和，望吾母息怒。父亲一时蒙蔽，久或悔悟，终有一云破月来之日也。”

赵母见婉琴，抱之于怀中而泣，曰：

“累汝矣！可惜吾儿空负才貌，遇此伧父，将来一旦铸成大错，终身已矣！倘吾一日不死，必不肯见儿堕入火坑也。”

言竟，相持而哭。赖银菊善言解劝，此恶风波方得平定。

秋气萧瑟，阳乌敛影，风丝雨片，寒逼窗纸。寄人篱下之客，愁从何诉？浪迹他乡之子，被有谁温？何况茕茕孑立，举目无亲，窈窕淑女，求之不得，如生之沦落天涯者哉？人杰自知姑母反目之后，常叹天下无美满事，花无常好，月无常圆，故书空咄咄，徒呼负负，郁悒不乐者数日。际此秋风多厉之时，二竖遂乘间来侵，于是乎，药炉茶灶，恹恹床榻矣。赵母闻之，忧心忡忡，即同婉琴来寄傲轩探病。赵母慈祥，安慰备至，且为之延医诊治，生感激不置。婉琴睹生形貌瘦削，楚楚可怜，双泪如雨无一语，李生见女亦不觉泪盈盈承睫。赵母以年老易惫故，命婉琴同银菊服侍汤药，婉琴往来憧憧，每日与小婢伺候至黄昏始去，盖灯前鞋卜佛座签词，一掬芳心已十分为郎憔悴矣。

一夕，女睹无人时，坐于生之床沿，叹谓生曰：

“流泪眼观流泪眼，断肠人对断肠人，满怀伤心语，不知从何说起？其妹与兄之谓欤？”

生仰卧胡床，听檐外雨声淅沥，如珠抛屋瓦，滴芭蕉上，萧萧之声，一一打人心坎，草间候虫，皆作凉秋哀鸣，乃答曰：

“外户秋虫，室内病人，同是薄命也。天生魔障，无可挽回，鲰生无福，自蹈恨海，谅是三生石上未结良缘耳！”

婉琴闻言，红晕满颊，良久，嗫嚅而言曰：

“曩者兄尝与妹谈《石头记》，即不料怡红颦卿，乃为我二人写照也。妹之心可表天日，请兄善自排怀，早占勿药之喜。”

人杰耳婉琴之语，知玉人之心已钟情于己，不啻服一剂清凉散，觉心头甜适，莫与伦比，感激之情，由肺腑中发出。时女捧茶与生饮，生接之，柔荑入握，温软如绵。人杰与婉琴共砚两载，从未一亲肌肤，则此时之销魂何如也？人杰之疾，大半由于为情憔悴，胸襟抑郁，而夏夜纳凉，感冒风寒，今有此玉人温存细微熨帖。况婉琴之言，不啻以身许之，鄙谚云：心病还须心药医。故不数日间，生之疾霍然愈矣。

赵母闻侄病已痊，不胜快慰，诏生曰：

“汝身躯柔弱，多愁多病，宜静心摄养，勿过用功以劳心思。且先生近日亦以有事将诣九江，此时正好养病也。如嫌孤影寂寥，汝表妹无事，可与汝盘桓数日。”

人杰唯唯退谢而出。

明月霞光，暗香疏影，烟云笼露，凉飙飘衿。时方中秋节，良宵美景，世俗共赏。婉琴与人杰共倚桂花亭北之雕栏，月光照槛，双影在花丛中。李生睹女，高髻云堆，明珰星缀，肤凝如雪，倩波流光，袅袅婷婷，如罗浮仙子，觉世间舍我婉琴，而外其有谁人乎？婉琴知李生窥己，含羞拈带。人杰即采花悬于婉琴酥胸之前，且曰：

“表妹，我情弥坚，无外物可以掺入我至洁至贵之爱情中，愿我等在天为比翼鸟，在地为连理枝，天可荒而情不可荒，地可老而情不可老，海枯而情不枯，石烂而情不烂。表妹之恩，永矢勿谖。”

婉琴曰：

“妹之心亦犹然也。愿兄异日夺志鹏程，一飞千里，庶几衣锦荣归，扬眉吐气，则妹此时亦有荣焉。若徒恋儿女之私情，以误丈夫之事业，始谋不臧，反贻后悔，亦非吾辈所应为也。”

人杰曰：

“妹言甚是，我何尝不思乘风破浪，封侯万里也。”

因歌白香山《长恨歌》一阕，哀音缭绕，不忍卒听。萤火虫声增人凄楚，婉琴曰：

“对酒当歌，人生几何？今宵之月，可称圆满无缺，顾无何而下弦昃矣！人生宇宙，亦犹是月，然月虽难逢三五，而常留于天地间，终古不朽，人则休矣。光阴驹隙，一去不再浸假，而两鬓萧萧矣，齿牙摇落矣，年寿一尽，则如灯中之油已干，无一丝一滴存留于世界。故浮生若梦，吾辈为人，有知识学问者，最不幸耳！”

人杰曰：

“物无不朽之理，而人偏有不朽之神。吾人须思天既生我，宜尽我所能作为于世界，方不负天生烝民之心。故古人有功立者，立德者，立言者，大而治国平天下，小而修身齐家，甚至有牺牲生命谋福国家之英雄，是以史册流芳，彪炳千秋，彼辈庸庸碌碌，泯没无闻者，乃不知用其性情，自误一身耳！”

人杰与婉琴细谈古今，不觉皎皎月影，已上花墙，夜露如珠，湿滴衣袖矣。婉琴抚人滴臂曰：

“夜深多寒，兄病新愈，毋贪月景，立此凉园中也。”

于是，生与婉琴握手而别。

日影上窗，鸟声在树，晨钟铛铛，鸡鸣喈喈。生晨起梳洗，忆昨夕事，思之又思，瞥见案上有一锦囊，中贮绣花鸳鸯一双，交颈并睡式，又有“同心鹣鲽”四字，墨迹淋漓，秀雅可爱，一望而知为彼美所写，人杰知婉琴所为也，乃吻而藏之。即取古文讽诵，迨午后婉琴方来。人杰笑曰：

“玉人来何迟耶？今日无事，可弈棋消遣。”

婉琴曰：

“兄棋精明，妹乃手下败将，今乞兄毋苦苦相逼，让妹一步何如？”

生曰：

“可。”

二人遂对坐弈，久之，婉琴获胜，生固醉翁之意不在酒，乃笑谓女曰：

“表妹之棋，战攻取守，有条不紊，进步多矣！”

婉琴曰：

“兄故意退败者，非妹之力也。”

睹壁上有箫，摘而吹之，如怨如慕，如泣如诉，声同裂帛，余音袅袅。生叹曰：

“弄玉第二也。”

同取小影一帧授婉琴，且曰：

“蒙妹赠物，感谢无既，自愧阮囊羞涩，无物可送，只有小影一幅，容貌尚肖，望妹收之，思念时可以聊慰芳心也。”

婉琴即藏于怀中，笑顾人杰曰：

“妹近日思欲请兄为弱质写真，不知吾兄有暇否？”

生大喜，曰：

“师出未返，徒抛良辰，得画美人儿图，黄金之光阴，不虚负矣！”

乃取画具，请婉琴坐于花侧，构一虚线，尽二日之力，而两幅小影成矣。一作拈花微笑状，一作桐窗咏诗图，栩栩如生，叹为奇笔。女遂取其一悬于卧榻，其一则人杰折而藏之。二人方缱缱情深时，忽朵云飞来，生舅有病，书中之意，大抵命人杰早日赴扬，看视舅疾等语。生乃以此意告于赵母，赵母曰：

“舅母无子，况又有疾，以理侄当速去，义不容辞。但吾爱汝甚，片刻难忍分离，且汝一去，婉妹亦失一良伴，故望汝在扬切不可生此间乐不思蜀之心，或臧或否，能早日来此最妙。”

人杰泣曰：

“姑母天高地厚之恩，刻骨难忘，婉妹殷勤之情，时在心坎。侄儿此去，不得已也。”

时婉琴方在兰闺刺绣，得小婢报，不觉针刺玉手，坐立不怡。乃与银菊来中堂，见母与人杰正话离别，遂问曰：

“兄欲回扬乎？”

人杰即告以舅病甚重等事，又曰：

“此去多则三旬，少则半月，待舅疾稍瘳，即须鼓棹来吴。盖我和姑母、表妹相处已久，犹如骨肉不忍判袂也。”

赵母曰：

“侄能如此，吾无忧矣！”

乃命仆人为李公子整顿行装，且曰：

“今日天已午后，吾侄明日上道可乎？”

人杰颔首，银菊曰：

“而今尚有半日聚首之乐，花园中菱塘盛开，老太太颇思食鲜菱，小姐有兴，可去采否？”

婉琴即同人杰步入花园，花棚絮语。久之，银菊携竹篮入，笑曰：

“篮已在此，小姐采得几许？”

婉琴曰：

“尚未也。”

因步至池边，入菱桶，荡桨而去。人杰坐沙发上，观婉琴采菱，见伊高挽云髻，鬓旁插凤仙数朵，穿绛红衫，手棹兰桨，往来菱塘中。绿荫树下，艳若天仙，遂击掌叹赏，作《采菱歌》曰：

菱儿青，衫儿红，玉人荡桨在池中。纤纤春笋手，风吹云鬓蓬。彼美人兮，谪自天上广寒宫。

態儿妍，情儿浓，可喜心肝又玲珑。颜如西子美，才有咏絮风。彼美人兮，一片芳心与我同。

歌数阕，婉琴已采罢上岸，休息于蘼芜架下，见生作歌，嫣然一笑，曰：

“嫫母当作西施观耶？生曰妹天才国色，有口皆碑，非兄过誉也！”

婉琴即取红菱剥之，授生食。人杰细啮之，而后下咽，觉甘美异常，如饮琼浆玉液。盖有二因，一则以美人之贻，情意倍浓，一则以菱，滋味较鲜也，但可惜者，时光迅速，一分一秒皆不容缓，无何而红日西沉，晚风生凉，声声暮鸦，催人归矣。

骊歌重唱，《阳关三叠》，数语叮咛，两字平安，人杰行路时矣。赵母与振德送至厅事，婉琴则步及堂阶而止。生告别时，见女郎木立帘中，以目送生，黯然魂销之容，乃见于南浦伤离之时。人杰心烦意乱，若猝然触电，不得已用专制方法，强抑其泪，俯首疾趋而去。

鞭影斜阳，关山明月，游子肠断，百感凄恻，无何而李生至杨矣，拜见舅父于卧室。时舅疾已有转机，见生来，大喜，抚其手曰：

“数载不见，昔日之吴下阿蒙，非复今日比矣！”

遂命其妻善待之。盖舅素知其甥心高气傲，不易受人屈也，生虽在扬，而心在吴门，茶余无事，常作诗表忆念之情，积稿数十篇，成为锦囊。有时与故时小友徜徉于青山绿水间，赏尽广陵风景。

阅旬余，而舅已无恙，生自以为上苍默佑，使我能与婉妹有聚首之望也。舅既愈，思留人杰，奈人杰归心如箭，梦寐不安，因告其舅曰：

“甥来是间，姑母嘱余，待舅疾痊愈，即须返吴。今已如天之福，吾舅已精神复原，甥亦思作返棹之计矣。”

舅悟生意，乃翌日饯生于花园，谓生曰：

“吾甥欲归，舅亦不敢强留，但吾年垂桑榆，而膝下尚虚，一旦有不测之忧，终望甥念教养之辛苦，来收余骨也。”

人杰稽首曰：

“甥无吾舅，何以至今日？幼读五经，焉能忘本？此去当告姑母，不久即来侍吾舅也。”

舅意悦，连饮三觥，生乃拜辞去。

乃瞻衡宇，载欣载奔。生至赵家，遥见门上麻幡飘扬，惝恍迷离，疑是误认，再睹，则乃姑母之幡也。不觉心如小鹿跳跃，又似辘轳旋转，耳鸣如闻雷声，几欲晕厥。入内堂，见灵柩赫然，上写“诰封三品夫人赵门李氏之位”，梦耶？真耶？信也。以姑母之健康，而在此一月间遽尔寿终耶，矧我在维扬，又不见噩耗传来，胡为而至此耶？梦也见之非其真也，则光天化日，吾非盲眼，门上何故悬幡？且此灵柩，伊谁是属耶？生正惊疑间，而婉琴来矣。面容消瘦，秋波微肿，麻衣布裙，云发蓬松，见人杰，痛哭曰：

“兄乎？平地风波，祸从天来，吾母偶撄风寒，卧病在床，不意庸医误人，夺吾母命去。痛哉天乎？兄何不早返三日？则尚能见吾母一面也。”

生悲恸几绝，抚棺大哭曰：

“天与人与？我缘悭与？侄受姑母覆帱帡幪之恩，乃不能送姑母终，殁不临其榻，殓不凭其棺，悠悠苍天，谓之何哉？”

生与婉琴痛哭失声，泪眼模糊。而振德施施自外来，生遂上前拜见，觉振德言语冷淡，有轻侮之意，愈增不欢，然因婉琴故，亦甘受此肮脏气焉。

冷香楼主评曰：

银菊报信时，妙在手中持一帚，言时掷之于地，方显出慌张之状。

婉琴幼时，即能诵经诗，握管作文，自是天生奇才，世间不多见之女子也。

人杰在扬，婉琴在吴，各居一方，安能遇合？而赵母起怜贫之念招之来，觌面时犹若凛冰霜，及一旦叙谈，便动怜才之念。而守身如玉，未尝有一游词挑逗，真多情种子也。

二人讲《石头记》时，便为二人用情之始。

人杰论项羽英雄，有声有色，不露头巾气，可谓项王之知己矣！论李三郎，骂尽天下负心郎，不可谓不为闺阁中人出气。

振德寻花问柳，已显出一淫荡之人。前清之官，大都均如是，可叹！

赵母论贫富，真有学问人，可谓为当世纨绔子弟下一针砭，今之汲汲于富贵，戚戚于贫贱者，闻赵母言，能无愧死？而振德非但不从其言，且欲以女博富贵。一样读书，而心术不同。观书至此，当废卷三叹。

人杰之论警辟透露，不落肤庸。赵母既论之矣，以余观之，前半大力盘旋，卓尔不群，颇有神采欲飞之势。后幅于题中关键，亦无疏泼，洵合作也。

生病一段，写得出有病人心事，而婉琴与人杰之情，于此更进一层。

赏月一节，娓娓儿女语，未见其人，如闻其声。

人杰为婉琴写真，预下一伏笔，为后文留地步。

李生别赵母，婉琴闻之，心神不宁，针刺手上，活画出儿女之心事。妙！妙！

《采菱曲》歌尽婉琴身份，便纸上如现出一绝色佳人来。食菱一段，亦写出痴男子心地情形。

离别时何等凄恻，令我见之，亦黯然魂销。

舅爱生可谓挚矣，而生终无留志，何也？盖李生心上所长存者，“婉琴”两字而已。情深如此，毋怪其然也。舅不坚留，亦一爽快人，临别数语，字字心酸，然而生终忍然判袂者，以婉琴在吴也。诚矣哉情网之束缚人有如此者。

人杰离吴，而赵母安然无恙，乃不到一月，归来时已魂归离恨，天下事真不可料。谚云：天有不测风云，人有旦夕祸福。信哉！斯言也。

见振德时，状殊冷淡，天下多少势利人，可恨！

人杰受此冷淡，心虽不欢，而终不去者，以婉琴也。看他处处不舍婉琴，多情若此，可以风矣！

尝闻女子言，男子多薄幸者，此语吾未之信，今观振德之行为，不觉有深感矣。振德自丧妻后，枕冷衾寒，殊苦寂寞，枇杷门巷，杨柳楼台，屡作春风得意之举。会有马小桃者，年华碧玉，独擅媚术，婉转逢迎，无不如意，温柔旖旎，足令一班急色鬼销魂。振德每一掷千金，缠头赠色，爱好既专，作金铃护符之举，驻缔同心，起抱衾与裯之愿。振德乃以一千金，贮之金屋，宠爱异常，无言不从。妓有弟，曰马小宝，旅居宁波，因思托庇门下计，言于振德，振德诺诺，即写书招马，马得函，星夜来吴。振德又命衣匠做新衣，万分优待。时赵家已不请师，小宝即居于师之卧室。其为人也，狡黠甚，且好色贪财，谄谀阿佞，无微不至，喜与下流为友，盖一无耻之小人耳！而振德有目无珠，不辨贤愚，竟以账目托之，自此，姊弟二人朋比为奸，赵家之厄运将至，而婉琴与人杰之晦运叠为。人存政举，人亡政亡，赵母死而赵家之破坏竟如斯。

彼倚门卖笑者流，虽贮之金屋，衣之文绣，而饱暖思淫欲，终不肯变其素志。故小桃常浓妆艳抹，出门游荡，呼庐喝雉，挥金如土，日与振德流连于纸醉金迷之场，放浪形骸，溺而不返。间有二三亲友，劝振德收心，无奈忠言逆耳，良药苦口，千古孽海中，能有几人回头哉？小宝之行为，与其姊仿佛，故赵家虽有巨产，然究之非江上之清风，与山间之明月，可以取之不尽，用之不竭，半年之间，而赵家之亏空竟不赀。婉琴与人杰相对咨嗟，唯有徒唤奈何而已。

一夕，人杰出外未归，时残暑未净，婉琴命婢取古琴，至玩莲轩焚香弹琴，琅琅然，嘹亮空气中。银菊在旁，坐石凳上，为小姐削雪藕，仰视银河，明星点点。银菊曰：

“近日婢冷眼观公子，颇悒悒不乐，今夜不知何往？至此时尚未回来，想必在袁乐天公子家吟诗赏月也。”

婉琴长吁不语，既而曰：

“谁谓鼠无牙，何以穿我墉？谁谓雀无角，何以穿我屋？谁谓小人不足畏，何以败我家？自姬之来，老父昏聩不理事，觏闵既多，侮受不少，静言思之，寤辟有标，我母之孝尚未满，而一家之变迁竟如此！日居月储以后如何？”

忽闻草间窸窣声，疑是人杰循声而来，不料来者非别，即避若蛇蝎、畏若豺狼之马小宝也。跄踉带醉入，笑谓婉琴曰：

“贤妹，我姊赢得金银归，途遇卖花者，购得茉莉一球在此，嘱兄转赠与妹。”

女闻言愠甚，亦不致谢，命银菊接去。小宝问曰：

“妹不喜戴是花耶？”

婉琴曰：

“我鬓上已有一枝，若多戴，则不耐其重。”

马曰：

“贤妹所得之花从何处得来？非李兄所赠者乎？”

女怒曰：

“然。”

马又曰：

“今日七夕，牛郎织女天上相会之期，故鹊儿尽皆飞去，作桥渡彼二人，不知天上人间，有以异乎？”

婉琴曰：

“此乃荒诞不经，齐东野语，妹不信之。”

马见古琴，又絮絮曰：

“妹擅弹琴之技乎？此真难得，今日世界维新，欧风美雨，相继东来，女校中多操洋琴，古风已沦替矣！我闻汉时有昭君善弹琵琶，貌如天仙，今妹善操古琴，亦不亚古人凤毛麟角，为女界罕有之才，不识妹会弹《凤来凰》之曲否？”

女士闭目不语。马往来女身旁，屡屡睨好。婉琴仅衣白纱衫，浅色罗裙，胸前微映碧色抹胸，兰气如麝，阵阵扑入鼻管。马魂销意荡，几不克自持，若非银菊在旁者，彼将搂而抱之，强行风流事矣。有顷，复问婉琴曰：

“妹曾沐浴未？”

婉琴此时之怒，几不可遏，恨不手刃奸贼，以雪此耻，朵朵桃花，颊泛红晕，回首他顾，不之理。马觉无趣，负愧彳亍而去。婉琴待马去后，即命银菊将此花速掷之园外厕中，银菊含笑，一一悉如女郎言。适人杰已返，见婉琴怒气勃勃，斜倚沉香榻上。人杰乃询曰：

“妹何事而动怒若斯？抑愚兄有得罪之处耶？”

婉琴曰：

“否。当兄未返时，马贼以茉莉花来戏妹，妹不堪此，今已将花掷之于厕矣！”

人杰笑曰：

“花何罪而糟蹋如是？妹请息怒，此禽兽也。禽兽奚有于我哉？”

女乃回嗔作喜曰：

“前日兄赠我一锦囊，反复读之，悱恻缠绵，悲感顽艳，以妹一身而累兄如此，妹心安忍？”

生曰：

“心之忧矣，如匪澣衣，静言思之，不能奋飞。兄目睹妹家景象，有力难为，然以玉人故，姑母恩，故徘徊观望，而不忍去也。”

言毕，唏嘘不止。女见生额上有汗，乃命银菊取瓜来，今夜酷热，可以之解渴。银菊喜跃去，生瞥见琴囊中有锦笺，遂抽出观之，乃记得闺词四首也。婉琴笑曰：

“雕虫小技，不堪寓目，吾兄勿哂是幸。”

生曰：

“妹清才俊逸，非寻常女子所可望尘，尔我心情既同，无分彼此，以后望勿谈谦逊语，致有头巾气。”

乃取而吟之，吟毕，叹曰：

“不栉进士也，吾观近世欧化东来，女校渐设，彼夫青年女子，一入学校，公学得西文皮毛，便妄自许可，至于中文，则略识之无，眼高于顶耳。食女史一二语，便自矜为女中杰，文则曹大家，弄则花木兰，英雌自计压倒一切。孰知其金玉其外，败絮其中者哉？虽有一二贤者，已叹为不可多得焉。有及妹之才学技能乎？”

因欲袖而藏之。婉琴曰：

“闺中笔墨，不宜留外，爱者为佳，妒者讥妄。命词高妙，则疑文士捉刀，非出诸心裁；涉语香艳，又薄怀春流荡，疑品行不洁，飞短流长，祸之原因，甚可畏也！”

生曰：

“然。”

乃还之。时银菊已捧瓜入，且执一小银刀，噽笑曰：

“守园者言此瓜必甜，今可试其言验否?”

婉琴命洗之以水，亲持银刀剖之，以一半授生，一半则与银菊共食。生见女樱唇微动，雪乳生凉，觉美人儿之一举一动，则自有一种消受，非可以言语形容者。瓜既食毕，二人乃共坐榻上，谈国家事。人杰叹曰：

“强邻四逼，蚕食穷裔，神州澒洞，风云日亟。司农仰屋，百姓有冻馁之忧，将吏无能，国家耻城下之盟。今日之中国危矣殆哉！吾望吾二十二行省，毋如此瓜之为外人分也。”

因歌王维《老将行》，雄壮之气，自然而生。银菊曰：

“老爷将归矣，我等盍去休？今非昔比，瓜田李下，须防人嫌疑也。”

人杰称善，且曰：

“赵家新添一蛇一虎矣!”

婉琴遂命银菊挟琴，绕道归楼。

物必先腐也，而后虫生之；人必先疑也，而后谗入之。彼婉琴与人杰鹣鹣鲽鲽，形影相随，旁人视之，不将疑雨疑云耶？况小桃娇妒婉琴又非己出，常思去此障碍，而小宝垂涎婉琴美色，七夕之夜，挑之无情，而人杰至，则笑逐颜开，恩爱万分，故妒忌之情，由欲心发生，思设法诽谤，能得逐去人杰，则此玉人不啻在我掌中？遂乘间与其姊商议，思有以害之，指鹿为马，百端诬冤，而赵振德中其计矣。凡人大抵亲信近言，爱则心悖，未有不受其笼络者，何况裙带之势力范围，如生龙活虎之不可捉摸，挟雷霆万钧之势哉？

吾书至此，为二人悲矣。彼李生、婉琴，少年儿女，心地坦白，只知恋爱，岂顾他人算计哉？假使赵母在世，则无风无浪，一双璧人，定可赋桃夭之什，而情天弭憾，恨海不波矣！奈何天不假寿，夺去此重要人物，而陷二人于悲惨之境，又益之以小桃，益之以小宝，若妒斯艳福，不使团圆，务令此同命鸳鸯，做劳燕分飞者然？呜呼！彼苍苍者何不情之甚耶？

振德本不喜人杰，常嫌其寒酸，但当时迫于夫人之意，故不得已而留之，今赵母已亡，艳姬新来，旧日之情，究不敌燕尔新爱。而况谗言横加，墙茨之辱，是可忍，孰不可忍，故怒发冲冠，不假思索，立命家人驱人杰出门。且写纸与生，责其无礼。

读者不忆乎？吾首章所述之事，即婉琴闻此惊耗时也。

人杰方埋首芸窗，画牡丹花，忽见仆人递一纸入。人杰展之而观，柬曰：

> 尔幼读诗书，系出名族，乃不思效古人之悬梁刺股，以取功名，于一时饱食终日，无所用心。人之多言，亦可畏也，况又人面兽心，胆大妄为，故限汝于一时之内，速离吾宅。亦不必来见吾与婉儿，否则，莫怪无情相待，不念姻戚也。
>
> 振德怒书

人杰观毕，心念此乃奸人离间之计，我本不甘在人檐下，为婉妹故，隐忍居此。今遭此奇辱，贻祖宗羞，有何面目见人？且婉妹白璧受玷，痛苦愈甚，思至此，觉天旋地转，晕倒椅上。良久始苏，见仆人已为其收拾行李，长叹曰：

“男儿志在四方，去矣！去矣！但如婉妹何？”

欲思一见彼美，则蓬莱尘寰，咫尺万里，势又不能，而一分一秒，迅速异常，所限之时期已届，没奈何，忍心而出。一肩轻装，重至维扬，但听枝上子规声声叫道：

“不如归去……不如归去……”

梅月横窗，凄凉绿影，残灯垂穗，惨淡无光。婉琴横卧玉床，双眉颦蹙，憔悴堪怜。银菊在炉旁烹茶，婉琴谓银菊曰：

“古称红颜薄命，信哉是言！昊天不吊，既夺吾母，复来此祸，以致劳燕分飞，睹物思人，天涯海角，不知郎在何方？其忘情负义，做王魁之薄幸耶？其卧薪尝胆，为他日湔洗此耻之计耶？然郎非薄情者，彼必不吾忘也。”

银菊曰：

“公子情深，小姐洁身以待，终有见面之日也。适间绿衣人持来一简，上写小姐芳名，不知何人所寄。”

婉琴蓦然心动，命银菊取至。见此信下由金陵寄者，笔迹夭矫，明明人杰字也，遂折而阅之。

婉妹妆次，别来无恙？于今四月，江云陇树，能不目断？秋水伊人，渴念不已。古人谓，一日三秋，吾则谓，一时三秋，未识芳体无恙否？饮食如常否？萧斋独坐，瞑目细思，追忆月下并肩，荷亭剖瓜之景，历历在目，情话依依，叠承关爱，感激之深，不可言喻。

方期并命鸳鸯，爱情日深，乃忽而鸾飘凤泊，人绝桃源。及今思之，可怜可哀，未尝不肠一日而九回也。

兄本男儿，知书达理，妹也贞女廉洁自守，不料鬼蜮伎俩，含血喷人。姑父又忠言逆耳，良药苦口，不辨事之皂白，便尔玉石俱焚，一纸书到，不啻催魂之符，数语痛骂，令人有口难分。此时，兄之伤心，为何如耶？兄不难刺心以自明，刎颈以见志。顾姑父无情于我已矣！故返舟维扬，拜别吴门，从此埋头书史，学古人之勤奋，以冀他日得志，慰我玉人。想妹读此，亦乐成焉？不料兄家居二月，即蒙袁君乐天荐我于金陵督辕，而鹪鹩一枝，方得寄托。然兄非欲为糊口计者，亦因大帅有知人之明，用人之度，而风采言论皆可敬爱，且幕中礼数异等，是大帅已知有兄矣。高山流水，阳春白雪，得一知己，可以无憾。

兄此所以眉轩席次，袂耸筵上，而勃勃有飞扬之气也，妹不云乎，男儿当乘长风破万里浪，做掀天动地之事业，而今则兄从妹方矣。

昨日独坐倚窗，见槛外残菊零落，疏疏早梅，间有二三枝开者，寂寞无聊，起自煮茗，偶取婉妹玉照观之，画里真真，呼之欲出，娉婷玉立，拈花微笑，飘忽如笼烟芍药，不觉故剑之情，又跃跃欲动。

嗟夫，香草美人，高唐神梦，婉妹，婉妹，抑何入我情思，萦我魂梦之甚耶？

日来风雨潇潇，杜门寡居，听杜鹃之啼血，铁马之叮当，恨不能腹生双翼，飞来妆阁，与吾妹握手一叙久别相思之苦。

呜呼！江州司马，浔阳商妇，一曲琵琶，青衫泪湿。抚今追昔，感慨系之，独坐怀人，情焉能已？唯望玉人无恙，可期他日团圆，刘阮重来，不迷天台之路。

临颖神驰，伏维珍重。

愚兄李人杰上言

婉琴披诵数四，声随泪下，曰：

“断肠词不是过也。”

乃饱磨香墨，握管作书报生曰：

人杰爱兄如握：

秋暮矣，嫩菊娇棠将为十八姨摧残尽矣！风寒木落，满目凄凉，虫声唧唧，灯影沉沉。

自兄去后，萧斋尘封，落叶满庭，向日寄傲轩中琅琅读书之声，今一变而沉寂如荒山幽谷矣！每一涉足，辄不禁有室迩人远之感，而终日惘惘，有所言必言兄，有所思必思兄，欲通黄耳之尺书，苦无确实之地点。适奉驿使递到梅枝，私心雀跃，云胡不喜？但两地相思，有愿莫偿，而奸人妒女，虎视眈眈，此妹所以日夜忧虑者也。

吾父昏迷益甚，大变常性，薄言往愬。逢彼之怒，所可语者，只此心腹婢银菊而已。后母猖獗，倚老父势，辄以恶声诮让。鸣呼！吾不知前世罪孽深重几许，而进此恶魔也？每当漏断人静之时，拥枕难愁，睹影洒泪，对镜憔悴，泪湿枕函。东风薄命之花，羞不胜怜，南浦销魂之草，旦夕将谢，悲痛印心，含恨入骨，此情此景，难以写真。吾兄有情人，谅亦知妹言非尽子虚也。自今以后，虔心祷祝，但愿缺月重圆，毋使镜破花谢，妹当洁身以待，此后此情，万劫不变。

吾兄笔参造化，学究天人，今于大帅幕下，若谨慎将事，将来不愁无腾达之日也。唯妹则已矣！

嗟乎！回忆石上同坐，共讲《红楼》，不意钿劈钗分，大劫之来，即降我侪痛矣哉？伤心惨目，有如是耶？

挥笔至此，泪枯力尽。区区苦衷，尚祈垂鉴。

妹婉琴敛衽

婉琴加封讫，命银菊明日持之付邮。银菊欣诺，婉琴谓银菊曰：

“昨日吾得一梦，思之以为不祥。盖我恍惚遥与表兄在园中叙谈，忽来一黑虎，张牙舞爪，从篱间扑出。我二人遂分散而逃，虎尾追余，余惊极，堕入池中，间见表兄立于假山石上，以手援余，奈路隔数丈，焉能攀附？惊极而醒，时方更鱼三跃。至今思之，心犹突突也。”

银菊曰：

“小姐思念过多，萦拂于脑，故做此梦。实则园中何来黑虎乎？”

婉琴闻言，默然不语。闻窗外微风鸣竹枝飒飒飕飕，遥聆哀雁数声，一一度云去。婉琴叹曰：

“天上孤雁凉秋唳，人皆闻声而悯之，亦知人世间有伤心女子赵婉琴乎？”

因取《离骚》朗读，泪涔涔滴襟上，翠袖为湿。银菊慰曰：

“夜深天寒，小姐可睡矣，勿过伤以戕贼身体，致使玉骨瘦削，将来见不得檀郎面也。”

乃为婉琴解衣强之睡。

水晶帘下，玉镜台前，阳光丝丝由玻璃窗间射入。银菊取妆奁为婉琴梳头，闻帘外鸦声絮聒，银菊曰：

“鹊鸣吉，鸦鸣凶，鸦何事而怪鸣若斯？”

正言间，忽家人报入，老爷明夜酒醉回家，误堕百善桥溪中，遂遭灭顶之凶。婉琴方持镜盼影，陡闻斯语，周身麻木不仁，镜堕地上，片片纷散。时小桃亦哭至，顿足捶胸，且讽曰：

“家门不幸，屡出怪事，果然祸及主人，吾终身无倚靠矣！”

婉琴知姬刺己也，气甚，唇齿交击，不能发一语。有顷，放声大哭，而小宝已同婢仆舁尸至，婉琴抱尸哭曰：

“酒能误人，自古已然。父亲奈何将女儿言置若罔闻，以致丧身乎？”

言讫晕倒。银菊急取姜汤灌之，舁回卧室。

振德既死之后，小桃放荡淫狎，索债者日至，姬辄售田以偿。婉琴谏之，屡生勃谿，且不常以前事讥诮。婉琴唯有饮声吞泣而已。

一日，女正在园中采杏花，欲以供之玉胆瓶中，忽遇马于蔷薇架下。马曰：

“贤妹一人在此，嫌寂寞否？”

即以手来掣女士袖，婉琴大惊，面色如纸，疾奔回楼。马恨曰：

“畴昔之事，子为政，今汝父已死，不惧汝避往何方，终为我俎上肉也。”

呶呶向去。女士回房，托腮自思：护花无使，觊觎有人，设一旦受辱，则葳蕤弱质，为之奈何？思至此，与银菊相持而泣。不料彼二人伤心时，正小桃喜气无限之际也。

小桃有婢，名碧莲者，绿珠年华，楚楚可怜，与邻生任某有私，做双宿鸳鸯者，非一日矣。适小桃至其姊妹处，留碧莲与老妇守家，碧莲遂乘间至任某处，任喜甚，沽酒煎菜，与碧莲对饮。时值隆冬，天降大雪，地上皑皑尽白，朔风怒吼吹窗纸，鹅毛飘来如撒玉屑，任抚碧莲之香肩曰：

“今夜雨雪，汝主母必不归家，我可与汝尽欢终宵矣！”

碧莲醉眼蒙眬，含笑曰：

“然，汝真色中饿鬼哉？若与我……”

言至此，以铁箸拨炉中兽炭，睨目视任。任见之，魂销骨酥，搂碧莲于怀，频频亲其颊，且笑且言曰：

“汝言云何哉？速告我！”

碧莲曰：

“汝曾见我主母不？”

任曰：

“前日吾在阊门福安茶居见之，彼盖月里嫦娥，天宫仙女也。我欲亲其芗泽久矣。汝能助一臂之力，能使余与彼觌面者，当没世不忘汝大功。”

碧莲啐然一声，微笑曰：

“谁要汝来道谢？依余三事，则包管玉人到手。如不允者，癞蛤蟆休想食天鹅肉也。”

任问曰：

“此三事为谁？趣言之。”

碧莲曰：

“若汝与我主母事成后，则须酬我金钏珠戒等类，此其一也；其次，则凡事须依我命令；三者，汝无论如何，切不可弃旧迎新，忘恩负义。”

任不待其言讫，诺诺应曰：

“唯命是听。”

碧莲乃授以密计。任笑曰：

“今宵当先谢汝媒灼之力了。”

碧莲佯不可，任强解其襟曰：

“天寒甚，我不耐孤衾之冷也。”

乃拥之入帐。

翌日，赵氏之后花园中，有一裙屐少年，飘然而入，至望月阁，阁上已有女二，倚槛下望，一年长者，貂服盛妆，发光可监，插一珠凤，柳眉杏眼，琼鼻樱唇，娇柔之态，我见犹怜。绣花窄袖，露玉臂如雪藕。戴以金镯，纤指上约以金戒、珠戒，胸悬金时针，挽以金链，合洽之可得纯金若干两。年幼者衣碧色灰鼠袄，肤光莹洁，亦不亚长者，见少年来，幼女即引之上楼。少年深深作揖，露此丑状，令我笔墨亦畏污秽。

嗟乎读者！此三人果何人乎？此即任某与小桃初次见面时也。噫月下私奔，花园挑情，咄咄小桃，不畏人言，不知廉耻，竟败坏赵家门风，其罪其恶，乌可擢发而数然？推源究本，实振德自作其孽也。

婉琴在廊下调笑鹦鹉，忽思近日小桃何以不出门做游戏，而反乃匍匐妆楼，甘居冷静者曷故耶？因轻移莲钩，绕退耕堂，而至小桃卧室，见庭院寂寂，纱窗半掩，内有男子笑话之声。婉琴顿起惊疑之心，由窗棂中微窥，呜呼！婉琴不窥则已，今见之又怒又羞，两行珠泪，不觉簌簌落，几欲发声，以巾掩面，踉跄而走。

闺深夜静，风高月寒，婉琴独坐高阁，默思小桃之事，有玷门楣，弱女稚婢，有志莫为。不觉怨老父之昏暗，害一身而不足，使遗患于后人，又痛慈母之见背，知己之远离，不禁百感丛生，徒呼负负。而银菊已送夜膳入，婉琴忧心如焚，食不下咽，谓银菊曰：

“事已至此，如之奈何？”

银菊曰：

“是也，天之窘人必造其极，小姐亦知张家妈来此之故否乎？”

婉琴因询之，银菊曰：

“妖娃自与任某有染之后，即忌我二人，欲思陷害之法。彼张家妈者，年虽五旬，善为人媒，今至此，非吉兆也。适间我至厨下汲水，见碧莲淫婢，方告其嫂邹妇曰：‘主妇唤张家妈来舍，其意盖欲弄去婉小姐与银菊丫头也。’嗟夫小姐！我闻此言，如凉水之自顶浇身，沸油之滚煎心肺，不觉魂飞天外矣！”

婉琴闻言，芳心惊惧，自伤身世，顿足呼曰：

“奈何奈何！”

银菊曰：

“欲避此祸，必为未雨绸缪之计，非投奔李公子不可。”

婉琴曰：

“赴金陵乎？抑至维扬乎？”

银菊曰：

“金陵督辕，女子往见，势难登天，不若投其舅处，可招彼来扬也。”

婉琴曰：

“善。”

即与银菊收拾金珠，乘夜逸出。

时正晦日，积雪未霁，寒风瑟瑟，拂面如割。婉琴与银菊皆弱女子，从未越雷池一步，天南地北，莫辨西东，故信步而行，遥见寒山远火，明灭林外，深巷寒犬，吠声如豹，村墟夜舂，复与疏钟相间，盖二人方踌躇于山塘街也。银菊扶婉琴正行间，见道旁一醉汉乱唱山歌，颠顿而来，辨其声，则为小宝。二人惊慌甚，向左狂奔，幸彼已醉酒，不复能识，然婉琴已香汗淋漓，娇喘不止，不胜其惫矣。至河边，见烟水苍茫，渔家灯火隐映水中，滩旁冰雪掩地，艰于涉足。婉琴憩于石上，银菊遂高声呼舟子。少须即闻咿哑之声，一小舟摇来，舱中出一舟妇，并一中年男子，持纸灯呼曰：

“时已九句矣，谁人来雇船者？”

银菊曰：

“我等因有要事，急欲至维扬，汝等速渡吾，当重酬不吝。”

舟子乃扶二人入舱，舱小如瓮，转折皆不便。婉琴素处闺阁，畅心适意，今坐此局促万分，然人当困难时，只有有安身地，不复顾他也。

明日晨起，天色阴霾，北风打船窗，振动有声，舟子仰首观天曰：

“今日风势紧急，天公又将下雪，恐开不得船也。”

婉琴与银菊恐小桃侦察至，力催行船，且许舟子以重利。噫！鸟为食死，人为财亡，无何而舟启碇矣。出内河，风势愈紧，浪花高溅，澎湃有声。空中雪花如球，飘飘而下，随风卷舞，目为之眩，极目四瞩，一望无际。此弱小孤舟独行，于万顷浪山之中颇形危险。舟子惊呼曰：

“天色已变，大风且至，进退狼狈矣！”

有顷，狂风如虎，卷浪高抛，万千浪头涌向舟首。婉琴与银菊战栗无人色，仰天祷救。舟子与妇亦仓皇失措，大呼：“救命!”舵斜舟侧，旋转随风，一怒浪来，而此小舟被吞没于水中。此可怜之薄命女儿，及不幸之舟人，皆随波逐流，与波臣为伍矣。呜呼哀哉！婉琴欲避患而遭害，是二女子者何坎坷若此？天之报施善人，果何如哉？

彤云散去，雪花不飘，湖光尽白，晶莹夺目。遥望积雪层层，平铺岸上，一轮金乌展其黄金之笑颜，徐徐拨冻云而出，光射雪中，灿烂耀目。芦苇中一老渔翁，瑟缩自舱中出，拂其篙上之雪，颤声呼曰：

“福生，速空衣，今日天晴，可去河上捕鱼换钱。”

渔翁语讫，舱内又出一渔妪、一少年。渔妪曰：

“年纪虽大，性急如此。”

遂与其儿摇橹，翁则立船首撑篙，逐冰而行。且观且语曰：

“数载未雨腊雪矣！昨日下得好大雪，来岁田地必丰，农家当歌颂上帝之功也。”

翁语时，觉篙上触物，俯视水中，见二女尸相持不解，浮水上，翁曰：

“噫！死尸，死尸!”

渔妪在船尾望见之，呼曰：

“是二美女，速救之。”

乃与其子以竿捞之，抱入舱中。妪解女士襟，抚心胸尚有余温，妪喜曰：

“有救星也。”

因取小灶代火炉，煨火暖之，又抱二人于怀温之。时渔舟已泊堤旁，老渔翁上岸，乞得姜汤来，灌二人。阅半时，婉琴与银菊方醒，见已身又在舟中，恍惚如梦。渔妪乃告以捞救事。婉琴、银菊皆谢妪等救命之恩，且言曰：

“我等欲至扬城，途中遇风浪覆舟，至有此祸。蒙善心妪救命，感激实深。妪若善始至终，送余等至目的地，而当终身养汝等，不使妪受此水中苦生涯。”

妪笑曰：

“老身何福得遇慈悲女菩萨？小姐宽心老身必送汝等去也。”

婉琴闻言，私心庆幸，不知渔已与其子密商，拟将此两朵言语花送之海上矣。嗟嗟，燕巢危幕，鱼游沸鼎，厝火积薪之上，恫然自以为安，不知祸之将临。著者至此，已为彼二人危矣。

扁舟一叶，稳渡江湖，阅三日，抵一处。舟倏然止，妪曰：

“维扬至矣，可遣吾子上岸通报，待彼等唤轿来迎乎？”

二人亦不识扬州路途，亟称曰善。妪遂唧唧与少年附耳细语，舟人乃上岸去。婉琴睹兹情形，无限疑窦，然而弱女子力无可为，听天由命而已。俄顷，肩舆已至，婉琴即与银菊弃舟乘舆而行，途见车马喧阗，洋房层峙，电线如蜘网密布，马路上往来者革履高冠，多碧眼黄髯之客。女见风景，叹曰：

“广陵乃兴盛如斯耶！”

肩舆至一华屋前停止，婉琴出轿，仰视门首悬小牌无数，上书花名，知非善地，因疑惧不敢入。而屋中有数妇出，推二人进门，一肥妇时貌妆饰，喝曰：

“休得假惺惺，尔等已至此间，身为吾有矣！”

婉琴惝恍迷离，如坠五里雾中，详询始末，方知为妪所卖。婉琴骇甚，手足冰冷，立晕去。移时方苏，痛不欲生，与银菊绝闰三日。鸨母及诸姊妹苦口安慰，始稍稍进食汤，然此时之婉琴，梨花带雨，已憔悴不堪矣。

婉琴自堕平康之后，常毁容哭泣，不肯出见客商为卖笑生涯。初鸨母见二人方以为钱树子聚宝盆来矣，他日缠头赠彩，艳帜独张，不难门系游骢，彼王孙公子欢也。今见此情形，赫然震怒，重加笞责。可怜婉琴娇躯弱质，焉堪受此极刑？呻吟痛苦，淹缠床褥矣！婉琴私谓银菊曰：

“吾与汝不幸，误中奸计，今既失身，力不能拔，表兄处不妨作一书与彼，或者彼有援救力也。”

银菊亦以为是。婉琴遂强起支持，濡笔伸纸，作书曰：

婉琴敬肃人杰兄文席：

嗟夫！薄命杨絮，竟从东风飘荡，不幸莲花，乃遭火坑之劫，言之可耻，思之可痛。盖今日之下，妹已堕身枇杷门巷矣！辱祖玷身，尚何面目存留于天地间，今效摇尾乞怜之举？

吾兄倘念曩昔之情，不惜黄金拯妹于孽海之中，则美人儿虽归沙叱利，义士尚有古押衙，庶几薄命之花，得遇救星，而白璧之玉，永葆完璞矣。

妹自接书之后，遽丧所怙，而狼心贼子，包藏祸心，被逼不堪，故思乘间脱网，潜逃来扬。不料风浪无情，几乎身藏鱼腹，而渔妪不良，救人反是陷人，以致有今日之祸。兄闻之，其鄙夷妹之为人耶？其怜惜妹之困苦耶？妹皆不得而知。唯有力守贞节，以待吾兄，若一旦有不测之变，则一死而已。

呜呼！填精卫之冤，沧溟尚浅；掬青衫之泪，恨悔河深。天以醉而多懵，人以孤而益厄。回忆前尘，一场春梦，劳燕分飞，各居一方，此生当无见面之期，如情缘可续，愿卜鸾凤于他世，若玉沉香消，则冀收尸于春申。

伤哉杰兄！残命如丝，寒灯无焰，双生红豆，恨托春风于再世，十幅乌丝，痛写断肠于锦笺，恐吾兄读是书时，妹已魂游地府矣！妹闻鸟之将死，其鸣也哀，人之将死，其言也善。

唉！写是书，寸寸肠断，但祈速达左右，可以会面于生时也。

婉琴书毕，即命银菊私付邮筒，已卧床上，追思前后，惄焉如捣，觉喉中咯咯欲吐，一点猩红，直冒檀口而出，喷水机之一泄，狼藉于樱唇杏颊间，万念俱灰，心如悬旌，乃闭目微呻。久之，银菊入房，见是状，痛哭不止。婉琴叹曰：

“吾空负一身才貌，受尽魔障，且累汝清白之身，亦受污辱之名。嗟乎银菊！向日笑语闺中，闲步花丛，自以为他日幸福莫可限量，岂料步步陷入沦落如此耶？”

言讫，吐血不止，斑斑渍茵褥。银菊亦长吁短叹。此时，琵琶叮咚，歌喉嘹亮，声声从隔墙风送而来。

杜鹃啼血，声声哀音，庭院空落，寂寂无人，一丝冷气自窗隙中吹入，使人肌肤生栗。此黯淡可怜之室中，阳光无色，半盏饮残之药，置于妆台，一带病女郎僵卧床上，面色惨白无血色，时做无力之呻吟，血泪点点，染遍枕席，瘦骨嶙峋，不能盈握，手抚酥胸，不胜痛楚。旁有一婢，目视病者而泣，一妇人坐床边，蹙额长吁短叹。呜呼！此病者即婉琴，在其旁者，则银菊与鸨母是也。婉琴张目四顾，忽发出一种极惨极怖之声浪曰：

“银菊，银菊，吾病已达一星期，彼胡迟迟不来也？恐病转剧，不能久待矣！”

银菊方欲作答，而李生已至，面色惨淡，气喘吁吁。银菊曰：

“天佑小姐，公子来矣！”

婉琴秋波微张，见人杰立榻前，泪如雨下，曰：

“婉妹，婉妹，胡为至此？”

婉琴叹曰：

“兄来乎？妹邀天怜，尚有一面之缘，死亦瞑目矣！此身谅必不起，长生之约，期诸来世可耳！”

言毕，两朵鲜血溅李生襟上，时生方忍受湖绉夹衫，即以衣袖为婉琴拭血。婉琴强从床上起，急切不能睹生，落两行珠泪。人杰心肝如碎，号泣失声，即抱其柳腰。婉琴亦张两臂持生勿释，银菊则在旁大哭，不情之鸨母至此，亦不觉揾泪。时风撼庭树，一阵落叶，萧瑟而下，而此绝色名姝，长辞世界而去。

吾书至是，当还叙人杰矣。生在金陵总督幕下，朝夕办公，一日，与诸友遨游钟山，登北极阁，访袁随园之遗迹，犹有存者。饮酒于玄武湖边，遥望冈陵起伏，白云出岫，石头城郭，环绕如龙，俯视湖中画舫往来，帆船点点，赏尽山色湖光，一时酒酣耳热，狂歌楼头。忽奚奴送来一函，生拆阅讫，大惊失色，瞠目如呆，急辞诸友返署请假二日，复乘轮舟渡扬子江，达江都，至家商于其舅，措千金，不分星夜，同舅来申，思赌此美人，脱离火坑。乃甫至沪上，婉琴病殁矣！生至是，抱尸大哭，痛不欲生，不得已，择日殓之。挈柩回扬，且出重金偿婉琴价，又赎银菊，使之归故里。银菊拜于灵前，大哭而去。生伴灵旋乡，葬婉琴于祖坟之侧，窆之日，诸好友皆持花圈来吊，见斯情景，莫不下泪。生手植冬青数株于墓上，俯伏不起，拔剑自刎。舅急止曰：

“男儿将来事业大，何苦痴悬于儿女之情？不孝有三，无后为大，甥万不可迂见若此。”

生遂弃剑哭拜，曰：

“婉妹阴灵有知，休责薄幸耶也！”

其舅命生友扶之归。暮春三月，江南草长，杂花生树，群莺乱飞。一日，生跨卫出城，欲赴金陵督署告退。盖生此时已如槁木死灰，无意功名矣。偶经婉琴墓，见白杨萧萧，宿草离离，手植之冬青，已亭亭如盖，睹景触怀，怆感不置。时斜阳隐红，暮色苍茫，生乃下驴踌躇于草间，手抚冬青，情泪由睚间落下滴草上。噫！今日何日耶？非所谓梨花寒食断肠时节耶？生仰天长叹，见闲云片片飞渡青山去，乃拭泪眼，上卫飞奔回城，而命家人取银售冥箔麦忽，同至坟上祭奠，纸灰随风散，化作白蝴蝶，泪血倾泻，出染成红杜鹃。盖此时之人杰伤心极矣，徘徊久之，始垂头丧气而返。

可怜哉！此伤心人，自婉琴身殁之后，即取前日所画之肖像，悬于书房之壁上，佐以挽对，香花作奉，朝夕晤对。有时出婉琴所绣之鸳鸯把玩勿释，常呆观写真，惨呼曰：

“婉妹，吾欲与妹谈话，妹何微笑不语耶？”

舅父怜其痴也，思为之娶妻，冀其忘情，然而人杰终摇首不允。曰：

“曾经沧海难为水，除却巫山不是云。微婉妹，我终身宁作鳏鱼也。”

呜呼！薄命红颜，千古同例，世界上之可怜虫，非才子，即美人。吾书至此，湿透一领青衫，不欲更写悲景矣。

倩　　影

春假中，余犹坐斗室，披阅说部，一日，忽闻叩门剥啄声，启户视之，则吾友蒋君慕侠也。慕侠为余幼时同学，亦世家子，年少翩翩，倜傥不羁，已缔盟于某氏，结褵有日矣。余乃戏谓之曰：

“余有一事奉告，近日有人语余，谓君夫人貌丑如嫫母，信乎？”

慕侠笑曰：

“君素诚实，乃亦俳谑耶？今夕无事，余将告君以余之情史，且欲倩君为余等夫妇撰一小说。”

余曰：

“唯，余虽不文，宁忍辜负敦嘱乎？”

慕侠述曰：

余忆乙卯年三月，星期六下午，自校中归，闻某园盛开兰花会，乃购券往观之。斯时，春光明媚，惠风和畅，令人不觉有欣然忘怀、怡情自得之乐也。兰花陈设处，人多于鲫，余颇厌嚣豗，遂弃而之他。闲步至一小池之畔，倚假山稍憩，俯视池水潋滟，有金色鱼游泳其中，争啖饼饵。时池边有树数株，倒映于一泓清水中，忽见水底树旁，有亭亭二倩影，姗姗而行。余正惊讶，倩影之何来，又闻呖呖莺声起于池侧，回眸视之，见红栏之旁，绿荫之下，有丽人二，凭栏而赏鱼焉。一年事稍长，鼻架金丝镜，挽堕马髻，体态苗条。稚者髻作螺旋式，罗衣黏肌，长裙拂地，云鬓花颜，娟秀入画。余不禁目眙神往，想入非非，意谓此二美殆天上安琪儿，小谪尘寰耶？彼美见有人眈眈注视，携手移步而去。此时，夕阳西照，人影在地，有二蝴蝶飞绕鬓影间，似亲丽人芗泽者。彼美回眸一顾，以纤手挥去旋蝶，又傍之行，彼美嫣然一笑，余魂若为所摄，盖临去秋波，真令人不能忘情也。

余返家后，独坐沉思，以为天下美人，大似凤毛麟角，不易多见。若今日所遇之年轻女郎，艳女桃李，而静若蕙兰，妙人也。余得睹其芳容，自幸眼福匪浅，然彼姝者，于惊鸿一瞥，瞬息即逝，脱非解事粉蝶，飞绕鬓边，撩其回首，则余安得与彼为最后之觌面。更不识彼回顾时，亦曾见我否耶？于是复闭目凝想，彼美面目态度，至沉思渺虑，顿觉彼美之姿势，又无从记忆，而脑筋中唯印彼一亭亭倩影而已。

光阴易逝，瞬届夏令，余在假中，曾至普陀避暑，往返栗碌，不免稍受风寒。至秋而病痁矣。次日，遂乘舆往医院就诊，适医生外出，须少待，余乃坐藤椅上，阅报消遣。顷之，闻革履声，疑医生莅至，及举目而视，则见所入者为一妙龄女郎，风鬟雾鬓，妆饰清雅，就余对面而坐，余细察之，不禁惊喜欲狂。盖来者非他人，即昔时园中所遇之女郎也。睽隔半载，梦想徒劳，不图今日再会于此，阴感二竖惠我良多，当时欣喜之状，笔难描摹。而女郎入室后，见余目光注射其身，玉容顿赧，俯首及臆。适其身后有窗，即旋身外视，眺望草地风景。余见其颈如蝤蛴，腰如约素，娇怯若不胜衣，傍窗伫立，似含有疲惫状，意良不忍，欲邀之坐，顾未敢唐突发吻。此际室中仅有余及彼二人，而坐对此绝世娇娃，弗能共一语，则又闷损欲绝，乃掇某报纸披阅，见“余兴”栏无线电中载有谐语一则，不禁哑然失笑。女郎闻余笑声，疑余戏己，不胜羞怍，欲径去，而室外足音跫然，有数人鱼贯而入。中有一妇人，携一儿随众后，见女郎，即呼曰：

“潘家妹妹何来此？近日在闺中做么生？校中开课否？”

女郎亦趋前致语曰：

“玉嫂安乎？妹近日偶撄小恙，以致未赴学校。”

妇人曰：

“同病相怜，姊日来亦于药炉茶铛中讨生活也。”

言次，即坐于女郎之旁。小儿见女郎，即投入其怀，娇呼曰：

“翠姑姑，何不来我家？前日姑教我英文，至今未忘。姑欲我背诵乎？”

女郎笑容可掬，抚其首曰：

“菊弟性质极聪颖，异日余将授以他书。”

妇人闻言，即谓女郎曰：

“是儿殊不驽钝，妹所教之文字，皆能朗朗上口。妹苟不弃，行使渠拜列女师门墙下也。”

女郎微笑逊谢之。方吾注意女郎时，彼妇人忽呼余，余视之，即表姊也。先是余精神面目悉直注彼美一人，即表姊来此，余并未属目，彼苟不呼余，余竟失之当面，思之殊堪发噱。表姊与余做寒暄数语后，命菊儿见余，且曰：

“此汝阿叔，毋失礼。”

儿果向余做鞠躬状如仪，余笑询其近读可书。表姊代答曰：

“去岁曾从塾师读，今徇翠妹之请，遣入国民学校肄业。”

余佯询翠妹为谁，表姊即以目示余曰：

“即此丽人是也。”

时女郎见表姊与余谈话，即取报展视。余乘间询表姊曰：

“翠为谁家掌珠？”

姊曰：

“渠即君同学潘菁卿之妹，字翠珍，年方及笄，肄业于女校，一不栉进士也。曩与渠于红闺中叙话，曾戏谓若个丽姝，不知谁家宁馨儿消受此无量艳福？渠笑而不答，而微露意旨，脱不得多情郎君，宁以丫角老，以故来做撮合山者，辄拒绝。吾弟翩翩浊世佳公子也，若有意求凰，不难中雀屏之选。蹇修一席，归之阿姊可矣。”

表姊言时，声浪微高，已为女郎所闻。红潮薄晕，梨窝儿益觉娇艳欲滴。表姊乃别余趋向女郎处，与之絮絮语。时医生已返，以余至最早，乃先诊视，诊毕，仍乘舆返。此次饱餐秀色，殊不负此一行，而表姊一席话，尤令余拳拳不能骤释也。

菁卿为余同学，尚未授室，与余为莫逆交，校中曾设一竞智会，其宗旨以辩难为增长学识之渐一日，为一理解。菁卿与余辩论，罕譬曲喻，灿舌如花，余辄为彼所窘，因笑谓菁卿曰：

“君毋咄咄逼人，余实不耐。”

菁卿笑曰：

“辩论如战斗，焉有临敌而退让乎?”

余服其论，由是与彼时相过从，尚不知其有多才之妹也。菁卿之父，为京中大僚，其母叶氏，性爽直，余亦常见之。第彼家富贵甲一乡，余虽阀阅子，然穷措大耳。脱与之论婚，匪唯彼不之允，即使许可，然齐大非吾偶，奈何因思表姊之言，大类痴人说梦。念至此，万念俱灰，忽转念曰：“表姊不言乎，彼不得如意郎，宁以丫角老。”据言推察，彼美绝非流俗女儿可比，或者动怜才之念，亦未可料，于是希望之心又油然而生，唯日盼表姊有好音赍至而已，

凉秋九月，橘绿橙黄，一夕，菁卿忽折柬招余，书中略谓“人生宜及时行乐，际此大好秋光，正吾辈持螯赏菊之候，敬治杯酌，特开小会，飞觞醉月，拾句联吟。想辈中必多同调，兄倘惠然肯来，弟当倒屣以迎”云云。余正苦寂寞，得此佳会，即整衣而往。至则同学诸子已先在，谑浪笑傲，形迹俱忘。时篱菊盛开，清雅可赏，一友曰：

“我等今日殆效陶靖节矣!”

余曰：

“靖节之爱菊，爱其傲也，使我为菊花，必不甘受彼爱。”

余为此言，盖有感而发。菁卿似悟余意，笑指菊曰：

“花而有知，其将听君言。然我以为花既有傲性，气节必高，虽寄人篱下，庸可伤？苟幸遇知己，倾心赏鉴，拔泥涂而置诸几席之上，未始非此花之福。”

诸友皆不知其意，唯漫应而已。时菁卿已飞一觞至余前，余接之，一饮而尽，乃相约为瓜蔓之令，于是席间飞花粲齿，戛玉敲金，极一时之乐。余饮酒独多，酡颜頳然，一友问曰：

“君量几何？能胜任否?”

余笑曰：

“前有堕珥，后有遗簪，罗襦襟解，香泽微闻，弟窃慕此，饮可一石，至能如阮籍酣眠于美人儿之侧，则壶中日月且恨其短。”

言毕，以目视菁卿。群皆鼓掌称快。菁卿曰：

“香草美人，寄怀幽雅，君真风流人哉！”

诸友曰：

“慕侠俊杰，他日必得解语花。今夕我等可预祝。”

遂各进酒相劝。余大喜，持杯狂饮。少时，不觉玉山颓倒。比寤，则红日一午，映入明窗，余方酣眠乎菁卿书室也。

少时，菁卿徐步入，笑谓余曰：

“昨夕君醉如陈死人，故假榻留寝，以后宜自节制，不然，余将荷锸而埋君矣！”

余笑曰：

“古人有言，酒极则乱，是以大禹疏夷狄之酒，齐王罢长夜之饮，然彼握政权者，固当如是。若吾辈文人，则假人杯酒，浇己块垒，醉乡即消愁乡也。”

菁卿曰：

“君言亦有至理，姑置之。家母适言，君负笈吴门，客窗只影，未免寂寥，如不以弟为孤陋，不妨移榻敝舍，俾朝夕相聚，共获切磋观摩之益。”

余答曰：

“辱承厚爱，实深感纫，本不敢贸然应命，特以我兄知己，不忍推辞耳！”

菁卿大喜，翌日，余乃命仆人移装至潘家，由是日与菁卿同出同归，感情亦因之日厚。顾余心中常贮彼美人影，积久不忘，闻菁卿言，翠珍寄宿校中，每星期六则返家一次，且其妹之性，视兄尤高尚纯洁。余既闻翠珍气骨清傲，益深思慕，余虽贫士，亦抱虽死不受人怜之志也。

菁卿家有小园，结构亦极精致。一日，余与菁卿课余之暇，闲步园中，时风寒木落，霜雁唳空，已届隆冬时序。余曰：

“一年好景，能有几时？”

菁卿颔之，正感叹间，忽闻琴声琅琅，自竹轩传出。菁卿谓余曰：

“此吾妹奏琴也，盍静听之。”

余遂伫立倾耳，觉高下疾徐，靡不应弦合节。有顷，戛然顿止，余音袅袅不绝。余极口赞美，忽见翠珍似花枝摇曳，循径而来。瞥睹余，即欲趋避。菁卿呼曰：

“珍妹，慕侠为吾至交，可勿引避。”

翠珍闻言，止步篱畔。菁卿遂为余二人介绍，且邀翠珍还轩中，瀹茗共话。翠珍虽从兄命，而腼腆不肯多言，唯余与菁卿纵谈而已。及暮色渐暝，乃与菁卿别翠珍而返书斋。翠珍则秋波斜盼，脉脉无语，若有不胜依依之态，含蕴于无言中。

自是以后，每星期余必与翠珍晤谈一次，及久，不便如前此之羞涩矣。一日，为星期六，菁卿有事他适，余独返，见翠珍于书斋中，彼见余来，即含笑起迎，并询其兄何往。余告之，且嬲彼弈，彼素长于弈，而余之造诣，尚未入室，以故余辄败北。旋推局而起曰：

“谚云：棋高一着，缚手缚脚。此言洵不诬也。”

翠珍嫣然，回身就案上取《史记》一册，与余研究绛侯事迹，至《细柳劳军》一节，翠珍谓亚夫与天子示武，颇不韪其所为，设汉文非明主，则亚夫杀身之祸，亦差等于淮阴，更旁征博引历代功高震主之事实以证之。妙绪泉涌，殊足耐人寻味。余等方纵谈间，忽闻窗外有笑声，急出视之，则菁卿也。笑谓余等曰：

“上下古今，君等方人之特识，真咄咄可畏，使亚夫有知，不且含恨九原乎？”

翠珍曰：

“上星期，妹校方出是题，故与蒋君讨论及之。”

菁卿曰：

“慕侠史学渊通，夙为吾校巨擘，诚足为妹之师。”

嗟乎！古人有言，知己难得，以余狷介之性，而蒙彼兄妹垂青，非余之幸也欤？

未几，余校放暑假矣。余即束装返里，唯与彼兄妹相聚已久，一旦临岐话别，不觉有黯然魂销之感。幸鳞鸿往来，如相晤对，亦可称慰岑寂。余既返家，侍奉北堂，闭门不出，每清晨必自修数时，余则大半消磨于小说中。

一日，忽接菁卿来函，书中言："翠妹年已及笄，尚未字人，良以彼自视过高，非志同道合者羞与为伍。吾兄学富五车，胸罗八斗，洵出类拔萃之士，弟意欲使翠妹奉巾栉，请君转达高堂。如不弃葑菲，得蒙允可者，弟当求家慈同意，遣冰人莅至也。"云云。余阅是函，惊喜交并，思翠珍名家淑媛，竟肯下嫁措大，鲰生何福，有此奇遇？亟持函诣母处，详告一切，吾母亦极赞成，但尚有疑虑在，恐锦衣玉食之身，不能自安藜藿，一也；翠珍在校读书，唯知枕经葄史，浸淫书籍，恐不谙针绣烹饪之道，二也。以此二事，询之于余，余笑曰：

"母殆未知今日女校组织之内容耶？校中有裁缝、刺绣、烹饪各课，令学生日就练习，为将来持家计。况彼秉性幽娴，深明大义，范叔之寒，讵不知之，知之又复婿之，出于乐愿可知。"

母闻余言，遂笑曰：

"痴儿急欲得妻耶？蹇修来允之可矣！"

余大悦而退。即作书报菁卿，且附函翠珍，问其安好，又媵以小说二册，盖身虽在家，心则在吴也。

阅数日，家人报有女客临门，吾母迎之，则余表姊玉辉及其子菊儿也。表姊与吾母寒暄毕，即问福弟安在。福弟者，即余之乳名也。余闻表姊来，即趋而入，笑曰：

"姊久不莅止余家，今日甚风吹得至此？怪道清晨鹊噪也。"

表姊笑曰：

"为吾弟来耳！前日医院一席话，岂忘之乎？"

余曰：

"言犹在耳，安能忘之？"

表姊遂以潘家联姻之事告诸吾母，且称道翠珍贤淑不止。

吾母笑曰：

“蹇修即若乎，甚佳甚佳。余无不允之理，但恐齐大非偶，为人讪笑耳！”

表姊又详言潘母爱余之意，非喋喋计较于贫富之间者。吾母曰：

“若为冰人，必非虚语，余允矣。”

又询潘家女姿首若何，表姊做简单语曰：

“余即手摩而口肖，之终不得其仿佛，试问福弟即知之。”

时菊儿在侧，跳掷言曰：

“翠姑如图中美人，吾母尝谓月中有嫦娥，貌美于花，吾思若翠姑者，其嫦娥下世乎？”

诸人闻菊儿言，莫不解颐。吾母遂取饼饵授菊儿，命余引之至公园游览，日晡始返。表姊居余家一星期，即携菊儿返吴，迨婚约既成，吾母择日为余行聘，此时，余心头愉悦，自不待言。无何，金风送凉，秋日又至，学校开学在即，余遂别老母，治装赴吴。在理余不能再往潘家，然余与菁卿交谊素笃，仍不妨祛除世俗形迹，遂毅然径往入室，则见菁卿方与翠珍阅报。菁卿见余来，即立起欢迎，唯翠珍则羞赧无似，俯首弄带，默默无言，转不如平时之亲密，余亦未敢与之遽尔问询。菁卿与余略谈数语，忽起谓余曰：

“君偕珍妹稍待片时，弟行即来也。”

言讫，匆匆而去。余知菁卿故意让避，俾余与翠珍倾吐胸臆。余乃谓翠珍曰：

“珍妹唯此时可以畅谈，过后则句。”

翠珍微喟曰：

“兹事非菁哥之力，恐终难就绪耳！”

余问其故，翠珍乃告余以父意不许，及菁卿再三恳请之事。余始恍然，德菁卿不置。翠珍又曰：

“男儿宜束身自爱，乌可颠倒情网，以后望君刻苦自励，勿以妹为念。卒业之后，可偕菁哥负笈外洋，精心求学，为祖国造幸福，闾里增荣光也。”

余闻是言，不禁眉峰骤蹙，盖余家非素封，安有留学之资？遂答曰：

“妹言如金石，钦佩实深，但兄有难言之隐，恐元龙豪气，久已消磨。”

奈何翠珍曰：

“妹知之矣。妹略有薄资，贮于银行，他日当壮君之行。且有菁哥同往，可无多虑，乘槎浮海，凡在青年，当共此志，乌能郁郁居人后耶？”

余曰：

“妹言如此，兄虽不才，岂能自馁？明岁卒业后，当与菁卿兄同赴美洲可耳！”

翠珍闻言大喜，入寝室，取小影一帧，赠余曰：

“忆念时对此如对妹也。”

余吻而受之，时菁卿已返，余乃与菁卿同赴校中，即辞翠珍而出。

厥后，余即害宿校中，遵翠珍之嘱，昕夕勤读，偶忆翠珍时，则出其小影相对。及游学外洋数年，亦未与此倩影须臾稍离。今者佳期不远，翠珍归余有日矣。嗟乎！余言已毕，君思翠珍非多情人乎？

余曰：

“人生得一知己，可以无憾，矧求之巾帼中哉？”

慕侠又取小影与余并观曰：

“君谓余妻如嫫母，将谁欺乎？”

余视之，含情凝睇，娉婷玉立，飘忽如烟笼芍药，真绝世名姝也。乃曰：

“影里佳人，画中爱宠，得此艳妻，可喜可贺。君既亲迎有日，余当即君之美满良缘著为一书。颜曰：‘《倩影》以赠君，聊代余之馈仪。’”

慕侠再三向余致谢而去。

越日，书成，授慕侠，慕侠曰：

“感君厚贶，余夫妇传矣。”

看 护 妇

威内萨东面亚德利亚海，意大利北方之巨镇也。有老人名阿里斯者，即居于是，住宅宏敞，且有花园，乃出重金购之于某伯爵者。盖老人壮年时，曾冒险往澳洲采金矿，致富而还，然今已白发萧萧，额上之皱纹日深一日矣。老人之妇早亡，无子，仅有一女，名意娟，碧玉年华，绿珠容貌，肄业于城中某学校。老人爱之甚，因彼膝下足以娱其桑榆之景者，仅有此一颗明珠也。而意娟生小娇憨，终日依依膝下，与小羊之恋其母无异。

一日，为星期日，老人因事外出，意娟在家诵读，忽闻门铃铿然，女仆引一少年人。少年身躯修岸，眉目清秀，有卫玠玉人之概，见意娟在室，出致辞曰：

"表妹安乎？伯父何在？"

意娟起与握手，嫣然曰：

"吾父今晨外出，至今未返，闻往商人般克处去。表兄此来，有所事乎？"

少年曰：

"今日为公司中例假，故来拜访耳！"

意娟闻言，粲然一笑，与少年携手往后园而去。

少年名纳恩，老人之表侄也，亦居于威内萨，幼失怙恃，遗产仅一广厦。纳恩执业于烟酒公司，每星期可得薪金七磅。每有暇时，辄来与意娟叙谈，柔情脉脉，细语喁喁，郎心妾心，固同是一心也。顾老人颇厌之，以其非富家子弟耳。是日，纳恩来，适老人不在家，二人乃同往园中，坐于绿荫之下，花香四袭，中人欲软。纳恩曰：

“表妹，余一日十二时，无时不思妹也，妹果爱余乎？”

意娟曰：

“眷恋之情，余岂独异？”

言时，红晕上颊，俯首无言，频以足尖践蹴芳草。纳恩坐于其侧，觉兰气如麝，心荡神移，因握其两手，忸怩而言曰：

“前次所请求者，妹尚未复余，妹果不嫌贫贱，尚乞俯鉴微忱，而赐之盟意。”

娟闻言，娇羞无似，以首枕于纳恩肩上。纳恩颤声言曰：

“吾爱虽至世界之末日，而余爱汝之心终不变易，在天为比翼之鸟，在地为连理之枝。余心如此，妹则何如？”

意娟曰：

“余允汝矣，当再探老父之意也。”

二人方才缠绵间，忽闻履声橐橐。老人从一门中走出，见二人状，面色顿变，厉声谓纳恩曰：

“孺子敢尔！汝穷鬼欲诱吾娇女耶？速离此，后毋再履吾庭。”

纳恩起立曰：

“欺贫重富，非君子也。大丈夫负此七尺躯，庸知后日无发扬时乎？”

老人叱之曰：

“喋喋何为？汝讥吾非君子，设吾在盛年时，当拳汝矣！速去速去！”

纳恩愤不可耐，设非意娟在旁，必殴老人。至是乃凄然顾意娟曰：

“余誓娶汝，余誓救汝脱离此专制之家庭，行再相见。”

言毕，长叹而去。老人乃以手挽意娟入室，慰之曰：

“彼窭人子耳，乌足念。他日，余当导儿至罗马一游，物色勋爵子弟，为吾门楣争光。”

老人言归，意娟若勿闻者，盖彼美此时之情，固专注于个郎之身也。

朝曦方上，宿鸟齐鸣，意娟晨妆竟，方欲赴校，门次，忽遇纳恩，急摇手止之曰：

“兄来何为？吾父方在书室中……”

纳恩曰：

“余有一好消息奉告，余将一变而为富翁矣。”

意娟沉吟曰：

“富翁乎？果何来者？”

纳恩曰：

“余叔侨居于英，今余忽接来电，谓彼已病危，欲将遗产承袭于侄，命余速赴伦敦，闻遗产约有三十万镑之数。我爱思之，余今得之，不将面团团作富家翁乎？今余此来，与余吾爱暂别，愿吾爱转达伯父，伯父见余受此财产，或能挽回其心也。”

意娟闻言，大悦曰：

“诺，唯兄之命是听。妹祷上帝，祝兄平安。”

纳恩乃吻其柔荑而别。

纳恩既别意娟，即乘轮抵英，比至伦敦，则其叔父已逝世矣。遗嘱谓：

> 吾久商在外，亲戚寡少，仅有一侄名纳恩者，居于本国威内萨城。今吾不幸病危，愿将遗产五十万镑，尽付于侄。

纳恩读竟，既悲且喜。所悲者，叔父一生在外，无一家人能送其终；所喜者，则遗产不止三十万，而几增一倍也。翌日，遂往谒其叔之墓，摒挡诸事，哭别而还。

及归威内萨，贺者盈门，咸谓纳恩富矣。纳恩乃开一跳舞会于家中，酒绿灯红，衣香鬓影，极一时之盛。老人阿里斯亦同其女莅会。意娟华服彩装，灯光之下，益显妩媚。纳恩见意娟至，即上前握手，絮谈别后离悰，备觉欢乐。席方半，群起跳舞，有康德夫妇者，烟酒公司中之主人也，为有名之跳舞家。纳恩见之，不觉技痒，笑谓意娟曰：

“吾妹有兴，盍一舞为乐？”

意娟可之，纳恩即携其手登毡而舞。二人各出平生所长，不啻穿花之蝶，织柳之莺，极五花八门之妙，观者咸啧啧称誉，意谓此一对璧人，郎才妾貌，足堪匹偶。老人亦拈须而笑，不如前日之露鄙夷色矣。顷之，二人舞毕，同坐休憩，意娟已粉汗湿透，此弱不胜衣之媚态。纳恩睹之，倍生怜爱，及钟鸣一下，诸客始各散去，意娟亦随老父归矣。

次日，纳恩至老人处。老人延之入室，谓纳恩曰：

“今者天幸，汝忽富矣。往昔唐突，万勿介意。”

纳恩曰：

“人事无常，固难预测，伯父今能以爱女见许乎？”

老人曰：

“意娟既可，吾何不可？”

时意娟亦款步入室，闻老人语，大喜，立跪其膝下曰：

“老父见允，儿甚心感。”

纳恩亦起谢。老人见此一对如花儿女，亦扬扬自得矣。一星期后，纳恩与意娟结婚于礼拜堂。自是，双飞双宿，乐乃无艺，不料新婚宴尔，惊耗忽来。盖欧战方酣，意人亦被卷入旋涡之中，与德奥开战矣。纳恩名列军籍，不得不出而从戎，乃与意娟诀别，托老人代为照料门庭。此时之意娟，不特黯然销魂，一缕芳心，且因之碎矣。纳恩慰之曰：

“吾爱勿泣，上帝降祥，必无他虑。异日奏凯归来，当重有团圆之日。”

意娟闻“团圆”两字，耸其香肩，泣更不已，盖彼新婚夫妇之离别，诚有惨不忍言者。意娟自纳恩行后，独守空闺，凄凉之况，殆难言喻，唯日阅战报，冀得一二新闻。老人亦索然寡味，满怀感慨，日沉湎于曲蘖中。

纳恩初尚有书抵家，意娟亦报之以书，而数月之后，黄姑音沉，青鸾信杳，竟无一字复来。意娟讶甚，晨占晚卜，日盼纳恩之书之至。一日，读报纸，见意军为德兵所攻，交战一日夜，炮火不继，大败而退，阵亡将士不计。意娟阅此，中心大惊，默思阵亡者若是之多，不知吾夫能无恙否。如已捐躯沙场，则我茕茕孤嫠，何以为生？此时，思潮纷起，如醉如痴。

一夕，忽接纳恩书。意娟急启视之，书曰：

爱妻如握：

我等结褵，未及一月，以同命之鸳鸯，做分飞之劳燕，其命也夫？我身虽在战地，无日不思吾爱，然吾爱须知今日之书，乃余末次寄汝之书矣！

嗟夫吾爱，言之深痛。日前我军与德军交战，奥军又从旁来袭，我军孤军深入，乃为所困，及后援军至，全师已将覆没。余亦受伤而晕，不省人事，迨醒时，则身已在医院，稍一辗转，痛彻肺腑。医生谓余迟至明晚必死，以受伤过重，弗能救也。

余今亦无他望，唯愿我爱接书之后，切勿悲痛，以增余罪，盖余之死，死于国。悬想他日天堂相会之时，其乐当不减于生时也……

意娟且读且泣，不及读毕，已晕倒于地。老人睹此景象，泪亦为之簌簌而下。及意娟醒，惨呼曰：

“阿父，彼死矣……奈何……”

老人曰：

“吾儿勿悲，纳恩为国而死，荣莫大焉。”

老人虽欲安慰其女，而仍不能自遏其泪。意娟曰：

“休矣！上穷碧落下黄泉，两处茫茫皆不见。我挚爱之纳恩今何在乎？”

言讫，掩面大恸。邻人有来慰劝者，见意娟之状，莫不堕泪而退。

一夕，意娟挑灯独坐，忽闻远处琴声，悠扬传来，思及曩昔纳恩与已之亲爱，不觉放声大哭，继念纳恩已矣，其妻当何如者？纳恩尽忠于国，其妻独不能尽忠于国乎？吾当投身红十字会为看护妇，以继纳恩之志。方意娟转念时，老人已闻哭声而至，意娟即以此意白之父。老人曰：

“儿志已定，老父亦无他言，但愿无忘此华发星星之人耳。”

意娟颔之，乃投红会习看护之职。一日，意军又败矣，红会运送伤兵入院，或负或舁，忙碌不堪，而看护妇亦往来栗碌，如走马之灯。

第六号病室内，有一伤兵，仰卧胡床，面色惨白，身裹布帛，呻吟不绝。斯时，门外有一看护妇入室，衣服缟素，蛾眉不舒，一种惨淡可怜之色，有非笔墨所可形容者。伊何人？即意娟是也。意娟来此，几两月矣，日夜以服侍伤兵为职，有时病人有痛苦，彼美辄出其曼声以歌，珠喉婉转，使人乐而忘苦。且又出其家财之半，以助军饷。盖纳恩既死，彼美已勘破尘缘也。今日入室，亦来看护伤兵。当时意娟见此兵呻吟床榻，即柔声问询之曰：

“君觉痛苦乎？”

伤兵微颔其首。意娟曰：

“请君暂忍，不久当愈。”

伤兵摇首曰：

“余股已折，无再生望，所难舍者家中尚有娇妻爱子耳！”

言讫，长叹数声。意娟闻语，触动其怀，泪下如雨。伤兵见之，谓意娟曰：

“女士其有伤心事乎？”

意娟亦点首。伤兵曰：

“吾名马利逊，家居拿泊尔斯，有爱妻名曰波喜亚，年二十有二，子名圣德，方在襁褓中。忆吾出门时，与吾妻吻别，圣德在摇篮中，面吾而笑，儿童固无知识，但吾见之，益觉恋恋不舍。而今已矣，欲见吾妻孥之面，会当在梦魂中也。倘蒙女士垂怜，待吾死后寄一信息与吾爱妻，吾当感汝。”

意娟曰：

“君勿悲，余必遵命。”

言毕，遂姗姗往别室中去。

明日晚间，意娟复至伤兵马利逊处，时马利逊病势沉重，昏迷不醒，口中呓语喃喃。见意娟至，即呼曰：

“波喜亚，吾爱来乎？余目几望穿矣！”

犁握其手曰：

“我爱，汝果怜余乎？”

意娟虽知为谵语，念纳恩易箦时，不识有此情景否乎？若果尔，彼不知洒几许伤心泪矣！又闻伤兵语曰：

“我爱，余今死矣！余甚愿余勿死，可以与我爱常相厮守，然势已如此，不得不与我爱诀别。我爱，汝知余此时之难堪，虽枪击亦未及其万一乎？我爱，请与余接吻，此一吻也，即为我夫妇之永诀纪念。”

噫！伤兵昏迷中，误认意娟为其妻。意娟闻伤兵之语，不啻闻纳恩之言，芳心震颤，竟俯身与之接吻，低声曰：

“君可往彼天国矣！”

伤兵瞠眼直视，气息渐微。意娟以巾拭泪，即出门往报医生，见天空一弯新月，方徐徐自云中拥出，如佳人之在屏后窥人者。意娟仰天而叹曰：

“谁为为之，孰令致之，非主战之罪乎？”

噫……孽矣

昔谭浏阳言，造物组织此世界，只一仁字。余以为造物组织此世界，只一情字；无情，则天地之间，无生气矣！故男女爱情，实挟有生以俱来，相慕相悦，初无足怪。然而情犹车也，必循轨而行，苟径情直遂，逸出范围之外，则鲜有不失败者。世人每误用其情，而自陷于情海之中，水能载舟，亦能覆舟，情能福人，亦能祸人。青年男女可不审慎乎哉？

前清末年，吾苏有潘生毓藩者，世家子也，其父宦游京师，家仅一母一姊，姊名浣芬，肄业于某女校，生年弱冠，亦就传于某中学，卒业有日矣。其邻周姓，有女淑琴，与浣芬同学，砚席之间，甚相亲爱。生幼时亦常偕其姊至周家，时淑琴方梳双丫髻，刍发覆额，两小无猜。淑琴之母张氏，亦爱生甚，花果饼饵，时有馈赠，虽无葭莩之亲，而和睦过之。

一日，淑琴至生家，与生并坐，浣芬戏语曰：

"此诚一双璧人也。"

淑琴娇羞欲逃，家人见之，莫不莞尔。自是，二人皆俨然以伉俪自视矣。

光阴如矢，一转瞬间，曩时之小姊妹均已成人，且入校读书矣。淑琴既长，明眸皓齿，风姿韵绝，且学行兼优，声名鹊起。生见之，爱慕益笃，然与淑琴晤时绝少，偶一相见，亦各有矜持态，不复如向者之率真矣。

一日，生归自友家，见淑琴与其姊在书斋中闲谈，生遂入见曰：

“雄辩滔滔，可得闻乎？”

浣芬曰：

“淑妹新购得哀情小说一册，顷者展阅一过，方在评论书中人也。”

生曰：

“情之一字，言之甚难，然青年人不宜读哀情小说也。”

淑琴俯首无言。浣芬曰：

“人非草木，谁能无情？哀与乐亦视其所遇何如耳。人生用情，犹操扁舟入大海，进退不能自已，非诞登彼岸，即沉没中流，故必慎之于初。”

生曰：

“谅哉姊言。有一故事，敢为姊言之。乾嘉间有一书生，博学多才，所为诗不在李杜下，顾容貌甚丑，且眇一目。某女士慕生诗，时相唱和，久欲嫁之，愿请一见。及睹生貌，涕泣而归，自是立志终身不嫁。姊等试论此女士之行为如何？”

淑琴曰：

“情之起源，大都不外才貌二字，取才取貌，各视其人。某女士既慕某生之才，而又嫌某生之貌，未免近于逐臭耳！”

浣芬曰：

“彼人爱才之心，究不敌爱貌之心，故愤怨而出此耳！”

生曰：

“二姊言善，二姊他日用情时，可无误矣！”

淑琴闻言，红晕于颊，托故而去。

潘生常谓世间女子，无有如淑琴之美且才者，颇有不得淑琴愿终身不娶之意。浣芬爱弟甚，亦愿其弟之如愿以偿，常于淑琴前稍稍吐露之。淑琴面壁答曰：

“固所愿也，但须视堂上意耳！”

浣芬以告生。生感淑琴意，爱情益浓。

一日，生遇淑琴于园中无人处，淑琴衣湖色轻罗，飘飘然如凌波仙子。生情不自禁，遽向之求婚。淑琴梨窝儿红晕，低声答曰：

“哥爱我，我岂不知？然而堂上俱在，女儿家何敢私以身许人？”

生曰：

“姊若俯允，伯父母必不忍拒斥也。”

乃吻其柔荑，且以己手之金戒与淑琴互换。淑琴方欲作语，而浣芬已至，见彼二人并坐于石凳之上，但各不言，生与淑琴亦相视而笑。淑琴起立曰：

“此间甚无聊，我等盍至竹轩中弈棋？”

生曰：

“善。姊等少待，弟往书室取棋去。”

生行后，浣芬与淑琴先携手同往。

呜呼！使生与淑琴得成佳偶者，则花开并蒂，结绾同心，讵非多情眷属哉？无如好事多磨，彼苍苍者，偏生出许多波澜，卒致演成惨剧，同归于尽，是亦惨矣。

方生欲禀伯父母，央媒说合之时，同时淑琴处亦有冰上人来。盖同里王氏，有子名漱石者，游学海上，声誉卓然，久仰淑琴才色，至时央媒问名。女父母闻王姓为钟鸣鼎食之家，王生又年少英俊，竟许之。事闻于淑琴，芳心大惊，以告浣芬，且泣曰：

“此事莫可挽回，妹心碎矣！”

浣芬亦惊惶无计，淑琴则掩面而泣。时潘生亦至，问何故。浣芬曰：

“弟不知淑妹已字人乎？”

曰：

“不知也。”

浣芬乃具以告。生如遭雷击，瞠目无语。久之，曰：

“信乎？”

浣芬曰：

“姊岂诳弟者？不然，淑妹泣何为？”

生曰：

“然则奈何?”

淑琴曰：

“妹心无他，唯有死耳!”

浣芬曰：

“若如此，余姊弟二人之罪大矣！妹且勿急，当图良策。”

生嗫嚅曰：

“良策！良策……”

三人乃不欢而散。

浣芬果有良策乎？木已成舟，尚复何说？其言亦不过为片时之安慰语耳。且虑淑琴之或生变故，屡以言劝之，曰：

“此亦命也，今王家子亦如意郎，足可与妹相匹，尚不可谓所适非人。妹如决裂，人言可畏，不将疑妹与吾弟有他乎？此事姊思之再三，妹从父母之命为是。”

淑琴凄然曰：

“吾恨姊家不早遣冰人，致铸成此大错也。”

浣芬叹曰：

“当时姊亦未料及此，总之，吾弟与妹前生未注鸳牒耳!”

淑琴终不知所答，唯报以红泪两行而已。阅年，王生自沪归，择日成婚。淑琴出嫁之前，泪痕两袖，无时或干，人方以为新嫁娘惜别常态，而不知淑琴之别有伤心也。生虽勉往道贺，而目睹此如花名姝，乘彩舆而去，其心中之难堪，直当放声一恸。何物王生，夺我所爱，真前世之冤孽哉?

王生与淑琴结褵后，伉俪亦甚相得。王生本多情种子，所以媚淑琴者无微不至。浣芬有时来访淑琴，见新夫妇亲爱之状，私心甚慰，然由是益为其弟惋惜矣!

一日，淑琴接潘生来函，附还指戒。展读一过，芳心凄然。时王生忽自外入，见淑琴手持书函，便问何来。淑琴惊惶不知所措，伪托曰：

“是同学佩兰所贻也。”

王生见淑琴面色有异，即曰：

“盍与我读之？”

遂行至淑琴身畔，取书而观。淑琴玉容灰白，颓坐椅中。王生阅毕，回问淑琴曰：

“潘生何人？”

淑琴曰：

“邻家子也。”

王生曰：

“此函哀怨乃尔，似卿极钟情于彼，信乎？”

淑琴低首不语。王生又检淑琴信箧，得多函，并一幅小影，影中人固翩翩少年也。不觉勃然大怒，厉声谓淑琴曰：

“此即汝意中人乎？”

立撕裂之，退坐于椅，曰：

“汝今已嫁我，尚不忘故剑，吾不能知汝之贞否？总之，此类书柬及小影，即铁证也。嗟夫淑琴，汝固读书识字者，何故做此行为？休矣！汝果爱汝潘生，不妨弃我他去也。”

言毕，恨恨而出。淑琴不意遇此变故，且见王生愤怒之状，似已与己决绝，不觉自怨自恨，长叹曰：

“我本清洁好女儿，爱恋潘生，亦出至情，徒以所志不遂，改嫁他人。今人复疑我，莫能自明，我复何乐而偷生乎？”

死志既定，心中反觉安适。及晚，饮食如常，唯王生见之，犹怒眦相向，不入卧房。其母疑彼夫妇有勃谿事，劝子毋然。王生入房，不发一语，径趋卧榻。淑琴候夫睡熟，乃伏案作书三封，一寄潘生，一寄浣芬，潜命小婢往投邮筒，一乃留致王生者。既毕，取金戒和茶吞之，揭帐视王生，斜卧床上，面带愁容，若睡梦中犹有不快事者。不觉潸然泪下，低声叹曰：

“君爱侬，侬非不知，但今日之事，君亦宜三思，不应如此诬侬。侬去矣，君珍重！”

遂俯身与之接吻，睡于其侧。顷之，一缕芳魂赴彼忉利天矣。

明晨，王生醒来，忽觉身畔有人，顾视之，乃其妻也。挺然仰卧，不闻呼吸之声，抚之，已僵矣。大惊，急起白家人。其母闻之，趋而至，见新妇已死，且惊且愕，莫名其故。生见妆台上有书，急启视之，书曰：

漱石吾夫矜鉴：

妾以蒲柳之质，奉侍巾栉以来，已月余矣！

吾夫待妾之情，实令妾感激不忘。今日之事，实妾之咎，妾亦不怪君之动怒。唯女子之第二生命，即属名誉，今西子已蒙不洁，虽掬沧浪之水，不足自洗，故思之思之，只有一死为干净耳！然尚有不得不剖白于吾夫者，使吾夫知之，或能怜其无罪，而岁岁寒食节，持一盂麦饭，以奠薄命人之墓也。

妾与潘生，自幼相识，妾未嫁以前，颇有意属，彼此亦无足怪而无容讳者。自为君家人既有所天，宁敢携贰？自问守身如玉，并无惭德，况幼读诗书，粗明大义，断不敢投桃报李，以贻君家之羞。而君不察，疑其有他。妾思事到如此，亦不必与君呶呶细辩，此身既为君所弃，尚复何颜见人？故一死以自明耳！

嗟夫王郎！方妾握管报君时，君方在睡梦中，亦知有人与君为最后之接吻耶？

妾自恨命薄，不能常伴君侧，别矣王郎！此书入君手中时，想妾已陈尸君前矣！

淑琴绝笔

王生读毕，以拳自挝，大呼曰：

“天乎！我杀淑琴矣！”

抱尸大恸。其母见状，如坠五里雾中，不解所谓，生遂告以详情，且哀号曰：

“淑琴死非其辜，皆我害之也。”

乃狂奔出户，群追之，而生已跃入井中，及救出，气绝矣！生父母大恸，往报女家，女父母至，亦不禁大哭。此时，邻人麇集，睹此惨状，无不为之泪下。

是日之夕，邮局递淑琴之函至周宅。适浣芬姊弟同在庭中，拆之，得二笺，乃分致姊弟二人者，各展视之。与潘生书曰：

毓藩兄鉴：

妹王氏妇也，义不可与君通函，顾垂死之人，或可不律以常规也。妹与君幼时即为伴侣，及长，遂有嫁君之意，后卒为父母所阻，此命也。妹亦不能与命争，故恝然舍君耳！不图君忽寄函于妹，并附还妹之指戒，君能忏情，妹方深幸。

讵料祸起不测，为吾夫所见，致反目相向，责以不堪受之言。嗟呼潘君！君素知妹心高气傲，不能受人之冤屈，此事何乎？岂可不明不白而了之？然君之小影，君之手函，一一具在，虽嫁前所取于君者，然总不应珍而藏之今也。虽有百喙，亦难自辩，势不得不出于一死矣！

君见妹书，亦不必为妹悲，祈自保重身体为要。

淑琴手上

与浣芬书曰：

浣姊如握：

妹作书之时，去死不远矣！姊倘欲知妹之所以死者，请读致令弟之函。

妹作此书，泪枯血干，不能复述矣！回思曩日在校时，与姊等讲经问字，斗草拈花，何等光明，何等活泼？而今则何如？

呜呼！此皆婚姻专制之流毒也，使妹当时能从令弟者，又何致有今日之祸？唯中心所自疚者，此身既随他人，应早截断情丝，避瓜李之嫌耳！

今致书于姊，别无他嘱，但祈善慰令弟，伯父母只此爱子，倘有过甚之行，则益重泉下人之罪，殊非妹所乐闻也。

妹行矣，姊幸珍卫。

淑琴叩留

二人阅毕，皆呆立如木鸡。顷之，潘生呼曰：

“嗟呼！淑琴死矣！我虽不杀伯仁，伯仁由我而死。”

浣芬又取淑琴与生之书读之，恍然悟曰：

“此不啻弟杀淑琴也！淑琴已嫁人，弟安可致书与彼？弟误矣！”

生亦呜咽曰：

“此事噬脐无及，弟知所以报淑琴矣！”

时王生与淑琴之噩耗亦报至。浣芬闻王生亦死，不禁泣下曰：

“哀哉！此一双同命鸟也，是何孽缘而至于此？”

乃诣王生家吊之。当二人出殡之日，仪仗甚盛，旧时同学，均为文以哀之。新坟甫成之明晨，忽报某少年自缢于淑琴墓侧，群往视之，则潘生也。

某女士之自述

某女士曰：

侬尝读哀情小说，观天下可怜虫十有八九，嗟彼少年，一堕情网之中，如春蚕缚茧，虽欲摆脱，终弗自主。侬常引以为鉴，俯仰身世，尚幸无此危机，然不意一见程生之后，心旌摇荡，莫能自克，觉宇宙万物，最足系我怀思者，莫我程生若。

嗟乎！侬爱程生，非有他也，唯才与情，妇女莫不崇拜。程生之才，虽非班马之高，而清秀俊逸已超逸寻常；程生之情，虽无海洋之深，然真实恳挚，而绝无饰伪。侬非木石肠，虽欲不爱焉，可得乎？侬之遇程生也，在甲寅某月，侬犹忆之，介绍者则程生之表姊斐英也。

斐英父宦游在外，家仅一母，故与表亲同居。斐英与侬为同学，相亲如姊妹，课余之暇，侬常至斐英处闲谈。一日，侬宿于其处，见程生焉。程生为某校高才生，幼孤，家唯一母、一弟，此皆闻之于斐英，不我欺也。方侬见程生时，生方伏案而读，见侬来，其颜微赪，讷讷不能作酬酢语。噫！程生其诚实君子乎？方今之人，崇尚圆滑，而讥笑朴实，如程生者，虽不合于流俗，而侬则敬之愈甚。斐英又取程生之著作与侬并阅，其名耳食已久，今见其文，才气如天马行空，不可羁勒。侬于是由敬恭而生羡慕矣！

侬闻之，父母俱存，为人生最幸之事。侬独不幸，自幼即失所怙，此至伤心之事，然侬家世代簪缨，富贵甲一乡，侬母爱侬如掌珠，侬生长于绮罗丛中，从不识忧愁为何物。及长，侬就学于某女校，于教师之讲解，颇能领悟，以故每试辄出人上。

邻有王妪者，常来侬家，与侬母闲谈。一日，侬闻其言曰：

“汝家凤姑，年将及笄，嫂意中有乘龙快婿乎？”

侬母曰：

“痴妮子眼界高亢，相攸殊属不易。”

王妪曰：

“本城陆某，富家子也。读书沪上，人品出众，颇足与女公子相颉颃。”

侬母叹曰：

“妮子性固执，事恐难谐。且年尚幼稚，吾又仅此一女，不忍使其早离膝下。”

王妪闻言，一笑而罢。嗟乎！世有知侬心事者乎？婚姻为终身大事，断不可不由己意，否则任人拨弄，一旦铸成大错，终身已矣。但世之女子，所以多失败者，以心无主宰，贪慕虚荣，无知人之明，以致一失足成千古恨耳。侬自问非其伦也。

侬自识程生后，心目中唯有个郎之影，而足迹则常在斐英家，亦不自知其所以然也。程生初极疏淡，后则间侬等言，所谈皆道德语，不失修身之旨，脱令他人闻之，未有不笑其迂阔者。侬与斐英每有所作，屡倩渠删润，渠亦乐之不厌，终日以文字为生涯，罕预他事。侬至斐英家有年，未尝闻程生与人有交哄事，程生亦喜小说，每谓小说最易开通人之心智，有价值之小说，尤有功于学识。程生暇时，间亦捉笔为之。

一日，出其精心之作，名《情镜》者，示侬。侬读之，觉至理名言，充塞篇幅，而言情能根据法律，尤足为青年男女之宝筏。侬以是知程生亦多情种子也，其所以淡泊无嗜者，特不肯滥用其情耳。

某日，为斐英之母四十寿诞，适校中放春假，侬即备礼往贺。是夕，即宿于其处。明旦，见程生独立庭畔，咨嗟不绝，睹其容，戚然如有忧者，因询之。生曰：

“余母春秋亦将四十，而余尚一无成就，何以答养育之恩？”

侬闻生言，亦为太息，因慰之曰：

“焉有陈孺子而长贫贱者？君亦何愁不飞黄腾达乎？”

生叹曰：

“一介寒士，又无奥援，何能直攀青云？”

侬闻之，中心怦然，向只慕其才，恋其情耳，今且怜其运矣！每与斐英谈吐，不觉微露隐衷。斐英转达于生，生无他言，但云感侬而已。

侬与程生心神相交者，将二年矣，虽有函札往，毫无媟亵之词，岂若今之男女交际，动辄以恋爱为前提哉？彼等之言爱情也，无真正价值之可言，唯有真爱情者。初遇之如冰铁不能聚合，及乎道义相合，心神相契，始如炭炽炉中，热度之高，日增月加，而无已时。此时，虽然有慧剑利刃，亦不能断之矣。

一日，侬至斐英家，与程生晤谈，生言：

“生平不喜情，目睹社会之污浊，人心之险诈，以为世界上无一玉洁冰清之女郎。不意自识女士以来，心心相印，惺惺相惜，觉余心目中可崇拜者唯女士一人而已。女士系出名门，能厕穷措大于友朋之间，余不知己几生修到，更敢他望哉？”

侬闻生言，面微赧，向常谓炭炽炉中，今其时矣，顾侬欲发吻，而反不知应作何语。生似知意，侬亦缄默不复出声。久之，侬念及老母之心，欲侬嫁得金龟婿，以夸耀乡里，则此事何能如愿？不觉为之凄然。因谓生曰：

“兄第勤读，他日必能有成，妹之心，即兄之心，敬守身以待。”

生闻侬言，为之欣然。斯时，侬已以身许程生矣。

桃红若醉，柳浪如烟，阳春风景，大是可人。某日，侬与斐英闲步公园中，至僻静处，斐英握侬手而言曰：

“我辈情胜同胞，彼此肺腑之间，当无隐情，妹今有问于姊，姊其勿责唐突。姊于程生果笃爱之乎？”

侬不期骤闻此言，红晕上颊，无语可答。斐英曰：

“姊素伉爽，今在妹前反羞缩如此耶？”

侬不得已，颤声言曰：

“姊前妹何敢隐心？实爱之。”

斐英曰：

“人无远虑，必有近忧，我辈当思一善策，使此美满姻缘，早日告成。”

侬思斐英之言诚然，但侬虽赞成自由，然不可不先请母命，否则私相订约，类于淫奔，能免人之谤议乎？第恐母憎其贫，不愿使膝下明珠餍此糟糠风味者，则又奈何？一时眉峰颦蹙，叹息不语。斐英已知侬意，乃谓侬曰：

“伯母爱姊，姊可径往求之，俟有允意，妹当告之程母，浼家母到府作伐可矣。”

侬无如何，乃从其言，遂与斐英握手而别。返家后，见侬母满面笑颜，揽侬至其怀中，而吻侬之颊不已，柔声询曰：

“今日吾儿何往乎？”

天下之为母者，未有不爱其子女，侬母者，其尤甚也。因答曰：

“儿与斐英姊曾往公园游玩也。”

母遂命婢仆往备晚膳。餐后入房，相与闲谈。夜既深，母顾侬曰：

“时已不早，儿盍睡乎？”

侬即跽于母前曰：

“儿有言奉禀，愿母允之。”

母大惊，扶侬入怀曰：

“儿胡如是？有言可告也。”

侬曰：

“儿今直陈，母将斥儿无耻，然毕身大事，终不可隐。儿已心许程生，求母从儿之志。”

母问曰：

“程生何人？”

侬曰：

“即斐英姊之表弟，少年英俊也。”

母又曰：

“程生家况如何？”

依至是不能作答。久之，始嗫嚅言曰：

“只有薄田十余亩耳！然才如程生，他日终飞黄腾达，非久居人下者，固不必计其家资之厚薄也。”

母蹙额曰：

“未来之事，何能决定？即以目前而论，吾儿锦衣玉食，自幼已惯，安能从措大以终乎？昨日汝舅已来作伐，欲儿许配祝公子。渠亦中学生，父官京中，家资雄富，祝公子又年少翩翩，较之程生，奚啻霄壤。余已为儿出帖矣！”

依闻母言，神魂飞越，急跃起曰：

“何若是之亟亟，而不令儿前知？儿于祝氏子，一面不识，安能以身许之？”

此时之阿依，似从百尺高峰下堕，又如置身油锅之中，苦痛甚矣。母似不忍，重慰依曰：

“儿勿泣，母心且碎，若祝家婚议不成，当许之程生何如？”

依闻言，希望顿生，勉从母命，不知母之为是语，恐依伤心过度，而姑宽依心耳。

明日晨起，依欲赴校，头忽剧痛，不克自持。小婢秋菊见依状，急告依母，依母喘息而至，抚依首曰：

“儿有病乎？”

依微点其首。母即饬人至校中请假，命依安卧，以资休息，且殷殷问依所苦。依心既感且悲，时觉耳中作响，脑愈昏沉，入夜，尤周身发热，梦魂颠倒。医士来诊脉，则言感冒风寒，不久可愈，立方而去。乃母忽谓依曰：

“吾儿容貌戚戚，得勿有心事乎？”

依笑曰：

“儿之心，母岂不知耶？”

母曰：

“儿毋任性，母为儿筹之熟矣，绝不令儿堕火坑也。”

依闻言，知母心已决，回天乏术，不禁悲从中来，泪如泉涌。恐伤母意，急以被蒙面而卧，唯时闻吾母长叹之声而已。

斐英见侬缺席，亲来视侬。侬睹斐英，不觉泪承于睫。斐英曰：

“姊憔悴矣，二竖子殊可恶。”

侬即乘间告以母意，斐英叹曰：

“好事多磨，此诚恨事。然伯母膝下，仅姊一人，事已如此，姊亦不可重违母命，以伤其心。”

侬闻言，觉顾此失彼，事无两全，然侬为母生，母欲如何则如何耳。若与程生之姻缘，既已绝望，亦唯有期诸来世耳。从此，悲念稍杀，经旬而愈。母见侬已占勿药，喜可知矣。

一日，校中放假，侬至斐英家，斐英之母询侬何久不来，侬无词以答。往视程生，仰卧胡床，见侬来，不胜欢迎，谓侬曰：

“女士清恙已愈，令人欣慰，然余方病剧，恐厥疾不瘳矣！”

侬闻其言，为之惨然，因询以病情，始知体质亏弱，为寒邪所侵，病已有日，特余不之知耳。侬对此可怜可爱之意中人，不觉潸然泪下。此时，如万镝袭体，恨不能放声一哭，遂谓生曰：

“君心侬知之，侬心君亦知之，奈母也，天也，只不谅人何？此后相会，虽不易期，然前言俱在，海枯石烂，永不相忘也。”

生叹曰：

“人生如朝露，女士当抱达观，此命也，不可力强而致。总之，女士知有一薄福之程生，而余亦知有一多情之女士而已。”

侬不知所云，唯报以呜咽耳。时夕阳衔山，天色已暮，侬遂与生等道别。自矢不复再入此门，以重程生之痛，而程母犹望侬重来也。

不堪回首

洋场之旁，有红桃六七株，鲜艳照日，秾华夺人，若美人之盛服新妆，临风竞艳者然。树后有红楼数楹，玻璃窗中，见室内有少年男女二人，相对而坐。少年穿西装，履革履，相貌英俊。女郎容颜甚姣丽，衣哔叽夹衫，装饰如女学生。时少年含笑自椅上起立，径前欲握女郎之柔荑，而女郎侧身他避，掉首不顾。少年面上顿露惊容，谓女郎曰：

"芸妹，何事生嗔?"

女郎曰：

"无他，恶兄之无礼耳!"

少年曰：

"余与妹肝胆相照，心腹相披，至今已数载矣！妹今不能恕余乎?"

女郎嘿然无言。少年又曰：

"前日余有一函与妹，谅已达妆阁，书中所云，妹能鉴余之诚而垂允否?"

女郎蹙额曰：

"祈兄恕宥，妹思之再三，此事万难遵命。"

少年闻言，色立变曰：

"妹忘龙华道上所语乎？余则此心耿耿，唯贮妹一人于心坎中，可誓天日。自妹有允意，互易戒指以来，一意望我等二人早日可以团圞，享甜蜜之光阴，更不敢妄生他想，不意妹今日何忽变初心也?"

女郎闻言，仍俯首不出声。少年则刺刺语不休。久之，女郎曰：

“兄喋喋多言何为？妹心已决，虽有仪秦之舌，亦莫能挽矣！”

乃自指上取一宝石戒指下，与少年曰：

“兄可取去，妹之物亦乞掷还。”

此时，少年亦怒脱手上戒指，掷向女郎怀中，愤然径去。将及门，忽返身谓女郎曰：

“芸珍，今胡忍心若此？不嫁余亦佳，但凡事须三思而行，莫贻后悔。虽然，余终祝妹前途多福也。”

言讫，泪眦莹然，懊丧而去。女郎见少年行后，微哂曰：

“谁愿嫁汝穷措大？吾向者爱汝，为汝愚耳，今当任吾心目中别择佳夫婿矣。”

女郎陈姓，名芸珍，年方二九，肄业于沪上某女校，幼失怙，家仅一母一弟，薄具家财。母心宽爱，无事不徇芸珍之意，故芸珍自幼娇养已惯，不能御家事，但性聪颖，善读书，人皆誉之。少年姓许，名应元，与陈家为世好，常来芸珍处游谈，读于某大学，博通中西，唯苏季子家中清贫也。许生既时与芸珍晤面，积久遂有情愫，芸珍亦有许嫁之意，其母亦爱许生才，颇欲得之为东床。许生知芸珍有意属彼，中心乐甚，故前日曾上乞婚书一缄，满拟芸珍必一诺无辞，不意芸珍之心肠忽变，忍然拒绝也。然而芸珍之所以不允许生之请，而遽出无情之言者，其中亦自有一段情节在。

学校之中，同学众多，其中切磋琢磨，为他山之攻、道义之交者固不少，而不肖者每亦有杂居其间。近朱者赤，近墨者黑，故青年学生于择交一端，不可不慎也。芸珍校中有新生名蒋薇英者，性佻侻，好妆饰，出入车马，每当星期日，常邀二三同学出游，炫耀过市。一班儇薄少年见之，辄尾随其后，投桃报李，密约幽会。久之，蒋生渐与某少年有染矣。

一日，蒋生偕芸珍出外，适遇某少年及其友谢某，谢为沪上拆白党中之健将，美容颜，善修饰，自外观之，俨然一翩翩浊世佳公子也。既遇蒋生，遂相约同至某园啜茗。谢某高谈阔论，自诩其家资之巨富，才华之高深。且言其先祖有恩于某伟人，某伟人曾以书来，请其至京任事，时因身体微有不适，故未往。今秋将往谒矣，得见后，不愁不飞扬也。芸珍闻其言，颇歆羡之，谢某亦试以游词挑逗。芸珍则微笑无言，报以秋波。谢某遂约之赴某剧场观剧，芸珍因初次与陌不相识之人相见，不能冒昧从事，乃婉辞之。归途时，蒋生复以言相诱，劝其托身于谢某，则将来富贵无穷期。芸珍漫应之，至家后，卧而细思，觉以许生与谢某相较，不免瞠乎其后，且谢某貌尤俊美，许生勿如也，遂决意疏许生而亲谢某。适许生以久待不报，故躬自来此乞婚，芸珍即断绝之。许生不得已，失望而归，然而芸珍之厄运亦自此始矣。

芸珍自拒绝许生之后，一缕芳心，悉注于谢某之身，每逢假日，恒邀蒋生出游，赴谢某与某少年之约。日往月来，芸珍与谢某交益亲密。一夕，芸珍佯言赴某女友之喜筵，靓装而出，其实乃同谢某往某蟾舞台观剧也。谢某喜芸珍之堕己计中，益奉事维谨。芸珍觉口渴，则手削雪梨以进，芸珍欲吸烟，则为之燃火柴，时台上正演《杨瑞亭之请宋灵》，锣鼓喧天，震耳欲聋。芸珍似有倦意，谢某曰：

“女士倘厌喧嚣，盍往某番菜馆小酌？”

芸珍颔首允之。二人遂离剧场而赴番菜馆，酒绿灯红，色授神与，此时，芸珍所向许生索还之戒指已在于谢某指上，而芸珍亦戴谢某之戒指矣。席间，谢某又以甘言相诱，芸珍乃一青年女子，不知世路之险巇，人心之鬼蜮，故遂山盟海誓，许以终身。迨餐毕，已钟鸣一下，芸珍已拟不返家，谢某乃邀之宿于旅馆，而此一夕也，其中暧昧，盖亦不可穷诘。

谢某既诱芸珍，初尚竭意献媚，芸珍益迷恋不自持，学校中不时请假，旷费学课。后校长微有所闻，而芸珍遂与蒋生同时退学。芸珍既退学，仍不令其母知，每星期六则返家一次，如在校读书状，实则芸珍早与谢某别筑香巢而居矣。其一切用费用，均由芸珍设法筹备，谢某则固未落分文也。居无何，渐告匮乏，芸珍颇忧之，谓谢某曰：

“始吾以谓君一昂藏好男儿，故甘冒不韪以从君，然迩来观君，庸庸无大志，局促如辕下驹。”

不禁私自叹息。

“君前言某伟人既有书相邀，何不束装赴京，图一席地以为快？而乃甘心株守，不思扬眉吐气耶？且妾与君长此秘密，终非善策，盍归谋堂上，使早日成婚乎？”

谢某闻言，佯作蹙额而言曰：

“卿言甚是，余非不知，但尚有某事未了，须数百金。卿若能为余设法者，余当还禀堂上，请媒说合，俟结褵后，则余当至某伟人处。但彼时卿勿悲别离，而愁看陌头杨柳也。”

言讫，睨芸珍而笑。芸珍不胜之喜，乃回家潜窃其母之房契，而至某女友处，托人假得数百金与谢某。谢某接之，伪谢曰：

“卿一片爱余之心，可感可敬，此生愿与卿白头相守也。”

遂取银辞去。谢某之去，杳如黄鹤。芸珍久待不至，颇深思疑，日出寻访。阅一星期，遇其故时同学，曾识谢某者，方询得底蕴，则大惊悔，辗转思维，不禁泣下，乃托人往招谢某，而谢某仍不至如故。芸珍不得已，作书与之曰：

谢君爱鉴：

妾以一念之差，遂成千古之恨，红颜命薄，夫复何言？然思往者不可谏，来者犹可追。君年少英俊，磊落不凡，使能奋力前程，则前途进步，未可限量，何乃甘心与小人为伍，为此猥琐龌龊、有伤人道之事乎？他日虽能悔悟，亦老大无及矣！

妾既失身于君，则君虽薄幸，而妾则仍痴心如故也。故望君见书之后，速来一晤，共筹后来之计。妾闻之，苦海无边，回头是岸。又曰，放下屠刀，立地成佛。君若能纳妾之谏，而悬崖勒马，痛自悔过，则君之幸也，亦妾之幸也……

芸珍书去后数日，方接谢某复函，中言：“辱蒙教诲，何以克当？但卿之失身于余，卿之自误也，非余之误卿也。余家中已有糟糠之妻，安能更娶卿哉？然卿若愿居小星之列，而甘贫苦者，余当择期来迎。”云云。芸珍拆阅竟，自怨自艾，食不下咽，和衣卧床上，鲛绡为之湿透。盖此时芸珍已珠胎暗结，进退狼狈矣！

芸珍初欲以一死自了，继念孽由自作，不如仍为其妾可也。然若此，殊无面目返见慈亲，思至两难处，放声痛哭。翌日，乃作书报其母，谓儿不幸为奸人所诱，然咎由自取，夫复何尤？今无颜返见吾母，此后不肖儿之身世，母亦勿念，但视儿已死可也。芸珍写讫，回环诵读，觉字数虽少，而句句皆含血泪，不觉泣下沾襟。又作书报谢某，示允意焉。

谢某见芸珍已允，乃择吉纳芸珍为妾。芸珍归谢之后，谢某竟大变其昔日惜玉怜香之状，语言之间，颇冷淡，而大妇悍妒，屡以晋声相诮让。芸珍强忍受之，终日操作，但芸珍本不善做家事，故每有所偾，大妇初则痛詈，继则施以鞭挞。泣白谢某，则谢某固有季常癖，且已不欢芸珍，则亦漠然视之。是以芸珍日坐愁城，唯有以泪洗面而已。

一日，谢某获利归，置酒为欢，时芸珍已生一女矣，适沪上新世界方开幕，谢某乃挈妻妾往游焉。游时，芸珍以小儿啼哭，故先返家。方出游戏场，迎面一少年，风姿潇洒，偕一丽人，并肩徐步而来，及近身畔，视之，乃己昔日所拒绝之许生也，大惭，欲避匿，已无及，乃俯首疾趋，而已为许生所见，呼之："芸珍！"不得已始止步。许生询之曰：

"芸妹何憔悴若此？嫁得阿谁？怀中儿乃妹之掌珠耶？"

芸珍为许生所问，愧无以答，不禁泪承于睫。许生穷诘之，芸珍无奈，始以实告，且言且泣。许生安慰之，且出纸币十数与芸珍曰：

"不腆之敬，祈妹哂纳。"

芸珍不胜感谢，且低询许生曰：

"此丽人即君之夫人耶？"

许生曰：

"是也，彼为某校女教师。"

芸珍曰：

"君多福得此贤内助，若妾则薄命女子，不足置念者也。"

言讫，唏嘘而去。嗟夫！不堪回首话当年，其芸珍之谓欤？

明道曰：

青年女子，往往贪慕虚荣，侈言自由，不知世故人情，唯逞其一己之私心为快。而风俗浇漓，一班儇薄少年结党立社，用其巧诈，以甘心于女子，以致如芸珍之一失足成千古恨者，比比皆然也，能无惧乎？

蝶

我有四爿粉翅，两根触须，一张嘴，六只脚，每当着风和日丽，草绿花红的时候，我便飞来飞去，在那粉墙回廊、竹篱茅亭边遨游。有时，我觉着飞得有些吃力，便在绿茸茸的茅草地上，算了我的被褥酣眠一番，非常适意。但我最怕的是那些小孩子，常常要趁我们不备的时候，用扇子来扑取，捉了去，便用一根丝线来缚住了，当他们手中的玩物。可怜我亲眼看见我的几位朋友被人家捕去，不是弄得折翅断足，便是一命呜呼，所以，我们看他们真是切齿之仇，然而优胜劣败，弱肉强食，也是无可如何的事体。

我说了半天，尚未通出姓名。好在看书诸公都是第一流聪明人物，我也不必说明了。闲话休表。

且说我一天展着粉翅，飞到一家花园里，真个是楼阁层层，假山叠叠，十分繁华，我便披红拂翠地飞过一个池塘，在一只亭子外面的树叶上休息一刻。忽然听那边说话声音，我抬头一看，见有一个少年和一个丽人，携手而来，走到亭子里面，并肩坐下，面对面地笑了一笑。那少年是风姿飒爽，气宇英俊，丽人是娇小轻盈，艳美如仙，看得我也呆了。又听得那少年柔声和气地说道：

“云卿，今日我与你是已遂了志愿，水晶帘下，朝朝饱看梳头，玉镜台前，夜夜低并香肩，从此举案齐眉，百年偕老，可算得是恨海不波，情天长圆了。假能梦熊有兆，一索得男，则他日汤饼筵开，弄璋有庆，岂不愈觉快活?”

丽人听了，握着少年的手，将杏脸偎在少年的怀中，低低说道：

“愿做人间鸳鸯不羡天上神仙。韵哥，我但愿你的爱心永久不变，便是终身幸事了。”

少年说道：

“我爱你的心，恨不能剜出来给你看看，你想我得着了像你这样一个才如道韫、貌若西施的贤妻，心里头还有什么不称心吗？唉！想起我初次遇见你在某园的时候，归家后便胡思乱想，茶饭俱废。后来，听得你到某处学校去教书，有人爱上了你，请媒妁来说合。彼时，我心中忧急得几乎要死，幸亏听见你母亲心上不要，故而这事作罢。我遂请了漱芳姊姊的介绍，于是我们二人方始可以鸿雁往来，互通情愫，到今天所以能够结婚，也是漱芳姊姊一人之力。这月老的大恩，我们断难忘记的啊！”

少年说了，丽人点头微笑。我见他们这般恩爱缱绻，也不觉十分羡慕。忽从我的后面来了一位女友，招展着两对美丽的小翅，翩翩跹跹飞在那绿荫丛中，真是个天使化身，我见了，便从树上飞将起来，到这位女友旁边，忽上忽下，厮并着飞舞，煞是有趣。这时候，那少年和丽人见了，面上越显出快活来。少年笑向丽人道：

“你看这一对粉蝶，你恋我爱的光景，便是我们二人的小影了！”

我听了，十分得意，和那位女友飞舞得更加起劲。那女友徐徐飞过墙去，我也只得跟了她同飞，不知不觉地，又飞到一处地方。那边也是一个小小花园，说也真巧，这园中石凳上也坐着一个少年和一个丽人，但是两人面貌上都是好像笼罩着愁云惨雾一般，我见了，便对我这位女友说道：

“你且等着，我要来听听他们二人的讲话。”

女友点点头，便不飞开去了。我听那少年说道：

“此事如何一定不能挽回了吗？”

丽人拭泪答道：

“痴郎，我告诉了你，料你必然心碎肠断，但望你休要为我悲伤。”

少年也揩着泪说道：

“妹妹你说便了。”

丽人道：

“自从你去后，母亲因嫌你家道贫穷，又是不会赚钱，所以心上不十分爱你。再加上那万恶的胡家嫂嫂，媒孽你的短处，说得那个冤家好得天下独一无二。你素来晓得的，我母亲的耳朵根是非常之软，因此决计把我配与那冤家了。说起那个冤家，虽然是家资巨富，然而是个纨绔子弟，秦楼楚馆、茶坊酒肆，时常冶游惯的，况且胸无点墨，腹笥空虚，这样人如何告他终身？像我邻家的王姊姊，才貌优秀，性情和娴，却嫁着一个薄幸郎，蜜月方终，秋扇旋吟，痴心女子负心汉，岂不可恨可怨吗？唉！哥哥，我以后的境遇不消说得，是堕入奈何天中去了。”

说罢，嘤嘤啜泣，倒入那少年怀中。少年也是双泪滚下，从身边掏出一块手帕来，代丽人拭泪，叹口气说道：

“薄福书生，无缘得偶玉人，妹妹，我今希望俱绝，从此披发入山，不愿厕身在污浊社会中了。”

我听到此处，心中也觉得万分难过。此时，我那女友也等得不耐烦，便飞到丽人鬓旁去，我也紧紧跟着她不懈。那少年见了我们，也说道：

“你看这小小蝶儿尚且如此，何况于人？看起来，我们连昆虫都不如了。”

我听了少年恭维我们的说话，心中便有些骄矜，想我不必在那里再听他们的断肠话了，不如到别处去吧，随即和我女友渐渐飞开。又越了数重短垣，到了一个天井里面，见三间院落，甚是洁净，只不过静悄悄的杳无人声。我想此地倒是个乐土，便同那女友一齐停在浅草地上。隔了一歇，里面走出一个雏鬟来，从堂中搬出一只香几，摆在阶前，又拿出一只香炉、两支蜡扦来，放在几上。点了蜡烛，焚了檀香，口里说道：

“可怜这新少奶真的命苦，来了不到半年，我家少爷便病得如此田地，眼见得是不能活的了。”

说着话，走到里面去了。少停，听得履声响，走出一个少妇来，年纪不过在二十左右，身上穿一件浅色华丝葛的夹袄，却满着药渍，腰系一条紫蓝色的华丝葛卷裙，容貌虽然娇艳，而梨窝儿泛白，惨然寡欢。姗姗地走到几前，取个拜垫铺在地上，款款地拜将下去。只听她低低祷告着道：

“天啊！我求你使他的病早早痊愈，可以使王门宗祀不致断绝，且我嫁了他刚过几个月，倘使有一个差池，以后光阴叫我如何过度？天啊！可怜他年方弱冠，刚得毕业，肚中怀抱尚未施展，求天保护他的身体，成全他的志气，不要兰摧玉折，将他的性命取去。我薄命女子，情愿代他受祸，望天大发仁慈，垂允我的祈求。”

说到这里，那少妇立起身来，已是梨花带雨，十分可怜。我见了她，心中便想道：这样一个如花如玉的佳人，设她的丈夫死了，叫她青年守节，岂不是件悲惨的事情吗？我正在暗想，见那边墙上又飞下了我的一个友人来，我生怕他见了我的女友，便要同我争夺。此刻也不能再看这个少妇了，便对那女友说道：

“我们快去吧！”

遂展开粉翅，一齐飞将开来，又到了一个小操场。见操场中心有许多女孩儿在那里拍皮球，有的是捉迷藏玩耍，还有几个穿裙的女郎在那秋千架上荡来摆去，风吹着衣袂，倒也同我们差不多的光景。我们正在看得出神，不防后背轻轻掩来一个垂髫少女，将手中团扇用力地扑来，我想不好，急忙让避时，可怜我那位女友已被她扑倒在地，我唬得亡魂丧胆，没命地飞逃。过了操场，惊魂始定，我想那边真是个龙潭虎穴。此刻我那位女友被他们捉了去，不知存亡如何，美人已归沙叱利，义士惜无古押衙，哪里能够来一个黄衫儿，把我位女友救转才好。但是，我既号称一个男子，到了急难时候，便丢了人家避去，见义不为，临敌先逃，被人家晓得了，岂不要骂我是个怯夫吗？想到那时，倍觉惭愧，踽踽凉凉地剩着孤身飞行。我又想道：天下不如意事十常八九，这句话真是不错。今天我飞过了数处地方，眼中看见的只有第一次是可算美满的事情，后来碰见的都是不如意事，旁观者尚且惨不忍听，何况局中人呢？即如我和那位女友，同飞同舞，十分快乐，不料后来便遇着了祸殃，把我们活活地拆开，并且我也险些丧身。可见茫茫宇宙，芸芸众生，能有几个终身在那欢场中过他们甜蜜的光阴呢？可叹可叹！

我一路想，一路飞，又飞到一处场化。此时，我真个好像惊弓之鸟、漏网之鱼，风声鹤唳、草木皆兵，再不敢大模大样地乱飞了。先是四下里看看，见无人迹，方才放心飞将下来。但见绿槐树后，有一个书房，收拾得窗明几净，十分幽雅，沿窗一只书桌，旁坐着一个少年，执着一支笔，正对那桌上书的白纸呆呆出神。我见了，心中好笑，想他究竟要想做什么，枉空是个书生，如何脑筋这般迟钝，竟一个字都想不出来，只管对那纸头呆看。难道这纸上有什么神通吗？若然他要作小说，我倒不妨把我经过的情形告诉他一遍，也是一个大好资料。但我与他言语不通，只索性他去吧！我便展开四翅，在他面前飞了一转，只见他看了我，心中忽然觉悟，便提起那个毛锥子来，嗖嗖地在纸上写将下去。

此时，我已很觉疲倦，也要到那芳草地上去睡他一觉了。

感化之力

看官，我往尝见那些作书的，多说那“人生不幸而为女子身”这句话，当时，我便稀奇道：

“男女是一样的人，为什么女子偏是不幸呢？”

有一个朋友对我说道：

“我国从前重男轻女，人家生了女儿，便不如生男子的宝贵。而且女子大半不令读书，毫无知识学问，所以人为女子，算是不幸。”

那时，又有一个朋友对我说道：

“女子不幸的事多了，不但是因为这种缘故。譬如有个女子，既具羞月闭花之貌，又擅织锦咏絮之才，而红丝误系，所适非人，或遇薄幸郎而旋为秋扇之捐，或嫁没字碑而永叹大错之铸，或以鸾凤而随乌鸦，或以闺秀而偶纨绔，这岂非是埋没了她一生吗？有些善良的，便忍泪吞声，自伤命薄，郁郁不乐地过她愁云惨雾的光阴。那有些不能忍耐的，便夫妇之间不免有淘气的事情，家庭变故，都要从此发生出来了，所以说是不幸了！”

我听了他们二人的说话，便说道：

“照你等说来，女子是实在不幸得不堪设想了，我倒听得有一段故事，与你等说的话大相反背。那家庭的幸福，丈夫的良善，都靠托在这女子手里，而且那女子能令人学她的模样，使别人家不和睦的夫妇，转变为亲爱的伉俪。你道这女子的能力，大不大呢？”

那两个朋友道：

“这倒很奇，请你讲给我们听听吧！”

我道：

“我不但要讲给你们听，而且要借我这支秃笔，把那女子写出来，一者做了我小说的资料，二者给我们中国女同胞看看那女子的好榜样，使她们都说道：有什么幸与不幸，都是世人自已做出来的呢！”

那一天，朔风凛冽，白霙飘扬，有一家大人家的琼楼玉宇里面，坐着两个妇女，却在那里围炉闲话。一个是背心已是伛偻，那一头的青丝已有几根变了白色，额上也起了好些皱纹，年纪约有五旬开外的光景。一个是乌云覆额，尚在二十四五岁的少妇。那年老的妇人说道：

“可怜我枉有了两个儿子，大的福儿是早已夭亡，害你如许青年做了空床独宿的人，非常可惜。我现今却只有盼望你那德叔叔了。讲到德儿，在着我的怀中时，他父亲故世了，福儿年纪又小，剩我一个人养大他们起来。那时我的婆婆尚未故世，又要我来早晚服侍，虽然家中有的是田地房屋，然而孤儿寡妇，我总吃了多少辛苦。去年福儿病歿，我心中的悲痛至今未衰，而且偏偏德儿不肯用心读书，结了些歹朋友，镇日价在着外面浪荡，管也管不住他。照如此糊里糊涂地过下去，先人的产业难保不被这畜生浪费一个罄尽。你想，我心中难过不难过？”

说罢，长吁短叹，面上露出一派忧闷样子。那少妇听了，用铁箸拨着炉中的兽炭，回头看那玻璃窗的外面，鹅毛紧飘，弥望尽白。便答道：

“可不是吗？媳妇不该说，德叔叔到底年轻，不懂稼穑艰难，一味任意胡行，便是这些下大雪的日子，天气冷得很，还不肯安坐在家里过一日，倒好似家中椅子上有针刺他不成？岂不是可笑吗？”

那老妇又出神地呆想了一番，说道：

“有人也劝我早早替这畜生成了房，或者他的野心可以收还，只是这畜生虽然从小便定了亲，我听说那新妇在着什么洋学堂里读书，今年夏间已经毕业，那肚里学问很是高深。我恐怕这畜生幼时虽然先生赞他是生性聪俊，下笔成文，然而现在已将荒废了三年，一旦娶了新妇过来，岂不要被新妇看轻吗？所以，我一向不提起此议。这畜生又寻花问柳，也不急着要娶妻子，今天我给人家提醒，倒也要在来年春间赶紧代他们成了亲吧！媳妇你想如何？”

少妇道：

“婆婆的话不错，还是如此的好。”

正说间，忽听那女仆在下面喊着：

“请用午饭。”

那老妇听了，便同少妇立起身来，徐徐下楼而去。作书的趁她们在吃饭的时候，要把她们的家史写出来，给看官看了，便知道那老妇所说的德儿究竟是一个何等人物。

话说那老妇姓周，本是吴江人氏，嫁在苏州一家富户姓陈的，生了两个儿子，大的名福昌，小的名德昌。养了德昌之后，却不上二年，她的丈夫故世了，她便守节抚孤，一心一意地教养她两个孤雏。幸亏家资雄富，仆婢很多，“衣食”两字，可以无忧。那两个儿子长大起来，却不令他入外间的学校，反请了一个文人在家教读，因为周氏是一个谨守古法的人。论到福昌、德昌二人的天资，却是德昌高得很，做几篇文章，笔仗兀岸，不落寻常蹊径。假使真能用心上去，必然能出人头地。而且容貌俊秀，风姿翩翩，大有卫珍玉人之誉。因此他祖母同母亲也十分爱他，自幼便替他在本地一个缙绅人家姓张的掌珠，定下了亲事。后来，他哥哥福昌年纪已是长大，先做了亲，娶的是虞山庄氏，其时，他祖母已经故世数年了。

不幸到了来年，那福昌得了一个伤寒症，医药无灵，竟丢了老母、娇妻，到黄泉去了。那时，周氏悲痛儿子，自不必说，唯有她媳妇却是哭得死去活来，痛不欲生，所以周氏也非常疼惜她。那德昌自从他哥哥死了，便结识了一班朋友，大半都是些纨绔子弟，不是去驰马饮酒，便是研究些赌符嫖经。有句话说得好，近朱者赤，近墨者黑，少年人血气未定，易为外物引诱。那德昌有了这班朋友，便渐渐地不知不觉书也不肯读了，字也不肯写了，弄得书房里蛛网尘封，也不像有人在内读书的了，一天到夜，在着外面，连饭也不还来吃。

那周氏起初爱他儿子，隐忍不说，唯有他那嫂氏见了，不免在着她婆婆面前隐隐地说了两句，后来，周氏看不过，便对德昌说道：

“你母亲早年守节抚孤，为着什么？岂不是巴望靠着你们做儿子的吗？现在你长兄已死，唯剩下你一人是陈氏一脉，你将来能飞黄腾达，显亲扬名，自然是我做母亲的面上也有荣光。假若你这般荒唐下去，这些家财将来也恐保不住，到了那时，悔之莫及，你也有何面目见人？便是你母亲死后，在你亡父面前，也说不过去。好儿子，你也读过数年圣贤的书，你去细细想吧！”

那德昌受了他母亲一番训诫，心中也有些反悔，觉得自己不是，卧在床上，左思右想，天理与人欲交战。列位，那德昌现今的时候，最为要紧，作好作恶，全在他的一转念间。不多一刻，德昌想他们母亲所说的话，一些儿不错，自己应该往好去做，胡以一时如此懵懂起来呢？遂立定主意，不再出去游荡。说也稀奇，隔了一歇，德昌忽然想起自己骑马时何等威风，赌博时何等豪兴，饮酒时何等快活，狎妓时何等销魂。现在若然从了他母亲的话，这些快乐都不能享着了，岂非可惜？人在世间，何苦去读那劳什子的书，弄得头昏脑涨？照我如此，岂非不是快活多吗？那德昌心里又起了这种念头，这便是那耶教中唤作魔鬼的诱惑。世人若非有绝大的根基，终要入他彀中，所以德昌又一转念，却仍旧入了迷途了。若不是他后来有个贤德的妻子，用了功夫去感化他，我作书的敢说这陈德昌将来必至于弄得一败涂地呢！

讲到德昌的学问容貌，是总算在中人以上，我前书已说过了，所以终日征逐在脂香粉阵之中，便爱上了一个名妓唤作幽香阁的，年纪只有十七八岁，容貌艳丽，身材苗条，那一种娇憨形态、狐媚手段，没有一个不被她弄得神魂颠倒的。她当时见了德昌，知道是阔少，便摆出手段去勾拢他。德昌见了幽香阁这般深爱蜜怜的情景，当她是一片真心对着自己，便赞她是个柳如是、董小宛一流人物，居然作了几首诗，把幽香阁夸赞得和天上神仙一般。幽香阁又告诉他，自己如何堕落到青楼中，要德昌援她脱离火坑。他两人居然鹣鹣鲽鲽，万般恩爱，若不是德昌碍着他母亲的面，照他意思，早要把幽香阁娶到家中了。如此流连了一年有余，德昌私底下亏空得着实不少。风声传到周氏耳朵里，周氏十分忧虑，有人就劝她早早替德昌做了亲，或者可以羁住德昌的野心。周氏想来想去，也只有此法可行。

恰巧这日早晨，天空中布满了一片彤云，飘飘地下起雪来，到了午前，便成了个银装玉砌的世界。德昌这日正约着许多朋友，在幽香阁家摆酒，他也不怕什么风雪，便披上一件大衣，别着他母亲独自去了。那周氏见他儿子在这下大雪的日子尚要出去，所以在楼上同她媳妇商议了一番，决计要把张家小姐娶了过来呢。

作书的写到此间，少不得要把那张家小姐交代一个清楚。那德昌的丈翁，是个有名缙绅，但是伯道无儿，中郎有女，膝下有三位掌珠。德昌所配的是第三个，名叫莒娟，雪肤花容，天生丽质，而且赋性伶慧，读书过目不忘。她父亲在这三个女儿之中，最是爱她，过了十岁，便送入一个某女校读书，现在已是盈盈二九，在师范科卒业了。南阳三葛，独得其龙。德昌的艳福真是不浅呢！那莒娟也知道她自幼已为父母许下了人家，听说那未来郎君出落得风流蕴藉，一表人才，芳心中也不禁十分欣喜。因为莒娟虽然在着女校，却一些儿不沾染什么新习气，把那自由结婚的念头牢牢摆在心上呢！俗语说得好，若要人不知，除非己莫为，所以后来德昌这般冶游荒唐的风声，也渐渐地被着莒娟知道了。莒娟闻她夫婿如此光景，心中颇为不乐。然而她那桃靥杏颊上却仍旧笑容如常，不露一些声色。后来，陈家迎娶的日子出来了，她父母就忙着替她女儿预备妆奁，一切都要出色。莒娟也忙着轻拈彩线，细绣鸳鸯，检点嫁时衣服，唯有她两个阿姊，同着几个同学，倒代着莒娟忧愁。却见莒娟似乎丝毫未知，罩在浓雾之中一般，不觉都说道：

“可怜这般多才多貌的女子，却偏嫁着了一个纨绔少年，岂非鸳牒误注吗?”

光阴如箭，到了来年春间，莒娟的嫁期来了。她父母便谆谆嘱咐她数语，说道：

“女大须嫁，你如今要离开你父母，到别人家去了。第一为妇之道，要孝顺翁姑，敬重丈夫，其余妯娌等辈，亦要和睦相待，得人家欢心，自己也要尊重，不要被人家看轻。好在女儿是读书明理的，你父母也不必多说了。”

萏娟含泪点头，着实舍不得离开她的父母同其他家中的人，然而吉时一到，锣鸣炮响，逼着把那萏娟穿上礼服，戴上珠冠，乘在彩舆之中，娶到陈家去了。

彩舆到了乾宅那边，便鼓乐喧天地把新人迎将进去，因为周氏不喜欢新法，所以一切礼式，仍用旧制。交拜已毕，然后送入洞房。那一番繁文缛节，自不必细说。待到席散以后，便有许多亲戚朋友，都到新房里来闹新娘，这也是我中国数千年的老习惯，一时难改去的。当时有几个朋友笑着对新娘说道：

“我们有几句话要告诉新嫂嫂，我们这位德兄弟，外边着实有几个相好，请你嫂嫂以后要严加管束呢！”

又有一人高声问道：

“这两日，德昌兄不曾到幽香阁那里去吗？我想幽香阁近来两天不知如何心焦，若然晓得德昌兄是正在做新郎时，敢怕她不同德昌兄吵闹吗？”

又一身长的道：

“不要说什么幽香阁、天香阁吧！想这位新嫂嫂听了，难免不含醋意。”

又有数人同声道：

“新嫂嫂是女学堂里毕业的人物，将来不消说得，德昌兄是拜倒石榴裙下，自然也不敢去想这幽香阁了。”

众人你一句我一句，说得各自拊掌大笑。萏娟起初偷眼瞧见新郎站在她身旁，果然如玉树临风，英俊非凡。后来听了众客的话，心中暗想：她的丈夫原来为一个名妓叫幽香阁的迷住，将来真的若不去谏劝他，倒要倾家荡产的呢！当下闹到更深，诸客也就陆续归去。这新人之乐，我也不必细表。

却说那德昌自娶了萏娟之后，先前数日，真正朝夕伴着玉人，足不出户，后来，有几个朋友来望他，便仍旧邀他到幽香阁去，说幽香阁如何思念他。德昌听了，不觉要想出去走走，不料从此一走之后，德昌仍旧是着了魔似的，把莲娟不放在心上了。列位，那莲娟才学既高，容貌又好，为什么德昌有了这如花如玉的妻子，却仍要故态复萌呢？唉！这叫作人一入了孽海，意马心猿，连自己都休想束缚得住，所以青年人应当深戒的。

当时莲娟心中明白，也不声张，只是在闺中写字看书。那庄氏见了，便笑她是个书痴，语言之间，不免含些讥笑。莲娟听了，仍装作呆人，德昌的母亲见莲娟如此情形，大失所望，便背后怪她不曾规谏丈夫，所以也有些冷淡她。唯有莲娟却依然孝敬她的婆婆，毫无怨言。当时，有几个知心同学晓得了，也来探望莲娟，用言安慰她。莲娟只是道谢，并不说及德昌。归宁之后，两个阿姊都劝她用严厉的手段去对付德昌。莲娟笑道：

"天下的事情，往往操之过急，倒反易决裂，不若徐徐地待时而动，见可而进。到了那时，自然事半功倍。况且为人妻子的，也不应对待丈夫如同奴隶一般，被人倒说是个河东狮吼。妹子已有成竹在胸，姊姊们请拭目以观后来吧！"

莲娟的父亲听她女儿所说的话，很有至理，也十分称赞。话休絮烦。

隔了几个月，不觉榴火照眼，熏风逼人，已是到了夏天了。那莲娟的新房是做在靠东二间楼上的，下面是一个阔大的天井，墙隅边有数株芭蕉，绿荫蔽窗，清凉非凡。庭中又有些豆棚花架，以及玲珑的假山石，莲娟每到夕阳西下的时候，便拿了一卷书，坐在庭中乘凉遣烦。恰巧在那天井西面转过去，有一个月亮门，里面有一条石砌的小路，是通邻家邓宅的花园。那邓宅的女主人是杨氏，和这里庄氏是亲戚，因此常常过来玩耍。那杨氏见了莲娟，倒显得亲热非常，时常请莲娟到她家中去游玩。因为杨氏是喜慕新法，敬重莲娟是个有才的学生，所以她每见着莲娟看书，便十分羡慕，恨自己自幼不曾念过书。莲娟有时也讲些故事与杨氏听，杨氏听了，觉得很有趣味。

这一日，莲娟正伴着她婆婆周氏在客堂闲话，杨氏忽然走来，有一件事要和庄氏商量，便到了庄氏房中去。不多一刻还出来，要拖莲娟到她家中去，莒娟为着周氏在旁，便答应少间就来，杨氏遂独自告辞去了。周氏等杨氏走后，对着莒娟说道：

“媳妇，你看那杨氏的性情可好吗？”

莒娟答道：

“依媳妇看来，待人接物，尚称和平。”

周氏笑道：

“你不晓得她如何待她丈夫呢。她丈夫是一个文人，在一个学校里教书，守着祖遗的财产，安安稳稳地过日子，而且循规蹈矩，不愧是一个君子人。不想杨氏待她丈夫，如同驱使奴隶一般，她丈夫如有触犯她，她便左不是右不是地搅得她丈夫数日不安，所以，她丈夫见了她，非常畏惧。朋友中都起她丈夫一个绰号，叫作再世季常。你想好笑不好笑吗？”

莒娟道：

“世间人心真不可测，若非婆婆今天告诉媳妇，媳妇哪里会知道杨氏虐待丈夫呢？”

周氏又叹道：

“天下的事情真不平均，即如你这般静娴，却遇着了德儿如此荒谬。那杨氏的丈夫如此温良，却遇着了杨氏这般凶悍，岂不是件缺憾的事吗？唉！我提起德儿，心中便十分忧闷，他自幼失怙，这般在外荒荡，人家总要说我母教不严呢！其实，我也管教他数次，无奈他只是执迷不醒，如何是好？”

莒娟方欲作答，那时，庄氏走来了，见周氏面上不悦，便问道：

“婆婆为何不乐？”

周氏道：

“你想我不快的缘故，岂非是为那畜生吗？”

庄氏看着莒娟的面说道：

“婆婆也不用忧虑，我想妹妹将来必能收转德叔叔的野心的。”

莒娟知道庄氏话中有意，也不多说。隔了一歇，向周氏告辞还房去了。

玉露生凉，中秋已近，一天，德昌在外同着许多朋友豪博，连战二夜，大负而归。回到莀娟房里，一言不发，倒在一只安乐椅上，心中细细盘算：这两天输到二千余元之数，连自己现银尽数拿出，还欠了一千元的债，其他还有代幽香阁购的物件，也有近千之数，看看中秋节就在眼前了，万一那些债户都讨到门上来，叫我怎生是好？若然要想去借款，然而前年私下拿来的数张田单都押去了，再拿什么去向人借钱？想到无法可想处，不觉口里叹了口气。莀娟在灯下一面刺绣，一面把秋波偷瞧她丈夫面上一副的懊丧形状，她即立起身来，问德昌道：

“今天为何有些不快活？”

德昌道：

“你不晓得，我心中有事啦！”

莀娟道：

“不知你能告诉我吗？”

德昌道：

“即使我告诉你也徒然。”

莀娟笑道：

“你猜我不能有助你之处吗？请你告诉我，我当代你想法。”

德昌起初生怕莀娟见怪，不肯说出来，后来一想，或者他妻子真的有法，也未可知，便一五一十地吐了真情。那莀娟并不怪他，反而说道：

“既然你遇了艰窘的事情，我做妻子的与你祸福相共，也应替你设法。你也不必为着这事忧虑，我箱中有我父亲分给我们三个姊妹每人一千元的一张银行支票，你先拿去还这赌账，然后待到明朝，把我几件宝贵的首饰典了数百元，把节账弥缝过去吧！”

德昌听了，心中把莀娟感激到个十分，几乎要在她面前下跪。对着莀娟谢道：

“难得你贤德如此，我真真感激你，将来待我有了，加倍偿还。”

莀娟道：

“这些小事，何足挂齿？我们既是夫妇，你的就是我的，我的就是你的，有什么道谢？”

德昌听了妻子说话，如此贤明爽快，不觉又喜又爱，所以他还了账后，在中秋的那一日，他也不出去步什么月，反而在着家中同着他家人团聚一宵。这也是他的猛回头之机兆，总算是莀娟的感化渐有进步了。一天，德昌同他友人出去，一夜未归，到了明天下午，还到家中，莀娟问他曾到什么地方去逗留，德昌也不隐瞒，就告诉莀娟他住在幽香阁处。莀娟笑道：

“闻名久矣，不知那幽香阁是何等丽人？郎君何故如此爱她？”

德昌道：

“说起幽香阁的容貌，与你仿佛，只是满面春风，却不像你这般凛严，更兼娇小玲珑，风流无比。”

莀娟道：

“我倒不信，可惜我未曾见过。”

德昌道：

“你要看她的小影吗？我这里有一张。”

随即立起身来，奔到外间书房里，取了幽香阁的小影，送到莀娟面前。莀娟接过来看了一看，便道：

“十分出色，郎君果然说得不错。郎君既然爱她，何不娶她来做个小星？”

德昌道：

“幽香阁待我十分真挚，与别的妓女不同，我早有此想，无奈怕我老母见怪。”

莀娟道：

“你如果真要娶她，我当代你设法，管教婆婆应许。”

德昌听了，心中大喜，便对着莀娟一揖道：

“若然，我讨了幽香阁来，以后终不再在外面胡闹了。”

莀娟微笑道：

“这话信吗？”

德昌道：

“信的。”

等了一歇，莒娟又道：

“妾身细细想那世间的妓女，大都杨花水性，送往迎来，唯利是图。那幽香阁所以待郎君如此恩爱，安知她不是虚伪？一旦娶了她来，倒反有不稳当之处，最好你依我的计策去试试幽香阁的真假，然后我好放心去向婆婆请求。”

德昌道：

“不知如何去试她？”

莒娟道：

“郎君可假托赌输了账，先向她借几件首饰，再对她说，我虽要想娶你，实因手中现在非常拮据，母亲又不允许，问她有何妙法想想。只此已足够了。”

二人正在说话，忽听楼下有人喊道：

“新嫂嫂，你这两天为何不到我家来玩啊？你在楼上做什么？”

莒娟听得是杨氏声音，连忙走下楼来，握着杨氏的手道：

“这几日舍间有些小事，所以不曾来拜望嫂嫂，请勿见责。”

杨氏道：

“我很记挂妹妹，今夜是我一时高兴，在我园中丹桂厅上预备粗肴，请诸位姊姊共赏桂花。到了天晚时，千万请你妯娌两个一同过来赏光。”

莒娟答应道：

“嫂嫂美意，妹子岂敢辜负？少间定当奉陪。”

杨氏大喜，别了莒娟，又到庄氏那里去了。

到了晚间，莒娟略事妆饰，同着庄氏，别了周氏和德昌，从那月亮门中走到杨氏园里来。到了丹桂厅上，杨氏忙出来迎接。当时共有八九位女客，珠绕玉围，鬓影衣香，一一都由杨氏介绍，各归酒席。莒娟见那丹桂厅妆饰甚是精致，厅外有十数株丹桂，花香扑鼻，中人欲醉。那时，杨氏命侍婢卷起湘帘，但见一轮明月，万里无云，那皎洁的月光倾泻在庭中，只觉得花影历乱，更有阶下秋虫唧唧啾啾的鸣声，好似代她们奏乐，好不清脆入耳。众人见了，都喝道：

“好景!”

唯有莒娟因为感化之力，渐有效验，更觉快活，她心中又复想杨氏，虽然是个女流，却能不辜负这良宵美景，倒也是个雅人，可惜为何待她丈夫如此苛暴，被人说她是个胭脂虎？这有何犯着呢？我倒不惜苦口婆心，倘有机会，必要劝她一番。莒娟正在出神时候，忽听杨氏喊道：

“妹妹，你在那里想什么？为何菜也不吃？”

莒娟经这一喊，不觉梨窝儿微晕，答道：

“我正看那对联上的字，不想什么。”

说罢，也举匙喝了口汤。等到席散以后，那些女客便各个告辞回家，唯有杨氏一定要莒娟妯娌两个再坐在厅上谈谈。二人推辞不过，也就坐下。杨氏又命女仆去泡了一壶香茗，请二人饮茶。起先，讲了些方才来的女宾，后来，杨氏立起来，抚着莒娟的香肩，对庄氏说道：

“只可惜，娟妹如此温柔，却遇着你家德叔叔偏生终日在外游荡，不懂得体贴，我终怪娟妹为什么不用些厉害的手段，使你家德叔有些畏忌？”

庄氏答道：

“姊姊的话甚是，我也有数次劝妹妹终要规劝规劝，不知妹妹为什么将别人家的说话如同秋风过耳，一些儿也不肯听？但是近来两日，我见德叔渐渐和妹妹亲热，外间也出去得少些，不知何故？”

莒娟笑道：

“大凡一个女子，须要恪守妇道，遇着贤明的丈夫，自然也不必说了。假使不幸而遇人不淑，要想去规劝丈夫，也只好待时而动，尽其忠告，否则反而逢彼之怒，自贻后悔。所以，妹子并非不想去规谏丈夫，也因为这些缘故，不得不静待机会。妹子又想：夫妇之间，若能相处以忍，自然非特没得祸变发生，而且家庭中融融洽洽，和乐且耽了。从前听得有一人家，也为了夫妇之间，吵闹不休，以致她姑嫜闷闷不乐而死，她丈夫遇了这种悲惨境地，以为与其这般生在世间，倒不如一死干净，遂也投河而死。那妇人遂被众人唾骂，没有一个不去羞辱她。后来，不多几年，那妇人贫不聊生，只逼得仰药自尽。杨家嫂嫂，你们听听那夫妇不睦的害处，是何等大呢!”

杨氏听了，叹道：

“到底你读了书，见识比我们高得远呢！我从今以后，要拜你做个先生了。”

莳娟又道：

“这倒不敢当，嫂嫂不以妹子所说的为荒谬，已是万幸了。”

谈谈说说，不觉月影已西，那天然几上摆的一只大自鸣钟铛铛地敲了十一下。庄氏立起身来道：

“夜深了，还不回去？恐怕婆婆见责，我们明天再聚吧!”

杨氏道：

“好的，我明天来看你们。”

遂命小婢阿秀掌灯。莳娟道：

“这倒不必，那月光甚是明亮呢!”

杨氏乃送到月亮门口，分手而回。那莳娟先同庄氏到了婆婆房中，见周氏已念完经，方在要睡下的时候，就告了安置，回到自己房中，见一灯黯然，锦帐低垂，德昌已睡了。莳娟也即卸了残妆，脱衣安寝。

明天，德昌一觉醒来，见日影满窗，莳娟尚犹娇睡未起，便用手指向她粉颊上轻轻地摩了一摩，唤醒了莳娟，穿衣下床。莳娟睁开凤目，见时候已是不早，也赶紧起来。德昌盥洗已毕，坐在沿窗一张妆台旁边的椅子上看他妻子梳头。莳娟对德昌笑道：

“你在这里做什么？快依我的话到幽香阁边去吧!”

德昌道：

“早呢！我今天要吃了午饭去。”

等莳娟妆罢下楼，去见周氏，德昌也跟了下来。那些仆妇见了，都在背后私自说道：

“这两天我家少爷如何渐渐地回心转意了？这很稀奇。”

不讲仆妇谈论，却表德昌到了午后，便换了长衫，出门到幽香阁那里去了。莳娟自德昌去后，一个人支颐暗想道：我看那幽香阁的小影，妖媚非常，这些妓女只认得钱，哪里认得人？德昌此去，必然入我计中，失意而还，我倒要趁此绝妙机会，用话去劝他一劝，看他能否死心塌地。莴娟打定主意，等到晚上，果然德昌回来了，面上有些失意的光景。莴娟已瞧料了几分，便问道：

“此行如何？幽香阁能从你的话吗？”

德昌摇着手道：

“不要说起吧！说起了我真要气死。”

莴娟假意道：

“什么要气死？”

德昌恨恨道：

“究竟那些妓女都是戴着假面具，只认得钱，不认得人。那幽香阁真不是个好东西，我在她身上也用去了有三千元光景，不意她今日之下，果然不出你的所料，见我说出这些话来，便说道：‘我们妓女只有向客人借钱，哪有钱来借给客人？你的为难情形，叫我也无法可想。’后来，又做出一副冷淡的形状，叫人真是难受，差不多要拿闭门羹来享我了。”

莴娟叹道：

“床头金尽，壮士无颜。古人有十年一觉扬州梦，青年人何事不可做，为什么要迷恋在这销魂窟内，到后来非但功名一无所就，而且弄得败家丧身？幽香阁是个什么人？你倒不要怪她，我劝你回头是岸，以后这种场化少走走吧！并且赌博也不是正道，世界上人岂有终日赌博可以当它是个职业之理呢？”

德昌道：

“罢了，我从前是着了她的魔道，今后立志不再冶游了。”

莴娟笑道：

“我说的话都是一片至诚，你是明达人，劝你立志当坚，再不要受外人的引诱。”

德昌听了，遂取出幽香阁的小照，撕作数片。自此，时常在着家中，不出去浪游了。然而德昌是个游荡惯的人，如今登在家里，觉得闲着无事可做，好像无羁之马，一旦加了羁勒，总觉得有些不自在。一天，他从周氏处讲了一刻话，回到房内，见茝娟方在看书，德昌一看是本王船山的《通鉴史论》，便笑道：

“亏你有这心路去看这种书，然而你看了有何用处？”

茝娟正色道：

“郎君的话说错了，书乃自古圣贤所写，精理名义，咀嚼无穷，而且修身齐家治国平天下的道理都在书中，读了书，然后可以决大疑，别是非，去做种种的事业。至于这船山史论，评议古今得失，使人知道一国的所以兴，所以亡，个人的所以成，所以败，丝毫不可自忽。看了好的，便可以学他的榜样，恶的，便可以引他为殷鉴，非这种风月小书，诲淫诲盗可比。况且人看了书，身心不闲，便可省却去做许多不正当的事情。”

说到此间，德昌道：

“好了好了！我说了一句，引出你一大篇议论来了。我如今也懊悔我在这数年之间抛弃诗书，在外游荡，到底无获益处呢！幸亏遇着你，把我点醒，我如今要洗心革面，用功读书，将来图个上进，也可以对得住你。”

茝娟道：

“苏老泉年已二十有七，一旦发奋，尚可有为，何况郎君年方弱冠，若肯如此，将来怕不有鹏飞的一日？岂不是妾身的大幸吗？”

自此，德昌竟完全为茝娟所感化，打扫书斋，朝夕用功，前后判若两人了。

说书的一张嘴，不能说两处话，作书的一支笔，不能写两处事，现在要提起那杨氏。自从前夜在丹桂厅上听了茝娟所说的话，便独自细细思量，觉得自己不应对她丈夫这种形景，那德昌这般荒唐，茝娟尚能安心耐守，我遇着了如此温柔的丈夫，反而肆行无忌，作威作福，怪不得人家要在背后讲我了。良心自责，觉着自己实在对不住她丈夫，也就渐渐不复肆她雌威了。她丈夫见他妻子变了和易的性情，也就欢喜，却不知道是茝娟的感化之力呢。

一天，杨氏到周氏处来，正值庄氏在她婆婆房中，一同讨论那德昌近日改变性子的事体。杨氏听得德昌已收了野心，便拍手道：

“这都是莒妹妹的力量，莒妹妹不是说过，她要待时而动吗？现在想她所说的时候已到，可喜她竟成功了。”

周氏本来疑心是那莒娟劝谏的功劳，如今听了杨氏说的话，细细一想，觉得其中蛛丝马迹，不无可寻。杨氏所说一些儿不错，便不胜之喜，忙命仆妇去请莒娟来。莒娟正在房中绘一幅《岁寒三友》图，德昌靠在桌旁，看她细画。那时，听见婆婆见召，连忙搁了笔，走来见了周氏，说道：

“婆婆见召，有何吩咐？”

周氏见莒娟一向总是不脱规矩，更觉喜上加喜，便挽了她的手，很挚切说道：

“德儿现在与前大不相同，竟用功读书，不出去游荡了，这都是贤哉媳妇的功劳，我陈门中的大幸。我一向错怪你不会规谏丈夫，不晓得你不动声色，有如此的苦心，真正难得。”

莒娟心中明白，也答道：

“蒙婆婆这般赞美，媳妇是不敢当的，这总是婆婆的洪福。”

说罢，又和庄氏、杨氏敷衍了两三句，站在一旁。周氏命她坐在身侧，看着莒娟，越看越爱，恨不得把她抱在怀中，心里十分得意。杨氏又对莒娟道：

“我也要谢谢你。”

莒娟道：

“谢什么？”

杨氏道：

“前日我听了你的话，句句深入心坎，便觉着自己待我丈夫有不能合礼之处，以后当一浣恶习了。”

莒娟笑道：

“这是嫂嫂慧根灵心能觉悟的好处，妹子何功之有？”

说时，门帘一掀，德昌走了进来。周氏问他道：

“德儿，你今悔改了吗？”

德昌答应道：

“是。”

周氏又道：

“你可知道是谁人使人能够回头的吗？”

德昌看了莔娟，笑着不好意思说出来。莔娟也低了头。周氏道：

“我想你也必然知道是你妻子感化的力量了。你可在我面前对她行一个礼谢谢她，也不要紧。”

德昌无奈，便走到莔娟面前，深深一揖。莔娟含着羞，连忙也起身还礼。此时，那家庭中好似笼罩着祥云瑞气一般，那些仆妇见了，纷纷扬扬都出去传说莔娟的贤德。那莔娟的父母听了，也是无限喜悦。自此，莔娟的芳名也渐渐扬遍里巷之间了。

在下作到此间，那莔娟的感化之力已见了成效，所以也好结束了。然而在下却还有一层意思，要讲给看官听，古语说得好，精诚所至，金石为开。又说道，生公说法，顽石点头。我们只需看那德昌流连忘返，已是陷溺在孽海之中，不可救药，却到底受着莔娟感化之力，洗心革面，重为完人。可见得这感化之力也很大了，故而作书的要那莔娟做个模范，劝世间那些妇女，倘然遇着了像德昌这般丈夫，也不要恨她父母将她配得不好，也不要恨她自已的命运不好，只要学着那莔娟如何去感化她丈夫，耐心守着，终有回心转意的日子。因为一个人，任你何等陷溺，总不至于冥顽不灵，不受感化，比顽石不如的呢。况且感化之力，不论谁人，都有效验。像书中所说的杨氏，是一个邻妇，尚且为莔娟所感化，何况是你丈夫呢？所以，作书的愿世间妇女，看了我这篇小说，都要立志去做个能感化丈夫的良妻，便不负作书的一番苦心了。

萑苻惨劫

话说那邳县地方，是汉高祖龙兴之地，当时帝王故乡，何等荣华？到了目下，已是荒凉得很，荆棘铜驼，夕阳芳草，只留得后人凭吊的资料罢了。况且这几年来，群盗如毛，抢架焚杀，天天闹个不了，所以居民也寥落得很。

今单表离邳县不多路，有一个什么潘家寨，也有数百多户人家，忽然一天夜里，寨中烈焰腾空，火光四起，夹着一片噼噼啪啪的枪声，闹得邳县城里城外的居民心惊胆战，只是不知道为了什么事情。待到明朝，前去探听，那潘家寨人迹一空，余烬犹着，已是变了一片焦土。原来夜里头已被土匪抢劫完事了。

列位要晓得这潘家寨受劫的来历，却有许多离奇情节待在下慢慢道来。原来，有个姓潘名志的，乃是寨中的富豪，生性非常激烈，却和匪党有些龃隙。因为从前潘志曾经探着匪党秘密聚会的机关，他便暗地里禀明了驻防的军队，要用一网打尽之计，果然捉去了不少盗匪。但是漏网有鱼，余孽未净，他们却把这潘志恨得切齿，誓死要设法报他们弟兄的仇。潘志也晓得他们心事，刻刻严行防卫。有一天，潘志的妻子严氏，颇具姿首，带着一个三岁小孩儿，并一个女婢，从母家回来，行到一个冷落去处，蓦地奔出五六个土匪来，手中尽是握着刀枪，喝道：

“你是潘志的浑家吗?”

那婢女已是唬得手足无措，惊慌失色。还是严氏说道：

“正是，请你们好好让我过去吧!”

一个匪党擎起手枪，恶狠狠地说道：

“你既是潘志的浑家，我们却放你不得，正要代我们已死的弟兄报一点儿仇呢!”

说罢，抢上前去，将严氏手中所携的小孩儿一把抓过来掼在地上，说道：

“这小畜生想是那狗贼潘志的亲骨血了，先送他到阴司里去再讲。”

只听砰的一声，那小儿胸前已是着了一枪。严氏见儿子被打死，不觉放声大哭。那几个土匪如狼如虎地赶过来，把两人只一摆手，按倒在地，褫去亵衣，便上前做那禽兽的勾当。可怜那严氏和婢女撑拒不得，哀呼求救，任你力尽声嘶，哪里有个人来？隔了一刻，那些土匪见两人已是没有人状了，便拍手说道：

“今天总算快了我们的心，不如回去吧！隔几天好歹总要和那狗贼算账。”

说罢，呼哨一声，望北去了。

到了晚间，潘志不见妻子还来，十分疑讶，便命家人打着灯笼前去探听。去到半路，听得田旁草间有人哼着，把灯笼来一照，见严氏和婢女，一丝不挂，血迹殷然，横卧地上。众家人一齐大惊，再仔细一看，那婢女星眸坚闭，银牙紧咬，已是死了。严氏口中虽然哼着，也是奄奄待毙。家人们知道遇着土匪，便把两人将衣服裹了，背回家中。潘志见妻子狼狈得如此形状，心中又羞又恨，走到严氏榻旁来，要想问一问底细。严氏见了她丈夫，眼中落下泪来，喘着说道：

“我是横被羞辱，不活的了，只是我那小儿死得好不悲惨。那天杀的土匪，我望你总不要饶赦他们。”

说罢，气喘吁吁，两足一挺，也是死了。潘志见妻孥同时横死，肝肠崩裂，不由放声大哭道：

“我潘志不报此仇，也算不得一个人了，我定要把这班盗匪捉来，碎尸万段，方雪此恨。”

到了明朝，严氏的母家和众戚友晓得了，都来吊唁。严氏的母亲也是号啕痛哭，潘志又去寻了儿子尸骸回来，和严氏、婢女等一齐买棺成殓，落土安葬。自此以后，潘志便拿出家财来，设立了一个义勇团，聘请一位教师，将寨中雄健的男子招来学习枪法，又花了许多钱财，到县里去领了几十支快枪，朝夕训练，把潘家寨大大地整顿一番。从中有人劝他道：

“你要报仇，只要去请官兵剿捕，何苦自己如此出力呢?”

潘志叹气道：

“求人不如求己，当今那些官吏畏盗如虎，你纵然费了钱财，去请求他们剿捕，他们只顾迁延时日，虚张声势，哪里肯切实地前去痛击?滔滔者天下皆是也，即如我前番用了许多心思，冒险探着了盗党的机关，禀明了营长，带着兵去捉拿，到后来，他们是论功奖赏，只有我白做了冤家，白费了功夫，连几句谢谢你的话都讨不着。这又何苦来?所以此次我要报仇，自然还是我自己出力的好呢!”

众人听了，也很叹息。一天，潘志侦探着匪党在某处寺里聚会，便暗暗带了数十个义勇，前去掩捕。匪众不曾防备，要想逃窜，被这边义勇放了一排枪，打倒了十几个，其余几个无路可逃，也就束手被缚。潘志回来，奖劳了义勇，把捉着的匪党都解到邛县去行刑。自此，寨中义勇，天天出去搜捕，却也捉到了土匪不少。离寨二三十里，端的盗匪匿迹，潘志十分快活。但可知盗魁一面，把潘志恨得了不得。一天夜里，勾聚了大队土匪，荷枪实弹，杀到潘家寨来，大肆焚劫。那些义勇兵队，看看不能抵御，纷纷逃窜，匪众恣意杀戮，任情放火，村中枪声震地，号哭连天。潘志见势头不妙，回到宅内，要想逃走，已被盗魁杀进他的住宅，把他擒住，活活地葬在火里。又把潘志家里的婢仆妇女捉来奸淫一番，直到饱掠够了，方才呼啸而去。可怜这潘家寨里头的男女老幼，猿鹤虫沙，同受浩劫，这潘志一家，总算是完结在匪党手里了。唉！读者诸君，却还没晓得有一对同心的鹣鲽，也随此茫茫大劫，撒手同辞尘寰了，待在下仔细讲来。

在下写到此间，却有一种感想，现今那些言情小说，所载情节，哪一个不是悱恻缠绵、缱绻恩爱？但是所说用情男女都是惨绿少年，红颜佳人，难道那些王孙公子、名姝淑媛，便有言情的价值，这些乡间女娃、村中男子，便没有言情的吗？这也未必见得。大抵一来因为那些锦心绣口的小说家，都不愿把那管彩笔将他们表扬出来，二来，因为蚩蚩愚氓，大都没有什么高尚的爱情，所以虽有贤者，也就湮没不彰了。

闲话休表，且说潘志有个表兄，姓朱名椿全，年纪约有四十多岁，捕鱼为生，家中景况，很是萧条。本与潘志贫富悬殊，老妻早已亡故，只有一个女儿，名叫金珠，天生美丽，在许多村娃之中总算她是翘楚了。小时候，椿全便把她送在一个村塾里念书，同学之内，算东邻章家的阿麟和他最是要好，阿麟是一个聪明的孩子，年方十四，他父母是种着自己的三十多亩田地，倒也可以悠游度日。阿麟在塾中和金珠是同在一桌上读书，二人耳鬓厮磨，时时玩耍。有一次，金珠写字写得不好，阿麟笑了她，金珠便哭，先生只认是阿麟去欺侮她，便把阿麟责打了几下。后来，放学时，阿麟拦住金珠，不放她走，说道：

“我笑了你一声，却冤枉我打了几下子手心，这是为着什么啊？你怎生对得起我？”

金珠不觉笑道：

“好哥哥，你让我走吧，是我的不好。”

阿麟道：

“你晓得是你不好吗？”

把金珠的手扯过来，轻轻地在她手掌上将手指画了几下，道：

“我也要打回你。”

金珠笑笑，一溜烟地还家去了。一天，先生有事出外，托他的老母看管。那老妇耳聋眼花，如何看得住这一群小孩儿？有的便溜下座位来，到后面荒园里去游戏。阿麟却暗地里将金珠的衣袖一牵，也溜了出去。金珠十分乖觉，随着踅到后面，只见那些同学正在捉迷藏，阿麟和金珠自然参与其中了。少刻，阿麟被人家捉住，挨着他做。金珠便走过来，将手帕扎住他两只眼睛，不料扎得太松，阿麟偷眼瞧出去，甚是分明，追来追去，恰巧一把拿住了金珠。阿麟便扯去手帕，要金珠来做。

金珠强着不肯，阿麟硬拖，两人团团地乱转，不防金珠足上一滑，仰后倒地，阿麟顺势伏在她身上，将两手呵着在她肋下乱推乱攒。金珠忍不住痒，不觉两颊微红，咯咯地笑道：

“好哥哥，不要这般使人难当的，饶了我吧！”

阿麟才双手将她扶起，同学们见金珠不肯做，他们便想出别种玩儿去闹了。唯有阿麟和金珠两个人坐在一块石上闲谈故事，阿麟忽然说道：

“妹妹，我天天与你同在一块儿游戏，我们愿意将来也是如此，方称了我们姝心了！”

旁边一个年纪稍大的儿童说道：

“你们别快活，将来你们年纪大了，恐怕总要各走各的路，还想永远这般一同快乐吗？”

二人听了这话，心中虽不十分明白，面上也立时露出忧愁的颜色。这时候，忽然园门外走进一个人来，疾声厉色，正是先生来了。众小儿吓得一个个逃归座位。那先生便回将进去，把众小儿痛打了一顿手心，唯有他见金珠和阿麟坐在石上，十分安静，便饶赦了他们，这也是二人的便宜。

阿麟的学里，贴近朱宅，所以阿麟到学堂，天天要来邀金珠同走，习以为常。一天，阿麟一清早夹着书包闯到金珠的房里。金珠正娇睡未起，阿麟揭开帐门，看见金珠梨云蓬松，鼻息微微，侧身朝外睡着，一只雪藕般的皓腕露在被头外面。阿麟将手扯扯，连忙喊道：

“时候不早了，起来吧！”

金珠睁开眼来，一看正是阿麟，便说道：

“哥哥，你怎的这般早啊？”

说着，要想坐起来，忽然喊声：“哎哟！”仍旧钻在被窝里了。原来，金珠昨夜睡得将小衣脱去，未曾穿得。当时阿麟便问道：

“妹妹做什么？”

金珠红着脸说道：

“你去你去！”

阿麟笑道：

“你告诉我什么缘故，我偏不去。”

说着话，将手来揭金珠的被窝，金珠抵死抓住不放。阿麟跳到床上，双手来揭，阿麟力大，金珠一脱手，早被阿麟扯开了一半。阿麟见金珠胸前悬着一个红绫抹胸，便道：

“妹妹，你挂着这个，不觉得累赘吗？像我这样坦荡荡的，岂不爽快？待我来与你取去。”

说罢，伸过手来。金珠此时羞惭满面，将阿麟推开，道：

“不干你事。”

阿麟笑道：

“干我事便怎样？”

金珠发着急，便哭起来了。椿全正在灶下做事，听得女儿房里有声，连忙走过来。那时，阿麟也下了床，见椿全进来，叫一声：“老伯！”椿全道：

“你倒早呀！”

又向金珠道：

“我好似听得你哭，到底闹什么？”

金珠揉着眼睛笑道：

“没事。”

椿全道：

“你快些起来吧！叫人家等你，我也要出去撒网了。”

金珠便把帐门下了，穿衣起来，揩了面，自己梳了一条光光的辫子，又吃了些粥，然后同阿麟到学堂去。亏得阿麟有这耐心，足足等了一个钟头。椿全见他们二人如此亲热，心中也起了一个念头，只是一时不便提起。也取了竹竿和网，背着渔罟，把门锁上，往河边去了。

有话便长，无话即短。隔了几年，二人都已长成，阿麟便出外学生意去了。金珠也在家内学刺绣。又过了三年，阿麟学成回来，他不愿出去，便在家中开了一爿小小的钱庄，却时常到金珠这边来谈话。有时候，也买些什么粉啊，香水啊，布匹啊，送给金珠。这时，金珠芳龄已赋标梅，含情脉脉，不言可喻。椿全也很愿意把阿麟做他的女婿，因此便托人做媒，往章家去说合。阿麟的父母知道金珠是个贤美的女子，便满口应诺，遂择日定了亲。不料在这年里，椿全忽然一病不起，临终时，把爱女托与他表弟潘志照顾。潘志把金珠接到家中，专待明年出嫁。这时候，正是潘志丧了妻儿、狠命捕盗之时，金珠暗想：潘志冤家越做越深，将来不免有祸。深恐殃及池鱼，颇为忧虑。果然那一夜，大股土匪到来，首先杀到潘宅，金珠和两个妇女躲在一间破屋内，吓得魂胆皆消。不多时，大门已破，土匪一齐拥进，大行搜索，搜到那间坏屋里来。金珠闻得足声，首先往旁边一只破缸内跨将进去，伏在里面。还有两个妇人不及逃避，被土匪看见，高声喝道：

“这是潘贼家内的妇女，我们且先来寻乐一番。”

说罢，只听那两个妇女哀号之声，早被土匪拖到外面去了。金珠吓得一身冷汗，暗谢神佛保佑。等了一刻，听得外面嚷着放火，金珠非常吃惊，跨出缸来，只听得人声鼎沸，火光已起。金珠望着破屋内东面的窗正在没法时候，忽然看见窗外有个人影一闪，耳朵里听得有人叫道：

“金珠妹妹，不要惊慌，阿麟在此。”

金珠向窗外仔细一瞧，正是阿麟在那里喊她。原来阿麟见土匪来劫潘家寨，他一心只念着金珠，连父母财产都不顾，如飞地奔到潘宅，见前面已有许多土匪围着，正要在那里放火，只得暗暗跑到后面来。凑巧在窗外望见金珠跨出缸来，连忙喊了一声。这时候，金珠忙道：

“哥哥，快来救我！”

阿麟用尽气力，搬了一块大石，来到窗前，立上去说道：

“你快爬出来，我来负你。”

原来，室里比室外高，金珠忙开了窗，扒上窗沿，探出头来，全身往外一送，把两手向阿麟肩上一扑。阿麟双手托住金珠大腿，往上一抬，金珠的足已完全出窗。这才扑地跳下石来，把金珠抱在石上，然后将身子蹲下，对金珠道：

“你快伏在我背上，好让我负你出险。”

金珠也顾不得什么，如言吩咐，将一双纤手搭住了阿麟的两肩。阿麟负着金珠，便往没人处逃走。跑了百数十步路，阿麟气喘吁吁，来不得了，走到一株大槐树下，把金珠放了下来。二人席地而坐，耳畔还听得隐隐的枪声，金珠此时已吓得晕了过去。阿麟把她抱在怀里，解开衣襟一面慢慢抚摩，一面凑在她耳朵边喊道：

"妹妹醒来，妹妹醒来！"

隔了一歇，金珠醒过来，睁开凤目，见自己卧在阿麟怀中，觉得身体非常疲乏，挣扎不起，也顾不得羞赧，说道：

"好哥哥，我很感谢你，但是你也苦了。"

说罢，落下泪来。阿麟心中也是悲伤，说道：

"妹妹不要这样，我虽为了你牺牲性命，也情愿的。"

说罢，低下头去，和金珠接了几个吻。二人正在缠绵缱绻时候，好像忘了适间的大危险，不防背后人声喧哗，奔过十几个土匪来，说着话道：

"我好似见那厮宅后有人逃向此地来，怎的不见？"

阿麟见了，大惊失色，把金珠抱起，要想躲在树后，已来不及了。一个土匪喊道：

"弟兄们，那边有人，不要放过。"

阿麟对金珠说道：

"事急了，你快逃匿，让我过去厮拼，你不要顾我死活吧！"

金珠一把扯住阿麟的衣襟，哭道：

"好哥哥，你不要前去，我们要死一同死。"

二人正在难舍难分之际，土匪已到了面前，喝道：

"你们二人可是潘志的亲戚吗？"

阿麟挣脱了金珠的手，立在盗匪面前说道：

"正是。我死便死，只是有一句话要和你们商量。"

土匪喝着道：

"快说！"

阿麟指着金珠道：

“这是我的妹妹，她们女流之辈，不曾开罪你们，我死之后，你们若肯将她放走，我便死在阴里也是感激。”

金珠也抢过来哭道：

“情愿你们杀死我，不要害我的哥哥。”

那盗匪见了金珠容貌娇艳，便笑道：

“美人儿，你想我们舍得杀死你吗？少刻，你哥子死了，我们便带你回去，一同快活，岂不有趣？”

阿麟听见，愤火中烧，伸手往那说话的土匪面上便是啪的一掌。土匪大怒，一齐拔出刀来，将阿麟刺倒在地，搠了五六个窟窿，鲜血淋漓。金珠见阿麟这般惨死，肝肠俱裂，放声痛哭。一个土匪忙过来说道：

“你不要哭，停停包管你开心。跟我们走吧！”

说着话，要想前来拉扯。金珠竖起蛾眉，骂道：

“你们这班死不完的狗贼，到后来终有恶贯满盈的一天，休想来玷污我。”

说罢，回转身来，哭道：

“哥哥，慢走，你妹妹来了。”

将头奋力向后边那棵大槐树上触将上去。可怜香消玉殒，一缕芳魂也随着阿麟同归大罗天去了。

明道曰：

山有猛虎，藜藿为之不采，地有盗贼，闾阎为之不安，其害岂浅鲜哉？近日山东一省，盗风日炽，伏莽时发，非抢架焚杀，居民震悸，咸栗栗不自安。虽小丑跳梁，不足深虑，然其祸已中于国家矣。

考土匪所以日盛之故，一由于国内生计艰难，实业不兴，一班小民无以为生，迫于饥寒，铤而走险；二则因兵匪相通，匪至则兵让，兵至则匪退，且官兵假捕匪之名，即可多得饷银，故如白狼之役，所以纵横无敌者，皆官兵有以酿成之也；

三则一班为民上者，唯知争权夺利，残杀无辜，或荒淫酒色，恣意赌博，阳奉阴违，熟视无睹？如书中潘志所言，迁延时日，畏盗如虎，虽有剿捕之名，而无剿捕之实，皆实录也。如是，盗匪所以不能扑灭，且蔓延日广矣。

今者鲁督拟用坚壁清野之法，联络各地军队，共同剿捕，使盗匪无可逃避，官军亦免奔波，此诚善策，特不识统军者，果能实行否乎？

读此篇者，当无不痛哭流涕，为居民鸣不幸也。

杀身成仁

山西大同城外，有高家村，村民聚族而居，大半高姓，就中有名高怀仕者，年六十余，两鬓如雪矣。早岁丧明，有一孙，名显忠，翁雅爱之，甚于娇儿。及长，从师学拳，且喜读《孙子兵法》，尝谓人曰：

“吾欲学万人敌，他日当效班定侯、傅介子立功异域，否则亦必为保障一方，为民造福，方称吾志。”

怀仕喜曰：

“此吾家跨灶儿也。”

一日，显忠外出，欲之大同，途遇一叟，银髯皓发，状貌雄奇，睨之而笑。显忠怒曰：

“笑何为者？”

叟曰：

“睹子之貌，迥非常人，但盛气虎虎，颇有自满之态，殊非大器耳！”

显忠曰：

“若能拳乎？我与若聊试三合，何如？”

叟掀髯微笑曰：

“久矣！予之不托于拳也，子好勇斗狠，不妨挫子锐气。”

显忠大怒，撩衣奋拳而进。叟见来势凶猛，即闪身侧避，起两指跃而前，中高腋下。显忠顿觉全身麻木，不能移步。叟笑而言曰：

“子服乎？”

显忠点首，叟以手抚之，立愈，且曰：

“子固可造之材，倘不以老朽为固陋者，盍随我来？三年后，当还汝一副好本领。”

显忠大喜，拜谢曰：

“不意我师竟垂注草莽，此固弟子所夙愿者也。”

即随叟去。外史氏曰：此翁能倨傲鲜腆，折其盛气，因其未进而进之，殆圯上老人之流欤？而显忠于片刻之间，敛其悻悻之气，甘心拜服，能有所忍，然后可成大事，此所谓孺子可教者非耶？

是日，怀仕盼孙不归，大惊，遣人四出寻之，不得端绪而返。自此，上自主翁，下及臧获，莫不戚然忧之。

越四年，显忠忽返家，重见祖，祖大喜。终夜絮絮，争话离悰。显忠曰：

“儿艺已成，将来不愁无出人头地之日。”

时山西多盗，屡出掠村庄，高家村素以富厚闻，盗首纠众约期至，且先使人致信村众，命村人醵金若干以待，否则莫怪玉石俱焚云云。村人见之，惊惧无措，齐呼奈何。显忠曰：

“寇至，我视之直腐鼠耳！今当令其乘兴来败兴去也。”

众罗拜曰：

“公子非常人，具此回天手段，我辈咸听调度。”

显忠遂命曰：

“及期，汝等可备索捆贼，余事无与汝等，余当之是矣。”

村人曰：

“余等当为公子助。”

显忠曰：

“若然，可饱食来此听命。”

村人诺诺而去。至期，显忠于饭后，往园中，以所得拳技更一练习。默念曰：

“如此，足以歼之矣！”

时正暮鸦归林，炊烟四起时也。村人渔樵唱，毕来会集。显忠荷弓悬矢，更执二铁鞭，武装竟，远闻号呼声、马蹄声杂沓而至。于是率众出过庄桥时，盗众数十已奔驰至，为首有首领三人，显忠不俟其前，连发三矢，竟殪其二。盗初不虞村人之敢出而抵抗，更不意村中有此人才，众心俱散，有惧而欲逃之势。显忠遂舞双鞭，怒吼而出，挥众急进，呼声雷动。盗为辟易，唯为首者一人，犹率数悍盗死战不退。显忠骤步及之，盗亦善用双鞭，两人交手移时。盗陡呼曰：

“若师非遁世山人耶？”

显忠曰：

“唯。子问何为？”

盗伏拜曰：

“固知非我师所授技，无如是之精妙绝伦。”

显忠始知是盗亦叟弟子，于是盗首尽遣余盗，显忠邀之至家，询之，知其姓戴名浪，亦世家子，好拳勇，因醉误伤豪家子，惧为所陷，出亡于外，流荡无所之，致流而为盗。显忠因语以立身之道，并谓：

“大丈夫当舍身为国，不当厕足绿林。今子既归，盍弃旧业，暂止余处。”

浪喜感交加。众中有吕功、卫栋二盗，亦愿相从，显忠皆允之。自此而后，高显忠之名，非特一村尽知，且声闻遐迩矣！

莺啼燕语，柳绿桃红，显忠与戴浪在此春日中，殊觉无事，徒以驰马击剑作消遣计。一日，忽有卖技者来自远方，一翁精神矍铄，挈一女。年可二八，花容月貌，丰韵绝佳，且善武技，能一足独作能上能马上舞。设场村北。显忠闻之，偕浪往观，见女技果高，身轻如燕，貌美于花，憨态可爱。显忠睨之，则微笑。显忠不禁神往，浪知之，戏以钱掷女，时女正在绳上，翘两足向天，见钱来，从容启樱口衔之。众咸大哗。老翁曰：

“何处官人，来恶作剧？若非我儿技高者，则娇躯不且受伤耶？”

浪力推显忠进场。显忠以势成骑虎，欲罢不能，上前揖曰：

“老翁休怪，适敝友戏耳！”

翁曰：

“相君貌，谅亦不凡，如有兴与我儿一斗何如？”

众咸呼曰：

“此我村高公子，畴不知者，尔父女何人，敢自夸耶？”

显忠笑脱外服，翁以手遥向女作势，意中似有言女俯首做微羞状，遂各立门户，女进一步，飞一足起，显忠侧让，思捉其足，而女已改作蝴蝶穿花式扑至，忠迎拒之，一掌虚扬，做鹞子翻身，女欲侧身避，显忠急自后腰抱之以起，女亦不再拒，但红晕双颊，云鬓微蓬，俯首不则声而已。忠轻放下，彩声雷动，群相赞叹。翁即前进曰：

“公子艺高，固堪佩服，女曾自誓技胜己者，则嫁之。今公子既胜，当收之为妇。”

显忠不应。翁曰：

“公子嫌弃老朽，不欲允婚乎？别无他求，还请与老朽一较高下，不过老无能而已。”

言毕，见场有合抱松树一，翁即轻以手抚之，如摧枯拉朽然。忠大惊，知翁非常人，今若不允，设败翁手，往日英名，行当丧尽矣。因以未奉祖命为辞。翁曰：

“公子允而，令祖当无不允。”

忠初以恋女，不过从未稔家世情形，且陌路即成婚媾，恐遭物议，故不敢遽允。至是，以佩玉授翁为聘礼，翁亦向女取一金镖，授显忠曰：

“此我儿绝技也，留之以为婚证，三月后某日，余当送女来侍巾栉。”

遂各上骑，向东驰去。老翁云姓，强名，女小字梅儿，后知老翁非卖技者，耳高名，欲婚之，苦不能见，乃假卖技以成其事云。

显忠既归，以禀怀仕，怀仕允之，为备青庐，届期，显忠华服美冠，上下焕然一新，亲友咸来道贺。午后，翁果导女来，舆马甚盛，妆奁尤丰，于是举行婚礼，一双伉俪，齐入洞房，更友筵设席，款翁上座。众宾以次就座。席次，云翁起谓怀仕曰：

“小女未谙闺礼，诸事须求原谅，且愿时时督责之，勿稍姑息。余之心事已了，行作海外游矣！”

言毕，举一大觥为高氏祖孙及众宾寿，且入新房与梅钱叮嘱数语，乃命家人备马。高氏祖孙苦留不得，遂别去，临行时，又赠显忠一马，周身赤毛，骨骼雄骏，神驹也。且谓显忠曰：

“贤倩宝之，他日能跨此马，出入战场，为国家建功立名，则不负老朽今日一片心矣！”

显忠拜谢之，祖孙送至庄前而返。夜宴既毕，显忠入房，香肩软倚，玉手轻携，新人之乐，诚非笔墨所能形容矣。

结婚之后，意气相投，我我卿卿，如水之融乳，磁之吸铁。久之，显忠始知女非无技，前日乃假败耳，遂笑谓女曰：

“卿何爱余之深？余深感汝矣！”

女亦嫣然微笑。逾稔余，怀仕西归，显忠痛哭成殓。葬后之三年，流寇大起，李自成、张显忠扰乱天下，所至劫掠，杀人如麻。显忠集村人练乡团，置炮垒，以是流寇来犯者，辄败去。显忠战时，常骑翁赠之马，往来驰聚，疾如鹰隼，猛若虎豹，贼将措手不及，而死于铁鞭者不可胜计，流寇称为飞鞭将军，多望风畏避。时大同被闯围攻，显忠命戴浪先往救，自将一军为后盾，不及半途，遇贼军来犯高家村，号炮连天，旗幡招展。正呼啸而行，乡团趋前交锋，枭将史某为显忠所斩，大败而去，闯得败讯，怒甚，急攻大同，总兵姜壤降，显忠至，已不及，退保其庄，贼以其难犯，去之。显忠方欲号召英杰，以平贼自任，寻闻李闯将抵京城，显忠欲率众东行，合边兵入援，而崇祯殉国，三桂借兵，流寇已平，清主中原，诸信迭至，且戴浪等亦转战群寇而阵殁。臂助已失，乡团瓦解，显忠进退狼狈，犹欲以只手挽回大局，聚健儿数百人，与其妇云梅儿，率师勤王，师次保定，遇清军数营，显忠与梅儿率壮士背水鏖战，大破之。二人皆身受重创，聚步下兵不过百数十人，且闻肃王豪格率重兵将至，救援断绝，显忠乃长叹曰：

“天下事不可为矣！”

拔剑大呼：

“我负我大明，负我师、我翁、我妻，大丈夫至是死耳！”

遽自刎而亡。梅儿不虞其如是，亦大哭，以身殉之，诸义兵葬二人于郊外，多以身从者。外史氏曰：烈哉！田横五百义士，殆不能专美于前矣！

飞头将军

於戏！韩国赵厕，吴宫燕市，彼椎埋屠狗扛鼎击剑之徒，何莫非志复大仇，蹈重地而忘生命之敢死士耶？朔方健儿，大都任侠好义，不若南人之儒雅风流，故韩退之谓董生曰：

“燕赵多感慨悲歌之士，信哉斯言！以余所闻，若李文蔚者，非其伦欤？”

文蔚渑池人，父名彝，母雷氏，幼好骑剑，膂力过人，尝戎装猎于郊原，神采奕奕，俨然一小将军也。父命之读，文蔚曰：

“男儿当长枪大戟，立不朽名于戎马间，父不能强听之而已。”

常谓其妻曰：

“此子灭门种，吾不忍睹彼受祸，愿祝旻天降福我躬，毋使吾侪见其事。”

噫！老儒拘迂，大可哂也。

方丈蔚长时，其父母果因畏祸之故，而双双同入黄泉矣。文蔚本不事家人生业，遂挟资浪游江湖，遇异人传授，遂谙剑术，疾如旋风，轻若落叶，更工弹子，发无不中，自此，名渐远播。

会途过虎翼岭，岭上有寇，名铁枪姚鹏者，下山与斗，文蔚绝不之畏，往来驰骤，如入无人之境。鹏服其勇，因拜降。文蔚嘱姚鹏静守天时，他日共出驱逐满奴，乃与之结义而去。鹏之外，文蔚又得二友，一曰史孝杰，乃史公可法之遗胄，一曰武忠，二人皆精于武艺云。

康熙十二年，云南吴三桂起兵，一时金风铁雨，将有举兵荆襄而吞燕赵之势。文蔚闻之，拔剑起曰：

“剑斩胡虏，直捣黄龙，此其时乎？吾汉人子孙，岂可坐视此神州大陆，沦沉虏手耶？”

因访其至友史孝杰曰：

“击楫渡江，鸡鸣起舞，君有同情乎？”

孝杰曰：

“今者天下大定，清室基础已固，我汉人蛰伏于下，不能一动者，天也，时也，势也。三桂偏居滇南，兵力未充，人心不附。荆襄武汉，天然要隘，三桂至今不能得安，能成事，此尚就地理言耳。满主方冲龄，能诛鳌拜索，伦兵百万，皆养精蓄锐，猛如狮虎，一旦悉师南下，以石压卵，焉有不破哉？且三桂一反复无常之小人，忘国深恩，山海之关降虏，进缚由榔于缅甸，欲使有明之子孙无噍类，卖国求荣，狗彘不若，今者弄兵潢池，岂真为故主哉？即幸而成事，当亦南面称帝，尚肯立人乎？况强弩之末，势不能穿鲁缟者耶？吾兄其毋自误。”

文蔚曰：

“兄言固当，顾弟年逾二十，正建功立业之秋，吾不为国用，则没世而名不扬，非自误之大者耶？矧胡虏入关，朝鲜巢鸠占，嘉兴三屠扬州十日，残酷奚似。我今得手刃之，亦一快事，天未必胜人，人定亦能胜天，安知三桂之终不成大事耶？设人皆观望不前，则三桂势孤易败，彼时之屠戮，或更甚于前日矣！若虑三桂擅自僭号，弟与兄亦可共诛之，重立明裔，以定天下。男儿负此七尺，当统百万兵，上马杀贼，下马草露布，庶不愧天生我一副铜筋铁骨。吾兄速从吾言！”

孝杰含首允之。

鼙鼓声中，旌旗阵里，天地为之变色，山川为之骇崩，此盖清将岳乐与三桂作战时也。三桂兵中主将名马宝者，率一军出湖南，遇清兵于兴国，甫交锋，清有副将洪大金者，勇力绝伦，引军直搏吴师右翼，右翼乃溃。清军继上，势如潮涌，宝军大败。忽山坡侧突出一军，如飞将军之从天而下，衣甲皆白色，直扑清军。首将持银枪跨骏马，凛如天人，清军于是不复敢上。此人非文蔚者其谁欤？文蔚自得孝杰允后，遂与武忠等集死士数百，厉兵以待，闻清师南征，因引兵来逆。至是退清兵救吴师，遂入三桂军中矣。

洪大金，清营骁将也，擅长刀，每出战陷阵，喜夺敌人之大纛，岳乐尝命为先锋。是日，见文蔚救围，遂于明晨至吴营，搦文蔚出战，马宝即命文蔚应敌。文蔚欣诺，与大金战不十合，即引退，大金追之，文蔚以连珠弹毙大金，反戈杀敌，大败清兵，于是李文蔚之名大著。

三桂既耳文蔚名，即封为将，饬命统兵出黄州，以挠清师。至黄坡，索伦兵至，其将校素以骁勇闻名，文蔚命孝杰统左军，武忠率右军，接战十余日，文蔚奋力杀敌，清军几不支。岳乐闻警，遣兵助之，文蔚命武忠迎战。会清大将杰书引兵三万自麻城来，军势颇盛，李又命孝杰领万军坚守，自领军一万以敌杰书。文蔚虽勇，然以众寡不敌，劳逸相错，一军而支三路之敌，其不支势也。

文蔚收败兵七千，驻扎于某村，命一卒往马宝处乞援，马宝忌文蔚功出己上，恐李得志，与己无益，按兵不救。文蔚在某村，又得武忠败信，军心益慌。文蔚曰：

“诸君毋惧，当努力迎敌，马将军大兵不日至矣。”

讵料马宝之兵未至，而杰书之军又来，文蔚遂分军为三队，据险要扼守，鏖战一时许，左队先溃，或降或走。仅文蔚所率之壮士四百人，犹奋力拒敌，而清军大队掩至，炮火连声，继以强弓硬弩。文蔚谓部下曰：

“事急矣！不如冲阵而走，犹得幸免也。”

众曰：

“愿从将军令，我等以死继之。”

文蔚遂右手舞枪，左手使剑，当先驰出。壮士皆横刀力斫，清将当之者，无不头落，但见箭如飞蝗，刀如惊电而已。杰书即命众将军放箭，文蔚以枪拨之，无不堕落，出清军重围，时文蔚唯肩上中一箭，而兵士从者，仅数十骑矣！文蔚曰：

“我等不如驰至黄坡史将军处，重图恢复，未为晚也。”

载驰载驱，未至半途，而噩耗至矣。文蔚方知马宝不肯救援，左翼已败，孝杰死矣，遂仰天大叹曰：

“天不助我，奈之何哉？自古维有断头将军，无降将军。”

言讫，拔剑自刎。军士止之曰：

“将军年少力壮，大仇未报，奈何效此妇女短见？不如往别处去，重图恢复。”

文蔚曰：

“唯直隶虎翼岭，有吾友姚铁枪者，今可投之。我身不死，定当伸我之志。”

众曰诺。文蔚至虎翼岭，姚鹏不胜欢迎，推为大王。文蔚遂训练军马，称雄此岭，海内豪杰，皆闻风归附。文蔚专劫满人财物，无一留其性命，官兵莫敢征剿，皆讳莫如深。有一县宰，日中方出征山之令，而夜间头已飞去。自此，人闻李文蔚之名，莫不震惊曰：

“此飞头将军也！”

三桂既死，大兵南下，世璠懦弱，遂降清朝，于是三藩之乱平矣。文蔚闻之，惋惜不置，叹曰：

“孝杰之言，岂欺我哉？”

时孝杰之子孙在兖州，文蔚时时衅之，又遣姚鹏私出黄海，购船于敌国，思欲操演水军。会飓风起，姚鹏与战船皆沉没，唯有一二人泅水脱险。文蔚曰：

“此天意也，我一身精力尽矣！”

雍正临朝，闻文蔚名，遣剑客陆某刺之。陆夜上虎翼岭，与一卒私通，引至大寨。陆飞身上房，见西厢中有一道白光，冲窗隙而出。陆大惊，知此乃上乘之剑术，非所能敌，反身欲遁，而剑光一下，头颅亡矣！

雍正自陆某去后，旬日无音，知已受祸。大怒曰：

“不杀文蔚，大清心腹之患也！”

遂命陆某之师，诨名飞来鸡子胡某者，往刺之，且曰：

“若不能取得李首，一家性命休矣！限汝十日期，过十日则先斩汝子以警。”

胡大惧，唯唯受旨，星夜至虎翼岭，乘夜上山，一路见营寨关叠，井井有法，叹曰：

“文蔚，非独剑客，亦大将才也。”

至文蔚帐口，见文蔚秉烛观书，美髯飘动，盖其时年已老矣。胡遂潜伏，发一镖，文蔚闻风声，知有暗器，即用手接住。胡连发三镖，皆未命中，不得已，拔刀而出，曰：

“胡某奉皇帝旨来取大王首级。”

李笑曰：

“鼠子无知，李某之头，岂易取耶?”

胡舞刀进攻，但见一道白光出帐，胡知不敌，飞步遁，而白光忽上忽下，自后追至。胡惊甚，急跪曰：

“愿大王恕胡某性命，某有言，愿大王闻之。”

言讫，光敛。而文蔚立于身前，喝曰：

“速言，毋迟!”

胡曰：

“欲取大王之头者，皇帝也，非小人也。小人一家在皇帝处，不能取得大王头，全家不保。上有七旬老母，下有三龄幼子，故我不惮千里而来，冒犯大王，自知非大王敌，奈皇帝之旨何？大王仁慈，愿恕余罪。”

李闻言，叹曰：

“以我一身而命名满奴之主坐卧不安，亦称豪矣！然我一日不死，我汉人受满奴之逼而死者，日甚一日，况我终不能起师讨贼，不如自裁，拯汝一家性命。”

遂高呼曰：

“史兄、姚兄、武兄，地下有灵，文蔚来矣!”

白光一起，而文蔚之首已落，然尸身屹然不倒。胡遂取首级，且惊且喜而去。或曰：文蔚固未死，后隐往东瀛三岛，胡某所取之首级，乃赝货耳！以其事亦合于理，今两存之。

九龙琥珀杯

虬髯黄衫，自古艳称。试览稗官野史，往往载鸣剑飞丸之徒，做锄强扶弱之举，义薄云天，气吞河岳，读之令人眉飞色舞，顿深向往之心。

泱泱乎吾中国武士道之雄风也，惜乎后世专制之君，法网森严，杀害豪俊。务欲摧残天下之民气，以固其宗庙，保其子孙，遂令游侠之风，日渐消磨。迄于元明，几于强弩之末，不穿鲁缟矣！

前清康熙末年，诸皇子争立，各养死士以图阴谋，于是四方豪杰，闻风兴起，而胤禛门下，网罗独多，人才称盛。其中有所谓四太保者，精通剑术，骁勇绝伦，胤禛倚为心腹，立功甚多，其名曰追风，曰飞云，曰降龙，曰伏虎。吾友欧阳生所谈九龙琥珀杯案，述四太保事甚详，事虽怪诞，然至今闻之，犹虎虎有生气焉。

当世宗初立时，青海复有罗卜藏丹津之叛，帝以年羹尧为抚远大将军、岳钟琪为参赞，分兵讨平之。丹津越戈壁，投准部，上遣使索之，不获，遂又兴师，其酋噶尔丹策零，请献丹津以缓师，俘虏千人而还。虏中有名格格者，与策零有仇，遂乘间结识武士，使言于上曰：

“策零，有珍物，曰九龙琥珀杯，得自异方，为琥珀所制，上绘九龙，夭矫如生。每当设筵时，灯光之下，发为异彩，且贮酒其中，冬温而夏凉，诚绝世之奇珍也。帝苟赦奴者，奴当详奏取之之法。”

上为动容，乃召格格入宫。格格曰：

“策零得杯，珍如拱璧，藏之齐星塔上，有勇士二人守之。”

上笑曰：

“若然则得之如探囊取物耳！”

格格曰：

“奴闻二勇士有奇术，名闻准部，取之殊非易易，陛下宜陈兵列甲以索之。”

上曰：

“兴兵动众，小题大做，只遣一二力士前往，足取之矣！”

遂释格格为乡导，命降龙伏虎二太保往，务必得杯而还。二人遵旨，随格格至准部，乘夜往探之。时月明如昼，塔尖高耸可观，降龙首先跃上，潜窥塔中，灯光明亮，有彪形武士二，相对饮酒。降龙即发一镖，中灯上，而楼中灯光忽灭，飕飕然，有二人影出。降龙即抽剑喝曰：

“贼虏速止，我天朝御前侍卫也，奉旨来取龙杯，速献之出，当贷汝等一死。”

二人闻言，大笑曰：

“满奴贪心不厌，欲觊觎我国之宝耶？是诚梦想。”

语未终，各舞铁棍前扑，棍声呼呼，如疾风骤雨。降龙挥剑拒之，顾二勇士猛甚，棍又沉重，紧围降龙之身，如团团黄云。降龙不能敌，飞身跃下，而脑后嗖嗖响，三弹衔接而来。幸降龙身捷，未为所中。时伏虎大声叱咤，一道白光，如电而至，降龙乃返身酣战。二勇士出乎不意，皆死于剑光之下。二人遂跃上塔顶，入室搜寻，得杯于铁柜中，月下视之，斑斓夺目，叹为罕睹，乃同格格回朝，献杯于上。世宗大喜，命内侍藏于库中，重赏二人及格格。

策零既失龙杯，知世宗所为，深恨之，谓部将曰：

“焉有身为万乘之主，而行此鼠窃狗偷之伎俩哉？吾必不使其安坐龙廷也。”

遂起兵内犯。策零年少好兵，善驭士卒，诸台吉皆乐为之用，故矛锋指处，无不获胜。初败清军于和通淖尔，复乘胜东侵喀尔喀，转战入三音诺颜境，军势威盛，清廷震慑。后虽为额驸策凌所败，然兵连祸结，时为边患。上颇悔之，幸策零遣使请和，乃罢出征之师范，而先后糜饷，不下数百万矣！

嗟乎！微物为祟，大动干戈，此与圣祖时因赤陵姐一人，而有噶尔丹之役何异？彼珍宝者，实祸水也。

世宗性桀骜，猜疑好杀，不啻汉高明祖，自准部和后，辄诛戮功臣，草剃禽狝，靡有孑遗，唯四太保则安然尚存。盖上惮其勇武，不敢轻于尝试也。

一日，上设宴内宫，赐四太保侍饮，上出九龙杯斟酒，持谓诸臣曰：

“此准酋策零之宝，朕遣降龙、伏虎得之，此功不可忘也。”

乃又重犒二人，晋爵为护国将军，使辖诸武士。时追风在侧，自负才能出二人上，见上褒扬二人，且厚赏之，颇鞅鞅失望，笑谓上曰：

“奴才虽年逾五旬，然力犹能击虎豹，假使奴才往准部，一人足矣！”上闻言，默然而退。追风知上将不利于已，遂乘夜盗杯而逸。上知之，大怒，急遣缇骑四出侦索，闻追风已削发于衡山。上召三太保曰：

“追风老悖，忘朕之恩，胆敢窃取龙杯，卿等能为朕擒得追风者，当裂毛封土以赏。但追风剑术冠诸卿上，今命卿等三人同往，幸各勉之，勿负朕意。”三太保遂领旨出京，夜上衡山，见追风于白云峰下，三人前致词曰：

“别来无恙？知某等来意乎？”

追风冷笑曰：

“某胸中已洞若观火，今日之事，有死而已，他非所知。”

伏虎曰：

“然则九龙杯在否？”

曰：

“在某怀中，某剑足以护之。”

降龙曰：

“幸恕唐突，某等亦有三剑奉献。”

遂拔剑而舞，光芒闪烁，至是三人皆出剑，白光四道，嗖嗖有声，飞舞于绝巘巉岩之上，忽东忽西，忽上忽下，翩若惊鸿，矫如游龙，其光似长虹贯天，紫电耀空，忽而分为四道，忽而合为一团，变化离奇，不可名状。战久之，追风出至十三剑，三人亦各出十剑，剑光四十三道，光怪错落，相与翱翔，几不辨剑影人影矣！追风虽勇，苦于众寡不敌，旋收剑，一跃而出。喝曰：

“且止!”

但见白光忽灭，三人亦各收剑而立。追风曰：

“鸟尽弓藏，兔死狗烹，我等今日已成夫己氏目中之刺，某虽死，愿与此杯同尽。公等还京后，虽有赏赉，终不免为夫已氏俎上之肉。”

言讫，即奋身跃入深涧。三人见追风已死，深悔中胡奴之计，且无以对追风于地下，遂各自刎死。语有之：兔死狐悲，物伤其类。惜彼剑侠之流，徒有惊人之技，而昧于先见之明，卒致为人所用，自相残杀，不亦重可叹哉！

复仇秘史

清世宗谋夺嫡时，私养剑侠之士自卫，故一时人才独盛。有蒯武者，亦个中健将也，早赋离鸾，有子女各一，女字杏儿，子名继武，皆年幼，随父居京师。先是雍邸闻山东响马王金镖者，精于武艺，欲罗致之。暗嘱蒯往，招之来，不则即杀之，免为人用。王与蒯素有刎颈交，既受命，不得已，即至山东访王，告以雍邸诚意，劝之入京。王诺之，自是二人同事一主，同居一邸，相得益欢矣。然王性刚直，其投雍邸，徒以从蒯之说耳。至是颇不直喇嘛所为，且与诸剑侠感情甚薄，雍邸每有命，辄故迟其旨，故雍邸不乐，且忌之甚。阴遣武士伺之。

一夕，王饮微醉，劝蒯舍此他图，且言：

"雍邸猜忌大概，谓不去，久必受祸，今所以厚养我辈者，驱功狗耳！一旦兔死，狗且烹矣！"

蒯急掩其口，已微为朋侪所闻。越数日，忽传雍邸召王入内，议机密事。蒯阴为王危，顾无如何也。至夜，不见王出，蒯惊疑参半。明晨，探之宫卫，皆笑而不答。蒯遂入见雍邸，雍邸微笑，谓蒯曰：

"王某自恃艺术高，与大喇嘛比武，不幸失手，毙矣！孤甚为悼惜，已命侍卫厚葬之矣！子以后亦宜好自为之也。"

蒯闻，已知其意，长叹无语，竟辞出，挈杏及继武，踵至友耿某之门而告曰：

"吾与王金镖刎颈交，其来我致之，其死宁非吾害之耶？雍邸不仁若此，我愿牺牲七尺躯，取彼凶残，虽死无恨，且不令王金镖独死。"

耿苦谏之，不听，但曰：

“我死后，君能看护此一对孤儿女乎？”

耿答曰：

“自无不可，但……”

蒯急曰：

“今得程婴，吾无忧矣！”

拂袖径出。杏儿欲起搴衣，蒯影已杳。蒯既归雍邸，夜饱食已，拂拭青锋，潜往雍邸室，伏墙隅。见雍邸方与宠妃饮酒，旁立侍卫一、宫女二，自思：机会至矣！出剑，成白光一道，疾奔其喉，不防为侍卫所见，以剑格之，铿然有声，毙一宫女。雍邸乃疾跃离座，鸣警抵御。

时窗外有白光两道，飞舞入室，环绕蒯身，盖救急人至矣。蒯长叹曰：

“博浪不中，吾其已乎？此其中盖有天焉？”

遂挥剑力战，杀二武士而死。雍邸见蒯已死，惊魂始定。回视其妃，则正伏桌下，玉容灰白，大怒。翌日，即命人索其儿女，不知耿已挈杏儿姊弟南下，鸿飞冥冥矣。

耿年已老，无子息，得杏等亦足慰暮景。顾风尘奔走，匿迹潜踪，颇非易易。而年华易逝，星霜屡更，杏已盈盈二八，妩媚多姿，继武亦已在舞勺之年矣。耿乘间恒以其父托孤事告之，杏与继武皆眉飞杀气，誓复父仇。耿叹曰：

“孺子志可嘉，但惜汝姊弟二人，俱无片技，虽欲报仇，乌可得哉？吾年已老，又不精武术，唯吾闻汶水之南，泰山之巅，有铁掌僧焉，尔亡父之友也，盍往求之？则大事方克有济。”

二人闻言，皆欲往。耿乃挈之俱东，至郓城旷野中，时方秋暮，斜阳衔山，余霞片片，映道旁红枫，都作可怜色，而金风飒飒作响，败枝枯叶，萧萧而下。杏儿与继武在车上，目睹风景，颇涉遐想。忽见一和尚，眉目英武，身躯肥硕，肩荷一铁禅杖，系巨裹一，健步如飞，越车前行，转瞬已杳。杏儿方骇愕，耿以马鞭遥指前一小村曰：

“今日天已晚，彼处或有逆旅，可以借宿一宵也。”

车夫在后搀言曰：

“前为青松坪，人烟寥落，闻时有劫杀事，唯过此则山路崎岖，非尽力行五六十里，不可得歇宿处矣！奈何？”

杏与继武闻言，皆惴惴，耿仰天而语曰：

“死生有命，苟彼苍默佑吾曹，盗贼其如吾曹何？”

即抵村，即见有一小驿，逆旅侍者已趋前相迎，款待行客，状颇恭顺。耿等遂宿于此，而所奇者，途中曾见之怪和尚，亦高踞东厢内，进薄饼及牛肉无算，且闻逆旅侍者相指语曰：

“谁见佛门弟子而食荤者，个贼秃肩荷铁禅杖，重愈百斤，弄之如拈灯草，野心勃勃，不可不谨防之也。”

耿亦颇疑僧为绿林者流。时侍者已捧餐至，三人方进食。忽闻门外马蹄杂遝，侍者报店主归矣。耿自隙窥之，见入者为一老叟，及二少年，状貌皆凶恶可畏。顾谓侍者曰：

“今日甚得意，但精力亦稍稍惫矣，宿客多否？”

时数侍者方自马上运取巨包，往来不绝，似皆沉重非凡。一侍者答曰：

“今日居者殊寥寥，特东厢一和尚，未可小觑耳！”

二少年闻言，以鼻微喘。耿方窃听，而一侍者已提壶入，问耿添酒否。耿急归其座，答曰：

“足矣！”

忽闻东厢内和尚呼曰：

“速携两壶来，余杯已尽，当目岂盲乎？”

侍者不答，携壶去。耿自忖：今日形势殊恶，东厢和尚既非善者，逆旅主人，又似匪类，不啻置身虎豹窟穴中矣！顾不敢告杏及继武，恐二人受惊也。杏等跋涉道途，竟日未息，至是困倦非常，皆倒向床上沉沉卧。耿心中有事，辗转不能成寐，唯闻村犬四吠，鼻声相应。久之，睡魔忽来，蒙眬间，忽闻金铁声，惊起视杏等，尚酣睡，急撼之醒。继武欲呼，耿摇手止之曰：

“勿声，我等性命危矣！”

时窗外足声忽起，即闻兵刃相击声，三人皆惊惶无似，不觉齿之相击也。耿自窗隙窥之，见老叟挥长刀，与东厢和尚猛斗，一少年舞双剑在旁助战，一少年已倒地毙。和尚则紧舞禅杖，成白光一团，其声呼呼，如挟风雨。顷之，老叟忽猱身而进，其刀距和尚之腰已不盈寸。耿方为和尚危，忽闻叱咤一声，和尚之铁禅杖击中叟颅，踣地而毙。少年知不可敌，遂偕数人遁去。和尚拂拭禅杖，神情萧然，径前叩耿之门而呼曰：

“贼已死，公等可出矣！”

耿且惊且喜，同杏等出室拜谢曰：

“大师真天人也！”

和尚曰：

“方贼盘踞此店，杀人多矣！某久游滇粤，坐使鼠辈日益猖獗。今兹返鲁，特剪除之，以便行旅往来。”

因询耿已年老，携小儿女，风尘仆仆，果为何者？耿不敢以实告，曰：

“有事来访铁掌僧耳！”

和尚闻言，拊掌大笑曰：

“公知铁掌僧在何处乎？何事欲寻渠？当面莫错过。某非别人，即铁掌僧是也。”

耿喜出望外，复引杏及继武参拜曰：

“即此一对孤儿女，欲有累大师耳！踏破铁鞋无觅处，得来全不费功夫，此真天之所佑，亦蒯兄地下有灵也！”

遂以蒯武遇害之事详告，并言杏等年幼志大，誓复父仇，所以不惮千里，来此投拜。铁掌僧闻语，长叹数声，谓耿曰：

“夫已氏身犯弑逆，荼毒汉人，凡在我辈，恨之切齿。某与蒯兄，素为知交，敢不稍尽绵力，以成其志？亦慰蒯兄于九泉耳！”

杏儿及继武皆涕泣拜谢。时外厢数客，环伏其旁，叩头如捣蒜。和尚挥众起，命各治装。顷之，鸡声喔喔，东方已白，和尚取笔墨大书壁上曰：

方氏父子，黑店害人，我故杀之，以行安旅。杀之者谁？泰山铁掌僧也。

掷笔顾谓诸客曰：

“汝等速去休，杀人事有某在，毋预诸公也。”

诸客遂各拜谢去。和尚复谓耿曰：

“继武等既欲从某学艺，今日公等当随某行矣！”

耿曰诺，遂同杏等从铁掌僧行。不二日，至泰山，岩石高峻，峰峦突兀，道中迷雾冰滑，虽有石磴，几不可上。每遇畏途，幸铁掌僧辄以禅杖援耿等而登。迨至山阴，始见伏魔大帝庙，伏魔大帝庙者，即铁掌僧住持处也。铁掌僧至庙前，举指微叩庙门，则一中年僧出迎，合掌笑问曰：

“大师归来乎？盼煞吾曹矣！”

铁掌僧微颔其首，即请耿等入庙，命厨下做餐。盖耿等跋涉竟日，腹已枵矣，久之，饭香蔬熟。铁掌僧遂邀三人同食，且请耿苟无事，可隐居于此。又谓：

“自此将匿居数年，尽心教二人术。”

耿谢曰：

“大师热诚如此，真所谓起死人而肉白骨矣！某观杏儿姊弟，皆可成材，当不负大师一番苦心也。”

杏儿及继武闻言，咸以袖拭泪，向僧拜谢。自是杏儿姊弟二人，居此专心习艺。初学拳术，继习器械，及飞行术，身手敏捷，心眼灵巧，凡铁掌僧所教诸艺，无不精娴。耿在旁视之，亦老眼生死，谓蒯氏父子，复仇在即矣！

韶光如驶，五载而后，二人皆已精心造就，自谓铁砚磨穿，丹炉功成，方将别师下山，策马燕云，抉夫已氏之首矣。铁掌僧独摇首曰：

“姑忍须臾，今兹尚未能也。”

杏等皆哭拜曰：

"杀父之仇，无日或忘，忍苦习艺，五载于兹，幸吾师谓技术已成，可以出山，故迫不及待，思早复父仇也。何吾师尚曰未能乎?"

继武亦曰：

"我姊弟苟能取得胡虏之首，则虽粉身碎骨，万死不敢辞。"

铁掌僧曰：

"汝等稍安，听吾言。夫己氏爪牙众多，防卫严密，其宫中类多剑客，非可轻进。吾虽称豪江湖，然剑术一道，尚非上乘，不能尽授汝等。但汝等欲复仇，非习剑术不可。前月吾得无名女侠一函，谓朝夕可来此。吾思将汝等托付于彼，则天下至妙之事矣！盖无名女侠者，亦夫己氏之仇人也，剑术出吾上，苟从之行，大事不患不成。"

杏等闻言，方转悲为喜，日盼女侠之至。

一日，姊弟二人方弄艺于庙门外山坡上，杏儿戏掷小石，击天空飞鸟，一一下堕。忽闻铃声锵锵，山下驰来黑卫，上坐一女子，年可二十余，衣服皆缟素，婀娜中含刚健气，背负一大包裹，腰系青萍，扬鞭嘚嘚而来。见杏儿掷堕飞鸟，啧啧赞曰：

"个妮子诚好身手!"

杏儿见状，默思：此殆铁掌僧所称之女侠乎？遂呼曰：

"女侠来访铁掌僧欤?"

女子点首答曰：

"是也。"

杏儿及继武皆喜悦无限，上前相迎曰：

"我等皆僧之弟子也。"

女子既至庙前，一跃下卫，继武亲代牵缰，杏儿则引女入见铁掌僧于殿中，各道诚意，果即无名女侠也。铁掌僧遂指杏等命拜见曰：

"此二人者，皆苦海余孽也，欲报父仇，力有未逮，顾令拜投门下，达其复仇之志。"

女侠沉吟良久，始答曰：

"余本独去独来，不喜与人纠缠，但既属同仇之谊，又为大师美意，当无拒绝之理。余观二人艺术，亦不在人下，有志者事可成也。"

杏等闻言，色然喜。谈有顷，女侠乃告辞。杏等亦已治装，愿随女侠行。铁掌僧曰：

“汝等此去甚善，好自为之，他日或能再遇也。”

时耿已抱老死空山之志，不欲再堕风尘。杏等遂往拜辞，十数年相依之情，恩同骨肉，一旦临歧，能不依依？叮嘱再三，皆洒泪而别。

杏等既从女侠，女侠导之北游嵩华，南浮江淮，时时授以剑术。姊弟皆能领悟，且见女侠常行锄强扶弱事，不觉慷慨好义之心油然而生。又数年，至浔阳，假宿寓中，女侠忽一出不返，杏讶讶甚。数日后，女侠忽翩然返寓，面有喜色，谓杏儿曰：

“日前遇清道人，为言夫己氏残毒不仁，气数已尽，往日剑侠，大半远离，及今图之，此其时矣！”

杏儿及继武闻言，皆眉飞色舞，磨砺以待。翌日，遂从女侠北上，行次直隶界，地稍冷落，继武方欲欣然策马而前，忽遇一头陀，自林中奔出，合掌行礼。继武以鞭叱之，头陀疾自袖内出长香一束，燃之，掷向继武马前。继武忽昏然下堕，头陀拔戒刀欲割其首，忽见白光一瞥，头陀之首已不翼而飞。盖女侠自后望见，疾前相救也。杏儿乃取水沃继武面，使醒，同谢女侠。女侠曰：

“吾谅彼头陀必为夫己氏所遣，来害吾辈耳！同行必不仅一人，吾辈今夜宜谨防之。”

继武闻言，不觉跃跃欲试。女侠曰：

“今夕将与逆党一决雌雄，可勿投客店。昔尝见前有一荒庙，可入内俟也。”

杏儿曰：

“然。”

乃加鞭前奔，顷之，已至庙前，下马，牵骑推门而入。见庙宇已颓败不堪，庭中榛莽蒿草高可逾人，有大树十数株环绕庙后。殿上神像圮坏，蛛网尘封，三人略一拂拭，铺毡席地而坐。继武乃出糇粮，三人共食之。时新月初上，映照庭墙，殿屋多隙漏，星光依稀可见。继武与杏儿皆枕刃而卧，女侠则盘膝养神，至三更，不见声息。继武倦而欲睡，低声曰：

“此时不来，谅无他虞。”

言方毕，忽睹墙外一黑影跃入，同时又有数黑影潜伏墙上。月光下瞩之，见来者为一皂衣壮士，三人皆跃起喝问：

“来者为谁?”

其人答曰：

“尔等往来南北，其心叵测，我侪奉圣旨，来此取尔等性命耳!”

杏儿眉竖颊赤，出剑捷舞，则见白光数道，如银龙腾空，飞舞而下。女侠同继武至是，亦飞剑抵御。月光剑气，相映生辉，兔起鹘落，往来击刺，不啻流星逐月，惊电穿云。战久之，幸女侠剑术神妙，一贼已膏血锋刃，敌势稍馁，始各遁走。女侠及杏儿疾追之，继武亦跃墙外，毙一人，时女侠等追向东南，林中尚有三人共奔继武。继武见众寡不敌，正危急间，树杪忽跃下一和尚，挥手中禅杖，击踣二人，其一欲逃，亦为继武刺毙。谛视和尚，乃数年阔别之铁掌僧也，大喜，趋前拜见曰：

“自别以后，思念之情，时萦梦魂，不图复遇吾师于此也。”

铁掌僧亦笑问继武等近状，相将入庙。时女侠同杏儿亦返，见铁掌僧，皆欣喜无似。女侠曰：

“顷与夫己氏爪牙决战，幸克歼之。大师何来?”

继武遂告以遇险被救事，杏儿复拜谢。铁掌僧曰：

“某此来亦欲觅汝等，因错过宿处，欲入此庙，不意巧值。但事不宜迟，为汝等计，当速入京都，以三尺龙泉了之矣!”

女侠曰：

“然，此行正赴燕京也。”

铁掌僧复曰：

“某虽不武，愿与之偕。”

杏等闻铁掌僧同行，大喜。谈次有间，问及耿翁，则已在去年物化矣。惋叹久之，迨天明，遂同上道。

易水潇潇，一去不返，此荆卿入秦时也。英风壮气，彼四人者，何异于是？既之都，宿逆旅中，女侠则偕铁掌僧出探虚实。一夕，告杏儿姊弟曰：

“今夜当入宫，各自努力。继武可同铁掌师入东院，诛大喇嘛等，杏儿则随余往刺独夫，事成与否，皆返至泰山铁掌师庙中相见。”

继武等皆诺，至夜，饱餐已，自后窗跃出，分道入宫。铁掌僧同继武先行，寻向大喇嘛处，则见众喇嘛方环集诵经，大喇嘛合掌高坐，闭目念佛号不置。鸣钟击鼓，颇为热闹。继武乃挥剑一跃而下，白光一道，绕桌如旋风，但见人头乱落。众出不意，皆惊乱，大喇嘛疾取其剑前御，而铁掌僧亦舞剑而前。大喇嘛力不敌，白光两道，围绕其颈，盘旋者三，大喇嘛身首分矣。铁掌僧见渠魁已诛，遂回顾继武曰：

“可行矣！”

耸身一跃，已上屋檐。继武随之，乃出宫，然尚不知女侠等成功否也。不敢返寓，天明即出城，潜行回鲁。途中闻人言：

“今上驾崩，太子即位，诏人民服孝成丧，大赦天下。”

继武与铁掌僧闻之，知女侠等已得手，且喜且慰。及返庙，则女侠已同杏儿先在，相见悲喜，继谈行刺之事，始知夫己氏方卧病禁中，仅有一武士侍卫，故刺之颇易，唯杏儿肩上略受小创耳。铁掌僧合十致贺曰：

“杀父大仇，一旦获报，诚不负十数年来寝苫枕戈之孝心。今日者，生者成仁，即死者亦定魂矣！天下可喜可庆之事，孰有甚于此哉？”

女侠同杏儿姊弟听铁掌僧言，皆相与启齿一笑。

明道曰：

事甚秘诡，吾闻之郾城赵某，真伪不得而知，然与《聊斋》所记吕晚村孙女行刺事，其间蛛丝马迹，不无可寻。杏儿所遇女侠，其即吕女欤？

嗟夫，有志者事竟成。古人之言，不我欺也。

女 剑 仙

桐城金生，翩翩美少年也。孝先经笥，文通笔花，所作诗清秀俊逸，如雪里素梅，天空明月。又善书，能绘仕女，阿堵传神，颦笑咸妙，人皆得其零缣断素而藏之。盖生非兴之所至，不肯轻易下笔也。年十三，即入泮，里中有神童之誉。然秋闱屡上，三战皆北，愤懑之余，益以书画自娱。家有一母一妹，妹亦善诗，有扫眉才子之誉，字毗陵名士陈子，修而未嫁也。

生年十九遭红羊之乱，当桐城被陷时，生仓促与妹奉母同奔，途中忽遇发匪十数人，劫其母妹去。生痛不欲生，突前曳匪襟，匪以刀刺之，中生肩，晕而仆地。苏时，已夜半，则沿江呼号觅母妹，声凄恻如哀猿，不忍卒听。而芦苇中忽有咿哦之声，出一小舟，一女子立船首，娇声问曰：

“阿谁在岸畔号哭？有何伤心事，不虑为匪众所闻乎？”

生闻声答曰：

“吾寻吾母妹也。”

女子乃傍船近岸，呼生下曰：

“云入舟，余当为君设法。”

生无奈，乃登其舟。灯光之下，见旁立为一妙龄女子，颇惊愕，欲辞去。盖生初在昏黑中，未之知也。女曰：

“君勿避嫌，余非寻常女子。君适言欲觅母妹，速告余详情，余虽无能，当令君骨肉重圆。”

生不得已，告以故。女曰：

“此易事耳！”

乃荡舟入芦苇中，谓生曰：

“此间颇安稳，君少姑待，当有好消息相报。”

言讫，耸身一跃，已不见其人。生益惊奇，私念女郎具此好身手，或彼真能觅得阿母及妹，归乃坐而待之。约一炊许，女已翩然入舱，生见其空身而还，急问曰：

“令娘未见吾母妹耶？抑有他故耶？”

女曰：

“余曾往贼营探察，已迟至一步，令母妹已被匪众拘禁入城矣，闻明日将解至伪王处。途中必经三贤桥，其地甚荒寂，余当俟其过而劫之。君毋忧。”

生长揖曰：

“食娘若能救得余母妹，则大德没齿不忘矣！”

女方欲答，忽见生肩上血迹殷然，点滴衣襟间，惊问曰：

“君受伤乎？”

生曰：

“然。余肩为匪刃所刺。”

女乃于舱底出一小包，取药末少许，命生脱衣涂其上，为之包裹讫，曰：

“君勿动，越日愈矣！”

生又道谢。女见生疲乏之状，乃问曰：

“君欲卧乎？”

生微点其首，女乃取一被铺舱板上，谓生曰：

“屈君暂卧于此，勿嫌舟小也。”

女俟生睡后，遂往船尾去。生知女必露宿，意良不忍，乃呼之曰：

“夜深露重，令娘卧舟尾，得勿受寒乎？余等可坐而待旦何如？”

女曰：

“君疲甚，何可不卧？无已，谅君亦守礼之士，待余亦入宿舱中可耳!”

生无言，女乃挟被入舱，卧于生之足畔。次晨生醒，则女已在船尾煮早饭矣！食毕，女乃以篙点水，摇舟向南去。顷之，已至三贤桥，泊舟于僻静处。女乃谓生曰：

“君在此少待，少间，倘有厮杀，幸毋恐。”

遂一跃上岸去。久之，生正思虑间，忽见女背负母，手挟妹，自岸旁疾驰至，跃登舟首。生大喜，急起立相迎，各问安好。骨肉理逢，喜悦无限。生乃向女下拜曰：

“令娘侠骨仁肠，救余一家，洪恩大德，何以为报?”

女笑扶生起曰：

“赴人急难，本吾辈应为之事，又何足挂齿？公子毋谢。彼发匪行将追踪至矣!”

言时，果见岸上尘土蔽天，有发匪一大队，飞奔向舟来。生等震骇无似，女乃登鹢首，拔长剑，倏忽成白光一团，飞向岸上，滚入贼阵中，但见白光舞动，红雨四溅，霎时间匪众死者死，逃者逃，皆如鸟兽散。女回舱，则衣襟皆染血，就舱底取衣易之。徐谓生母曰：

“太夫人饱受惊恐矣!”

又曰：

“此间匪迹遍地，更无一处安乐窝，公子又一文弱书生，无力自卫，不若待余护送太夫人等至天津，暂居数载。彼处地近京畿，想必无虞也。”

生等皆拜谢曰：

“食娘爱护周至，一家无不感戴。此后有生之年，皆令娘所赐也，但令娘长途跋涉，家中人得毋系念乎?”

女笑曰：

“余父母双亡，乘此孑身，萍飘絮泊，不足虑也。”

生母欲询其家世，女曰：

“个侬身世，恐不足为外人道。”

生等遂亦不敢再请。次日，女遂送之北上，途中遇匪，常赖女之力，得以脱险。传呼女为女将军，相戒勿侵犯。迤逦至山东界，遂舍舟登陆。女雇套车二辆，骏马一匹，请生等坐车中，己则跨马相随。一日，行至济宁界，忽遇发匪数人，饱掠而还。女让车后，挺剑跃马迎之，白光才起，而为首者首已落地，发匪皆惊逸，女遂取其半，载生等车上，谓生曰：

"此等皆不义之财，取之不伤乎廉，且君行囊，前已失之于贼，他日至津，何以度日？故我特取之以赠君。"

生闻言，感谢无既。女武艺既超群，而翰墨亦粗通，且善弈，旅中无事，生同其妹掌与女弈棋为欢。及至津，生母即卜地而居。女至是方欲告辞，而不意生忽患病，生母苦留女再住三日，且曰：

"大恩未报，而令娘即欲言去，儿适撄疾，将不能送行矣！"

女笑曰：

"余岂望报哉？既承太夫人宠留，却之不恭，谨遵命可也。"

生母大喜，及晚，生母入房，视生疴，询以何苦。生嗫嚅而言曰：

"儿实无所苦，唯救儿之人，行将他去，儿颇觉恋恋不舍，不欲其去耳！"

生母曰：

"痴儿，岂儿欲令彼终身伴汝耶？彼为女侠，安肯为人妇？且彼实有恩于我侪，若欲图之，是不敬也。"

生闻母言，长叹曰：

"若然，则儿之心疾，殆难愈矣。"

时女忽同生妹入房，问生曰：

"公子现患何疾？身觉疲乏乎？"

生两颊顿赤，无以答。生母笑曰：

"小儿无所病，所病者，愁令娘之将远行耳。宁非可笑？"

女已微知其旨，玉容惨然，至生榻畔，握生手而言曰：

"蒙公子辱爱，人非草木，孰能无情？然余如闲云野鹤，浪迹天下，不得更如俗人所为。世间不少好女儿，以公子之才华风貌，何愁不得佳妇？复何一草泽女子之足恋乎？"

生闻女言，知女凛如冰霜，不可以情动，即顿首谢过。越三日，生疾已愈，而女亦坚辞欲去。生母乃设宴饯别，欲馈以物。女曰：

“吾身以外，仅一剑相伴，更何须他物为？”

辞不受。濒行，生跨马送女至郊外，至十里亭侧，女勒马谓生曰：

“桃花潭水深千尺，不及汪伦送我情。君情深意挚，余所铭感，但送君千里，终须一别，君其返府乎？”

生不觉泣下，女亦以巾掩泪，扬鞭而去。后生每恨未悉女之姓氏，女行踪飘忽，见义勇为，意者古剑仙之流亚欤？

明道曰：

女殆红线、隐娘之俦欤？力挥慧剑，斩断情丝，闻其语，凛然知不可犯，真不愧为剑仙也。至于奋身陷敌，救人困难，使金生一家骨肉重聚，处身安土，而后飘然远去，不望其报，闻之，尤足以立懦廉顽矣！

盗　史

看官，你道在下是个什么人？哈哈！说起来我的大名，很为响亮。原来我是一位江洋大盗，姓盖，名世豪，川陕湘鄂一带地方，谁不知道绿林中有盖世豪这人？我虽二十多岁的人，然而讲到这口刀下，也不知杀死了几多百姓。在理，我做了伤天害理的事，将来恶贯满盈，终不免有灭亡的日子，不料苍天偏是多情于我，使我有此一段奇遇，这也不可解说了。

一天，我到四川去，走到朝天岭地方，这时，天色已晚，我心中要紧赶路，忽然黑云四起，霎时间布满山谷。那雷声砰訇，好如击鼓一般，在我顶上盘旋，还有那一道一道的电光，在黑云中闪烁不已，耀得我两眼甚花，大雨如注，倾盆而下。我本来天不怕，地不怕，现在见了这大雨，也只得提起脚步，没命地奔逃，可怜我身上湿得如落汤鸡一般，急切不得一个避雨地方。在这电光一闪之中，瞥见那边一带黄墙，有一座古刹在旁，我道：

"好了！"

急忙跑到庙前，却见庙门紧闭。我即提起拳头，对着庙门，擂鼓也似的死敲了二三十下，不见有人出来。我想，莫非是个荒庙吗？然而看它那副景象，不像没有人居住的。有了，我既然能飞檐走壁，他不开门，我又不是呆鸟，何必苦苦地在这雨中等他？难道我不能自行进去吗？想罢，随即翻身跳进墙内。见对面三间佛殿，静悄悄的，没个人声。我也不管好歹，走将进去，只听得那壁厢有人讲话，我即立定脚步去听。一人道：

“近来我师父别的事体都不去做，却荒淫酒色，终日和那些妇女厮缠。昨日有某绅士同着他夫人和两个小星，在我们庙前经过，我们师父竟中意了一个小星的姿色，说她是杏脸桃腮，妖冶无匹，便不管三七二十一地连物件一齐抢了下来。那几个车夫和仆人都被杀死了。又将那绅士关在后面土牢子内，把他的妻妾三人，一齐送到藏春窟里去行乐了。听说那太太同着一个小星坚不肯从，只是要觅死，唯有那绝色的美妾，却娇啼婉转，与我们师父同参了欢喜禅了。”

有一人答道：

“这也莫怪你师父色胆如天，你想，你师父有了一身本事，独霸在这个山头，自然是要任意独行，毫无顾忌。我们休要在此讲闲话，且到里面去看他有何吩咐。”

当下，我听了他们之言，暗想：不意庙内倒有如此一件秘密事情，那师父何人？我左右无事，何不跟他进去一探？遂蹑足追随二人，一路弯弯曲曲，走到一间石室。时大雨已止，唯有那檐水尚在滴沥不停。二人走到石室门前，一手将门向左一扯，向右一推，那门便吱吱喳喳地开了。二人走了进去，把门推上。我见了，略停一停，也即照样地开了门，挨身进去。时天色已晚，里面黑漆洞洞的，一无所见。我方欲举步，不防门里面却无平地，乃是砌的石阶，险些失足坠下。我暗暗叫了一声惭愧，即一步一步走下去。约莫走了十余级，好像已到了平地。黑暗中又走了十多步，见那边有一线灯光亮着，我即依着灯光行去。渐渐地，见又有一扇石门挡着面前，我方用力去推那门时，见我后面有一个黑影一闪，我即回身过来，见那黑影立着不动。我即喝道：

“你是谁人？”

那黑影见我说话，便想逃走。我即赶上一把拿住，拔出刀来，说道：

“你们师父在哪里？我来取他的狗命。”

那黑影开着口，乃是五个女子声音，娇声道：

“怪道原来你是外边妗，可怜我困在此间已是五日，方才逃出，乞义士救我弱女子吧！”

我便道：

“你原来是个被难之人，不要惊慌，待我杀了这贼秃，救你出去便了。”

那女人道：

“既是如此，你不要走这石门，这是死路呀！”

我道：

“什么？这门是死路？”

女人道：

“我听得那贼秃说，这扇门乃是虚设的，有人推门走了进去，上面便有一柄闸刀落下来，把人铡作两段。”

我道：

“好险呀！幸亏遇见了你，不然，我这性命岂不送掉了吗？但是，从哪里可以进去？你可知道吗？”

那女人沉吟了半晌，低低说道：

“听得那贼秃好生厉害，你倒不要着了他手。这便如何是好？”

我笑道：

“你不要疑惧，休说一个贼秃，不在我心上，便是千百个也没奈何我半点儿。”

那女人道：

“如此，请你随我来。”

我便跟了她走，又是转弯抹角，摸了好久，方到了两扇石门前面，我便稀奇道：

“我适间见的灯光，究是谁处发出来的？”

女人答道：

“你不晓得，方才假设的石门，便是那贼秃的藏春窟后面，所以有此灯光。”

说时，女人已轻轻地推门进去，悄悄地对我说道：

“你看那对面门里有着灯光，还有丝竹之声，这便是贼人在那里行乐了。你可自去，让我躲在此间，待一刻再会吧!”

我即一直走去，到了门前，在门隙中窥将进去，只见里面一间精美的屋子里，灯烛辉煌，弦管嗷嘈，正中坐着一个又肥又伟的和尚，笑吟吟的，怀中拥着一个美姬，谅是那贼秃了。两边瘦燕肥环，有五六个，有歌舞的，有侑酒的。那美姬更是妖娆非凡，撒娇撒痴般对着那贼秃。我看见了，再忍不住，推开了门，大踏步进去，喝一声：

“秃驴，胆敢在佛地宣淫，罪孽匪浅!”

那贼秃见有人至，慌忙跳起身来，推开美姬。我即发出一箭，那贼秃眼快，往旁边一闪，不防那箭却巧巧地直贯了他美姬的咽喉。哎哟一声，跌倒在地，大约是香消玉殒，已归离恨之天了，这也算是她不知廉耻的报应。那贼秃见我杀死了他美姬，咬紧牙齿，在架上拔了一柄月牙铲，跳过来就对我当头一铲，我怎肯饶他？也忙拔刀抵敌，不料那贼秃勇甚，战了良久，没有胜负。其时，那些妇女都唬得玉容失色，躲在桌子底下，唯有那进来的两人，一个是小沙弥，一个是瘦长汉子，尚呆呆地立在旁边观战。我心中焦急非凡，便想用一个诡计取胜，等那贼秃一铲来时，我便大叫一声，仰后跌倒。那贼秃见了，大喜道：

“飞蛾投火，自来送死，莫怪我出家人无情，来取你的狗命!”

当那贼秃要来动手时，不防我倏地发出一箭，正中他的小腹，随即翻身跳起，一刀砍去。那贼秃中了一箭，疼痛非凡，难于招架，被我将他那颗光头劈去了半个，鲜血四溅，死在地上。我又斫了一刀，方才罢手。那小沙弥见他师父死了，连忙同着那汉子扑地跪下，求我饶命。我道：

“你们若肯依从我命令，我便饶恕你们。现在且引了我到那绅士监守的地方去。”

那小沙弥诺诺连声，连忙掌着灯，引了我转向后面行去。不多一刻，已到了土牢，见那绅士靠在柱上，长吁短叹，我即入内，解去其缚，告诉他我杀贼秃的事情。那绅士千恩万谢地随我出来，重到藏春窟。那些妇女多跪在地上，求我搭救，我都一一答应了。那汉子又到内房，引那绅士的妻妾前来。美姬既然身死，那绅士却有些痛惜的样子。

唯那绅士之妻说道：

“皇天有眼，这淫妇死得很好。”

我心中又想起方才引我进来的女人，便想去寻，恰巧她已姗姗行来。我顷间在黑暗里，不认识她的芳容，现在一看，她却是一个明眸皓齿、纤腰秀项、年方十八九岁的女郎。那女郎见了我，陡然呆了，便对我道：

“尊驾可是盖恩公吗？”

我此时见了女郎之面，也像有些熟识，便道：

“你姓甚名谁？”

女郎道：

“妾乃卢红玉。”

我道：

“你即是卢小姐吗？”

隔了二三年，便出落得如花朵儿一般不认识了。原来二年以前，我曾到长沙去，做了一场买卖，得了数万黄金而还。行到一个村上，见有一个年轻女郎，在着道旁哭泣，我便问她为事？她道，她姓卢，即住在此村，父亲是一个米商，她素来与她母亲做些女红度日。不料前日她父母得了一个急症，便双双同赴黄泉去了，剩她一个孤女，又无钱来收殓尸首，叫她怎生是好？我也不知道我为什么强盗忽发善心，怀中掏出六十两银子，对女郎说道：

“这些银子，你且拿去，收殓你父母，但是你此后一人茕茕弱息，如何过日呢？”

她道，她有一个姑母在重庆，欲去投奔。我道：

“也好。”

又取出二十两银子，送她做盘费。那女郎叩谢而去。在当时，我分去些傥来之物，也不在我心上，究竟算是行了一桩慈善事业。天幸今日遇见了她，不然，我走进这石门时，那闸刀把我铡一个半死，也够了。闲言少叙。

当时，那卢红玉对我说道：

“妾身自从得了恩公的赏赐，即收殓了双亲，同着一个熟人到得重庆，却不料姑母已搬去了。那人便劝我就在重庆住下，在着一家人家做些女工。过了两年，后来他说打听得我姑母迁居在上海，问我去不去，我手中又无路费，怎能出门走这万里迢迢之路？那人道：‘左右无事，正要到上海去寻生意，不如送你同去，可好？’我不知好歹，即谢了他，同他一路前去。在途中听他对人说，他觊觎我的姿色，要想把我拐到上海，卖入勾栏，可以得着数百花银。我听了，心中着急非凡，要想逃走，只是不能脱身。恰巧路过此岭，被这贼秃把我抢去，又把那人杀死了。那贼秃几次来逼我，幸亏我有急计，对他说妾正在……”

说到此间，脸上一红，低着头不说下去了。我也不便问她，便道：

“这是你的大幸了。”

红玉又道：

“我困在此间，已达数日，想想终不是长久之计，万一被这淫贼污了，如何是好？便想设法逃走，被我探熟了道路。今夜我诡言身子有些不适意，哄信了贼秃，乘间逸出，却遇见了恩公，岂不是巧极吗？”

我也道：

“我若不遇见你，我的命已不活了。”

我又回转头对那绅士说道：

“如今凭着我力，杀死这贼秃，也为此间地方上除去一害，但是尚有许多善后手续。我生性不喜同那官吏去缠，还要请绅士费心，将此事办妥了！”

绅士忙道：

“说哪里话来？壮士救了鄙人一家性命，鄙人一辈子终身感激，没齿不忘，这些小事，说不过还要烦扰壮士，待鄙人报知地方官来收拾便了。但是壮士此番有恩于我，鄙人无可报答，愿赠壮士千金。”

我心中一想，现在手中少说的已有了十多万，我要他的银子作甚？便回答道：

“小可来此，无意遇见，为了地方除害，至若尊驾之得救，此乃天幸，非我一人之力。千金之赠，万勿敢当。”

那绅士说来说去，一定要送我，我道：

“既然如是，却之不恭，请转赠于那些劫来的女子吧！这些人还要请尊驾查问清楚，送她回去呢！”

绅士见我如此说，也应允了。时鸡声三唱，天已黎明，我便辞了绅士，拔步要走。不防红玉把我一把拖住，呜咽道：

“恩公走了，叫我孤身一人，往哪里去？”

我答道：

“这自然有绅士来派人送你回去。”

红玉道：

“我又无家可归，回去作甚？你是我的恩人，我要跟你同走。”

我想了一想，便道：

“既如此，你且到外边来，我有话讲给你听。”

红玉便跟了我走到外面一间屋子里。我二人坐了，我道：

“我只身单影，往来大江南北间，你乃弱女子，如何能够同我一起走？”

她只是低着头不语，拈她的衣角。我忽然想起，莫非她有意嫁我吗？但是她乃一个玉洁冰清娇好的女儿，我却是个杀人放火的巨盗，设她嫁了我，岂不是反而辱没她吗？她本来不明白我是个强盗，我何不索性告诉了她？使她撇开这种念头。我即对她说道：

“不瞒你说，我是个响马。”

红玉对我看了一看，并不惊讶，便道：

“你虽然是个强盗，然而却能扶危济贫，锄奸安良，不失侠义之行，我却十分敬重你。总而言之，你是我的恩人，我也不管盗与不盗。”

我见她说话说得如此斩钉截铁，不觉地一缕柔情从胸中涌将起来，叹了一口气，便柔声问道：

“你真要嫁我吗？”

红玉含着泪，点点头。我道：

“你情愿也好，你今可跟我一同到成都去结婚好吗？”

红玉对我微微笑了一笑，扯着我手，在手背上吻了一吻。我也不由得把她抱在怀里，捧住香颊，接了几个吻，便道：

“红玉，你如今是大盗盖世豪的妻子了。”

红玉低声道：

“是啊！我心中也情愿的。”

我同她遂复走到里间，对绅士说道：

“这女士是素来认识的，她要跟我走，我也不能舍弃她，我今同她走了。”

绅士道：

“是是。”

我遂唤小沙弥引我出来。绅士同他妻妾及其余妇女一齐送到庙门口，连声谢我救命之恩。我又叮咛了两句，便一一告辞了，同着红玉上路便行。在路上见红玉不惯走山路，即雇了一辆车子，让她坐着。昼行夜宿，不多几日，已到了成都。这成都乃是四川的省会，进得城来，非常繁华，我即投一个招商旅馆住下。我本来到此要做一场买卖，却不料在路上干涉了一件重案，遇了红玉，如今只好先和红玉做亲了。结婚过后，我即在温柔乡中消磨光阴，时常同着红玉出去游山玩水。那成都一带的名胜，都被我们游遍了。红玉又闲着劝我道：

“我们现在手中也有了几十多万家私，尽有得用，那些不义之财，多来有何用处？大丈夫在世，宜立功建业，轰轰烈烈地做他一场，声闻天下，名扬后世。我劝你以后也不犯着做那绿林生意了。”

我见她的说话不错，便道：

“我如今便放下屠刀，依你的忠言吧！”

红玉大喜道：

“这真是妾身之幸了。”

我在成都住了几月，便同红玉回到襄阳，租了房屋住下。红玉帮着我掌理家政，一切均井井有条。我也安心伴着红玉，待时而动。说也稀奇，我本是个铁石心肠、杀人不眨眼的男子，不料现下却是百炼之钢化为绕指之柔，不禁佩服我那贤妻卢红玉的功夫了。

春闺梦里

寒风瑟瑟，白雪皑皑，斯时也，深巷寒犬，吠声若豹，天空鹅毛飞舞，途上行人阒寂。唯礼拜堂之侧，数楹红楼内，有灯光一线，自百叶窗中射出。楼内有一中年妇人，风姿楚楚，合掌长跽，做祷告之声曰：

“天父乎？方今战事决裂，生灵涂炭，茫茫大地，何处乐土？彼辈龙争虎斗，舍死忘生，视人命为儿戏者，固已为魔鬼所惑。愿我圣洁万能之上帝，使兹战事早奏和平之果。我更有恳切之祷告，求上帝赦彼玛德利父子之罪，改其杀人之罪心，一变而为善良之君子。”

妇人祝毕，泪眦莹在，至桌旁取寒衣而制，更拨炉中兽炭以取暖。闻窗外朔风狂吼，雪花飘来，如撒玉屑，不禁抚然叹曰：

“时已隆冬，剧战犹酣，我等在室中尚且不免堕指裂肤之苦，想彼等在战壕中餐风饮露，安能当此苦寒乎？嗟夫！各交战国不惜牺牲其国人子弟身家财产，为此孤注之一掷，何其忍哉？吾最痛心疾首者，以吾夫玛德利及爱子斐列亦厕身行伍也。”

妇人言时，忽闻榻上小儿呼阿父声，乃急行至床前，抱儿而吻其额。儿名垂散脱，妇人之次子也。儿见母，投于怀中。询曰：

“阿父今夕归来耶？”

妇曰：

“儿且勿急，汝父明日归矣！”

言时，泪已出眶。盖妇人伤心已甚，默念汝父方在战场杀敌，性命尚且不保，不知何时始能无恙归来也。嗟夫！世界上孤人之子，寡人之妻，使父子、兄弟、姊妹、夫妇作分飞之劳燕者，非战争也乎？

妇人为谁？德陆军大尉玛德利之妻，玛德利富有膂力，为德国军队中之健者，东征西伐，屡立奇绩，以出入硝烟弹雨中已久，故其颊上瘢痕点点，一望而知为能征惯战之士。玛德利天性强悍，勇于决斗，尝谓人曰：

“不嗜杀人者，非男子也。”

当德国晏安无事时，恒郁郁无聊，抚膺叹曰：

“大丈人以七尺血肉躯，宜死向沙场中去，立不世之功。今乃绝无机会可图，大好头颅掷向何所耶？”

其妻名柳丝，即雪夜祈祷之妇人也。结婚后，连举两雄，长名斐列，次名圣散脱。斐列既长，喜弄武，酷肖其父，尤喜读古代伟人逸事，至罗马英雄恺撒进兵勒别空战史，尝废书叹曰：

“恺撒用兵，何神速乃尔！”

父闻之大喜，称斐列曰“虎子”。玛德利父子好战嗜杀，有英雄气象，顾其妻之性，乃又不尔。柳丝性温柔，信仰基督教，待人接物，慈蔼可亲，凡村中有慈善事业，尤喜解囊相助，恒戒其子毋效乃父之好杀，故人与玛德利父子交接，则如夏日之可畏，而与柳丝谈话，则又如冬日之可爱也。欧战既起衅，玛德利父子踊跃投军，玛德利率兵攻俄国，其子则为水兵，入潜行艇，用武于海上，与大不列颠海军决一雌雄。当彼父子行时，毫不还顾，仅与柳丝及圣散脱作吻别而已。爱国英雄，视战场为衽席，亦固其所，然而柳丝万斛愁绪，因此而起矣。风雨中宵，赶制寒衣，追念良人爱子，能无潸然涕下乎？

晨曦上窗，鸟声在树，柳丝调其幼子于妆台前，默念是儿不似其父兄之勇猛，将来当使之为一纯粹圣洁之基督徒。方转念间，忽门铃铿然，一少女徐步入，柳丝乃释其儿，审视之，村中幼稚园保姆也。柳丝起立让座曰：

“琼斯女士，来何为者？”

琼斯曰：

“夫人晨安，近因幼稚园经费竭蹶，向之捐款于我国者，今悉移输国家充军饷矣。可怜哉，此幼稚园经营数年，一旦将随战争潮流而灭，夙仰夫人乐善好施，其亦垂怜而拯救之乎？”

柳丝曰：

“女士之言甚是，但我夫及子，远征疆场，家中日用，亦较往昔为难，不能出巨大之捐款，愿出区区二十马克为助。”

言毕，即从箱中出币授琼斯。琼斯接之，感谢而去。圣散脱忽自门外持两函跃跃而至，大呼曰：

“此邮差畀我者，阿母试视。”

柳丝接阅之，一从波兰寄来，乃其夫玛德利之函，而其一则斐列之书也。乃先拆其夫之函，读之曰：

> ……我臂创已愈，重入战壕矣！前日枯卧医院，岑寂无聊，颇恨不能如平时之荷戈杀人为快也。

柳丝诵至“杀人为快”四字，不禁芳心跳跃，悲呼曰：

“噫！我夫竟以杀人为快耶？汝杀人，人亦欲杀汝，危哉！玛德利，汝将受上帝之刑罚矣！”

良久，复取读之。

> 我感谢上帝之恩，使吾得获痊愈，重为德意志完全之军官，自是而后，我必努力杀敌，以身许国。且此役吾国必获最大之代价，即今上所言，无论如何，战至最后一人，必获胜算。雄哉此语，实获我心，爱妻乎？汝知余之心乎？
>
> 余之宗旨，视战争为英雄立功之好时势，我国大儒多赉缉克曰，战争者，产生文明之母也。凡国家之发展，民族之上达，非战胜莫能得美哉战胜。我将效亚历山大之雄跨三洲，穆罕默德之名震寰球，非此次战争，天与我以用武之地乎？
>
> 前寄寒衣，兹已接到，衣之颇适于体，良感。吾军日前与俄交战，略受损失，至昨日夜间，我军以毒气猛攻，无不以一

当百，呼声震天。奥军亦挟大炮来助，哥萨克骑兵虽勇，至是亦鼠窜逃生矣！夺得战壕一道，器械无算。当吾军入其小村时，有一夏屋，闻人言，此俄国某伯爵新筑之别墅，同袍以炸弹掷之，顷刻即变为败井颓垣。是夕，我军尽欢痛饮，高唱国歌，从军之乐，殆逾天国。至于枕骸遍野者，皆俄国之死士，倘令吾妻见之，必且掩面而走。然我辈军人视之，反增杀人之雄心也……

柳丝阅毕，瞠目挢舌，不能发言，倒于自由椅上。圣散脱见其母情景，心兹不悦，乃语之曰：

"阿母勿愁，想阿父此书所言，皆懊恼事，儿将投之纸簏中。"

柳丝叹曰：

"童子何知？"

圣散脱曰：

"阿母以我为不知耶？儿前日之草场拍球，邻儿语我：'汝父及兄皆在前敌，汝亦念之否？'儿闻是言，始知阿母语我以父亲旅行伦敦者，謷言也。"

柳丝闻言，泛澜久之，乃再读斐列之函曰：

我挚爱之慈母鉴：

儿自登潜艇后，终日在洪涛巨浪中出没无定，海阔天空，纵一艇之所如，凌万顷之茫然，殊可乐也。

某日，儿奉主将令，往探英伦海峡，作冒险之行，至则见艨艟巨舰，麇集港口。我潜艇伏海底，彼辈毫不知觉，所可惧者，翱翔空中之飞机，因于是日，受其袭击也。当儿在艇顶偷窥时，突闻砰然一声，有的堕于艇侧，海波轰豗。儿仰首察之，则飞机所掷之炸弹也。此时，魂魄俱飞，即拨机下沉而遁，不然，此身将为齑粉矣！

八号晨，我艇在大西洋巡弋，见有一英国商船驶来，我艇乃加速力追逐之，该船亦已察觉，欲思逃避，不知此时已在潜艇范围之内，有如天罗地网，无能逃遁。我艇即发警告，命其停轮。彼不自量，犹欲违抗，我等乃射鱼雷以击沉之，全舟客人均与波臣为伍，此犹不足满意。所可喜者，前月曾击沉其粮船一艘，当舟沉时，无量数之米麦，漂浮海面，不啻断彼英人之命脉，至今思之，犹沾沾自喜也。

闻我父在俄境杀贼，着着进行，天佑帝国，歼彼小丑。我父子为国努力，已得铁十字勋间，荣耀何如？愿我母及弟在家康健，毋以儿为念。

柳丝连读两函，觉字中皆含有“杀人为快”之意，掷书叹曰：

“文明文明，二十世纪，非人人所称之文明时代耶？以此文明之时代，宜世界各国相亲相爱，群策群力，共谋所以促进人类之幸福，何来此不祥之战争耶？文明文明，与野蛮相去几何乎？”

是夕，柳丝待其儿入梦后，乃独坐孤窗，怃然有间，作书以报玛德利父子。书毕，见月色如银，从琉璃窗间射入，不觉又生感触，默念：

“余见月色，思念良人弗已，不知吾夫在战场，见此皓月，其亦动思乡之念否？”

嗟夫柳丝！汝之柔肠，曾百转矣！汝之芳心，将寸碎矣！庸讵知汝夫、汝子，方以杀人流血为男儿之天职，而不以汝言为然耶？

柳丝悲伤过度，伏案而睡，蒙眬间，闻村中有欢呼声，又闻门铃锵然。一少妇排闼而入，乃其女友渥克也。柳丝起立曰：

“何事如此匆忙？”

渥克曰：

“我军战胜列强，奏凯归矣！我友不知耶？”

柳丝愕然曰：

“汝言信否？恐未必如此容易。”

渥克正色曰：

“谁有此闲工夫来诳人者？我今已预备自由车两乘，请汝速驾入城，共迓大军之归。”

柳丝悲喜交集，乃与渥克出门，各驾一车，向柏林疾驰而行。见战士云集，枪刀耀目，凯旋门上，名花环绕，仕女如狂，举欣欣然高呼：“德意志帝国万岁！”军乐洋洋，杂以步伐声、马蹄声、欢呼声，迎接凯旋之大炮耳！此时，柳丝芳心跳跃，不知置身何地矣！蓦见将士中有一军官，英风凛凛，傲睨自若，胸悬铁十字勋章，腰系宝刀，光如雪练。其额上瘢痕点点，最足令人注意。噫！此非吾夫玛德利耶？柳丝即扬其素巾，表示其欢迎之忱。玛德利见柳丝，趋而吻之。柳丝方欲吐其悲酸之音，恍惚间，又如身已不在柏林，而在一医院中，旁榻上僵卧一少年男子，右臂已折，细见之，斐列也。柳丝大惊，立询斐列曰：

“儿何为而在此？”

斐列呻吟曰：

“阿母，儿受重伤矣！我艇前日在北海，缺少石油，为法国鱼雷艇击沉，以故儿手足受伤，养病医院。”

柳丝此时，恍若从千仞山峰上堕于万丈之深涧下，忽闻耳畔呼声，张目而视，见己身仍在楼中，乃圣散脱醒而呼母也。柳丝抱儿于怀，追想梦境，不禁悲从中来。盖柳丝意中，以前梦未必如愿，后梦乃恶兆也。呜呼！无定河边之骨，即春闺梦里之人，可怜哉柳丝也。

一日，柳丝方在祷告会，默祝天父，同唱福音，忽女仆黑德匆匆而入，见柳丝即喘呼曰：

“夫人，家中有急书至，请夫人速返家。”

柳丝闻言，惊骇殊甚，即乘车而返。至家，取书读之。

我死矣，为国而死，固无恨也。自历戎行，身经百战，杀人多矣！犹幸得保性命，使厕于此震古烁今之大战中，至今日而开始死。今日之事，我欲杀人，人亦欲杀我，其为人所杀也固宜，我今告卿以致死之由。

本月十七号，我军乘夜攻炮台，分数路进兵。我率兵士数十，从西方小径疾趋，而炮台上亦已知觉，白光夭矫，闪闪如电者为探海灯。我军不幸为其烛见，即鹤伏以避，而一巨弹已掠顶而过，我军乃勇往直前，枪声齐放。此时，炮声隆隆，我军已四路进击，空中轧轧之声，为我国齐泊林二艘，掷炸弹于炮台，炮台亦发高角炮，以御飞机。我军方至炮台下，忽前面排枪轰然，弹如雨至，铁骑震震，奔腾而来者，乃哥萨克骑兵队也。我军即以枪尖冲锋，奋刺马足，俄兵颠翻而下者不计。不料我军航空队，为俄炮所中，二机均受重伤，陷为俘虏，而俄军居高临下，攻守兼营，我军东、南二队，次第失利，大营电促速退，但是，时已成骑虎之势，为俄兵所困。炮台上火光熊熊，榴弹续发，至是全军覆没，我亦受重伤而晕矣！迨救护队至，舁我之医院，已仅一息奄奄，自知无生还之望，而反乐我能尽忠报国也。

我将死时，嘱同侪葬我于炮台之侧，盖期我死后，亦必为厉鬼以击俄军耳！

卿见信后，亦不必亲来战地，但善视我子，勿过悲伤可矣！

四月十六号

玛德利自战地红十字会发

柳丝阅毕，晕倒于地，良久方苏，痛哭不已，仰天叹曰：

“我言果验，玛德利迷而不悟，罪恶深重，已受上帝谴罚矣！”

乃挈圣散脱至礼拜堂祷告。其时，青年会方假座演剧，劝募军饷，音乐杂奏，嘹亮动听，如月殿嫦娥，共奏霓裳羽衣之曲。但柳丝如醉如痴，方悲痛其夫之战死，充耳无闻，唯虔诚祈祷，求天父赦彼良人堕落地狱之罪耳。

灯光人影

一日，伦敦大侦探长迭克司，在警署办公毕，时壁上钟声锵然鸣一下，觉夜深气寒，精神疲倦，乃命御者备摩托车，乘之而返。途次培德街，地渐荒凉，两旁树木荫翳，森森若有鬼气，盖是处距繁盛之区稍远，渐多别墅园林也。

迭克司坐车上，口吸雪茄，见道旁屋中，灯光俱灭，唯车上两灯闪闪发白光。此时，夜深人静，万籁俱寂，耳畔但闻车轮轧轧之声而已。忽见距车百武外有一巨厦，楼中灯光，尚未熄灭，有两人影隐现窗前，其一身躯短瘦，状甚忙碌，及汽车近楼前，而窗中灯光忽灭。迭克司顾谓御者曰：

“此巨厦为谁氏之宅？”

御者曰：

“此乃霍根男爵之别墅也。”

迭克司与男爵略念，素知其放诞不羁，喜家饮，恒征逐于金迷纸醉之场，或流连忘返，或宁家较晏，率以为常。今兹夜半未睡，亦无足奇。

车行良久，始抵舍。迭克司下车，挥御者退，即向门上按铃。少顷门辟，其仆妇马汀迎主人入。徐谓失克司曰：

“主人归何晏也，欲进膳乎？”

迭克司曰：

“无须，我倦甚，汝姑退。”

马汀乃唯唯归寝室。迭克司乃入室，即解衣就寝，盖昨日办一至重要之案，通宵未眠，故此际精神甚疲乏也。

迭克司为伦敦有名侦探，机警有胆力，办案辄迎刃而解。少年丧偶，亦录思鹍弦重续，唯雇一庸妇守门，故其家中清静无比，不似他家之喧嚣尨杂者。明日，迭克司晨兴，盥洗毕，仰卧自由椅上，读新闻纸，见新闻栏中有二号大字，赫然呈于眼帘，标题曰“谋杀奇案”，迭克司心中不觉神经一耸，亟读其文曰：

> 昨日夜间十一时，有尸发现于格林咖啡馆后之草场上。死者面部受重伤，已模糊难辨，唯衣袋中有霍尔根男爵之名刺，以此人疑死者为男爵也。
>
> 闻亨利银行中报告，谓男爵于是日下午，曾往访该银行总理卡登君，且约渠饮于某酒肆，其可疑之点，则卡登君一夜未返，不知去向，而男爵夫人，亦于同时失踪，说者疑卡登与夫人有私，谋杀男爵而逃之他方云。
>
> 此案疑云重叠，无从捉摸，侦探家获得一大好之研究资料矣！

读毕，颇觉此案离奇闪烁，殊难索解。久之，忽忆及昨夜所见之灯光人影，不禁从椅上跃起曰：

“奇哉！吾之所见也，吾昨夜出警署，已一时许，尚见男爵在别墅中，而今晨报纸记载，谓男爵之尸，发现于十一时，天下宁有是理耶？若谓别墅中所见之人影非男爵，则此时楼内二人影，又为谁乎？此案之真相，一时虽莫能得其端倪，吾终必测其究竟也。”

迭克司思次，忽闻门铃铿然。马汀入，白有客求见。迭克司曰：“可肃之入。”少顷，闻履声橐橐，一客岸然入。见迭克司，即脱帽为礼，曰：

“密斯脱迭克司，晨安！”

迭克司曰：

“客且坐，客来何为者？”

言时，举目视客，身颀而瘦，瞳神有光，身衣黑呢之大衣，一手插衣装中，状殊急躁。此时，客答曰：

“君非方观新闻报纸耶？然则君已知霍尔根男爵之死事矣！余名路脱，为男爵之弟，今闻男爵为人所戕，吾嫂又复逃逸，乌能任彼凶手漏网于法律之外。夙仰先生名震一时，而任侠好义，凡有疑案托君者，莫不破获，故今兹登门求助。倘君肯为将伯之助，鄙人当许以莫大之报酬。”

迭克司闻言，微笑曰：

“路脱君，此案之大略，仆见之报纸，特有数问题欲询于君，君能一一详细答仆乎？仆虽不才，当竭智尽虑，为君缉获凶手也。”

言次，命马汀进咖啡，客接之，一饮而尽。乃谓迭克司曰：

“谢君美意，君有疑问询余耶？则凡为余所知者，无不详细以答君。”

迭克司曰：

“男爵与夫人之感情若何？”

路脱曰：

“吾兄初婚时，伉俪颇笃，夫人亦幽娴贞静，与吾兄情意颇洽。但至今可疑者，去年春间，吾兄曾与吾饮于大餐馆，彼时酒酣耳热，吾兄语言间对于吾嫂，似有不惬意。余谓吾兄曰：‘以嫂之才德兼美，性情和睦，而兄犹不无缺憾，岂欲得天上安琪儿而后快耶？’吾兄闻言，长叹不语。久之，凄然曰：‘个中事非弟所知。’余闻是言，遂不再致诘，第向吾兄曰：‘兄素旷达，人生当及时行乐，不宜多生烦恼，吾兄乃强颜为欢，洗杯更酌。’至今思之，此言颇滋疑窦，惜余当时未致穷诘，以为彼夫妇间偶有勃豀事耳。”

路脱言时，颇形追悔。迭克司又曰：

“男爵常居别墅否？其家中情形，谅君亦必洞晓，乞不吝指示。”

路脱曰：

“去年夏，吾兄渐与吾嫂不睦，吾嫂乃避暑于别墅，吾兄则居邸中，讫后，二人把晤时稀，遂分析而炊矣！墅中仅有男女仆各一，男名郤里斯，女名更孟，皆忠于主人者。吾嫂逸时，正女仆乞假回乡之次日，脱更孟不去者，余料彼必不容吾嫂之亡也。”

迭克司曰：

“仆知矣！但银行总理卡登与男爵有何关系乎？”

路脱曰：

“卡登与吾昆弟皆莫逆交，渠亦常来余家，做种种游戏，渠谨厚多礼，吾嫂亦器重之，不料渠竟为暗杀吾兄之嫌疑犯也。”

迭克司曰：

“君疑卡登杀男爵耶？”

路脱曰：

“然，盖是晚有人见男爵邀彼饮于酒肆也。但吾嫂之逸，似与此案亦有关系。迭克司君干练多才，想此案不难窥其底蕴。君有需余者，随时可以电话招余，敝舍在城外葛罗龙街一四九四号，君其志之。”

迭克司曰：

“诺。仆当造府请谒，但今日仆拟往格林登咖啡馆后，一视男爵被杀之形状，然后可定吾侦探之方针。君其同仆一行乎？”

路脱曰：

“谨遵君命，余无不可之理，且余亦欲询彼医士也。”

迭克司乃易外衣，携摄影镜，同路脱出门，乘一马车而往。既至，二人遂嫣车，付资讫，见万头拥挤，往来不绝，皆称男爵之死，必卡登所杀无疑。迭克司乃排众而入，见男爵僵卧血泊中，衣灰色礼服，然面目已为人所抉，模糊难辨。俯身详视，腰际有刀伤，显其与人格斗而毙者，名刺与时计，皆在插袋中。迭克司忽伏忽起，审察殊遍，忽出摄影镜摄男爵之两手。路脱询其何意，迭克司笑而不答。久之，忽谓路脱曰：

“此咖啡馆主人为谁？男爵之死在十一时，该馆尚未打烊，况相去甚迩，岂有不闻格斗声之理者？”

路脱曰：

“君言是也。馆主人与吾兄素谂，闻渠名恰恩斯，余曾遇之于俱乐部。”

迭克司曰：

“吾侪可往访之。”

二人乃行向咖啡馆。至门首，见有一伟男子负手立阶前，鼻架金丝镜，而貌不扬。路脱却与之为礼曰：

“密司脱恰恩斯，何其遇之巧也！今有敝友迭克司者，欲与君一谈。君欲余介绍否？”

恰恩斯曰：

“甚佳。”

乃与迭克司握手，肃入客室。寒暄毕，迭克司即向恰恩斯曰：

“仆有一事询君。男爵被杀之时，君在馆中微有所闻乎？”

恰恩斯曰：

“余是晚方往友人家赴宴，归时正二句钟，而男爵之尸，已为警士发现。余与男爵亦相识，闻其惨死，甚悲悼也。”

迭克司又曰：

“君馆中亦有人闻声乎？”

恰恩斯曰：

“吾已问之，但皆云无。迭克司君，吾意男爵之死，既非为枪所击，则吾馆中人之未闻声息，亦当然之事。”

迭克司闻言，沉吟良久，乃起立曰：

“谢君见答，仆尚有他往，行再相见。”

乃偕路脱同出。路脱谓迭克司曰：

“渠狡甚，不肯明言。”

迭克司笑曰：

“无伤也。此案吾已略得仿佛矣！”

二人且言且阡，复至男爵僵卧之处。时警长雷莱已先偕博士威克透至，见迭克司与路脱，乃脱帽行礼。路脱询博士曰：

“吾兄之伤，当已验讫，有无异同处乎？”

博士曰：

“此确为格斗所毙，别无他伤。”

路脱曰：

“吾兄膂力颇强，何至为人所戕？”

迭克司闻言，微颔其首。警长雷莱则按其指挥之刀，遄呈傲色，一若已知此案之真相者。迭克司乃询雷莱曰：

“君于此案，以为何如？”

雷莱笑曰：

“欲破是案，第擒卡登来，一鞫可知耳。”

迭克司曰：

“君已确定卡登杀男爵乎？”

雷莱不悦曰：

“男爵果非卡登杀者，卡登何为失踪？且男爵夫人同时又何往？吾料卡登陷于情网，不惜出此违法之举，故醉男爵而杀之，与其夫人扬走他方，别筑香巢。今欲破此案，唯有速捕卡登耳！”

迭克司闻雷莱所言，仰天不语。旋顾路脱曰：

“警长已有成竹，男爵之冤可白。唯仆拟明日一望男爵别墅探察，君可于晨间相俟彼处也。”

路脱曰：

“然。”

迭克司乃与诸人告别归。

次晨，迭克司呼其伴名柯达利者同往别墅，侦是案之秘密。柯达利方在少年，英勇果敢，昔曾与迭克司同破一海盗之案，得附骥尾，因之盛名益彰。今闻迭克司约渠同出，不觉跃跃欲试。二人遂乘电车往，一刹那间，而长林葱郁之培德街至矣。迭克司与柯达利同下，赴别墅门次，则人声悄然，重门紧闭。迭克司即按门上之铃，少顷，一仆出，身躯短削，容貌不扬，而目光闪烁，一望而知为狡黠者。问迭克司曰：

“客何来？”

迭克司曰：

“余名迭克司，践路脱君之约而来者。”

仆闻言，微露惊容，因笑曰：

“甚佳，密斯脱路脱方在室中待君。”

言讫，遂引二人入室，时路脱方蹀躞室中，见迭克司至，大喜。迭克司即介绍柯达利于路脱前，且曰：

“劳君久待，心殊不安。”

路脱曰：

“庸何伤？且余来此仅半时也。”

遂请二人坐，仆人已进咖啡。迭克司这烟于斗，叩路脱曰：

“仆为谁？”

路脱曰：

“渠即郤里斯，数年前庸于此，尚忠直可恃。”

迭克司曰：

“男爵身死之夕，郤里斯在此否？”

曰：

“唯时女仆更孟已回乡间，唯彼一人守此也。”

迭克司又曰：

“然则男爵夫人之遁，郤里斯不知之乎？”

路脱曰：

“据彼言，是夕彼方倦甚，晚餐后，即入睡乡，以故吾嫂之逸，未知知耳！君欲询其底蕴，可否呼渠入。”

迭克司却之，猛吸其烟，烟气氤氲上升，尽蒙其面。柯达利曰：

“吾侪盍至夫人寝室，觇其究竟。”

迭克司曰：

“可。”

路脱即起立，引二人上楼。时女仆方从扶梯上，路脱呼曰：

“更孟，汝可导我至汝主人室。”

更孟诺诺，返身上楼，引至寝室门次，从怀中出钥投之。门辟，三人鱼贯而进。路脱曰：

“此门于何时封闭?”

更孟曰:

“自主人出亡后即封闭至今。”

迭克司曰:

“汝姑退出。”

更孟闻言，即下楼去。迭克司细审室中景状，毫无纷乱之象，复视妆台诸物殆遍，然后注目而观地毡。路脱则开窗伫望野景，帆影橹声，湖光山色，如在目前。柯达利亦俯身详察，此时室中寂然，唯闻壁上钟声而已。移时柯达利忽于墙隅发现二指影，急呼失克司视之。血迹虽干，指影尚明。迭克司对之狂喜，笑谓柯达利曰:

“是案殆有线索矣!”

即命柯达利取照相机摄之。路脱闻声亦返顾，迭克司引之视墙上，路脱亦不胜惊异曰:

“天乎?此不祥之血影，何发现于吾嫂房中耶?”

迭克司曰:

“尊嫂果与卡登偕逃者，则此血影何自而至?”

路脱曰:

“此指影未知为谁氏所遗?”

迭克司曰:

“仆胸中已有数分明了，俟归家考察后，不难水落石出也。”

迭克司言讫，复细视诸物，徐徐行至后窗之前，俯察其下，即一隧道，黑暗甚。迭克司曰:

“此隧道通否?”

路脱答曰:

“闻吾兄言，此隧道闭塞已久，唯吾嫂室右有一铁门可入，然无事亦从不轻入。”

迭克司乃转入右房，且俯身注视地板，良久，复秉烛取钥启之，拾级而下。路脱与柯达利危坐以待，少顷，迭克司始探首而出。维时郤里斯方在侧，两目眈眈，注视迭克司之面，发为一种惊怒之容。迭克司既出，无他言，第曰：

“此间殆已察遍，吾意犹欲至男爵书室一视。”

路脱即键铁门，复闭夫人之室，与迭克司等下楼，至男爵书室内。迭克司详细审察，久之，未有所得，唯火炉中有少许烧残之纸角。失克司于阳光处照视一过，即纳之衣袋中，顾谓柯达利曰：

“可矣！我辈此来，不为虚行。时将近午，密斯脱克列特，方候吾辈于餐馆也，行矣，不可缓。”

乃与路脱握手而别。

是日下午，即有一白发老翁徘徊于格林登咖啡馆之侧。少焉馆中主人恰恩斯匆匆而出，老翁即紧尾其后，随恰恩斯至培德街，入一别墅中。一仆人引恰恩斯入，而严扃其门。此时，老翁忽矫捷无伦，猱升至一大树之巅，以枝叶自蔽，取望远镜遥窥。顷之，即疾趋而下，离此别墅而去。

夕阳衔山，暮色苍然，时恰恩斯复从别墅而出。噫！彼咖啡馆主人，果何事而栗碌如此耶？恰恩斯既行，途中忽来一工人，潜蹑其后，彼行则行，彼止则止。恰恩斯方有要事，不图有人尾彼，乃至邮局投信，而此工人亦于同时出一函，与恰恩斯共投信筒中。恰恩斯旋出，而工人亦东向去。

自谋杀案发现后之一星期，一日薄暮，迭克司自外归，谓柯达利曰：

“今夜余拟至男爵别墅，汝可预备手枪同余往。”

柯达利曰：

“唯。”

及晚餐毕，迭克司等乘汽车而行，既至别墅之前，即停车于林中，鹤伏而进。时星斗满天，别墅之楼上忽发现灯光，又有二人影闪烁于其间。迭克司指谓柯达利曰：

“视之，彼人已在楼中，汝可伏于墙隅，如有兔脱者，击之可矣！”

言已，遂逾垣入。立至客室中，阒然无人，即循梯而上。时楼上二人，方作秘密之谈，见迭克司至，皆惊慌失色，一伟硕之男子，遽厉声喝曰：

“若何人，夤夜入此？速退！否则乃公必有以创汝。”

迭克司笑曰：

“男爵别来无恙？”

其人闻言，大震，骇立，离其椅。迭克司疾出手枪拟之曰：

“毋动，动则弹穿汝胸矣！”

又回顾一人曰：

“郤里斯，汝罪亦不容宥。”

郤里斯猛跃窗外，缘墙而下，突闻有声砰然，杂以悲呼之音。迭克司曰：

“试闻之，墙外已有埋伏，纵插翅亦难逃矣！”

迭克司言时，忽觉室中骤黑，大惊，知男爵已毁电灯机关，乃关驰门次，而背后一拳继至，中其背。迭克司即返身攫男爵，各奋神力，同仆于地，而迭克司适在下，男爵以手扼其吭，当此间不容发之际，而柯达利至矣。柯达利亟趋前，以拳痛击男爵之颅，男爵立晕。迭克司方跃起缚之，命柯达利负之下，至客室，则郤里斯已缚弃室隅。迭克司即卧男爵于榻上，已则与柯达利坐而少憩，出烟徐吸。顷之，男爵始醒，谓迭克司曰：

“君不愧为伦敦有名之侦探，我既为君所擒，亦无所憾。唯君何以知我并未为卡登所杀，且何以知吾妻并未出亡？此中秘密，能语我否？”

迭克司拂其烟斗之灰，微笑曰：

“试思卡登既已杀君，何故损君面目，借曰掩饰，则插袋中何以留君名刺？岂有不去名刺而先毁面目之理乎？此可知名刺之显系他人所设无疑。又君之左手拇指上有一小黑瘢，余尝于弹子房见之，而死者独无，则死者之非君更可知。然追思杀此人者，何故冒为君名？且君是日与卡登饮于酒肆，假使死者非君，何以二人同时失踪？此中理由，不难一言而决，且犹有一绝大之关键，则君夫人之失踪是也。闻介弟言，君与卡登有瓜葛，及与君夫仆郤里斯，其身短削，则与吾所见之影相同，于是我心中之云翳顿开。及至夫人之室，又为柯达利发现墙上指影，吾见之，知此室必有谋杀之事，又详察夫人妆台上诸物，毫无移动，果使夫人遁逃者，必有痕迹可寻。今若此，可知夫人并未出亡，且细察地毡上足影历乱，似有数人行动，后见隧道，中心不觉感触，询之介弟，始知此隧道有门，在君夫人房之右侧，遂入探之。且见地板上有被拭之血迹，约略可辨，近于铁门之次，又见灰尘满罩，忽发现手掌之影，以此知近日必有他人启此门者。迨吾下侦之时，则见烛泪，滴石阶上，其色犹新，行十余步，而君夫人之尸，赫然映吾眼帘矣。吾细察之，知系为刃所伤，而即知夫人之死，亦系为君所害，遂拾级而上，适郃里斯在侧，怒目视余。余亦不便详告介弟，且不欲张声于人，唯心中不禁忍俊也。吾既知卡登与夫人均为君所谋毙，乃急欲侦探君之行踪，故又至君书室寻觉，果为吾觅得一物，则火炉中之烧残纸角是也。上有：速来及密斯脱恰恩斯之字样，虽模糊不可入目，而余能辨之，遂一意注目恰恩斯及郃里斯二人。而余推测郃里斯，既见余入隧道，必料余已见夫人之尸，不得不速为掩藏计，而通信于恰恩斯，故于是日即随诣恰恩斯之别墅，而君夫人之尸，果为二人埋于园中橡树下。”

迭克司言至此，回顾郃里斯曰：

“吾言信乎？明日，此橡树被掘矣！”

郃里斯面色灰白，不作一语。迭克司言毕，欲起立，男爵忽致词曰：

“然则恰恩斯安在？”

迭克司笑曰：

“请君勿念，彼咖啡馆主人，余已属警署往捕之。此时，想已在狱中，引颈而望君等之至矣。”

迭克司言已，即顾谓柯达利曰：

“君可驾汽车来，余将送此二人入警署，且君亦可往告密司脱路脱曰：‘杀男爵者非卡登，而害卡登者，乃为其胞兄。且夫人并未与卡登偕逃，彼方长卧于橡树之下也。’”

碧玉小传

碧玉，法之白云村人，幼失怙恃，为婢于赫德森夫人家。性伶慧，貌尤佳，望之如临风杨柳，楚楚可怜，以故夫人钟爱之，辄加青眼。

夫人有二女，皆肄业于邻近学校，与碧玉甚亲爱，暇时课以文字，旁及英德，皆能领悟。且读甚勤，尤喜浏览乙部，记忆力甚强。长女每叹谓夫人曰：

“碧玉小妮子，聪敏过人，惜生长蓬蒿中，不及受高等之教育也。”

夫人亦为之惋惜，然碧玉读书虽不多，而深明大义，已非寻常女子所及矣。

欧战起时，德军直逼巴黎，其少主人克莱司，亦从军出征。克莱司为航空学校毕业生，年方弱冠，英姿飒爽，与碧玉雅有情愫，顾以主仆之分，尚觉有所扞格也。后克莱司捐躯死于沙场，碧玉每念及小主人，伤心之间，常沾襟袖。其时，法人因被德军施放毒炮，战辄败绩，连失壕沟数道，退守莱姆。德军乘胜锐进，白云村遂亦陷于敌人。初，碧玉闻法军败耗，抚膺太息曰：

“恨我不为男子，荷戈孰矛，歼彼丑虏，以卫社稷。”

及德军进迫村东，炮声隆隆，竟日不绝，村人闻警，皆四散奔匿。夫人同其二女，亦往他方暂避，碧玉愿独留。夫人语之曰：

“汝一弱女子，处兹危地，脱彼凶暴之敌人入境，汝不殆乎？”

碧玉笑曰：

“彼人也，我亦人也，我何畏彼哉？婢子已将生死置之度外，德军若来，我必有以报之。”

少女曰：

“汝欲报国乎？诚善，第宜见机而作，毋以性命为孤注。”

夫人见碧玉之意已决，乃听其独留而去。次晨，碧玉起时，见日光射窗纱上，隐然作淡红色，似含杀气。村内居民，已迁避一空，阒无人声，耳畔唯闻枪声震地，如燃爆竹。碧玉毫不惊恐，晨餐既毕，取书闲读。顷之，出克莱司小影，笑貌依然，而骸骨已埋无定河边矣。把玩之余，不禁泪下。

比日晚，法军完全败北，而人喊马嘶，德军已至村前。碧玉就窗中观之，暮色苍霭中，遥见骑士数人，荷枪而来，面貌狰狞可怖，口操德语，且笑且以手指点村屋，一若嘲法人之无能者。此时，碧玉疾趋下楼，伏于一暗室之隅，以物自蔽，腰藏一匕首，铦利无匹，所以预防不测者。顷之，闻打门叫嚣声，有数德兵破扉入，一德兵趋入厨下，搜寻食物，其二则拾级登楼，余二人在餐室中休憩。少顷，德兵自厨下出，顾谓二人曰：

“少佐欲饮乎？此间有香槟数瓮，且下酒之品甚多，足供我等痛饮也。”

两人闻言，亦出室，履声托托，往厨房去。复顷之，登楼者已下。闻一德兵言曰：

“此村已无人迹，敌人之胆，可谓小如鼷鼠矣！”

言时，笑声咯咯。又闻杯盘盏之声，杂陈桌上，盖德军已聚而饮矣。餐室之后为书室，有门通碧玉所匿之室。至时，碧玉胆气忽豪，欲一觇德军状，遂蹑足至书室，自隙中窥之，暮霭隐约之中，见一人衣少佐制服，须髯戟张，英气逼人。余四人分坐其旁，方举杯牛饮。少佐曰：

“此村今又为吾曹饮酒之所，他日当攻入巴黎，与诸君痛饮黄龙也。”

一人曰：

“得彼巴黎，犹反手耳！英、法连战不利，锐气尽失，俄人又丧师东方，一蹶不振。我德意志用兵，讵非神乎？但惜前为比军所阻，以致兴登堡元帅之伟画，未获奏功。否则，恐今日之法京，已无法人踪迹矣！”

又一人曰：

“英人夜郎自大，与我开衅，若我国潜艇一出地中海，彼不列颠人民，不将束手自毙乎？”

少佐笑曰：

“汝言诚然，但令齐泊林飞船队往来天空，彼人已畏之如天魔矣，岂真以为天堑不可飞渡耶？”

碧玉闻德人自夸，不禁为之发指。少佐又曰：

“昨大佐得无线电报告，谓法步军将会合英国第十九联队共袭我后，取道于泊洛斯莱，今大本营已遣乔弗莱大佐率军埋伏于其处矣。法兵若来，必全师覆没。”

言讫，纵声狂笑。四人和之，声震屋瓦。碧玉闻言，大惊，自思：此计若行，我军殆矣，不若我速遁至大营报告，使早自为计。遂返身出室，思逾垣逸。垣高难跃，垫以桌椅，讵料人方出屋，德兵已闻声驰至，见碧玉方狂奔，即鸣一枪，子弹掠碧玉鬓旁而过。德兵大喝曰：

“速止，否则余枪再发矣！”

碧玉气虽勇，然不觉玉容失色，不得已，止其步。德兵牵之入室，群笑曰：

“何处来一美娇娃？食得豹子胆，敢独留于此耶？”

少佐笑曰：

“来，我等正嫌寂寞，子可侑觞。”

碧玉知已入罗网，难免一死，遂强自镇定，从之。一人问碧玉曰：

“汝为谁？何故居此？”

碧玉答曰：

“我乃赫德森夫人之婢也。夫人令我守此屋者。”

少佐谓其属曰：

“此豸娟娟，我见犹怜。”

四人齐曰：

"少佐若眷爱之，则一块禁脔，愿让少佐独享。"

少佐乐不可支，举杯狂吸。碧玉如坐针毡，苦不能脱。而少佐两目直视碧玉之身，似眈眈欲噬人者，忽以身挨近碧玉，搂之入怀，欲吻其颊。碧玉不禁勃然，继念我死不足惜，然明日法军存亡之运，系于我身，岂可轻性命如鸿毛哉？遂忍辱受之。少佐见碧玉不拒，乐愈甚，与军士击桌高唱国歌。碧玉思灌醉之，尽力侑觞，德军艳其色，无杯不尽，咸醺醺大醉。少佐觉不胜疲倦，乃与诸人别，独携碧玉上楼。德军纪律虽严，然当战胜之余，骄汰自生，且对此如花美眷，玩之如俎上肉，安得不馋涎欲滴哉？

少佐既拥碧玉上楼，已颓然醉倒。碧玉思此时不取彼性命，以脱于祸，更待何时？遂鼓其勇气，出匕首乘间力刺之。少佐既醉，已失抵抗之力，遂毙于此名姝之手。碧玉既诛少佐，即下楼往餐室，闻四人鼻息如雷，已入睡梦，乃往厨下取柴，尽堆门内，纵火焚之，然后出门，就树下跨德军所乘之马，加鞭疾驰而去。回望庐舍，红光大作，想见诸人已赴火窟矣！

黎明，碧玉已抵法军大营，一跃下马，同守卒入见霞飞将军于帐中，详告缘由。法军见碧玉血污衣袖，竟能手刃德军，不辞疲劳，来此通报，爱国热诚，可歌可泣，由是皆称之曰女豪杰。

是役也，英、法两军奉霞飞电文，即变计进袭，卒大败德军于泊洛斯莱，皆碧玉女郎之功也。将军欲褒其功，碧玉泣曰：

"吾亦法兰西之国民，今兹所为，亦稍尽吾职而已，岂望报乎？"

不受而去。

明道曰：

人谓培嵝无松柏信乎？若碧玉者，婢耳，而能立志报国，卒奏大功。观其辞赏之言，大义凛然，足可与梅村女子辉映千古矣！诗云，云谁之思，西方美人，彼美人兮，西方之人兮。

移译既竟，感想无穷，使我国而有其人者，吾当铸金事之。

淫　毒　女

小说家葛鲁德，一日上午无事，独坐书室中阅报纸消遣。初觉告白多于记事，甚为乏味，及阅新闻栏内，见载有朱鸟村女尸案破获之一则。其辞曰：

阅报诸君，曾忆一月前巴黎城外朱鸟村有发现女尸之一案乎？女名笛娜，芳名久播法京。一日，笛娜忽略毙，有谓其服毒而死，又谓为其情人所害，言人人殊，莫衷一是。而尤可怪者，养病于此村之司森博士，同时亦杳如黄鹤，不见踪迹。当时，经女兄毛刁史君，请著名私家侦探包更生侦查此案，至今已逾一月。不意昨日包更生竟同司森博士偕返巴黎，见者多奇之，各报馆访事员咸踵包更生之门访问，而此大名鼎鼎之侦探则言：

“此案已破，大半皆由司森博士之力，今当暂守秘密，明日法庭开审时，诸君即知杀人者为谁。倘诸君急欲明白此中真相者，则请往见司森博士，或博士肯详言之也。”

噫嘻！读者试细味包生之言，则知是案之破，司森博士实居首功云云。

葛鲁德阅毕，掷报纸而起曰：

“幸哉！我老友已返矣！我将往见之，一询其底蕴也。”

遂出室，促其妇速治膳。午饭毕，即整冠携杖出，径诣司森博士居，叩门而入。则见博士正横卧榻上，与其夫人谈话。博士见葛鲁德至，即起立与之握手，寒暄毕，葛鲁德曰：

“顷阅报纸，知老友已归，不胜欣喜，不识此中秘密，老友能语余否?”

博士笑曰：

“子姑坐，余当告子。”

葛鲁德乃坐于窗侧，博士夫人则进咖啡饷客。葛鲁德且饮且言曰：

“老友速告我。”

博士乃取烟叶实斗而吸之，徐徐曰：

“葛鲁德君，今兹之事，详言之，实至奇特，所喜者，性命尚未丧失。而此案之真相，卒为我与包更生君所探得，不可谓非大幸也。余自患疾后，医生谓余不宜居此烦嚣之地，宜往山明水秀之处，休养数月，则所患当可自瘳。余遵其言，思朱鸟村空气新鲜，风景绝佳，大可为我养病之所，乃别山荆，束装赴是村，赁山屋一椽而居焉。朱鸟村距巴黎甚远，地颇幽寂，居民仅数十家，男子咸出外经商，女子则多勤事纺织工业部织，或业送牛乳得。村中有礼拜堂一，每逢星期日，村民皆往听圣道。牧师名宜劳克，为人极和蔼可亲，与余颇善。余所居之处，面小河，推窗望之，则常见有小舟载货物往来不绝，晨起则好鸟在枝头高唱，清脆可听。以故余居于其地，亦颇自得也。”

博士言至此，徐徐吹去其烟斗之灰，实烟复吸。葛鲁德曰：

“老友所言，皆浮文闲辞耳！请速以破获是案之底蕴告我。”

博士笑曰：

“君勿亟亟，凡叙一事必有引端，此即余之引端也。今将告君以余所遇之事矣！余在村约半月余，一日，月明之夜，余散步村间，至一树木苍翠处，屋宇颇佳，忽闻内有琴声悠扬传出。辨之，则正奏爱河之曲，抑扬疾徐，无不中节。余思何物村娃，奏此新声，欲往探之，适其门微启，乃侧身入，复蹑足至窗前窥之。见室中电灯之下，陈设华丽，向壁置一钢琴，一女士引玉手按之。女貌颇姣好，黄金之发，披于肩后，服饰亦绝似大家闺秀。其旁有一美少年，两手插于袋中，双眸下垂，虽静听琴曲，而默然若有所思。久之，女罢奏，笑谓少年曰：‘此调不弹久矣，未知能入听否？’少年曰：‘得聆吾爱佳奏，不觉心旷神怡矣！’女又曰：‘闻君明日即将返海佛利，宁不能于此地作数日勾留耶？’少年摇首曰：‘吾爱恕余，余适有要事羁身，故不克如愿也。’余聆是琐琐语，不欲听人秘密，即返身欲出。忽不幸为少年瞥见，呼曰：‘窗外何人？’余自知不能免脱，即驻足而待。时少年已辟室门而出，余即先致词曰：‘恕余唐突，余名司森，来此村养病，今日散步至此，闻琴声玲玲然，故冒昧入此一听。’少年闻言，乃与余握手曰：‘君即司森博士耶？仰山斗久矣！盍入室一谈？’此时，余不得不应之，乃随少年入室。时少年即指女谓余曰：‘此笛娜女士也。’女郎即伸其柔荑，与余握手，邀余坐。余代欲问询，而少年探怀出一雪茄授余，余谢而接之，划火柴自吸。方入口，即觉有异味触脑，甚烈，遂昏我所知。及苏，见已身偃卧地上，灯光惨淡，已过夜半。亟起立，则见琴旁横卧女尸，抚之已僵，察其容貌，乃笛娜女士也。余此时惝恍迷离，如坠五里雾中，阴念室中除女尸而外，唯余一人，倘天明时为人所见，则余之犯杀人嫌疑，虽有百喙，亦难自辩。思至此，即谋逃遁，而重门深闭，已无去路，遂越窗逾垣出，狂奔返舍。仰卧榻上，冥思夜来情景，实属奇幻莫测，彼少年果何人？授余雪茄，余吸之即中其毒，而此奏琴之笛娜女士，亦为人所杀。然而笛娜之死，必为此少年所戕无疑，彼果与笛娜何仇而谋毙之乎？彼即杀笛娜，必潜踪远遁，或即往海佛利乎？然则余当追踪其后，设法破获之，为笛娜女士复仇，断不任彼凶手鸿飞冥冥，漏网于法律之外。又恐余之真相，为彼所识，乃化装为西班牙商人，引镜自照，状殊惟肖。盖余夙从大侦探郎弗斯游，故熟悉易容之术也。时天色微明，即携一小皮箧出，径至车站。余祥视各乘客一周，不见少年在内，即立于道旁伺之。时车将开行，瞥睹一少年坌息而至，睇审之，正余昨夜所遇之少年也。少年至售票处，出资购车票，员司曰：‘子欲至海佛利乎？尚须待半小时。’余闻之，不胜忭慰，亦出资购至海佛利车票。时少年已至休憩室内小坐，余亦入，以睹其异。见彼两目枯涩，面部呈集倦态，似表明夜来失眠者，犹复强自撑拄，时引首外瞩。余彼时欲鸣警拘捕之，以事无佐证，未便唐突从事，乃止顷之。赴海佛利之车至矣，乘客皆纷纷上车，少年与余亦随之上。余即坐于其侧，车行竟日，方至海佛利（海佛利沿英伦海峡，为法国北方通商大埠）。少年乃下车，余踵之，少年唤一马车，乘之去，余急乘车尾其后。行数里，至一华屋前，少年即跃而下，付资讫，以手按门铃，旋有一女仆启扉迎之入。时余车已驰过此屋，乃命御者停车，付值挥之去，余徘徊门外，不知此为谁氏之宅。适见对门为一咖啡馆，余即入而独酌，实则欲伺此少年之出也。此时，已钟鸣七句，街市之上，灯火耀明，车水马龙，络绎不绝。久之，不见少年出，余方怀疑，忽见自东驰来一青色摩托车，及门而止，车中人口衔雪茄而出。余睹之，大骇，几失声而呼，盖即余外候不出之少年也。”

博士言至此稍息。葛鲁德笑曰：

“此真奇闻，彼少年岂挟有身外身术乎？”

博士曰：

“当时余亦百思莫解其故，但见此少年仍叩门而入，启关者则仍为适间所见之女仆。此时，馆中侍者适在侧，余即问之曰：‘汝知对户为谁欤？此少年为何人？’侍者曰：‘此少年为此间著名富翁那德氏之子，名汉根司，常来对户梅丽姑娘处谈话。闻人言，彼等二人颇有情愫也。’余曰：‘梅丽姑娘之室有他人乎？’曰：‘梅丽姑娘，幼失怙恃，今为某剧园女优，艳名久噪，家中除一女仆外，更无他人。’时侍者言毕，适又有客至，遂去。余闻侍者言，更滋疑窦。自念余来海佛利，岂非暗随凶手至此乎？凶手则明明入屋矣，何以此时又乘车来？若曰彼为两人也，然顷据侍者言梅丽室中无客阑入，果尔，何以后至之少年，与余所随之凶手，无一稍异乎？方沉思间，忽见对户门启，少年同一丽姝携手出，并乘摩托卡而去。余思彼美必梅丽无疑，余于此可以着手侦探矣。乃觅一旅馆僦居，旅馆名哈德利，去梅丽嫁不远，盖欲便利余之侦探也。次日，余仍至咖啡馆静伺，则少年竟未至，唯见梅丽一人独出，尾之，则彼方赴剧场去也。余遂至少年之居处细探之，则正如侍者言。又次日，余遇少年于酒馆中，彼方与其诸友饮酒作乐，余细察其举动，殊坦然，一若忘其在朱鸟村杀人之事者。余访察半月，殊无朕兆，心颇焦灼，遂改易方针，思一探梅丽之室。明日，俟梅丽赴剧场后，即化妆肖其状，乘汽车返。女仆出迎问曰：'姑娘方出，何即返也?'余效梅丽之声曰：'余在途中，忽思有一物未携之去，故归取耳!'言已，遂疾行登楼。女仆亦随余上，呼余曰：'姑娘，胡匆遽若是?室门之钥尚在余身畔也。'余伪应之曰：'余一时匆促，竟忘之矣!'乃取之，谓女仆曰：'汝可下楼，须防外间有人叩门也。'女仆遂去。余取钥疾开梅丽卧室之门而入，则见房中陈设精美，余亦无暇细阅，开抽斗中视之。则充满者大都为情书，及少年之小影，略一翻阅，均无研究之价值。唯有一函署名为汉根司，乃少年与彼者，细视之，则书中所言，皆劝慰之辞。谓余虽将与笛娜结婚，卿亦不必懊丧，我二人将来仍可为友云云。余观毕，仍置于原处。又开其最下之屉，则内有小铁箱一，启视之，则有雪茄数支，药粉一包。余察此雪茄，正酷如前日少年授余之物，而详观药粉，则杀人之利器也。余不禁狂喜，此案至是方有头绪。盖朱鸟村毒毙笛娜之少年，为梅丽所乔装者也。当日，余所尾随者乃为梅丽，至后来之少年，则正梅丽所欲嫁之汉根司。先是，汉根司既拟与笛娜结婚，梅丽闻而生嫉，因此化妆为汉根司，而至朱鸟村毒毙其情敌，冀笛娜一死，汉根司或娶彼耳。杀人者即为梅丽，无怪乎汉根司反无痕迹可寻矣!余既得此要证，发步下楼，以钥交女仆，上车而去。既至旅馆，仍复原状，徐思捕梅丽之法，盖余素好胜，不欲是地警察协助也。

"次晨，余方欲起，而旧病复发，乃就地延医调治，辗转至一星期，始就痊。仍咖啡馆坐待，探其动静。至午后，则果见少年驱车来，入此华屋。顷之，少年偕梅丽出，余尾之，乃向公园去也。既至，少年同梅丽下车，徐步入，向冷僻之处，喁喁谈话。其后适有大树数株，枝叶繁茂，余既蹑足伏树后听之，其语甚低，微不可辨。顷之，忽闻少年叹曰：'余与笛娜相聚数载，彼为大学卒业生，余甚爱其才。今玉人已亡，我心孔悲，不知害之者为谁也?至于我与汝，终属好事难成，盍我虽爱汝，奈汝身为女优，为名誉计，岂能娶汝?'少年言讫，又闻梅丽泣声曰：‘君心真如铁石哉？君果不能艰妾耶？曩者妾欲嫁君，君谓已有聘妇，结婚在即，不能娶汝。妾闻之，亦自叹命薄而已，今妾方幸笛娜之死，以为君心必娶妾矣，何期一再请求，君终拒绝，此又何耶？’少年亟慰之曰：‘卿勿悲，我虽不能娶卿，当可与卿常聚。’梅丽曰：‘休矣，世间能常聚者，厥唯夫妇，此外安能形影不离哉？’少年闻是语，寂然无声。良久，梅丽曰：‘今夜妾邀君来妾处一叙，盖妾已向剧园主人请假一星期矣。’少年应曰：‘可。’乃握手别。余亦欲行，忽见余侧有一人，身甚长，衣工人服饰，蹀躞树旁，亦似来此窃听者。彼见余，更注目不已，余亦颇怪之。及余回寓，似见其人亦在后尾余，既抵寓，自思：余方候探他人，而不知余亦为人侦探，特不知侦吾者又为谁也？方默思间，忽见侍者入报；‘有客求见。’余尚未置答，即闻履声橐橐，客已推门而入，即余适在园中所见之怪人也。余起立询之曰：‘君为谁?’其人与余握手笑曰：‘司森博士……’余闻之，大骇，其人曰：‘实告君，余即巴黎私家侦探包更生，为朱鸟村女尸案而来者。’余至是心始释然，因延之坐，问曰：‘君何以知杀人之凶手在此，而又何以能识鄙人为司森博士?’包更生曰：‘自笛娜女士被害后，其兄即请余侦探此案。余细察女尸，则确为一种毒粉所毙，然笛娜女士与人向无仇怨，唯闻彼与海佛利某富翁之子，不日将结婚于巴黎，故思往探其未婚夫，或有端倪可寻。但同时有可怪之事，则君至彼村养病，忽于是夜失踪，余思君与笛娜女士素不相识，何以忽匿迹不见？此中秘密，殊耐人寻味。余即至此侦探汉根司之踪迹，而见彼每日唯偕女优梅丽出游，殊不类杀人之凶手。最奇者，余此日侦探之时，汉根司后辄有一商人尾随之，适足引余之注意。今日在公园中又巧与君遇，余遂随君至此，向馆主人索名册观之，知君伪名为商人密克，居十七号客室中已一月矣。计君来此之时，适为是案发生之次日，余思此商人殆司森博士耶，胡以亦侦伺此少年？余尝闻君酷喜侦探，今匿迹来此，或君明知此案真相，故入内访君，姑以君名相呼，不料果君也。’余笑曰：‘实告君，余与此案极有关系。’因以朱鸟村夜间所遇之事白之，包更生曰：‘然，则杀人者岂女优梅丽乎?’余曰：‘然，前日余曾至其室一探，已发现余所吸之雪茄多支，及毒毙笛娜之药粉矣。余本思早日破此案，而前星期忽为二竖所侵，故迟至今日，今既遇君，当与君今夜协力捕彼女也。’包更生颔诺。

“至夜，余同包更生径诣梅丽之宅，叩关入，疾驰登楼，至梅丽之室，则见汉根司正与梅丽对酌，见余等至，大惊，各起立。梅丽叱问：‘为谁？来此何事？’余厉声曰：‘特来捕汝者，汝案发矣！’乃指包更生曰：‘此即巴黎侦探包更生是也。’梅丽闻言，反夷然曰：‘汝等固亦甚佳。’汉根司曰：‘余等皆清白良民，并未作奸犯科，何劳君等下顾？’余笑曰：‘君虽无罪，然君之情妇，乃杀人之凶手也。’梅丽哂曰：‘汝何以知余为凶手？且余曾杀何人？’余曰：‘别方一月，汝已不识余耶？’乃去余之假面具，笑曰：‘余即司森博士是也。’梅丽见余，不胜奇愕。余又曰：‘当时汝欲嫁祸于余，幸余受毒尚浅，逾时即苏，不尔者则杀人干系尽属我矣。次日，余即尾汝至此，汝虽一女子，然狡狯殊甚，几为汝欺。幸余曾私入汝室一次，发现汝之害人毒物，才知杀笛娜者果汝也。’汉根司闻余言，错愕询曰：‘然则笛娜为梅丽所杀乎？’余曰：‘然。’且取物予君观，因疾开其抽斗，于小铁箱中拣一物出，指谓汉根司曰：‘君试视之，此药粉即杀君之未婚妻之毒物也。’汉根司曰：‘梅丽何故欲害笛娜？’余曰：‘君试问彼可也。’梅丽曰：‘此时余亦毋庸再讳，害笛娜者实为余。盖余本欲嫁君，而笛娜适为余之情敌，故化妆为君，至朱鸟村毒毙之。满拟笛娜死后，余与君得谐婚约，不料君因门第之故，不欲娶余为妇，至今日余之希望已绝。愿再生人世，因约君至余处。’梅丽言至此，又曰：‘计余与君生存此世，不过半小时矣。’汉根司大惊曰：‘汝言云何？’梅丽指桌上之酒曰：‘此中有毒，盖余已潜置药粉其中，与君同饮之，俾偕归九原也。’汉根司面色骤白，惨然白：‘信乎？忍哉汝也！既杀笛娜，复欲害余。’余闻梅丽言，亦大愕，颇悔当余搜寻之时，未将此药粉携去，致有今日之事。乃谓梅丽曰：‘汝畏罪自杀，固咎有应得，何可更杀他人？汝之罪孽大矣！’梅丽方欲置答，忽药性已发，遂与汉根司同仆于地。余不忍睹此惨剧，乃同包更生君往警署报告。此案遂草草结束焉。”

博士言至此，曰：

“余之所遇，已完全告君矣，时已不早，余将往访包更生君，同至法庭理结此案未完之手续也。”

葛罗德乃起立曰：

“闻君所言，真奇幻百出，我亦欲返家，将此奇案编为小说，以示世人矣！”

遂道谢辞去。

故 宫 恨

余读希腊古史，窃叹其怪诞不经，与我国三代前相若。昨过友人处，促膝谈话，偶语及米力泰底与罗斯公主事，余曰：

“儿女柔情，英雄侠骨。不意情界中已有此一对可怜虫也，是不可不传者。”

乃泚笔记之，名曰《故宫恨》。

落日映红，衰草凝碧，际此暮色苍茫中，归雅为喔，随云南飞。一牧童骑牛背，口吹短笛，嘹亮如鸟鸣，度山涉涧而来。牧童仰视天际，环观山色，呼曰：

“天晚矣，我其归休，免姊在茅屋久待也。”

遂驱牛行，至一村，村东有矮屋数椽，尘泥剥落。夕照中，一女子立篱边，玉骨仙姿，袅袅如女神，黄金之发，风吹微动。见牧童即引吭呼曰：

“吾弟归乎？饥否？惫否？”

牧童曰：

“谢吾姊，弟今日甚安也。”

语时，引牛入牧场讫，而与其姊携手入屋。诸君知此牧童为谁乎？斯即大英雄米力泰底也。

米力泰底幼时，孔武有力，然双亲早殁，与其姊圣勃拉爱脱相依相养，居于此黑司德村。姊则纺织，弟则为人牧庸，终日劳碌，贫贱也，衣食于奔走。虽然，宴安鸩毒，忧患玉成，古今大英雄，当其不得志之时，穷途踌躇落魄无聊，犹芝兰埋没于蓬蒿，蛟龙困厄于沟池，及一旦得志，暗鸣叱咤，鞭笞天下，立功四海，名垂千秋。然则贫贱二字，世之人何多病诟也耶？

米力泰底虽牧童，然颇有爱国心。常与其姊闲谈，叹波斯猖獗，祖国受辱，已若一旦得志，当展其经纶，湔雪前耻，张扬国威。盖当其时，希腊为人属国，榛狉之俗未开。虽伟岸丈夫，七尺须眉，懵然未知爱国为何物，而此年幼之牧童，处此风气窒塞、文明幼稚之穷乡僻壤，能有此惊人之言，非天生奇才，有以福希腊者乎？

雅典（希腊之一部分）国王，早丧偶，有一女，名罗斯，绿珠容貌，碧玉年华，杏靥樱唇，娟娟如风中杨柳，遐迩闻名。凡恂恂文人，赳赳武夫，莫不思中雀屏之选，纷至沓来，如过江之鲫，自炫才能，冀通爱情于公主。然公主自负才貌，择婿綦苛，所以年至标梅，尚未赋好逑之诗。桃夭之什，不知谁家公子，修得艳福，以博此人间安琪儿睐盼也。公主美而好武，有绝技，春秋佳日，天高气清，常与婢女十余辈，驰骋于长林丰草间，搏击飞走以为乐。

一日，有某勇士从公主猎，生擒一狼，喜而献之公主前，因自夸其勇，求婚于公主。公主怒，玉靥含瞋，以矢笛之毙，于是人皆艳其美而惮其勇，呼之曰女英雄。

维时雅典陆军中有一将，曰亚利底特，其子安多尼者，年少翩翩，志大才高，颇为国王所深爱，隐有坦腹东床之意。而公主亦常与安多尼遨游，而安多尼善承意旨，公主以为豪杰，常自语曰：

“舍安多尼，我将谁适？”

古时希腊每遇春秋节期，或得胜凯旋之日，必行赛会之举，以牛羊为祭品，献之神前，祈神降福，祝国泰民安，风调雨顺。时当秋光淡荡，金风含爽，雅典人遂行此礼，阖城士民，喜跃如狂。公主亦与安多尼同乘双马车，赴此盛会。其马以彩球系颈，金镫玉鞍，奢丽异常。希腊人观之，争呼曰：

“罗斯公主，女英雄出矣！”

公主游毕返宫，阅数夜，国王梦一女神，谓之曰：

“汝久抱鼓盆之戚，时思离鸾之痛，虽中郎有女，而伯道无后，中宫不得其人，国不能兴。黑斯德村有一才德兼备之淑媛，名圣勃拉爱脱，王可选之为后，大有臂助也。且其幼弟米力泰底，今虽牧童，将来救斯国免于灭亡者，即此区区牧童之力。王其善待之。”

王即寤，辗转反侧，思得此窈窕淑女。翌晨，即遣两侍者斋命而去。而公主是夜，亦梦女神诏之曰：

“汝才貌双全，贵为公主，宜择人而事。安多尼狡猾之流，非汝匹也。有米力泰底者，居于黑斯德村，乃大英雄，不日将来此间，汝其以终身托之。但又有一言，有人名司马克者，汝切不可伤之，以贻祸于终身也。”

公主醒，细思神言昭昭，安可不从？我将渐与安多尼绝交，专待彼米力泰底来也。

米力泰底与其姊居于村中，度无聊之光阴。一日，阴云密布，天降大雪，山色湖光，一望尽白。米力泰底徘徊积雪中，赏此雪景，瞥睹村外雪地中有两材官骑马疾驰而来。米力泰底正惊讶间，一材官止马问曰：

“汝知米力泰底之家在何处乎？”

米力泰底曰：

“即我是也。此三间茅屋，为我栖息之所。”

又一曰：

“汝姊圣勃拉爱脱在家否？”

曰：

“在。”

二人曰：

“国王有旨，宣汝等进宫，不得怠缓，汝其速备行装，俾今日即能起程也。”

乃取王旨与之。米力泰底阅竟，雀跃曰：

“吾身有高飞日矣！”

遂狂奔而回，言于其姊。圣勃拉爱脱闻之，不胜羞惭，然王旨不可违也，乃与其弟治行装入宫。国王既见圣勃拉爱脱，花容月貌，妩媚过人，不禁有色舞眉飞之乐，遂册立为后。自是村中乡娃竟一跃而为全国母后矣。

公主见后性情和缓，待人宽厚，不类乡间平民之女，乃敬谨事之若母。后亦爱之至深，终日与公主聚谈宫中。某日，米力泰底入谒其姊，公主在旁，见米力泰底英风凛然，进退有节，毫无牧童蠢态，不禁芳心荡漾。米力泰底见公主玉貌琼姿，美若天仙，叹为生平未见，于是四目互射，脉脉含情，盖一点灵犀，两心早已相印矣。

春光明媚，百花怒放，百灵、杜鹃啼断柔肠，际斯时也，芳草鲜美，落英缤纷。不觉引起公主畋猎之怀，乃别后出宫，至卡斯德勒山射猎。公主短装扎袖，荷弓悬矢，往来于山边，见一鹿华美可人，公主欲得之，驱马而追，驰入荒山乱岭中，而鹿杳不可见，侍从亦远抛数里之外。公主欲折还，而山径曲折，蜿蜒若龙，若不得出路。天暮矣，日落矣，公主中心惊惧，急不择路，误踏涧中，人马俱陷。醒则已身卧于榻上，旁立一少年，灯光乍明，细识之，即后弟米力泰底也。斯时公主欲起坐，米力泰底亟止之曰：

“公主勿动，芳体疲惫，宜少憩息。”

公主曰：

“我落涧时，自分必死，而君能于深山中救我，岂有先见之明哉？”

米力泰底曰：

“否，日来我厌城市喧嚣，而身体微有不适，故结庐于此，以吸新鲜空气。今日午睡，梦神唤我救公主，以此得功。是神恩，非我力也。”

公主大喜，含羞以梦中之言告米力泰底。米力泰底曰：

“然则天赐我二人成伉俪矣！未知公主亦嫌我出身微贱不？”

公主曰：

“神言违之不祥，且君救我，其恩甚大，我无以报答。今以身托君，庶几无憾。”

米力泰底喜出望外，吻公主之粉颊者三，且以鲜果饷公主，纵谈国事，以慰寂寞。无何而荒村鸡鸣，晨光熹微，一轮红日已徐徐从地平线上升矣。米力泰底乃送公主回宫，以其事告于皇后。后闻之，亦甚欢愉，且贺其弟得佳妻。

羽书报到，大祸忽来。时波斯王达达来亚士，欲修怨于希腊，遣其养子玛多纽率大军海陆并进，侵伐边境，时纪元前四百九十二年也。未及抵希腊时，海军在亚特司山海角遇飓风，沦溺殆尽，进退狼狈。陆军则为塔雷西人所破，卒不得志而返。达来亚士恚甚，遣使威胁希腊诸邦。使臣服波斯，从其政令，献土地财宝，诸邦以强弱不敌，畏其兵力，无敢违者。独斯巴达及雅典不从，投使者于井，达来亚士闻之，益怒。于纪元前四百九十年，更募雄师十万，大象数十头，伐雅典，渡河时，中流击楫，洒酒慷慨而誓曰：

“达来亚士，不灭雅典斯巴达者，有如此水。”

军容赫赫，不啻如神将天兵，挟雷霆万钧之势。时雅典之兵可战者，仅得一万，斯巴达之援兵未至，千钧一发，危在旦夕。当时国中人心惊惶，风声鹤唳，草木皆兵，齐呼曰：

“雅典必受灭亡之祸矣！”

国王得耗，面色如纸，与后祷于圣庙，祈神保护，驱逐恶魔。且聚诸臣建策，拟遣将扼守。群臣皆噤若寒蝉，呆若木鸡，无有敢应者。独后弟米力泰底挺身出曰：

“国家灭亡，国人有罪，我等为雅典人，安能坐视祖国沦陷者？且波斯天生骄子，我希腊诸邦受其凌侮者，数十年于兹矣！而彼狼子野心，贪得无厌，肆其蚕食，欺我力弱。然骄者必败，满者招损，我若一战而胜，可脱离奴隶之苦矣！臣虽不才，愿以身许国。”

米力泰底言时，忠义之貌，激昂奋发。于是一万雅典军皆欲背城一战，捐躯沙场。国王乃遣米力泰底往。米力泰底即分军两队，以迎波斯。

当米力泰底出发之时，有一少年壮士叩营求见。米力泰底察之，乃罗斯公主也。大惊，然不敢道破，乃问曰：

“壮士来此何干？”

曰：

“余来投军者。”

米力泰底左右为难，遂私询之。公主言：

“国家有难，战士甚少，我身尚有薄技，愿同君戮力杀贼。”

米力泰底知公主任侠好义，不避艰难，非可以言语劝者，乃请公主引士卒一千居后队，以防不虞，与波斯兵斗于拉马敦之野，叱咤奋战，喋血向前。米力泰底持长矛，突入波斯军中，勇不顾生。全军气壮，而罗斯公令其麾下兵施放毒弩，歼贼无数，血流标杵，大破波斯军，斩其将司马克而还。

初，公主斩得波斯一将，询其部下，方知其名乃王婿司马克也。公主闻之，陡忆神言，悔曰：

“吾杀司马克，大祸不远矣！”

因悲泣不食者数日。米力泰底及诸将士如坠五里雾中，茫无头绪，乃尽力劝慰。久之，公主颜始霁。回国时，乘辇出宫，偕大臣等迎接大军班师。此时，马敲金镫，人唱凯歌，雅典仕女夹道而驰，争看米力泰底进城。欢呼雷动，举欣欣然眉飞色舞。米力泰底在马上鞠躬见王，王犒酒三杯，鼓乐齐奏。献俘讫，即乘绣金之马车，至神献前祭，谢神呵护之恩。米力泰底即被国人钦敬，雅典大权悉归掌握。雅典之势愈甚，殆凌驾斯巴达而上之。追溯其原，实此大英雄米力泰底之力也。

大好男儿，战阵归来，甫解甲胄，雄心未已。米力泰底既握大权，即思诛奸锄暴，修明政治，扩张雅典军势。希腊诸国皆来纳款，即铁血主义斯巴达亦惮雅典强盛，遣使通好。米力泰底日与诸邦公使磋议，折冲樽俎之间，置国家于磐安之安、苞桑之固。呜呼！其功其恩，所以福雅典者至矣，庸讵知事修谤兴德高毁来？鸟飞弓藏，兔死狗烹，大功既成而祝患踵至矣！

读者诸君曾忆及安多尼之人乎？渠自受公主摈斥之后，自怨自艾，而恨米力泰底入骨。今见其奏凯回国，声誉日隆，其父亚利底特又怏怏不得志，妒心日炽，思有以暗伤之。且公主杀司马克，违女神之言，天命已离，故安多尼谮于王前，言：

“米力泰底权势日高，且遣叛臣外收养心腹，结好邻国，以固声势，阴有篡位之意。王若不早图之，一旦发难，天下谁有其敌乎？”

王从之，捕米力泰底入狱，而以底米多格利及亚利底特代其职。后与公主闻此噩耗，芳心惊乱，王入宫时，乞王赦米力泰底罪。公主曰：

“马拉敦之役，伊有大功，捍国家之难，舍身杀敌。雅典无此人早亡于波斯人手矣！今米力泰底尽忠王室，亦未尝得罪于王，王何故听信谗言，诛戮忠良？纵王不怜惜米力泰底，独不为母后计乎？”

后亦大哭，愿以身保弟。王默然不语，曰：

“事已如此，纵虎难也。”

因谓二人曰：

“为汝等求赦故，宥其死罪，永远监禁可也。”

不料安多尼欲置之于死地，阴以毒药鸩毙米力泰底于狱中。嗟嗟，信而见嫉，忠而被谤，自古来昏君佞臣，不知害死几许志士仁人也，可胜叹哉？可胜痛哉？

罗斯公主自米力泰底身死之后，日以泪痕洗面，花晨月夕，窗前灯下，闻子规之啼血，凉蛩之哀吟，辄思及米力泰底救命之恩及声容笑貌，方冀玉镜台前、流苏帐中，得遂鱼水之乐，何图镜花水月，一场空梦？长枪大戟，徒留虚名，上穷碧落下黄泉，两处茫茫皆不见。伤心人触目生感，又思及梦中之言，跌足自恨，误杀司马克，谅英雄美人，前生结良缘耳，因忧生感，因感伤身，怏怏不乐，笑颜不闻。或有劝其畋猎者，公主每摇首不语。而安多尼时来表示爱情，甘言蜜语，以媚公主。公主恨之切齿，时冷淡待之。而王从亚利底特言，将其女许配安多尼，后闻之，颇为公主忧。然公主声色不动，且反绛靥生花，后怪其忘故剑之情，鄙夷之。

合卺之夕，笙箫齐奏，群臣道贺，喜色盎然，莫不赞安多尼得佳妇，艳福不浅。安多尼为众人所谀，自思：此如花名姝，本为他人所有，而我今得以计得之，得来全不费些毫功夫，可喜也，遂引觞狂饮，酒至半酣，始徐步入内。当洞房人静销魂真个时，安多尼笑容满面，携玉人手，思入锦帐。而公主柳眉倒竖，杏眼圆睁，大骂曰：

“狗汝毒毙吾夫，此恨绵绵，真不共戴天仇。今日今时，乃天命我报仇也。”

龙泉一挥，而安多尼身首异处。公主乃含笑曰：

“留得白璧无瑕归地下，见米力泰底无憾矣！”

言讫，即自刎而亡。噩耗报至宫中，后喜曰：

“公主真侠女哉！能手刃雠敌，完璞归真，吾弟虽死不死矣！恨吾无眸子不识此女英雄也。”

时风吹落叶，萧萧飒飒，如助后之叹息者。

阿母归矣

余尝至电影公司观剧，见所谓《阿母归矣》者，其中如伊米亚之慈，汉利恩之孝，女王之悍，达摩之智，无不须眉毕现，神情酷肖。一时壁上观者，几疑厕身其间。而汉利恩之孝亲及勇敢，尤令吾所念念不忘。曩译《故宫恨》（希腊野史，见《眉语》），崇拜米力泰底之为人，及今见汉利恩，始知天下之大，英雄多矣。而最令人钦慕者，以彼生于野蛮之民族中，而能有此高尚人格，足可警世励俗，为文明所借鉴也。因泚笔译其事。

淡月一钩，明星数点，大树之旁，旌旗猎猎，有篷帐在焉。篷帐之外，浅草地上，有妇女三五席地而坐，皆相对有愁容，时则胡笳互动，牧马悲鸣，声声从风中传来。一少妇以青毡裹身，从怀中抱一儿出，与之接吻。儿则呱呱长啼。一妇扬刀言曰：

“不如杀之为愈。”

少妇泣涕如雨，谓同侪曰：

“是儿雄壮，他日必成大器，杀之殊可惜，不若送往其父处，任其死生可也。”

一妇曰：

“若果尔，毋使女王闻之，否则池鱼亦将受殃。”

少妇频点其首，仰天长叹曰：

“天乎！我其与儿永诀乎？”

言毕，泣不成声，仆地而倒。此际电光忽灭，唯闻观剧者咨嗟之声而已。

吾草草书此数行，以为开篇，继当详述原委。高加索附近，有女族名亚马孙者，俗尚剽悍，嗜战好杀，不啻欧洲之斯巴达也。国中女王，尤荒淫无度，常率娘子军剽掠四方。其民每年与邻国伽尔伽利男族交媾一次，生男子则杀，或有不忍者，则送往伽尔伽利，唯女子则留而养之。割其右乳，以便习用弓矢，故亚马孙之名即无乳之义也。

初，伽尔伽利人恶亚马孙女族之蛮风，尝坚意拒绝，女王怒甚，肆其雌威，聚兵万余，操强弓毒矢以攻之。伽尔伽利国王亦集男士数千，与女王战于赛摩之野。亚马孙娘子军出战时，常持利戈遥击，百步内可以杀人，或用锤矢发，无不中。女王则骑巨象，挟虎面盾，往来驰骤，所至辟易，以故战无不胜，攻无不克。伽人性又懦弱，王又年迈，安能当此常胜之军？交战三日，而已丧师失地矣！此时，亚马孙娘子军声势百倍，长驱直入，铁甲戎马，捣其京师。伽王不得已，力屈请和，愿为附庸。亚马孙女王始整队班师而回。自后，伽人慑于其威，服从有加。会女王麾下有女将伊米亚者，风姿妍丽，与伽尔伽利王子相燕好，唯年仅能如牛郎织女之相会一次，以诉离别之情而已。居无何，伊米亚举一子于营内，时王子在伽尔伽利，未知之也。其俗生男则杀之，十常八九，同辈遂以此说进伊米亚。伊米亚性慈爱，加以母子之情，安忍目睹所生为刀头之鬼？故几费踌躇，终出于两全之策，阴送其子之伽尔伽利王子，而不令女王知也。此即首节所述之事。

伽王升遐之后，王子承袭其位，时适伊米亚送其子至，不胜大喜，即立为王子，取名曰汉利恩。既长，才力过人，有击剑扛鼎之勇，运筹决胜之能，翘然为是邦之俊杰，伽人多崇拜之。汉利恩以弓箭不足以歼敌也，竭其心血，制造石炮之机，名曰投石机，运动时疾如风雨，百步外可纵横四击，使敌人不能越雷池一步，诚为古代战争之利器。投石机而外，又聚健儿组织一军队，战士尽披坚甲，坐驼背上，射毒矢以御敌，号曰驼阵。从此，伽尔伽利，兵强马壮，向日懦弱无能之辈，今日一变而为赳赳武夫，不觉跃跃欲试矣。

先是伽尔伽利有沃土百里，为邻国占据，屈于兵力，常忍气吞声，莫敢谁何？至是，汉利恩拔剑而起曰：

“卧榻之下，非他人鼾睡地，是可忍孰不可忍！吾伽尔伽利国土，岂容鼠辈盘踞耶?”

乃请于国王，起兵复仇，一战而还我河山，再战而直犁庭穴，卒吞其国，奏凯而还。于是汉利恩之声名四播，而伽国因之大振。各蛮族咸包茅入贡，重译来朝，昔也为人附庸，今则跃为上国矣！

一日，王于庭中散步，汉利恩侍侧。其时凉飙入幕，秋声触耳，梧叶随风飘落，槭槭有声。王怃然有间，忽露戚容。汉利恩曰：

“父王何故不乐？此时秋光大好，铁马金戈，正行兵时也。”

王曰：

“思若母耳!”

汉利恩闻言，茫然不知所云，因对曰：

“母居后宫，近在咫尺，王苟思之，往见可也。”

王曰：

“惜孺子果未知而母耶?”

汉利恩大惊，跪而言曰：

“父乎，岂生我者非今国母耶?”

王乃告以详情，泪且续续下。汉利恩始恍然悟，遂自击其颅，曰：

“汉利恩，汝真枉为人哉！身享富贵，而令老母飘零他方，有子而如无子，有母而如无母，汝真枉为人矣!”

久之，又攘臂而言曰：

“有儿在，必迎母归。”

言既已，王摇手止之曰：

“不可，不可！亚马孙乃龙潭虎穴，其国中妇女，淫毒万端，类皆杀人不眨眼之魔王。儿往，是不啻入地狱也，其缓图之。”

汉利恩不忍拂老父意，阳应之，而私计寻母策。迨退归私室，挑灯独坐，觉寻母之念，勃勃不可遏。自念不有吾母，何来我躬？今母子离散，不知何日能得团聚？亚马孙虽险恶，然究之非虎穴。即亚马孙为虎穴，则以吾母故，虽赴汤蹈火，亦义不容辞。脱令吾畏避不前者，恐终身不获有见慈颜之日。沉思至此，忽觉耳畔有声频频呼之曰：

“汉利恩，若欲见若母，其贾勇往，有志者事竟成，天下岂有难事耶?”

于是毅然决然，乘间私出王宫，单身往亚马孙寻亲焉。

汉利恩既出国境，入亚马孙界，匹马行山径中。见两旁长林森森，荫翳蔽天，古村槎丫，伸其巨枝，似欲攫人者，心中不觉怦怦动，默念：吾一人冒险深入，毫无头绪，既未悉吾母何在，并不识吾母容颜，即使遇见，亦必错过。踏破铁鞋，从何处寻亲耶？一转念间，又以为既来此地，断无中途而返之理，乃贾勇向前，不复他虑。顷之，祸变至矣。

穿林而行之际，突来一亚马孙妇人，红帕裹首，跳踯而至。汉利恩避匿无及，乃下马挺身而前。妇人见汉利恩，即操土语，询其何来。汉利恩故能言亚马孙语，遂告以寻亲莅此。妇人大悦，欲与汉利恩野合，汉怒绝之。妇人忽现狰狞相，猛身前扑，欲搂抱之，汉抽剑迎拒，清锋起处，而妇人之首堕地。汉利恩既诛此妇，上马欲行，忽闻林中钩辀磔格之声，有如鸟鸣，顾视之，则见有三妇人，手执长戈，疾跃而来。汉方欲有言，一戈已飞至面前，急以剑格之，而一铁锤继至，中马首，汉立堕，遂为三妇所擒。汉自意必死，至一草屋前，三妇人推门而入，中有一年轻女子，姿首甚佳，出迎三妇人曰：

“此男人阿谁？擒来何为?”

一妇人曰：

“达摩，此少年刃吾妹，故擒来报仇。”

达摩不语，以目视汉，汉呼曰：

“汝妹淫妇耳，适来犯吾，自取其死。”

妇人不语，命达摩具瓜果酒肴鹿肉等品，遂释汉缚，与之同饭。一妇人谓汉利恩曰：

“今日须与吾等行乐。若慎之，毋遁，遁则吾利戈椓汝脑矣。”

汉利恩冷笑不言，频以目视达摩，达亦报以巧睐。时三妇皆裸身跳舞，促汉利恩与之欢。汉怒目不动，达摩即奉酒饮三妇人，三妇人饮讫，忽争言头晕，俱仆于地。达摩即谓汉利恩曰：

“速遁。”

乃挽其臂，疾跃出屋，与汉共驰山径中，至一处，汉已疲惫，坐而稍憩，谢达摩救命恩。达摩亦询其何以只身来此，汉利恩曰：

“实告卿，余乃伽尔伽利王子也。余为此族人所生，母名伊米亚，与余父有宿好。今在此间，故余欲寻母同归也。”

达摩曰：

“王子之母，即伊米亚乎？吾识之。今在女王宫中为侍卫，吾即导王子至其处，可乎？”

汉利恩大悦，抱达摩于怀，吻其颊。时忽有怪声起于后，达摩力推而起，谓汉利恩曰：

“彼妇已醒，来追余等矣！”

乃命汉即与已同匿丛莽中，且出锤与汉曰：

“君以锤，妾以戈，待彼等来，潜击之可矣！”

汉如其言，顷之，三妇人已至，汉利恩首出一锤，中一妇之颅，立殪。一妇呼曰：

“不图三十年老娘，今日倒绷婴儿。达摩妖婢何在？速出见老娘！”

言未既，草中一戈横飞而出，直穿其项，鲜血四溅。余一妇方欲兔脱，亦为汉利恩所诛。二人见三妇已死，即自草中出而大笑。达摩尤雀跃谓汉曰：

“勇哉王子！不啻天神！”

乃与汉利恩昼伏夜行，往寻其母。数日后，至王宫，达摩即匿汉于森林中，戒之曰：

“妾引君母至此，勿走一步，以致自误。”

汉诺之，达摩遂去。越一小时，达摩偕一中年妇人至，指谓汉曰：

“此妇即伊米亚也。”

汉乃伏地叩拜。伊米亚扶之起，颤声曰：

“王子果我儿耶？”

汉利恩泣曰：

“我母生我，而为子者不能常侍左右，其罪何如？”

伊米亚亦不胜呜咽，与汉接吻曰：

“儿莫悲，此国律也。”

汉曰：

“今儿冒险来寻吾母，天幸相逢，意欲奉母返国，与父王相见。”

伊米亚叹曰：

“母身为侍卫，女王网罗綦严，脱身颇难。且亚马孙风气恶，吾心欲改革之，儿可自归，与父谋也。”

汉仍苦乞母归，达摩曰：

“妾有一策，不知王子采用否？”

汉曰：

“卿为我恩人，且智出我上，谅必有妙策。”

达摩曰：

“为君计，今唯有速还故国，起大兵来攻我族，然后妾同君母乘女王出兵迎敌时，即乘间为内应，先除女王，余子不足畏矣！”

汉利恩大悦，即别两人而去。

伽尔伽利王自汉利恩行后，满怀忧闷，恐其子一入虎穴，将受祸殃。即起兵数千，驻于亚马孙边境，探听虚实。适汉利恩无恙而返，父子相见，欢乐非常。汉以详情告王，王允焉，即增兵五千，攻亚马孙。女王闻知，咆哮大怒，尽起国人来御。初交锋，汉利恩即命其兵佯败以诱之。女王率兵穷追，深入伽境，置酒痛饮，以庆其功。达摩俟女王醉睡后，与伊米亚潜入帐中刺毙之，割其首级，共奔伽营。王见伊米亚，握手道故，相与堕泪。汉利恩星夜分军十数路，共围敌营，助以投石之机。

明晨，娘子军闻伽人来攻，欲报女王，而守卒言：

“王已为人刺死，僵卧血泊中，首亦不翼而飞。”

军心大乱，而伽人又以女王头揭竿来示。时汉利恩亦跃马至其营前，谓亚马孙人曰：

“尔王荒淫无道，已为其侍卫伊米亚所诛，尔等若不速降，杀无赦。”

诸将聚议良久，遂降焉。汉利恩大喜，即禀于其父曰：

“亚人已降，我等宜别立一王，以安其国，然后偕母同返。”

伊米亚闻言，即摇手止之曰：

“亚人自女王登基以来，淫而好杀，国人沾染其风久矣，不闻有出而改良风俗者。我年将老，王亦已有王妃，我愿留亚国，以革弊政。”

汉利恩曰：

“阿母归矣！何忽再回亚马孙？”

王沉思良久，顾汉利恩曰：

“汝母苦心孤诣，欲改彼邦蛮俗，即立汝母为王，俾有全权，且可时相往来。两国和好，化干戈为玉帛也。”

达摩曰：

“王言是也。”

王遂封伊米亚为亚马孙女王，命率亚人返国。亚人闻之，莫不悦服。王且设宴送伊米亚行，临行时，汉利恩颇恋恋不舍。达摩亦愿随伊米亚返国。伊米亚谓王曰：

“达摩有大功，妾无达摩，无以有今日。吾儿无妇，不若以之为妻，内助必多。”

王笑曰：

“微卿言，寡人亦有此意矣！”

遂不令达摩同返，将乘此凯歌归来之日，即为汉利恩及达摩圆好梦也。

伊米亚归国为王后，即任贤擢能，痛改向日不良之风。自后，亚人与伽人永通婚姻，生男亦留而不杀，而汉利恩则每年常同达摩来谒其亲。亚人见彼夫妇之鹣鹣鲽鲽，恩爱万分也，辄艳羡之，叹为天上神仙眷属。至是，始渐知鱼水之欢矣。

柳庄艳迹

同光间，武林程生，年弱冠，奇才也。性戆直，人以事托者，应未尝不竭力成之，不肯轻诺寡信，如近世浮薄少年然。顾腹有丈夫气，不能受人委屈，常曰：

“士可杀，不可辱也。”

自幼失怙，随母寄居舅家。家道本贫，加之生终日以读书为生涯，不谙世故人情，以是常受仆役辈白眼。生虽童时青一衿，而数奇不偶，秋闱屡上，试辄不倍，曾因谋事一走荆襄，卒金尽裘敝而还。自吊身世凄凉难况，颇有落落风尘知己无人之感。每叹曰：

“世无伯乐，谁识骐骥？知音不遇，其命也夫。”

由是放浪山水，日以诗酒浇愁，成吟稿若干册，题曰《埋愁轩吟集》。浙中某抚丞见之，颇为赏识，欲罗而致之幕下，顾事垂成而某抚被谪去矣，生益失意，日握笔咄咄书空，时邻旁有巨厦，名柳庄，为柳氏所居，转鬻于其舅者，常有妖魅出现。内有园亭，颇饶胜景，生请于舅，欲独居其中。舅曰：

“汝不畏鬼耶?”

曰：

“丈夫岂畏鬼哉？祸我亦所甘心也。”

以白其母，母亦不能禁。舅知生意坚，乃许之，命二仆代为粪除，并设床榻焉。生入居之，而夜间安睡如常，并无怪异，因笑人之多自馁也。

一夕，明月当空，清风拂襟，独坐赏荷，馨香扑鼻，不觉诗兴勃至，口吟七律二绝。忽闻有和之者，声凄宛如女子。颇以为怪，因起身探之，见假山畔有一妙龄女郎，玉立其侧，见生来，不及避，即含羞敛衽。生亦不禁长揖曰：

“女士何来?”

女郎曰：

“妾东邻张氏女也，月夜无聊，闻吟声来此一见高士耳。君非程公子耶?”

生大喜，曰：

“是也。”

因请女郎入斋。女郎颔首允之，既入室，挑灯细瞻，觉雪肤花容，绝世罕睹，令人对之魂销。女郎坐于其旁，与生闲谈，其言多清娓可听。又起立翻阅程生吟稿，逐一细评，皆中肯綮。生叹曰：

“女士之巾帼才人也。”

女郎曰：

“妾自幼随先父读书，故能略知一二耳!”

生曰：

“卿父何人?”

曰：

“柳孝直柳孝廉也。”

生一闻柳孝廉，若在何处曾闻其名者，一时迷惘，苦不记忆。女又曰：

“如蒙君子不弃，妾愿为女弟子以就正有道。”

生曰：

“鄙人才愧袜线，识等醯鸡，女士不弃，能视为友朋，互相切磋学问，则幸矣!”

女郎嫣然微笑。生曰：

“尚未请问女士芳名?”

女郎曰：

“妾名忆梅，以妾嗜梅，虽在夏秋间亦忆之，故名。”

时更漏已五转，女郎亟起身谓生曰：

“天色将曙，迟归恐为人觉，君其放妾行乎？”

生不答，既而曰：

“不识卿能常来否？”

女郎笑曰：

“郎欲妾来，妾无事常来可也。”

因别生而去。生欲送巡视，女郎曰：

“君且止，不必送，送则偾事矣！”

生乃呆立痴望，彼美姗姗自假山侧去。由是时相过从，倍益亲密。女善字，效卫夫人簪花妙格，青出于蓝。生愈爱之，竟一日不能无女郎也。

忽数日间，女郎不来，生思念綦切，不觉恹恹成病。一夕，拥被卧床上，坐对孤灯，苦思忆梅何故不来，其殆秘密窥破，有人禁止耶？抑芳体柔弱，为病所侵耶？沉沉冥思，不觉睡去。蒙眬中，仿佛有人抚摩其身，张目视之，忆梅也。大喜，推被而起，握其柔荑。女郎面微赪，低首曰：

“数日未至，郎已为病相如矣！”

生曰：

“卿太薄情，三日相思，都为谁来？设再不至，将索我于枯鱼之肆矣！”

女曰：

“近日戚家庆二姑娘出阁，故随家人往赴喜筵耳！数日不来，已如此，他日倘有不测……”

生急掩其口曰：

“请勿言不吉语，余愿花好月圆，与卿常厮守也。”

因至桌旁取鸾笺数幅，送至女前，曰：

“卿虽不来，看近日诗兴何如？”

女微笑，取笺吟之。吟毕，顾谓生曰：

“君适言妾出不吉语，观君之诗，虽一往情深，而少年人究不宜吐哀感噍残之音，若此，前途恐非福兆。乞后改之。”

生曰：

“卿言金石，敢不听从？”

女又曰：

“前读君吟稿中，有吊芙数作，字里行间，似其中有一段情节在。然乎否乎？”

生曰：

“卿慧目固不可逃，前余十八岁时，曾欲订婚于章氏，将成，而章女夭亡。芙者，即章女蓉娘也。”

女曰：

“君真多情种子哉！”

时女觉微燠，乃解其外衣，与生同坐榻上，闲谈逸事。口脂游射，肌香微度，生意颇不自持，遽拥女入怀，解其罗襦。女不拒，但笑曰：

“郎莫学轻薄儿行为，妾固处子也。”

生欲求欢，女坚拒不可。生哀之曰：

“卿不顾渴死病相如耶？”

女曰：

“妾非不知，但郎若爱妾，则勿亟亟，当俟诸异日。”

生无奈，曰：

“我一非急色儿，不知何以见卿即骨软神迷，情不自禁矣！”

女曰：

“目今只可清谈，不及于乱。他日若有缘，此身终当属君也。”

生叹曰：

“未识我尚有此福乎？”

自是，晤对时，生不敢涉非想，女似知之，常叹曰：

“人孰无情？郎君其目妾为不情人乎？不知妾有难言之隐也。”

生与女相聚一载余，虽夜间秘密，终为生仆所觉。舅即召生来，曰：

"汝独居废宅，何乐而甘之？士贵名节，须防外间物议也。"

生曰：

"甥喜清静，且不畏鬼，故在彼自修功课耳。自僦居后，迄今未做他事，外间云何？"

舅不能答，仍听其留。生归后，夜间女至，面色惨然。生前曾戏咏女颊，有"桃花纵具娇颜色，输与卿窝两点春"之句，今见女郎两颊惨白，知有变故，惊问之，女泣曰：

"孽缘已尽，奈何？"

生茫然不知所云，曰：

"岂有青蝇之议乎？我等固光明磊落，并无行苟且之事。"

女曰：

"否，实告郎君，妾非人也。"

生笑曰：

"焉有美丽温文如卿，而为异物者，将谁欺？"

女曰：

"妾实泉下之鬼，此宅即先君所有，后先君以得罪权贵，被戍新疆，死于边陲，家道遂落。妾亦得病，夭于此间，阴灵不泯，知君雅人，故不回避耳！"

生至是方悟所谓柳孝廉者，实父执也。女又曰：

"今不幸为宵小所窥破，期缘已满，无可挽回。今宵即为我二人之永诀时矣！"

生曰：

"自得卿后，以谓方今世道凌夷，人心鬼蜮，世事皆一无可为，反不如绿窗儿女，天真烂漫，心地纯洁，可与相终始。且知音寥寂，而得之巾帼，殊非易易，方拟天长地久，红丝永系，孰知平地罡风，连理忽断乎？嗟乎梅卿！卿曾言他日倘有不测，今日果成谶语矣！"

女曰：

"风雅如君，多情如君，妾亦谓人世罕有，故不避嫌疑，来此结文字之姣。前君欲强妾同欢，妾曾坚拒，在当时君必以为妾无情，不知妾身为异物，恐有害郎君耳！今日一旦远离，永无相见之日，妾肠断矣！”

因嘤嘤啜泣，倒入生怀。生中心酸恻，亦相抱而哭。久之，二人各起立窗畔，对视无语。女拔头上玉簪一支，与生曰：

“此物乃当时殉葬者，妾甚珍爱之。今赠君留为纪念。”

生吻而受之，女乃告别。生依依不舍，送至假山之畔，女忽湮然而没。生回斋，痛哭不已。诘旦，舅询之，生以实告。母呵之曰：

“汝不为鬼迷死已幸矣！”

遂不许生入居。生知梅不得来，乃遵母命，然犹思念忆梅不置。

明道曰：

此事吾闻之邻塾某蒙师。若程生者，自是世间之多情人，多情者物不待召而至。所以彼九泉芳魂，能姗姗而来，诗酒联吟，结风雅伴侣也。

忆梅身虽异物，而能独具只眼，无怪乎生之感遇知己矣！

盲　丐

戊午冬，邓与友人陆君在室中围炉闲话，时适大雪，窗外鹅毛随朔风回旋飞舞，令人见之目眩。忽闻有呼声起户外，哀而竭，知为乞丐。予乃谓陆君曰：

“啼饥号寒，彼等此时之痛苦，可谓甚矣！然予常思之，天地间何事不可为？人果有自立之心，何至沦落如此？”

陆君曰：

“不然，卑田院中，固多天生贱骨，因赖而丐者，其出于不得已而为之者，亦复不少，未可一例视之。今日得闲，当语君以余所闻之事。”

予曰：

“唯，愿承教。”

陆君述曰：

吾苏王废基（今已建设体育场），非乞儿栖留之地乎？某日，余饭后无事，赴观前饮茗，道出是间，遥睹柳树下有乞丐六七人，方在喧嚣争闹，趋视之，则见一盲者偕一白发盈颠之老妪，席地坐，鹑衣百结，面有菜色。群丐围于其旁，一瘦长者则伸手向之索钱，盲者凄然曰：

“吾今方乞得铜圆数枚，而吾母子腹尚空枵，设与汝，吾母子安所得食乎？”

群丐齐声曰：

“难叫汝负人债吾等倘顾汝腹不饱者，吾等之腹且枵矣！”

群前欲殴之。余急止之曰：

"彼盲也，汝等因何以强力凌之?"

瘦长之丐答曰:

"彼负我青蚨六百文，久假不归。今向索逋，而彼不还，以是争耳。"

时老妇亦起立，谓余曰:

"事诚有之，第我母子无力措还，非欲赖人款也。"

余哀之，因出小银圆六枚与瘦长之丐曰:

"彼等所负之数，不逾此耶?"

丐曰:

"只此已足矣!"

余曰:

"余今已代偿清，款可取去，以后勿得再向彼等胡闹。"

众丐皆应曰诺，遂欢然四散去。及余回顾，则盲者与老妇皆伏地拜谢。余一时好奇，因拂拭道左之石，坐而语盲者曰:

"汝亦可怜，盲而丐，更有老母在此，戋戋者何谢为?"

丐曰:

"余之为丐，孽由自作，但苦我母以风烛之年，而受此冻馁之苦耳!"

余闻言，恻然，因询其故。丐曰:

"余之姓名，羞为君子告，余本世家子，余父席丰履厚，性好樗蒲，一掷千金，无稍吝惜。余少时，亦倚赖家财，既不好读，日唯与淫朋狎友为伍。秦楼楚馆，无日不有余之足迹。及娶妻，仍不少改，后余父亦因赌事与人涉讼，讼败，余父愤怒成疾，不半载，即逝世。父故后，计算历年亏耗，产已荡然，铁饭碗东隅虽逝，桑榆非晚，设余能猛省，则悬崖勒马，事尚可为。唯恨流入孽海，不能自拔，致有今日之苦耳!"

丐言至此，唏嘘欲绝，余亦深为感喟。已而丐续其词曰:

"余自父亡后，行益狂妄，置老母、妻子之忠言于不顾。一日，余行经一僻巷，见一少女立门前，娇波流慧，弱态生姿，即余曾数次遇于金阊，面渴思一亲芗泽者。彼见余来，横波微笑，余顾左右无人，遂趋前道爱慕意。女微颔其首，引手招余入。余此时魂魄已为少女所摄，即随之入，至一室，陈设颇精。少女请余坐榻上，笑问余曰：‘子屡尾余，又数来是间，余早心契之矣！’余曰：‘然，今日何日？幸亲仙姿，可解年来相思之渴矣！’女笑曰：‘少间当有以报子。’余闻其言，方欲有以戏之，忽来一伟男子，厉声喝余曰：‘若何人？敢入人家闺阂？’余大骇，指少女而言曰：‘彼引我至此者，夫何问？’男子大怒曰：‘汝言诳谁？’即回顾门外曰：‘老三速来。’言毕，又一少年入，手携绳索，二人同奔余。余起力敌，反为所仆，彼等即以绳缚余，掷于室隅。少年复向余身畔摸索，时余所携有金表、戒指及钞币等，尽为所夺。男子又顾余曰：‘晚来当加惩处，然后释汝去。’遂同少年及女，离余出室。余此时自怨鲁莽，致为人所算。默思生路，踌躇无计。顷之，少女徐步而至，至余身畔，冷笑曰：‘若欲思解渴乎？当知若老娘手段矣！’取一物，扑向余目，余不能避，双眼顿迷，且发剧痛。盖余两目已丧于此美如花毒如蛇之少女手中矣！余思：余既丧明，从此不能复见天日，其苦何如？遂放声痛哭。少女又以皮鞭击余曰：‘敢纵哭者当鞭死。’余思设与之抗，必无幸，愈痛而愈不敢声。久之，不知何时，始觉有男子解余缚，负余出至一处，掷余于地而去。余闻阒无人声，知时已夜半，又久之，始闻有人过余身畔，余遂求其引余至家。既还，唯闻妻母泣哭之声而已。余自受此剧烈之打击，心中稍生悔改，维时产业零落，已渐不能支持。阅年，妻亡。又数年，遭回禄之灾，产遂荡然。余目已盲，不能谋生，遂流为乞丐，日则行乞道中，冀得残羹冷饭，稍惠饥肠，夜则廊下阶上，即为睡眠之所。回思往日之奢华淫佚，不啻有霄壤之隔，其中苦况，难为人道。每日所得无几，不足饱吾母子之腹，天寒时，无衣无食，僵卧道旁，几类死人。呜呼！此皆余之罪过，而应受此罚也，所可怜者，唯吾母耳！”

丐言至此，声随泪下。老妇亦呜咽不止。余睹之，良不忍，亦为之堕两行热泪矣！既而盲者又曰：

“前以余病，不能乞钱，因向他丐借用，日渐增积，而无以偿之，遂为所窘。幸仁人君子，大施慈悲，感激之私，匪言可喻。”

余曰：

“勿为是言，但余有一疑问，彼等乞丐，求其供一身之饱而不足，何来多钱借给他人？”

丐曰：

“丐类本不一，苦者固占多数，而逍遥快乐者，亦不乏其人。吾闻某丐家中，亦有妻孥，颇具积蓄，而尚日同其妻及子女出外行乞，归则欣欣计得钱之多寡，而转以之假与他人，取其重利，是亦别开生面之营业也。世往往有无赖之丐，见人家妇女不给钱，则捉虱掷向其身，或以小蛇吓人，他人出于无奈，遂稍破悭囊。又有往茶寮酒馆，立人前絮絮不休，人厌其言之喋喋，则掷以铜圆。凡若此者，每日所得辄较他丐为多，即如向者索负之丐，所入亦不鲜，故恒放债生利也，至若有智巧之丐，则往往投人以悦目之事，博取金钱，彼等虽乞，亦无所苦。世大半有乐此而不愿再从事生业者，是以某丐尝曰：‘吾终日逍遥自在，无拘无束，徜徉街上，无所事事，倦来向桥头酣睡一觉，饥则以乞得之钱至饭馆觅一饱，较之彼士农工商，终日劳碌者，不亦乐哉？’”

余闻其言，即曰：

“如汝言，彼沿门托钵者流，皆无所苦乎？”

丐曰：

“是又不然，若余母子二人，即苦海中人也。吾目已盲，不能效他丐所为，故往往一日不食，其不填沟壑者几希？当吾等居栖留所时，有一蜀人，挈一妻一子，来吴投亲，不遇，又被窃，无力回蜀，流落为丐。以人多，所得不足供口腹之饱，且常为他丐欺侮。一日，其妻忽临盆，又产一儿，时适天寒，大雪，凡三日未得一钱，蜷伏败絮间，又为严寒所逼，产妇遂僵毙，小儿无乳，亦旋死。蜀人同其子又惫不能兴，某丐见怜之，分其食，食二人，又为之掩埋其妇于野间。蜀人既悼其妻，复忧自身，忽得疯疾，弃子他去。不三月，闻人言蜀人已死于城隍庙前矣。其子时方七龄，闻耗，号泣而往，后遂不知所终。此一段伤心史，同病相怜，余今言之，犹有余哀也。余虽甚愿脱离此阿鼻地狱，然以盲故，无策可思，异日之结果，安知不与此蜀人同出一途乎？”

言讫，余遂出三银圆与之曰：

“此戋戋者，姑与汝作数日粮。”

乃起立离二人去。行数步，仿佛犹闻丐母子感谢之声，透出绿杨阴里也。

陆君言竟，自椅中起立，蹀躞室中，余谓余曰：

“吾虽耗去数金，然良心甚慰。盖此等残废之氓，无力自食，理当怜而救之。”

予闻言，亦为之咨嗟。时天色将晚，雪渐止，陆君遂告辞去。

明道曰：

余闻某君云，其戚某甲，自幼即喜游荡，及长，遂与乞丐为伍，偶衣贵重之衣出外，及归，则已入质库矣！其父怒而禁之，不使出外，而某甲辄乘间逸出，至北寺中（苏城北寺塔亦为乞丐麕聚之所）与诸丐相晤。性不喜衣长衣，每食，若就食桌而进，如坐针毡，天生乞相，甘居下流，是可异矣！而江北不民，常喜逃荒，扶老携幼，来江南乞食，闻亦习俗使然。人无廉耻，一至于此，尤可叹也。

酒楼人语

在那徐州城外芒砀山边，有一个小小村落，村中居民甚少。仅有一家小酒店，兼留往来客商，高高地挑着一个酒帘，在那空中乘风飘展，好像招呼主客的样子。

那时候，曜灵匿影，细雨如丝，道上已是湿透，没有一个行客经过，唯有店中沿街一个座位上坐着一个老者，举杯独酌，萧然自得。还有那店中的酒保亦闲着没事，蹲在店堂里，徐徐地吸他的香烟。那老者乃是本地一个隐士，大有陶令遗风，每天要到这个酒店中来饮酒，饮到高兴时候，还要随口诌两首诗，向酒保借过笔砚来，一首一首地题在壁上，墨迹淋漓，倒平白地代那个酒店添了三分幽雅气色。这时候，老者正信口吟诗，那雨越发下得大了。只听得远远的吱吱的小车声音，推来一辆山东的小车子，车篷里面坐着一个士人，到得店前，小车便停了。那士人下车，走到店中，酒保连忙立起身来，上前招呼。士人问道：

“你们这里能住宿吗?”

酒保答应道：

“我这里有上房两间，今天正空着，尊驾随意拣一间便了。”

士人听了酒保的话，便喊车夫将他的行李拿进了。车夫便在车中取出一只书箱并一个包裹，提进来放在桌上。那士人付给车钱，打发车夫去了，随同酒保走到里面，定了一间上房，将物件放了，仍到外面。在那老者对面一张桌上坐下，唤酒保备了几样酒菜，也一个人把盏独饮。老者细细看那士人衣衫褴褛，形容枯槁，满脸显着碌碌风尘、怏怏不得志的情景，意欲向他一问，又恐冒昧。只见那士人仰着脸看那雨景，徐徐地叹一口气，举起杯来，一饮而尽。一连吃了三杯，忽然一眼看见了壁上题的诗，立起身来，走到壁间，逐一吟去，口里说道：

“好诗好诗，不想此间穷乡僻壤，有如此风雅之士，这也难得。”

士人看得高兴，也唤过酒保来，讨取笔砚，提笔在那粉壁上写了一首七律道：

年年潦倒困风尘，畴是金刚不坏身。
世事沢棼犹沸鼎，人心陷溺等迷津。
厩中老骥长羁枥，爨下良材屈作薪。
日暮途穷同阮哭，雄飞无术暗伤神。

诗情郁勃，大有搔首问天、拔剑斫地之概。老者忍不住也，起身对那士人说道：

“拙作适间荷蒙过誉，不觉惭汗交并。今观足下之诗，亦满腔牢骚，一片孤愤，故发此不平之鸣。不知足下姓甚名谁，贵乡何处，我辈邂逅于此，也好结一个诗酒之交。”

士人听见老者说话，还过身来，向老者一揖，说道：

“原来题诗壁上的，即是老先生，辱问晚生的事，敢不奉告？但说来话长，反恐增人于悒罢了。”

老者笑嘻嘻地请士人坐在自己席上，再喊酒保添了几样菜、几斤酒来，满满地替士人斟了一杯，说道：

“借人杯酒，浇己块垒。足下不怪老朽喜管闲事，便请详言无隐。”

士人饮了酒，说道：

“晚生姓钱，浙江泉塘人氏，幼年时也曾取得青衿，不料文场逐鹿，富贵无缘，竟名落孙山而归。但是家中环堵萧然，贫无立锥，上有老母，下有妻孥，不得不设帐授徒，借此糊口。晚生方落落寡合，友朋绝少，更无奥援可攀。后来，清廷贫行宪法，大小学校仿行西法，人家子弟便有一大半进学校去读书，我馆中便生徒寥落，苜蓿阑干，常有每食不饱之慨。这时候，恰巧革命军起，四海响应，我有一个朋友，是留东学生，他常常对我说道：‘大丈夫在世，须要轰轰烈烈地做他一场，像你这样穷年兀兀，老于牖下，究竟有何益处?’他的话本是不错，但我赋性奇僻，与世不合，所以我便还答他道：‘人各有志，不可相强。’后来，他写了一封信来，荐我到湖北那边去助理军务。我正有投笔从戎的壮志，遂检点行箧，别了老母、妻子，到得武昌。时民军已完全得胜，南北各派代表议和，我见了某伟人，便在他府中做个书记，月薪约二三十元左右，每日伏案抄写，手腕俱酸，此时，我大有庞士元非百里宰的感喟。却可笑在我上头一班自号文人的参谋文牍等类，一日到晚，空闲无事，朝上到了军署，在簿上签个到字之后，便总是吸着香烟，踱来踱去地无事可做。等到午后出署，不是去饮酒，便是邀了友人，到家中打麻雀。老先生，你想我当时见了他们，怎肯佩服?自然是薰莸异味，意气不投的了。隔了几个月，因我得罪了一个姓吴的参谋，便把我书记的职分革去，我便懊丧而归。想现在那辈名士，都是如此光景，无怪世风去古日远了。我还到家中之后，仍旧做我教书的生活，然而生计日高，度日艰难，不免有啼饥号寒之虑。光阴荏苒，忽忽数载，已是民国六年了。那时，我这位友人已在京中揽了大权，写信荐我到财政部里去任事，一班亲友晓得我得了优美的差使，便都来恭维我。有来饯行的，有来送物的，无非是望我将来得发时，要推荐他们的意思。世态炎凉，真是可笑，我别了家乡，束装赴京，投到财政部里。果然派我一个极好的职司，我想权势二字，世界上真是少不得的，然而我却是我行我素，对于那位总长面前，也淡薄得很，不肯像那班伪君子，白昼谈道，暮夜苞苴，做那吮痈舐痔奴颜婢膝的无耻事情。所以我每当闲时，便独是一个人，到一家酒馆中去痛饮，尽醉而归。一天，我从酒楼还家，带着三分醉意，踉踉跄跄行在途中。忽然后面呜呜地来了一辆汽车，险些把我撞到。我抬头一看，车上坐的一位贵官，意气扬扬，神采奕奕，口里衔着一支雪茄，顾盼自豪。不是别人，正是从前里中某甲。我便暗想：某甲不学无术，少年时多有惭德，几为乡党所不齿。他也向我借过两个银圆，至今尚未归还，后来听得他在京里袭着西人皮毛，夤缘权贵，渐渐地有名起来。现在看他如此模样，倒好像是个时髦贵人，不知做着了什么官了。后来，向同事中一打听，我不觉十分惊奇，原来某甲竟做了某部次长，而且又是某伟人的心腹，故而飞扬跋扈，不可一世。老先生，试想当今那些政界中人，大都如此一流，自然莫怪中国人弄得分崩离析，民穷财尽了。”

老者也说道：

“是啊！社鼠城狐，盈庭满朝，我中国犹如盲人瞎马，走在断涧绝崖旁边，其危不可设想，只苦了国内一班小民，控吁无门，冤苦莫告，弄得大地九州无一片安乐土呢！”

说罢，饮了一杯，擎起筷子，夹着一片鸡肉，送到口里细嚼。士人也吃了不起杯，接下去说道：

“大凡一个人得了志，便把从前的事情一概忘掉，人情皆然，我亦何必深责某甲？最可笑的，我在京里又遇着一个乡人，这人家世寒微，帷薄不修，闻得他有一个阿姊，夙有妖冶之名，后来竟做了军界中某伟人的小星。他便倚着裙带势力，竟荐在陆军部里当佥事，论到他胸中的学问，真是鲁鱼亥豕，和没字碑差不多。老先生，并不是我喜扬人家的恶，没奈何，我胸中一腔牢骚无处发泄，好在老先生也是我辈中人，故敢言之不讳。”

老翁笑道：

“黄钟毁弃，瓦釜雷鸣，烂羊头，关内侯，自古如斯于今为甚，但是足下以后情形如何?”

士人叹道：

“我在京中过了半载有余，忽然财政部里出了受贿的案件，先是总长曾托某人来说项，要我合伙同做，我哪里肯答应他？再三拒绝，后来，总长也被人告发，拘囚狱中，差不多部中诸人没有一个不连带着。我虽与此事无关，然而也因此去职。有人劝我，某伟人方欲暗中举办某事，需才孔亟，何不前去钻营？只消贵同乡轻轻一说，包管马到成功。我想：无论我不能胁肩谄笑、仰面求人，就是幸而有事，若要叫我去做这些阴谋诡计，我也宁可饿死穷山，不能违心悖理去求那功名利禄，况且某甲现在俨然自大，倘去见他，也未必来睬我了。因此解职后，我在京中住了两个月，无枝可栖，客心顿倦，吟那杜少陵'冠盖满京华，斯人独憔悴'之句，未免顾影寥寂，暗自伤神。约莫又隔了一星期，适有朋友在济南设立报馆，请我去当主笔，我譬如没事，就应许了他，离京到了济南，凭着我一支秃笔，便做了卖文生涯。在那里倒也有两个寒士与我十分知己，不料祸起萧墙，殃及池鱼。有一天，恰巧我这报纸上登了一件秘史，警局中便来拘捕主笔，封闭报馆，说是诬蔑官场，捏造是非，我也被他们看守着，闹得不亦乐乎。幸亏后来有人前来将这件事和平解决，我们始得释放，但报馆已不准重开了。我至是金尽裘敝，只得狼狈而回。走到此地，凑巧遇着老翁，不惮缕悉奉告。唉！流水高山，知音难遇，阳春白雪，和者盖寡，人到穷途，叹揶揄之有鬼，心伤末路，嘅慰藉之无人，我真恨不能上叩彼苍去问他则个。"

老者听了士人一席话，也叹道：

"不瞒足下说，老朽也是过来中人，徒以所志不遂，解绶归里。十余年来，眼看竖子成名，廉颇老矣，能无感乎？"

士人惊起道：

"幸恕粗莽，说了半天话，连老先生姓名尚未请教。"

老者道：

"老朽别号遁叟，昔为东昌太守，足下不必问我真姓名，但呼我遁叟便了。但是有一言奉告足下，现在这个世界，真是个黄金世界，芸芸众生，熙来攘往，哪一个不逐鹿于名场利薮之中？只要削尖了顶一般地去钻寻，自然富贵功名，何求不得？倘然足下要得志于时，而俨然以道学先生自居，不肯同流合污，这是万万不可的事。所谓以方柄而处于圆凿之中，总难相容的了。"

说罢，又同士人食了几杯酒。时天色已晚，雨势仍不少歇，见那边来了一个仆人，带着雨具，牵了一匹黑驴前来，到得店里，对老者道：

“天色不早了，老爷可要回去吗?”

老者点点头，随即立起身来，唤过酒保，将账会过，再向士人说道：

“识时务者为俊杰，足下此番回府，必然许多失意，只消揣摩一番，以求合现在时势，将来自可得志，莫怪雄飞无术也。记取吾言，后会有期。”

向士人点点头，跨上驴子，撑着雨伞，冒雨往东去了。

顽童笑史

曾洪元年纪虽然不过在十二三岁光景，但是顽皮得很，一天到晚，不是舞枪弄棒，便去捉鸡打狗。他父母甚是讨厌他，把他送在一个国民学校里去念书，然而放学回来，终要闹得个不亦乐乎。他又欢喜听书上战争的事体，常常向他父母讨了几个铜圆，到书场里去听着，什么《英烈》啊，《水浒》啊，《封神榜》啊，《西游记》啊，都是熟悉得很。有时候，还要学着说书的讲给别人听，人家见他这般指手画脚的状态，倒也发笑。不料过了许多时日，洪元忽然异想天开，他家内本养着一只小洋狗，他便硬把那狗牵在身边，算它是一只哮天犬。他有一个七八岁的小妹妹，洪元趁无人时，骂她是个妲己精，哄着狗去咬，他妹妹吓着便哭。洪元拍手大笑。

有一天大雨，洪元在罢市时看过童子军站岗的样式，他便拿了一根门闩当作童子棍，雄赳赳地立在天井当中。那雨倾盆而下，洪元挺然直立，毫不动一些，直等到一个仆妇前来看见了，硬拖入内，已是满身淋漓。他母亲见了，甚是愤怒，把他打了一顿。洪元一面挨打，一面口里说道：

“我做童子军，热心救国，不怕风雨，你们为什么反要打我？”

他父亲听得，又好气又好笑，便说道：

“以后再不许你如此。”

洪元道：

“我是哪吒，父亲是李靖，李靖有燃灯道人相助，自然我不得不听父亲的话了。”

说罢，便躲了开去。一天，洪元放学回来，天气甚热，和几个小朋友到河边去玩耍，忽见有一个江北小孩在河里湖，游来游去，甚是高兴。一个小儿说道：

“我们可惜都不会游水，不然，下去玩他一番，岂不是好?”

洪元喝道：

“你不晓得浪里白条张顺在此吗?”

那些小朋友一齐说道：

“你是《水浒传》中的张顺吗？你可能跳在水中给我们看看?”

洪元笑道：

“你们看我去捉这黑旋风。”

说罢，扑通一声，跳将下去。洪元到了河里，四面是水，自己不能做主，往下便沉，遂大喊：“救命！救命!”幸亏旁边有两只渔船把他救了起来，已是吃了许多水，险些溺死。把他送回家中，他父母晓得了，谢了渔人，便不许洪元出外。洪元住在家里，非常闷气，便和他妹妹混闹。他家中有一棵杨树，树上有两个黄蜂窠，低垂在树叶中间，洪元从前听见说书的讲《封神榜》上崇黑虎，有一个葫芦中藏铁嘴神鹰，遇着敌不过人家时候，放了出来，便可把人家乱啄。今天见了蜂窠，心中暗想：我何不捉了许多黄蜂，把它收入一个袋中，将来放出时，也可以像那铁嘴神鹰去啄人家的眼睛？便拖了一根竹竿，去把那蜂窠乱打了一阵，这一打，惊动了蜂王、蜂兵、蜂子、蜂孙，一齐飞出窠来，攒住洪元便咬。洪元把竹竿乱舞一番，面上已是刺了一针，痛不可耐，拖着竹竿便跑。跑出厅来，见迎面走来一个女郎，云鬓高挽，罗衣绰约，手中拿着一柄芭蕉扇，低着头，走进大厅，正是左邻张家姊姊。洪元蓦地跳将出来，大喝：

“铁扇公主，不要走，老孙来了!”

将竹竿劈头就是一下，张家姊姊本是为他母亲请来，猛不防被洪元狠命地打了一下，那粉脸桃腮上便有了一条青紫的痕，不觉扑簌簌落下泪来。回头看那洪元，已是不见，便走到内室。洪元的母亲见她那副情景，不由吃了一惊，正要问她缘故，张家姊姊便告诉她被洪元无缘无故地打了一竹竿。洪元的母亲听说大怒，立起身来，便去找寻洪元，寻到厨房边，听得一阵鸡叫之声。原来洪元捉不着黄蜂，仍旧心不死，一定要把铁嘴神鹰弄到手中，打了人家一竹竿，逃到厨房门口，见几只小鸡在天井里觅食，他便想把这小鸡捉来，也可算为铁嘴神鹰，因此便上前捕捉，小鸡四面乱逃，洪元追来追去，却踏倒了两只。那时候，他母亲前来喝道：

“洪元，你发狂了吗？顽皮到如此地步，还当了得！”

拖到房中，提起鞭子，一阵痛打。洪元又哭又跳，闹个不了。他母亲便把他关在一间空房子里，又向张家姊姊谢罪，方才罢休。到了晚间，洪元的父亲回来，他母亲便到空房里把洪元放出来。不料空房里本放着一只胜家公司的缝衣机器，那洪元被他母亲关在里面，好不难过，忽见那边有只缝衣机器，上面有个小圆轮，暗想：我何不把这个小轮拆下来，只消再觅一个，便可像哪吒脚踏风火二轮子了。随即用尽气力去拆，等到洪元的母亲前来，一座机器已是拆得不成样式了。洪元的父亲知道了，更是十分怒气，便把洪元又结实地打了一顿。可笑洪元天生一副顽骨头，真打得起，到了明晨，若无其事了。

一天，洪元随着母亲去吃亲戚家的喜酒，穿了一身簇新的衣服，不料在酒席上面，坐得不耐烦，倏地立起身来，要往外跑。恰巧庖人送上肴来，被洪元一撞，手里拿不住碗，当啷一声，落在地上。洪元的身上也是溅了一身油渍，引得那些吃喜酒的客人都是好笑。洪元的母亲在着大众面前，不好意思去打洪元，只得略为训斥了几句，洪元理也不理，仍旧跑到外面去了。一到黄昏时候，新郎、新妇饮罢交杯酒后，那些来客如潮地拥到新房里面去闹笑。洪元人虽小，居然也挨身其中，床上翻到地下，好像一只猢狲，不肯停一些。末后，捉住了新娘两只脚，狠命前拖，险些把新娘拖下床来，幸亏那些伴娘等直前解围。洪元知道众寡不敌，脱了新娘两只鞋子，往外便奔，伴娘等也追出来，追到扶梯边，洪元如势地冲下梯去。不防有位女宾徐徐地走上楼梯来，怎禁得洪元一撞？骨碌碌地和洪元一齐跌下梯去。洪元的母亲晓得了，赶来要打洪元，寻来寻去，哪里有个影子？直到夜深时候，新郎的表妹浣英小姐觉着身子很倦，便回到自己卧闼内，把门关上，卸下晚妆，脱了衣服，要想往床上去睡，忽听床底下窸窸窣窣的声音。浣英小姐吃了一惊，正待查问，只听床下哇呀的一声喊叫，冲出一个人来。那时，浣英小姐玉容失色，吓得几乎半死，娇声喊救，外面那些亲戚和婢仆听得房中呼声，一齐拥到门外，把房门打得擂鼓也似的响。浣英小姐把房门开了，众人拥进来一看，浣英小姐穿着睡衣，两颊绯红，闪在一边。床前站着一个小儿，两手叉腰，不是别人，正是洪元。原来洪元恐怕受他母亲的一顿打，一时无处可避，逃到此间，躲在床下，等到浣英小姐要睡时候，洪元见把他关在房里，不得已方才跑出来。当时见众人入内，又大喊了一声，往外便逃。众人大呼：

“洪元在此了！”

他母亲走来，方始擒住，骂道：

“小畜生，我带你来吃喜酒，你敢闹到如此地步，叫我哪里对得起人家？”

说罢，劈头劈脸地痛打，经众人劝解，方才停手。浣英小姐晓得是洪元，也就闭门安寝。到了明天一早，洪元母亲气愤愤地便带着洪元坐轿回府去了。

回家之后，洪元的父母把洪元非常管得严厉，但是，洪元天生成的野性，哪里能够被人家束缚得住？洪元有个姑妈，嫁在上海，这日，同姑父坐着火车到母家来盘桓数天。他姑妈有个小女儿，不过一周岁的光景，宠爱非凡。一天，众人正在打麻雀，那小孩睡在房中一张竹榻上。洪元忽然和他的小妹妹走到房里，瞥见小孩头上有一条大蜈蚣，小妹妹吓了便喊。洪元喝道：

“不要忙！”

奔到天井里，拾了一块三角石头，回到房里，照准小孩头上狠命的一下，蜈蚣打死了，奔到外面，把这件事告诉他母亲，夸他自己的能干。他母亲和姑妈听了，一齐大惊，问道：

“你用石头打的吗？”

洪元道：

“是的。”

他母亲道：

“该死，该死！”

说罢，姑妈的面上已是变色。大家跑到房里，见那小孩脑浆迸裂，直僵僵地已是一命呜呼了。他姑妈放声大哭，要洪元抵命。洪元的父母虽是厌恨洪元，然而因为洪元是独生子，也不过照样痛打一顿罢了。洪元的姑父和姑妈眼睁睁地看自己一位小孩被洪元活活地结果了性命，焉肯轻易某休？弄到后来，两面一场相骂，他姑妈和姑父竟气愤愤地不别而去。

洪元又喜欢和里中小儿争斗，他们也各有党派，别树旗帜，只消一言不合，两边便拼命地打起来。但是，却没有金钱和权力的思想。洪元的父母，因为洪元非常顽皮，生恐出去闯祸，时常看守着。

一天，洪元的父母有事出外，本来要带着洪元同去，因为前次洪元已做出许多事体，故而情愿留他在家，叫洪元不要出外胡闹。洪元口里虽然答应，心里早已有一番预备，等他父母去后，洪元便溜出大门，喊了张家阿三、李家阿四等许多小儿前来，会集在一个荒场上。当时，大家公推洪元为元帅，洪元十分快活，居然封官赏爵，都是督军的督军，先锋的先锋，好不威风。洪元领了众小儿正要出发，忽然转着一个念头，说道：

“且慢！”

如飞地奔回家里去了。隔了一歇，洪元携着许多物件前来，对众人道：

“这一把伞乃是瘟皇伞，撑开来管叫敌人都要瘟死，这一把扇子乃是风火扇，只消扇两下，人家便要化为灰烬（这又是听了《封神榜》的来头）。”

当时，这两件宝贝都交与先锋使用。洪元自己带着一根麻绳，算是一根捆仙绳，耀武扬威地排着队，在荒场上行走。那时候，另有一队小儿走过，洪元便百般挑衅，两边遂宣告开战。那边的小儿甚是凶猛，勇往直前，洪元便喊：

“用法宝！”

一个小儿便撑起伞来，不料毫无效验，打得丢伞而逃，一个小儿把扇子狠命地狂扇，被人家撕作两半。洪元看着发了急，大喊道：

“擅敢破吾法宝，本帅来了！”

举起那条蹩脚捆仙绳来，早被那边一个小儿抢了去。大众拍手哗笑，齐声说道：

“你的法宝有何用处？今天倒要捉你这个元帅！”

蜂拥而上。洪元恼羞成怒，见地上有几块乱砖头，拾了两块，往那边打去。说道：

“金砖来了！”

一个小儿刚奔过来，头上着了一下，血流满面，两边于是乱飞砖头。洪元头上也中了人家两石子，头破鼻肿，弄得满身是血。幸亏这时候警察和街上的行人前来干涉，始行解散。洪元回去，仆人吃了一惊，没奈何，只得替他包了头，换了衣服。洪元便躺在床上，不住地嚷痛。直到黄昏时，洪元的父母和他的小妹妹一齐回来，晓得了这个信息，也十分疼惜洪元，埋怨仆人粗心，怎的让他独自出去？仆妇等也只好忍着气，受主人的责备。不料洪元从此发寒发热，生了一场大病，他父母请了医生前来，服药调治，方才渐渐痊好。只是好笑，洪元生了病，做书的资料也告乏了，只好待洪元的病完全好了，再闹出什么岔子来，然后做一篇续笑史吧！哈哈！

茉 莉 花

茉 莉 花

残阳如血，渐渐向林际隐没，天空余霞成绮，好似美人颊上的胭脂。微微起了些凉风，三三两两的游人都到公园里来散步纳凉，消除一日间的烦暑。许多年轻的妇女兰汤浴罢，偕着璇闺女伴也到园中来吸些新鲜空气，轻纱披身，新妆明艳。在那晚风中时时有一阵阵的媚香送入人家的鼻管里来，所以一班五陵少年更是趋之若鹜。

这时，西亭外面一株大柳树下，放着一张小小圆台，有两个男子在那里饮茗清谈，树上蝉声高唱，好似奏着天然的音乐。东首坐着的一个男子，穿着一件又细又白的夏布长衫，鼻架金镜，容貌白皙，很有些女性，年纪约有二十五六左右，摇着纸箑，对着西边坐的一个西装少年道：

“大雄，我出门了好久，现在回到故乡，觉得有许多地方和以前的情形大不相同了。别的不要说，便是这蔓草荒烟、冷落无人的王废基，竟改造了这么的一个公园。还有那绿杨如盖的五卅路，芳草如茵的体育场，都有新的气象，令我很有今昔之感。”

那西装少年答道：

“忏华兄，我也记得昔年和你同学时候，每逢星期日，常要到这个地方来练习足球。现在的西亭那时正是一个营垒，竖着许多红色的大旗，在风中猎猎地招展，和依依绿柳相映成趣。时时有画角之声，在夕阳晚风中传送出来，我必要和你踢到暮色苍茫，才兴尽而归。有一次，我用力一蹴，那作怪的足球斜飞到来往的道上去了，凑巧有两个妙龄女郎走过，那球落下来，正中一个穿闪色软绸夹衫的头上，慌得伊红晕上颊，躲避不迭。我们还要拍手大笑，以为有趣呢。这些过去的事，在我们脑中都成了陈迹，至今想起，历历如在目前，但是年华易逝，我们将从少年时代到壮年了。”

忏华点着头，一边听大雄说话，一边瞑目思索。忽然有一个十六七妙年华的卖花女子，身穿一件粉红色的洋纱衫，雪白的手臂挽着花篮，曼声喊道：

“阿要茉莉花！”

忏华鼻子里嗅着幽甜的香气，耳畔又听得娇滴滴的莺声。睁眼一看，见是卖茉莉花的女子，正立停在他们台子边，带着笑脸，向二人问道：

“两位少爷，可要穿个茉莉花球，带回去给少奶奶悬在衣襟上，或是放在枕畔香香？这个茉莉花朵朵都是好的。”

大雄对忏华笑笑，看那篮中的茉莉花，果然又香又大。昔人有诗“露华洗出通身白，沉水薰成挟骨香”，真是夏日的好花，佩戴在美人儿身上，更是艳丽。卖花女子又问道：

“要不要穿一个吗？”

大雄把头摇摇。那女子见他们不是主顾，便走到别处去了。忏华却瞧着茉莉花，深深地叹一口气，面上顿现惘然的神色。大雄忍不住问道：

“忏华兄，你见了茉莉花为何长叹？难道你的心中有什么怅触吗？”

忏华道：

“岂敢岂敢！适才我和你谈话本来很多慨叹，现在又见了那可忆的茉莉花，前尘影事，一一涌上心头，恨此间没有酒杯可以一浇块垒呢！”

大雄笑道：

“你是个多情种子，我以前也约略听得你的情史，想其中必有一番可歌可泣的事实。今天左右无事，你何不告诉我听听？不必蕴藏在心头。你要喝酒，停一会儿我同你到对面须圃去痛饮。”

忏华道：

“不堪回首话当年，若要叙述我以前的经过恨缕情丝缠绕我身，恐你听了也不免回肠荡气，徒唤奈何呢！这句话是四五年以前的事了。那时，我还在学校里求学，我母因家中住屋宽敞，自己人少，想腾挪出几间来租给人家，一则可以每月得些租金，以资挹注；二则也可稍慰寂寞。实在我家自先父故世后，渐渐式微，戚友亦少来往，母亲遂想出这个念头来，把厅左的两楼两底略加修葺，我们自己便搬出去，却将自己所住的三楼三底放租。后面有一个小花园，鱼池的对面有一小轩，窗明几净，是我读书的所在，我定要留下不肯租去。召租贴出以后，看房子的人很多，十九都不成功，因嫌租金奇昂。后来，有一家姓孙的前来看了一次，便十分合意，立刻做交易，付房金，即日迁来。那个姓孙的名千里，一向住在上海，因他们家产丰富，被盗匪觊觎，前月曾受盗劫，损失万余，老太太险些唬坏，所以急于迁避。当进屋的前数天，孙千里带了几个下人，忙忙碌碌地布置一切。进屋时，我们见除了孙千里外，有他的母亲和妻子，还有两位女郎，生得倾城美貌，虽然惊鸿一瞥，已留下她们的倩影在我的脑海中了。我母亲向他家下人探问，始知一个是孙千里的小妹子，一个是孙太太的侄女，自幼便没有了父母，由孙家抚养长成的。那孙太太待人接物，很是和蔼，明天便和媳妇、女儿、侄女等来拜望我母，始知孙太太的女儿名玉瑛，侄女名素心。以后我们两家来来往往，在一宅中好似自己人一般。孙千里中意我的小轩，要想出钱租去，我母和我说了，我道：‘这是我读书的地方，不论谁人要都不肯租的。孙千里也是斯文人物，借用则可以。’我母把我的话向孙家说了，自此，孙千里常常到我轩里来看书写字，好在日里我是要到校去的。孙千里胸中国学很好，常常和我谈些诗文，我认他是我的畏友。他也很虚心地勉励我，精心研讨，并说他的妹妹和表妹都通文墨，以前曾在上海女子中学里肄业，家中也请过一位宿儒，教授经史古文。又问我苏州可有什么好的女学校，我道：‘含英女学对于功课方面很注重的，历届毕业生成绩很好。’他遂道：‘下学期我想叫她们去读书了。’孙千里既和我相熟，他的夫人和玉瑛、素心两位，也时时走到我的轩中，玉瑛长身玉立，婀娜多姿，睫毛很浓，纤眉弯弯的如一钩明月，两道秋波，尤其是摄魂勾魄。素心却是娇小玲珑，楚楚可怜，秀丽的面庞，宜嗔宜喜，吹气如兰，好像醉人的玫瑰花，有一种魔力，使人爱慕之心油然而生。”

忏华正说到这里，一阵甜香，旁边走过两个丽人，并肩携手走到草地上去。忏华指着内中一个穿蜜色轻纱旗袍的说道：

“此人背影很似素心，但是香消玉殒，彼美埋骨青冢好久了，怎能够唤起地耳芳魂，一道愁思呢？唉！美人从古如名将，不许人间见白头，可怜得很。”

大雄道：

“哎呀！我以为是一段香艳的情史，不料是一出哀怨的悲剧，又要使人一洒同情之泪了。但是，和茉莉花又有什么关系呢？”

说时，很注意地候着忏华的回答。忏华喝了一口茶，又道：

“不久，她们两人也和我相识而不避了。玉瑛吐语慷爽，不拘形骸，而素心却终有些腼腼腆腆的，若即若离，美目流盼，若有意若无意。你去瞧伊时，伊却背转脸，或是低倒头了，有时含情脉脉，欲语不语，有时嫣然微笑，情不自禁。我无以名之，名之曰处女美。”

大雄哈哈笑道：

“好个处女美，江东二乔，尽你饱餐秀色了。”

忏华道：

“我还记得有一天，我从学校里回家，走到小轩中，见我书架上的书好似有人翻乱过，因为安放的地位有些不同了。最可奇的，我有一本作文簿也放在一起，因我作的一篇论文忘却带去交卷，我偶然把它一翻，见我作的那篇东西有人涂改过了，一共增损十多字，非但中肯，而且点铁成金，很能摘出我的瑕疵来。细瞧笔迹娟秀，学卫夫人簪花格，是女子手笔，不由我心中且惊且喜，细玩笔姿，很像素心写的。因为前天我家的女仆曾恳求素心代伊写一张明信片，寄回家去，无意中被我看见伊写的字，所以决定是素心来暗暗写上去的。绝顶聪明，使我非常佩服。停一刻，我走出轩去，遇见素心正和玉瑛立在庭中谈话，我向她点点头微笑。玉瑛问我道：‘听说你们校里要和上海的明强足球队比赛足球，不知到底定在何日？我要来看的。’我答道：‘这个星期六的下午二时，请你们二位都来观看。’玉瑛道：‘必要来的，我在上海常随家兄去观足球比赛，很有趣味。’这时，素心在旁，我碍着玉瑛，不能向伊问个明白。直到明天傍晚，我正在轩里预备功课，忽从玻璃窗里望见素心的背影，正立在池畔，向着对面的月季花，幽然深思。我忙轻轻走出轩去，伊听是足声，回过脸来，见是我，遂和我点头叫应，想返身退出，我已走到伊的身边，轻轻说道：‘请素心妹到轩中去一坐，我有一句话要问你。’伊面上一红，嗫嚅着道：‘我要出去了。’我又道：‘只请坐几分钟足够了。’伊不得已跟着我走到轩里，我请她坐下，带笑说道：‘素姊，我真佩服你的高才，你是我的一字师了。’伊佯作不知道：‘怎的我可以做忏华兄的先生呢？你是骂我了，我没有学问的。’我又道：‘你不要客气，因为拙作被你易去数字，便成完璧，使我钦佩得五体投地。你也不必讳言，我认识你的笔迹的。’伊知道瞒不过，微微一笑。我道：‘素姊真是谢道韫、李清照一流人物，扫眉才子，现在罕见的了。’伊遂轻轻说道：‘昨天午后，我寻不见千里哥哥，以为他在这里看书，遂走到轩中来，却没有他的踪迹。偶然翻阅桌上的书，得见你的大作，读了一遍，觉得佳句络绎，音调铿锵，我非常倾倒，不过内中略有几处可以换去数字，一时斗胆，竟在大作上僭易一二，便退出轩来。后过思量，此事未免孟浪，恐怕使你心里要不快活，抱歉之至，请你原谅。’我道：‘古人说得好，道吾过者是吾师。学问的进步，是要切磋琢磨的，我很荣幸有素姊热心指教。此后还望天天赐教，时时赐教。’伊听了我的说话，红晕上颊，更是妩媚。忽闻孙家下人喊道：‘素小姐，素小姐！’伊遂借此立起身来，对我说一声明天会，姗姗地走出轩去。这时，我不觉一缕情丝袅袅而起，对于伊人有十二分的爱慕，明知我是片面的单恋，不过是一种幻想而已。到了星期六，我校和明强中学比赛足球，我是练就看守球门的，所以也加入球队，一同比赛。那时，你不是干事忙着预备点心水果等食物吗？”

大雄仰着头沉思道：

“是的，你的看门本领也不错啊！好像这一次明强败北而去，我们获胜的。”

忏华点点头，又道：

“那天我请孙千里同他的夫人和素心、玉瑛一同来看，他们欣然前来，作壁上观。我们球员拼命和敌手对垒，中锋叶君和左翼陈君更是往来驰突，勇不可当，着实有几脚出奇制胜的好球。所以上半点钟接连踢进三球，为三与零之比，博得来宾拍掌赞美，啦啦队欢声不绝。上半场时间一过，换了球门，再行比赛，明强队员换了几个生力军，重整旗鼓，积极进攻，要想挽回颓势。我身当其冲，很难招架，虽然有几次危险被我防御过去，到底被敌人进了二球。幸亏我们又踢进他们一球，结果为四与二之比，我们最后获胜了。那天，我回来后，孙千里赞我守御得法，素心和玉瑛姊妹俩为了批评我而大起辩论。原来明强前锋有一次一球踢到我们球门时，那球很低，很难接取，我遂把身子一横，跌倒地上，把球挡了出去，不防敌人已冲过二门，猛力一蹴，球遂进门了。玉瑛以为我不该扑地去挡，以致来不及再行挽救，大可以将膝盖骨去拦住球的。素心却以为这球踢得很是尴尬，正在膝下，不好接不好踢，只有横身以御。当我挡住球时，守二门的应该接着把球还踢出去，所以这是二门不能和球门联络的缺点，并非我的过处。我笑道：‘你们不要争了，都是我的不好，若被我还了出去，没有进球，你们也不会争辩了。’两人也就一笑而罢。过了一个月，孙千里忽接到汉口来信，因他的好友吴某做了某工厂的厂长，要他前去帮忙。他遂预备行李，带着他的夫人一同前去，临行时，托我们母子照顾他的家庭。其实我年纪正轻，懂得什么呢？孙千里去后，天气渐热，转瞬已是榴火照眼，熏风炙人，暑假到了。其时，她们两人和我更相熟了，常常聚在轩中谈天说地，消遣长日。素心能吹洞箫，晚上纳凉时，我们常在园里吹箫、弹琴，浮瓜沉李，很是快乐。玉瑛喜看小说，素心爱作小诗，我得此一双腻友，时亲芳泽，自谓此乐虽南面王不与易了。不料天下不如意事十常八九，以后的变幻正多呢！有一天，我在茶寮中啜茗，遇见一个卖花少女，娇声问我：‘可要茉莉花？’我看篮中的茉莉又香又大，那卖花少女又是讨人欢喜，被伊嬲不过，遂叫伊穿了一个花球，还买了四朵白兰花。友人也笑我道：‘你买了花去，送给情人的吗？’我道：‘送什么情人呢？我因这个卖花女子很是娇憨可爱，遂做成了伊一些生意。’友人道：‘那么这也是你的一点儿情意啊！’后来，我带着茉莉花球和白兰花回家，走到轩中，凑巧见素心一人在我轩中看报。伊见了我手里的花，说道：‘你这花买给谁的？’我便道：‘买给你的，你喜欢这茉莉花吗？’伊笑笑，我遂走过去，代伊插在襟上，说道：‘露寒清秀骨，风定远含芬。此花合戴美人儿鬓上。’素心也道：‘茉莉花琼枝纤小，到晚开时，幽香四溢，放在枕头边，我很喜欢的。’我道：‘素姊，你既爱茉莉花，我天天送你一个球，可好？’伊笑道：‘不敢当的。’我们正谈话时，玉瑛翩然走来，我觉得我送了素心一个茉莉花球，玉瑛却没有送了，一时不假思索，遂把那四剪白兰花送给玉瑛道：‘瑛姊，请你香香吧！’伊早见素心襟上插着一个茉莉花球，便懒懒地接了，说道：‘谢谢你。’也不插向襟上，只是拿在手中。我们坐着闲谈了不起番，她们走回去了。晚上，我和母亲坐在园里纳凉，素心走来，我见伊浴后新妆，穿了轻纱短衣，襟上插着我送的茉莉花球，媚香可人，坐在我对面。我和母亲讲话，我问伊玉瑛为什么不来，伊道：‘正伴着姑母在庭中坐谈。’我母亲道：‘孙太太也好到这里来乘凉啊！’素心道：‘伯母，我姑母因园中风大，所以宁可坐在庭院里的。’伊坐了一歇，听得下人喊伊，伊遂去了。伊去后，我细细思量，很觉我的措置失当，一个花球赠了这个，那个要不快活，赠了那个，这个要不快活，为什么不买了两个花球，岂不好呢？如今玉瑛见我把很好的茉莉花球送给素心，而把几剪白兰花送给伊，其间显然有轻重的分别。女子的心肠本来窄狭的，当然心里要不乐了，不如待我明天设法补过吧。

“到了明天早晨，我急忙赶到茶寮里等候那卖花女子，果然不多时，伊来了，笑嘻嘻地仍问我要穿一个茉莉花球吗，我道：‘很好，代我穿两个吧！’那卖花女子听我说要穿两个，立刻喜形于色，以为我是主顾了，遂立在我的桌前穿花，一边口里絮絮地告诉我说伊住在虎丘下塘，小名阿宝，家中只有一个老母，长兄是不成人的，在外闲荡，所以自己只好出来卖花，逐十一之利，可以赡养自己和伊的母亲。我听伊莺声呖呖，自述身世，觉得小家碧玉别有一种情致，待伊穿好两个花球，我遂付去了钱，带着回到家中。却不见她们两人走来，我在轩里等了一歇，再也忍不住了，便走到孙家去，见两人正在客堂里忙着做事，里面台子上点着一对红烛，放着两盘糕团。我忙问道：‘今天你们谁人做生日?’素心指着玉瑛道：‘是玉瑛姊姊，停会儿请你吃面。’玉瑛道：‘散生日算不得什么。’这时，我眼帘中触着一样东西，不禁使我心里一愣。原来在玉瑛的襟上，明明已有一个茉莉花球插着了。此时我把两个花球一人一个献给她们，玉瑛微笑道：‘多谢忏华兄的美意，我已买得一个了。’我很窘地说道：‘瑛姊，你虽有了，我却不知道啊！请你随便插在哪里吧！’伊接了过去，说道：‘好的，我转送与母亲吧！’我心里暗想：一心送给你，满望补昨日的过的，你却要去送给你的母亲，大非我意了。素心接了，仍插在襟上，默然无语。我因为她们事忙，也就退出，自去看书。午时，孙家的下人送出四碗面来，说道：‘请吃玉小姐的长寿面。’我母亲谢了，和我同吃。午饭后，我在轩中榻上打睡，不知在什么时候，耳边忽听唤声，睁开眼来，见是素心立在我的榻前。我慌忙坐起身来，说道：‘素姊，几时来此的？恕我无礼。’素心道：‘才来，忏华兄，你倒学羲皇上人高卧北窗了?’我请伊坐在一只摇椅里，见伊面上索然寡欢，遂问道：‘素姊，我看你的面色好似有不快活的事情，可是受了什么委屈?’素心视我一问，不觉盈盈欲泪，说道：‘多谢你送我茉莉花，但我却受了不少气恼。’我忙道：‘谁给你气受?’素心道：‘你想还有哪个呢？伊昨天因为你把茉莉花球送给我，而伊却没有，当了你面不好说什么，晚上伊带着笑向我戏谑道：“素妹妹，你襟上的茉莉花好香啊！这是爱……”’伊说到这里，却又是面上一红，不说下去。我问道：‘爱什么?’素心道：‘伊亵渎我！’说罢，泪珠已滴将下来。我心中大大不忍，不再去问伊。素心又道：‘我以为伊是有意戏谑，遂道：“玉姊，不要胡说，一个茉莉花球稀什么罕?”玉瑛道：“礼轻情重，你不要轻视，别人还没有呢！”我见伊如此说，省得和伊冲突，便不接话了。今天早晨，伊就吩咐下人去街头喊卖花的来，特地穿了一个茉莉花球戴在襟上。姑母不曾叫我买，我又在楼上，只是假作不知。后来，我见了，便道：“瑛姊，你买的茉莉花吗?”伊冷冷地说道：“是的，我因为没有人送给我，只得自己买了。”我听了，心中一气，像伊的胸襟何等的狭隘？人家送了我一个花球，要伊这样地嫉妒，我好似担了错的，处处不能够博伊的喜欢，真是这种冤枉去告诉谁人听呢？’我道：‘看不出玉瑛却这样褊急，都是我不好，害了素姊了。我昨晚也觉悟到了这一层的，所以今天特地去买了两个花球送来，谁知伊已买了。’素心道：‘本来我是寄人篱下，受尽闲气，人家有了不快活的事，便在我身上来出气，人家有亲爱的母亲，我却是一个苦命的孤雏，凡事由人做主，仰人鼻息，心里深深地悲哀，只有在枕边偷掩眼泪。我知道你是爱护我的，所以敢说。’这时，我看伊泪如泉涌，把一块紫色的小手帕掩着面，双肩耸动，真的哭了。我急安慰伊道：‘别哭，我也是已料想到你的苦处的，请你暂且忍耐着，将来总有自由的日子。至于玉瑛的言语，伊也是年轻负气，想着什么就说什么，不顾他人受得下受不下的。你看我面上让伊三分，须知汉高祖所以能胜项羽，也是能忍之故，你犯不着和伊斗气。’素心道：‘我本不和伊斗气，总是让伊的，不过伊为了一些小事，如此对待我，太觉无情了。’我又把话去安慰伊，劝解伊，希望她们姊妹俩和睦。好容易止住伊的哭泣，这不是为了我的茉莉花而起的风波吗？”

忏华说到这里，又顿了一顿，口中觉得很渴，又喊堂倌取过两瓶汽水来，开了喝着。这时，有一队公安局的军乐队走到公园里来游行，乐声镗鞳，引起了大家的注意。但是，忏华这又接着讲下去了。他说道：

“虽然如此，我和素心的情感却因此更进一步，她们二人本来都是玫瑰圃中的好花，把意志薄弱的我牢牢吸住，情网渐渐地罩到我的身上来了。暑假过后，她们姊妹也到含英女学里去读书。星期休沐，仍常聚在一起，我默察玉瑛和素心的感情也好些。光阴很快，转瞬橙黄橘绿、苹白枫红，已过了双十节，我因家中有事，请假赴沪，耽搁了几天回来的，特地买了半打丝袜、半打手巾，三三分开，赠送给她们两人，免得畸轻畸重，又蹈以前茉莉花球的覆辙，她们俩都很快活地受了。隔得不多几日，我偶见玉瑛手里正结着一件绒线衫，我问道：‘你给谁人结的啊？’伊笑而不答，我心里也有些明白了。果然三天以后，玉瑛已把这件绒线衫结好，很是美丽动目，拿来送我，我自然千感万谢地受了，接到手里，便觉芬芳之气触鼻。原来胸前有一个红色鸡心是做好的，夹层内藏着香粉袋，所以时时有暗香透出。我很佩服伊的心思玲珑，也很感谢伊的美意。后来，比赛足球时我穿着出来，你们看见了，都啧啧称美，说是我的情人送给我的，把我包围住要我报告绒线衫的来历，但我哪里报告得出呢……”

大雄听了忏华的话，大笑道：

“不错，那时我也是包围你的一分子，知道你那件绒线衫必定是很聪明的女子织的，现在这个闷葫芦竟打破了。”

忏华道：

“我穿了那件绒线衫，又引起了一人的不欢了。一天星期日，我没有出去，坐在轩中，要想为校刊作些稿子，因为同学们推举我做了编辑长，不能不多尽些义务。刚才作得一半，见素心走进轩来，我便放下笔和伊谈话，伊从怀中取出一块白丝巾送给我。我接了展视，瞧见巾上中心用红丝线挑着‘长毋相忘’四字，四周角上都绣着一只蝴蝶。我大喜道：‘是你绣的吗?’又操着英语对她说道：‘Thank you very much!（非常感谢!）’伊却愀然答道：‘这是很蹩脚的东西，你用不着谢我的。’我道：‘我却珍如环宝，将要世袭藏之呢！很有美术思想，正中我意。’素心又道：‘你总原谅我的，承你时时送物，愧无以报，人家是有钱。我瞧着玉瑛姊姊向姑母索取了三块钱，去买绒线给你结起来送与你的，可恨我没有地方去索取那阿堵物，不好做人，想来想去，只得把昔日嫂嫂送给我的一块白丝巾胡乱绣了些字和蛱蝶送给你，聊表我意。惭愧得很!’我知伊又触动了悲怀，遂道：‘你送我这个东西，比较绒线衫或是任何东西还要好，因为世上的物是黄金可以买了，而情却非黄金所可买的，我就是感激你的深情厚谊啊!’伊听了我的话，似乎面上有些笑意，却是十分矜重的，又叮嘱我不要用出来，给他人知道，多一句说话。我满口允诺。自此，我知道伊人的芳心已钟情于我了，我也对着伊的身世很是怜惜，伊的学问、伊的性情，我都爱重。有一天夜里，母亲和我谈起素心和玉瑛来，我母亲也赞成素心，要想代我去向孙太太求亲，把素心许配给我。我听母亲如此主张，自然极力促其成就，企望我的幻想可以成功。因为像素心这样的女子，若得和伊做永久的伴侣，真是家庭无上的幸福。隔了一星期，我母被我几次怂恿，果然开始托人去和孙太太说亲了。谁知好事多磨，良缘天忌，不能得到孙太太的同意，只说：‘素心年纪还轻，要等伊在学校里毕了业，方才和人家订婚。’我得知消息，好似当头浇了一勺冷水，嗒然废然，万念都灰，也只好忍着不去告诉素心。但见伊蛾眉紧锁，也好似知道这件事了。到得明年正月里，孙家忽有亲戚从上海来苏盘桓，说起上海有一家姓项的，三少爷在洋行里吃饭，家道很是富裕，租界中房产很多。那三少爷去年新丧了妻室，要娶续弦，托他们物色温文美丽的小姐，所以要想代素心做媒。孙太太听了亲戚的话，却有些肯了，便把素心的照片给那亲戚不日带回沪去，给那项家瞧看，如若满意的，即可出帖子，两家谈起来了。素心得知，却不肯依从，睡在床上，饭也不要吃了。孙太太向伊说：‘女大须嫁，你不能终身住在我家的。项家很是富饶，你过去了，吃不完，穿不尽，为什么不肯配亲呢？好不奇怪！’素心只是不答。孙太太大怒道：‘好，我也知道你没有这种福气的，我好意代你订婚，你却不要，将来莫要懊悔，我再不顾问此事了。’遂把项家这头说亲的事取消。后来，素心把这事告诉我，我很奇怪，孙太太前天婉辞我们说，素心年轻，婚事从缓，怎么伊却肯许给项家呢？难道隔得不多时候，素心年纪已长大了吗？明明是不肯配给我这穷措大罢了。素心不答应订婚，倒很爽快，但却苦了伊了。自此，我觉得郁郁不乐，无以自解，觉得素心也很沉闷，我们俩的心彼此都已相照，不过那时我们都是弱者，被环境压逼住，没有什么法想，把眼泪咽到自己肚里去，有谁能体谅我们而援助我们呢？不但如此，造化又故弄狡狯，陷人于奈何天中，好似对于我们用尽妒忌，一些儿不肯放松。古人云造物不仁，真是不错。

“原来这年冬里，孙千里忽然请假回乡，要接眷属一同到汉口居住。因为在那里已购置得很高大的洋房一所，且有花园，正合孙太太的意思，遂向我家声明退租。我得了这个消息，宛似晴天霹雳，孙家他迁，本和我无甚紧要关系，但是我那心爱的素心也要随他们一起去了，这一去之后，不知将来何日再能会见？我们俩的前途益发渺茫。我好比失乳的小儿，可以躲在谁的怀里得着安慰呢？看素心的娇容也是笼罩着深愁重忧，当着众人面前，还要佯为欢笑，岂知伊心中有说不出的苦处呢？玉瑛虽然和我们也有些临歧惜别，恋恋不舍，然而伊和我的情愫究竟还淡，所以不觉得痛苦。不过我也不愿意伊离开我到很远的地方去，因为她们姊妹俩一去，我的生活便要感到枯寂干燥，而无意味了。临别的前夜，素心悄悄走到我的轩中来，对我说道：'明天我要去了。'伊说这句话时，声音颤得异常，说完时，眼泪已滴下来。我走过去握住伊的手道：'素姊，我们是做的梦吗？难道你真的要到汉口去吗？'伊惨笑道：'你不是明明看见哥哥回来的吗？这几天收拾行装，忙的是什么？明天不是十四日吗？唉！我也但愿是梦，不过恐怕这个梦不会醒了。'我也凄然道：'素姊，我们相聚已久，一旦分离，这别后的相思滋味，令人怎样尝呢？我只怪老天如何使我们无端会遇见，既然把我们二人聚在一起，如何现在又要使我们作分飞劳燕？既有今日的别离，还是没有昔日的相遇，大家是个陌路人倒也罢了。'素心道：'我是决定了，我跟她们前去的是我的身体，留在这里的是我的心，他们只能隔我们的身，不能隔离我们的心，我已抱定宗旨，随他们怎样，我总不会忘掉你。但愿你的志向也要坚决而恒久，将来或有万一的希望。'我听了伊的话，感激得很，便在伊的手背上吻了一下，说道：'素姊能够这样地爱我，我也誓不相忘，但愿你保重玉体，不要悲伤。'此时，伊倒在我的怀中，呜咽饮泣，我好似失却了知觉了。"

忏华说时，眼眶里又隐隐有些泪痕。他叹了一口气，重又说道：

"我自从伊人去后，每天独坐轩内，咄咄书空，总提不起兴致来，想起素心美妙的面庞，想起素心婉雅的言语，想起素心婀娜的身材，想起一切的一切，教我如何排遣得开呢？身无彩凤双飞翼，心有灵犀一点通。我怎能够化身为鸟飞到伊人的妆阁，再和伊见面呢？她们初去时，素心和玉瑛各有一封信来，而素心尤其写得悱恻动人，可以知道伊的芳心了。我也常常寄信去，但是隔了半年，素心一直没有信来，我寄了信去，好似石投大海，杳无声息。玉瑛也没有只字报我，令人怀疑万分。

后来，有熟人从汉口来，也和孙家相识的，我向他探听，才知素心自到那边后，便患咯红之症，屡发屡止，到底成了肺病，不可救药。在几个月前，一缕香魂归到蕊珠宫里去了。我得知素心死耗，悲恸异常，心如槁木死灰，看到这个世界形形色色，全是可憎恶的，几乎要自杀，离此污浊尘世，但很惭愧的，我至今还没有死。素心的倩影仍是深刻在我的脑膜上，永永不会淡灭，我的苦痛也永永不会消释了。唉!”

忏华说完了，大雄也叹息不已，却是那卖花女子重又走过他们的身旁，口里喊道：

“阿要茉莉花?”

两人面对面瞧着，静默，沉郁，久久不出一声，好似坐着两个石像。

天也黑了。

拯　救

石民从教育会里出来，把方才逸秋的话细细咀嚼，觉得那两句“人生难免为舆论所支配，环境所转移”，终久不能容纳在自己的心坎里。他想无论什么恶魔，都可反抗，舆论和环境的压迫，绝对不能动摇坚定的意志，是更容易奋斗的了。想到这里，已走到街的弯角。他抬起头来，看见一钩明月吐着皎洁的光芒，在和环绕四周的群星争竞，再低头看河中的水，流动得很激烈，不时和岸滩抵触。他认为天上的月和地上的水都在表现对他的同情，他是十分惬意的了。

原来，那天的教育会，因为人数不足法定，不曾开成，只开了一个谈话会。在散会的当儿，无意中谈到女性Y小学校长王达明，把本城浪漫女子徐玉凤的近况，报告大众说：

“玉凤和丈夫的婚姻交涉，已被法律所判决，她的挣扎完全失败了，只得到二百块钱做赡养的代价。从此，她的色情狂一定变本加厉，到于不可收拾的地步了。”

图书馆长胡石民长吁叹息道：

“玉凤是一个天真的女子，并非什么害人的恶魔，她的浪漫，完全环境使然。良心还是很洁白，只被虚荣的浮翳蒙蔽起来罢了。要是我们设法拯救她，在相当的时期，可从黑魆魆的地狱里跳到光明的乐园。”

W中学的训育主任逸秋，拍着石民的肩头道：

“石民醒来，别说梦呓吧！玉凤的一生将随浪漫而结束，谁也不能拯救她的。如果你大放宏愿，真的把她拯救，但是社会上的舆论要把你当作众矢之的，拼命地攻击，无法躲避，还有你的环境也万万地不允许你。唉！人生是难免为舆论所支配，环境所转移的，玉凤生在这样的社会环境中，是她的不幸，除了一死，恐怕永久地难以超拔了。”

石民正想反驳，在座的许多同志都点头说：

“任同志的话，确是最透彻也没有了；胡同志的主张虽然很好，可是万万不能实现，永久成为一句空话呢！”

石民知道，再三申说是不中用的，便立起来道：

“好！待我找到了机会，去试验这个问题吧！”

这样，便散会了。

石民且走且想地转了个弯，待要跨上那座高桥，猛听得一阵嬉笑的声音迎面送来。他定睛一看，对面来了三个青年，中间是一个妙龄的女子，就是心中系念着的玉凤，穿着一件苹果绿的长袍，腰身怪窄，显示她的身段十分婀娜，脚上穿着银皮的高跟鞋，衬着肉色的丝袜，是丰满着诱惑男子的力量。她的两旁是两个华服的男子，面貌很熟，一个像某绅士的公子，一个像某机关的职员。玉凤一会儿左倚，一会儿右偎，露着洁白的贝齿，只是说笑。慢慢地在石民身旁走过，一些也没有羞涩的态度。当一缕肉和粉夹杂着的香气随着微风送向石民的鼻端的时候，石民一步步跨上石级，心中不住地转念，要是再不拯救她，不但将祸害全城的青年，贻误整个的社会，就是她的本身，也不免将为浪漫而牺牲了。最后他走完桥上的石级，决定方才的主张，并且有急于着手的决心了。

隔了两天，妇女阅书部主任薛秀玉请假到上海去，石民代替她的职务，拿着一叠的借书证，翻着细看。看见中间一张是徐玉凤的，于是又引起他的注意，连忙看那格子中填着的书名，她借的书很多，已填满了卡片的半面，显见她有厉害的看书欲，同时证明她是常常到图书馆来借书的，这未始不是拯救她的一个绝好的机会。他捧起这张借书证，一行行地看下去，愈看愈失望了，因为她所借的书都是含有一部分描写性欲的小说和关于讨论生理卫生的文艺，中间最惹动人的是一册《避孕术》，这虽是民众可读的文字，可是到了浪漫女子的手里，至少要失掉它的价值，或许反而增加她恶化的潜势力。他考虑了一会儿，把那张借书证放在自己的衣袋里。

两天之后，薛秀玉到馆销假，处理妇女部的借书事务。恰巧徐玉凤到来，归还借去的两册小说，再借一部《上海黑幕》，薛秀玉检查借书证，发觉了失踪，便走到馆长室去，询问石民，石民道：

“她在那里吗？那张借书证在我这里，我想请你规劝她，改看别种陶冶身心的文字，免得日趋堕落，使我们这个图书馆负担着害她的责任。”

说着，从袋中摸出借书证，交还薛秀玉，秀玉接了过来，道：

“这无异是拒绝她的借书，取消她的权利。我知道她的到来完全是为了爱看这一类书而来的，要是不借给她，从此一定没有她的踪迹了。”

石民道：

“密斯薛的话虽然摸熟她的心理，但是我希望你努力使她受到文字的教育。”

秀玉答应着去了。

在闭馆的时候，薛秀玉带着失败的消息到馆长室，石民听了她的话，把借书证接来一看，赫然多了一行《上海黑幕》，便叹了口气道：

“由她吧！”

一月过去，石民脑海中的幻想逐渐泯灭了。有一天，有事要到无锡去，在电影院里休息一下，一个穿着翠青色斗篷的女子，在他旁边的空位上坐了，他无意地向她一望，却是徐玉凤。玉凤对他点点头道：

“胡先生，也是今天来无锡的吧！”

往常石民和玉凤虽然会过几次面，可是从未讲过话，现在意想不到地会在远远的无锡，得到一个直谏的机会，石民的满意自不必说。于是用诚恳的态度向玉凤谈了一会儿，玉凤对他的规劝表示接受，愿意受石民的指导，做一个完善的女子。

看完电影，玉凤随着石民到无锡饭店，石民对她说：

“如果你有自拔的诚意和决心，我回到T城就介绍你插入W中学。”

玉凤很感激似的应允。坐了片刻，才握了石民的手，殷勤道别。

一星期后，玉凤真的到W女学去读书了，华丽的衣服抛弃不用，改换朴素的装束。她本来在小学里毕过业，天资也很聪明，所以功课方面还好衔接上去，不过一班女同学们知道她的过去历史，大家用轻蔑的眼光对她，时常指桑骂槐地攻击她的隐私，她忍受着，只是安心寻读书。她的唯一伴侣，不是她的同学，乃是案头的书本。

这时，有许多贵族学生的家族发生了极大的恐慌，他们认为徐玉凤是害群之马，将使他们的公子、小姐也传染成浪漫的品性，便联名具函，请求校长开除徐玉凤的学籍，校长和石民是好朋友，觉得这个问题非常为难，就把这些信件交给石民。同时，社会上的舆论对石民陆续地攻击起来了，不是说石民受玉凤的诱惑，便是说石民恋爱玉凤，中间最有力量使群众不齿他的，是一个异想天开的谣言，说徐玉凤已做了石民的小老婆，预备使她读通了书扶为正室，和自己的妻子离婚。这个恶意的谣言影响到他的美满家庭，他的夫人丁云华，本来很信任他，现在也怀疑起来，和他争吵了多次，还有他的父执纷纷到他的馆里摆出无上威严的架子来，拈着腐化的髭髯，似教训又似斥骂地，常来缠扰他，苦于没有多生几张嘴，做辟谣的工作。

W中学学生的家属见所谋未遂，知道校长碍于交谊的关系，便集中力量也向着石民攻击，有几个和丁云华是亲戚，更怂恿她到县政府去，控告徐玉凤诱惑丈夫的罪。云华爱她的丈夫，不愿他因此破坏了名誉，一面拒绝这种嗾使，一面向他提出最后的抗议。

石民很踌躇，对付严重的环境，如果放弃了，固执着主张，不免为教育界的同志所讥笑而已，破坏的名誉也未必能够全部恢复过来。才有一线希望的玉凤，将永久沉沦，不能超拔，反之，依旧向前奋斗，和凶恶的舆论、严酷的环境作殊死战，又一定发生悲惨的结果，不但把美满的家庭破坏得难以收拾，并且我在社会上的立足点也许要摇动了。他想到这里，是十分愁闷，十分颓丧，深悔冒失从事，多此一举了。

在他犹豫未决的时候，任逸秋来了，劝慰他道：

“社会上陈腐的思想还没有肃清，弱小的苦命女子还未得保障，我们何苦以卵击石，做吃力不讨好事呢？你的意志我是钦佩而赞成的，就是上次在教训会里对你说的一番话，也并非说玉凤是不可教训的女子，不过说在这么样的社会环境，她是难以超拔的，你的毅力现在已为我们同志所倾服，请你适可而止吧！”

石民终久被逸秋说动，放弃主张了。逸秋回到W中学，关照了校长，再吩咐校仆唤徐玉凤到训育室来，对她说道：

“你已彻底觉悟，我们有深切的认识了。我们深知你这样勉励是容易超拔成功一个完善的女子，无如社会不原谅你，舆论都攻击你，在事实上，你是不能再在这儿求学，你不但将破坏本校的名誉，并且使拯救你的石民先生变为社会的罪人、礼教的囚犯，不能立足了。我劝你暂时地离开这里，转学他校吧！”

玉凤听了，很悲伤地答道：

“外界对于我和石民先生的空气，我也明白了，这是我的不幸，也是我的咎戾，我一定即日遵从先生的要求，离开此地，在世界上漂泊，找寻归宿了。”

下一天的清晨，她又换了一身艳丽的服饰，出校而去。有人看见她坐在车站上的待车室里，双眉紧锁，似乎心头有无限的苦痛。

不幸的苹果

马车过了阊门，走在平坦的马路上面，马蹄嘚嘚的清脆可听。初春的太阳照耀着马车中的一群游春的青年，愈显得青春的活跃，马车中坐着的是两男两女，靠着左边坐着的是穿维也勒西装的秋星，他是上海S大学的学生，对面穿鹅黄色绸旗袍、颈间围着白丝巾的女郎是他的妻子，在城里的培成女校念书。她最善弹钢琴，因此并肩坐着擅长跳舞的曼琳，和她成了莫逆交，她虽然没有出嫁，但久长在山明水秀的吴门，倒也落落大方，待人接物是很客气而有礼貌的。时常脸上露出红晕，对着朋友们微笑，同学们因她脸上红晕得可爱，替她取了一个诨号叫作Apple。曼琳最亲热的同学就是秋星的妻子丽娅，丽娅的家离培成女学不远，曼琳放了课，不时到那里去闲逛，因而认识了秋星旁边坐着的素年。素年是一个唯爱主义的男性，他们四个人一路谈谈说说，不知不觉地到了虎丘山前的一座小桥旁边，车夫把马缰扣住车子停了。他们便先后下车，上桥向虎丘走着。

走上虎丘，就变更了阵线，秋星和丽娅并肩走着，曼琳的身子靠着素年，一壁在走路，一壁却低声地谈话。忽然走到石级上面，曼琳的高跟皮鞋滑了一滑，几乎跌了一跤，被素年搀了起来。到千人石，他们是停住了，商议游玩的方针，丽娅最先发言道：

“我们分作两对，各自白相，一对的行动，别一对不能干涉。”

说着，对三人微笑。秋星便无条件地表示同意，曼琳却打趣了说道：

“丽娅真不怕羞，你俩要Kiss，我们绝不取笑，又何必要分道扬镳呢?”

丽娅听了，脸上露着红霞，猴急似的回答道：

“呸！Apple 又要假痴了。前次在拙政园，你俩不是偷偷地躲在假山石后拥抱，我没有说穿你呀，此次也有了便利，你们为了隐蔽起见，所以提议各自行动，谁知你狗咬吕洞宾，不识好人心。唉!”

曼琳、素年知道丽娅孩子气很重的，便露着笑脸，表示退步道：

“不要认真吧！说说笑笑而已，你尽管和秋星去 Kiss 好了。”

丽娅道：

“你还要瞎说，我打你的嘴!”

后来，经秋星和素年的调解，履行了丽娅的提议，分作两对，丽娅一对，往到沿泉的石头上去谈话，曼琳和素年手携手地经过虎丘山上的吊桶，到冷香阁后面的平台上去。太阳的光渐渐地昏黄，一轮红日落在虎丘的旁边，全山是笼罩着昏黄的颜色，微风慢慢地吹动，的确是一幅傍晚的美景。丽娅和秋星立了起来，对着空中大喊：

“曼琳!”

这时，曼琳正依偎着素年，在浴着爱的洗礼，理想着未来的幻梦，从订婚的宝戒想起，直到婚后镜框中结婚照的拍法，梦想到兴味极浓厚的地方，忽然被丽娅一喊，便警醒过来，走到千人石。曼琳对丽娅一笑，丽娅又打趣道：

“小张，你俩今天接多少次吻?”

曼琳也想取笑，忽地马车夫跑了过来，催促他们了。

马车回到阊门，在阿黛桥边下了车，丽娅因为素年和秋星明天要返上海去念书，便提议到太白居吃夜饭，为他俩洗尘，三人都表示同意，就一同走进太白居去。席间说说笑笑，又添了不少的趣味。秋星多喝了酒，竟立起身来，在台桌旁面歪歪斜斜地跳了一次单人舞，害得同座的酒客发着惊奇的笑声。

自从这次旅行之后，曼琳和素年的感情与日俱增，同学也宣传着 Apple 下嫁小律师的新闻。因为素年的爸爸是城里的律师，做过几任法官，在城里很有名望的，但是生着一副陈腐的头脑，对于儿子的恋爱，绝对地认为不道德。自从同学间宣传之后，他也有些消息了，便写信给他儿子，劝诫一番，同时他自作主张地替素年配了一位姓刘的小姐，作为未来的媳妇。素年得了这个消息之后，便和他爸爸大闹，父子之间发生严重的冲突。

突如其来地，素年从上海回来，约有曼琳，在遂园相见。曼琳兴冲冲地和素年握手，可是素年眼眶间含着泪珠，对曼琳道：

“我的琳，我要自杀了，我有说不尽的苦痛，我有许多的罪过，我不能对我心爱的人儿隐瞒我的秘密，我要诉说了。但是妹妹，你要原谅我，你要宽宥我，这不是我的错误，是环境的不好。”

说完，素年泪珠连续不绝地流了下来。曼琳连忙安慰，抽出印花的手帕给他拭泪道：

“哥哥，你有话尽管说，我绝不冤你半句的。”

素年经曼琳的安慰，益发痛哭起来道：

“妹妹，我的妹妹，我更不忍说了。我绝和环境奋斗，我绝和我们的敌人反抗。”

素年这样地连哭带话，曼琳越发奇怪，拉住素年的衣袖，要他详细地说出来。素年把父亲来信的话告诉了她，她也嘤嘤啜泣了，但是一壁还在安慰素年道：

“我爱你，我永久爱你，只要你能够爱我，不忘却我，尽管和那位女子结婚，我是矢志不移地永永爱你的。”

素年道：

“呸！我和她结婚，你还肯爱我吗？我绝不做懦夫，我要为恋爱而革命，为婚姻而求自由！妹妹，你爱我，要信任我。”

曼琳道：

“不！你还是答应你的家庭的要求，我是爱你到十二分的。”

素年发急道：

“可是妹妹不爱我，不愿我和你结婚吗？”

曼琳抑制着眼泪道：

“不是这样讲，我爱你胜过爱我自己，但是我不愿你的家庭为我而平白地破坏，所以我劝你依顺了父母吧！”

素年道：

“我绝不如此懦弱，我有我的婚姻自由，我有我的生命，绝不肯离开你，我要永永地跟随你。”

他俩相互地谈话，曼琳是愿意牺牲她自己的幸福，成全素年的家庭，而拒绝素年私逃和自杀的计划。素年终于误会了她的真意，允许了家庭的提议。

自从素年订婚之后，曼琳就离开了苏州，不知去向地走了。临走的那天，丽娅还和她一起在桃花宫酒家。曼琳酒喝得很多，醉醺醺地唱着歌，拉着丽娅的臂，跳了一支华尔兹舞。临别的时分，曼琳坐在黄包车里，扬着她一块玫瑰色的丝巾，对丽娅表示再会的意思。

曼琳失踪之后，一直没有人知道她的下落，也没有人知道她失踪的原因。素年不明白她的底蕴，也以为她别有所恋，跟汉子跑了，逐渐把曼琳忘了，甚至曼琳的相片也让他的妹妹撕成了碎片。在某一个的冬天，他屈服在家庭意志之下，和他没有见过面的胖姑娘结了婚，开始了他丈夫的生活。一年之后，生了一个男孩子，夫妇俩的感情也由旧婚姻引申了出来，渐渐浓厚，非但记忆不到曼琳的倩影，甚至有人提及曼琳，素年还要骂他一声没礼教的女子呢！

跟着太阳地球不断地跑，曼琳的消息不问不闻，足足有三个年头。在一个冬天的早晨，丽娅的门铃响处，走进了一个老妈子，对着丽娅问道：

“少奶奶，尊姓？”

丽娅道：

“姓王，你问她作甚？”

老妈子也不理会，接着问道：

“少奶奶可是叫彭丽娅？”

丽娅越发奇怪，答了一个是，正要问下去，老妈子却在她的破棉袄袋里掏了一个粉红的信封，递给丽娅，上面写着蓝墨水的字，娟秀非常，一望而知是女子的笔迹。只见写着“呈彭丽娅小姐收”，下边具名是“名内详”三字。丽娅拆了开来一看，却呆住了，叹道：

“奇事，奇事！”

这时，老妈子也走了，秋星抱着羽中从里边出来，问丽娅什么事。她给他看信纸，原来是曼琳写来的。只有：

丽姊妆次：

妹病倒于城外白莲庵，请速来一面。

曼琳

几个字，秋星便答应了丽娅，让她立刻出城。

白莲庵离开阊门约有六七里路，距离虎丘也不远，是建筑在清代的初年，房屋倾圮不堪，黄色的墙头，脚跟上生着青绿的苔衣。丽娅一进门，那老太婆便引领着向左边的一间平屋走去。四扇窗是紧闭着，推开窗便看见很敝陋的布置，屋的东边是一架木板床，床上的帐子是蓝底白花的夏布，床边有一只旧式的梳妆台，台上摆着零零落落的化妆品。再过去是一只木制的方台，正中是一个玻璃框子的佛龛，框中供的是瓦的观音像。像前有一只铁香炉燃着，清香一缕缕的烟，袅袅地上升着。老妈子进去，对着床上卧着的曼琳，说了一声：“王少奶奶来了。”就去端了一碗热气腾腾的香茗。这时，丽娅也走近曼琳的床边，曼琳揭开夏布帐子，伸出灰白的手臂，招呼丽娅坐下，有气无力地说道：

“丽娅，好久不见了，坐坐谈吧！”

丽娅坐了下来，对着她苍白的脸发怔，叹口气道：

“曼琳，怎么你到这里来了呢？”

曼琳道：

“喝了茶再说吧！”

丽娅便喝几口茶。曼琳接着说道：

“丽娅，我俩三年不见了，过去的事情真是说来话长，现在让我慢慢地告诉你吧！”

原来曼琳离开了素年，就流浪到香港，住在香港的大华饭店，约莫三四月，生活感到非常的烦闷，后来，在大华舞场认识香港的富翁，名叫潘季松。他有一副清秀的体态，会说话的口力，他能使一个黄瘦的女郎形容成锦上添花的仙子，可是他是资本家，有不少的家私，见了曼琳，就表示他的爱慕。曼琳并不理会他的殷勤，他却一味地诱惑和追逐，在某一个黄昏，季松带了一只金刚钻戒指，献给曼琳。曼琳自己想着，男子是残酷的动物，何尝有真的爱情？我爱素年，而素年竟然抛弃了我。所以，世界是绝对没有爱的真实，左右不过是人类自私的表示，男子可以戏弄我，我也何必要为着男子去守没有意义的贞操呢？所以曼琳终于被物质所引诱，接受了他的赠物，从此就起始她无规则的肉的生活，沉醉在不夜之城里，几乎忘却了人间还有一个生活竞争的社会。然而曼琳是在哄骗季松，把季松馈赠的钻戒捐助给当地的义岩会，供平民冬天的救济，但是季松误会了，以为曼琳别恋，便和她起了一次口角，于是他俩的感情逐渐破裂。季松又爱上了别位姑娘，弃旧恋新，曼琳也就恢复了她浪漫的舞场生涯。不久，又认识了广州 CC 大学的一个学生，他是风采奕奕的青年，能说一口流利的英语，他看见了她苹果似的脸庞，顿生了爱的倾向，便替她取了个绰号，叫红苹果。他时常约她跳舞，舞的时候，常操着英语对曼琳笑道：

“My red apple.（我的红苹果。）”

曼琳听了他这个称呼，在微笑之间，露出了心痛的创痕，她猛然记起了苏州时候，素年时常叫她 Apple，现在是环境不同了，同一的 Apple，而称她的人已换了一人，她觉得非常的悲哀。他虽是向她求恋，曼琳却以冷淡的态度对他说道：

“玄洲，你原谅我吧！我心里有说不出的难过，我已不是讲恋爱的时期，你正在年轻，该问年轻的人们去找寻你恋爱的对象啊！”

玄洲道：

“红苹果，我爱你，你还是在黄金时代的少女，你有甜蜜的口脂，你有媚人的秋波，我爱你，我深深地爱你。”

曼琳被他这样一说，苦着脸道：

“苹果吗？我已不是以前可爱的苹果，而是烂苹果了。玄洲，你该明了了，我不是谈恋爱的人，我的新坟墓正在堆砌，你恕了我吧！”

然而，玄洲不谅她，依旧一味地逗求。曼琳无法，给他一封信，老实说明已患初期的肺病，而且经过一度的浪迹，是被社会唾弃的女子，没有爱他的资格了，她坚决地拒绝了玄洲。玄洲经过这次挫折，越发颓丧了，却巧广东北伐就投军去了。

曼琳的病一天一天地厉害，病状已到了不可诊治的地步，因此想起了丽娅，托她把一封信给素年，做一个生命的结束。

曼琳说完这许多话，咳嗽是连续不绝，吐出了一堆鲜细的血。丽娅呆住了，连忙喊着庵里的尼姑，叮嘱她们留心看好了。曼琳便叫了一辆黄包车，直到素年的办公处。素年正在替人家判断一件讼事，丽娅突然进来，他便招呼她坐下。丽娅争迫地说道：

“不好了，曼琳要死了。”

素年问道：

“谁呢？”

丽娅道：

“曼琳，你三年前的爱人曼琳，你怎么竟忘了呀？”

素年若无其事地说道：

“她怎样了？”

丽娅道：

“她快要死了，你赶快走吧！”

素年经丽娅的再三催促，才同她到白莲庵去。到白莲庵，曼琳是已经死了，尼姑们正在替她念《血污经》《寿生经》，有的替她焚化银锭，忙得不亦乐乎！丽娅看见曼琳闭着眼睛，没有气息了，便扑了上去，喊道：

“曼琳，我来了。素年也来了，你怎的死了呀？我……我还要和你谈话呢！”

说完，捧着曼琳冷冰冰的手，不住地吻着，一壁流着泪珠，不胜悲伤。素年却毫无感动似的站着。丽娅哭了一会儿，说道：

“素年，你的心肠太硬了，曼琳是你以前的爱人，怎样你看到她临死的悲剧，一些也不悲哀呢?”

素年道：

“时代是转变了，环境是两样了，她也有她现在的恋人，我也何必悲哀呢?”

丽娅道：

“你别误会了，她是爱你的，几年的流浪，是为你牺牲，你该爱她，你该在她临死的一刻给她一个深长的安慰。”

素年道：

“我不信，她不是当时坚决地对我说过让我去结婚的吗？如果她真正爱我，她就该鼓吹我为爱而奋斗，那么她也不致如此的结果的。”

丽娅道：

“呸！你不要单看你的环境，要反看镜子的另一面，她也有一个可歌可泣的事实呢!”

说着，给素年一封信。素年也有些感动了，对着曼琳的信流着同情的眼泪。信上是这样地写着：

永永不忘的素年哥哥：

请你不要原谅我，我是离开了你，犯了罪恶的人了，可是我的一颗心永永埋葬着爱人的苗，虽是我的躯壳流浪在远远的香港，我的灵魂却在你的怀抱之中。素年，我是你的人，我在上帝宝座前许下了为你牺牲的盟誓，我何尝不想享受你的真实的陶醉，沉湎在爱的天国里。然而呀，我要维护你完满的家庭，成全你人子的孝道，所以我不鼓吹你革命，不激励你反抗，宁可牺牲了自己，使你享受幸福。

我虽是如此地诉说，但我不希望你悲哀，只希望你知道，你的苹果烂了，而苹果的香味永留在仅有的人间。完了，祝你和夫人永久沉醉在甜蜜之梦境里。

不幸的苹果

最美之妻

光阴过得真快，十年前头的他，还是拖鼻涕穿竹布长衫的小学生，现在可说吴下阿蒙，非复昔日之比。头发朝后梳得光光的，面上还敷着雪花美容霜，越显得唇红齿白，珠辉玉润。穿着时式的西装，雪白的硬领，紫色的领结，又新又洁净。足下一双黄皮鞋，叽咯叽咯地走在外面，谁也不称赞他一位翩翩美少年。最近他又在亚洲公司里任事，得到一百块钱一个月的薪金，可算得意得很。他又到了青春性欲发达时候，见了外面许多美丽活泼的异性，不知不觉地被她们吸引去，很高兴地注意着。圣人说，知好色则慕少艾，于是他现在心中横亘着的很热烈的希望，便是要得到一个最美之妻。

他的家中有一个嫂嫂，是他哥哥娶的妻子，姿色平常，但做事很能辛勤，在他的眼光里看来，那位嫂嫂一些儿不会妆饰，穿件短衫也是很长的，说话也是很旧的，有时蓬着头，穿了旧衣服，在自来水管边洗东西。他心中总要暗笑，以为他哥哥每夜捧着一个黄脸婆睡觉，有何趣味？像这种的妻子，简直是无才无色，还是不要娶的好。又看同居的冯家嫂子，面貌生得丑陋，对待丈夫往往粗俗而没有礼貌，更讨厌的，一天到晚要打牌，输赢不要说起，弄得家事无人管，丈夫自外归来时，常看见两个儿子肮脏得不堪，房中什物凌乱无序，妻子只管今天赢昨天输地报账，更有什么安慰和愉快给他呢？像这种的妻子也是不娶的好。他自己心中打算，将来定要得到一个有学问、有姿色的新女子，彼此都有很好的爱情，然后自由结婚，另行组织小家庭，享温柔艳福。有时在交际场中，眼见许多时装的美女子似花蝴蝶一般，翩翩跹跹，真使他爱好之心不能自已。择偶的愿望很热烈地藏在心头，但是他的愿望很奢的，他是要得到一个最美之妻。

玫瑰女学开游艺会了，玫瑰女学游艺的声誉，在上海是脍炙人口的，他得到一张入座券，前去参观。节目中有玫瑰舞一节，一共五个妙龄女学生，穿着玫瑰紫色的舞衣，头上戴着花冠，走到台上，跟着琴声跳舞，真个是手如回雪，身若转波，看得他也呆了。内中有一个截着短发，两颊红喷喷的，好似玫瑰，肌肤玉雪，姿态婀娜，简直美丽得如天上安琪儿一般。舞罢，他狂拍着掌，表示赞美，后来，又有一出新剧，剧名《做少奶奶去》，一看那个演少奶奶的，便是刚才玫瑰舞中的女子，通剧演来，又风流，又活泼，描摹一种时髦的少奶奶，一言一行，尽皆酷肖，他看了十分满意，预拟将来论婚时，最好也要得到这样的一个女子才是美满姻缘。他心里时常幻想着这一次的游艺会，直使他增加了不少色情狂热。

有一天，他去拜访一个姓韩的朋友，正逢那姓韩的朋友和密昔司韩，还有一个穿着绿色狐皮斗篷的少女，一同坐在客室里谈话。姓韩的连忙立起招呼，代他介绍，一看少女，正是那天演少奶奶的女学生，不觉喜出望外。又听姓韩的说伊姓李名美，是玫瑰女学的高才生，他遂格外竭诚敷衍。密昔司韩也是很新派的妇女，和他有说有笑，李美自然是交际明星，一言一动，无不令人可爱。他问问伊的学校里的情形，谈了许多话，姓韩的反坐在旁边听他们讲了。他和李美一见如故，觉得很相投合，竟订了后会的期，就此交友了。临别时，他独带笑对李美说道：

“少奶奶，再会吧！”

李美微微一笑。

他和李美做朋友不到一年，已订婚了。在这一年中间，自然有不少情史，其中的经过，在李美毕业玫瑰女学时，他们便订了自由婚约，两边的家长也都知道，便请姓韩的做介绍人。李美毕业后，因伊的歌舞很好，便有一个歌舞学校请伊去当教员，伊还加入了一个真美戏剧社，有时出来表演新剧，伊总是主角，李美的芳名格外来得响了。后来，两人便在某大旅社成婚，珠联璧合，人人都说郎才女貌，天生佳偶。也有人羡慕他得到这样一个如花如玉的交际明星做妻子，真是幸运，于是他自以为得了一个最美之妻。

婚后，二人在外另行组织新式小家庭，不愿与父母同居。蜜月中的欢乐，自不必作者细述了。但是几个月后，他的心中有些不安宁起来了，一因他起初独身时赚了一百块钱一月的薪金，很觉用得舒服，现在有了妻子，要支持一个门户，很是困难，家中日用一切不能节俭，因为他的夫人是一个时髦的少奶奶，实行三好主义，便是呼得好，穿得好，住得好，样样趋向于奢华。家中父亲处每月反要去取来六七十块钱，还是不够，只好四处去挪移。这个困难，李美是不管的，她只开口说道：

“霓裳公司定制的旗袍要送来了，请你预备六十块钱，我的皮鞋旧了，明天要到新新公司去买一双二十块钱的，好不好……我后天要赴跳舞会去，最好有一辆汽车送我去，你是穷鬼，没有的，与我租一辆来吧……我身边没有钱了，要请朋友上馆子，你先拿些钱来……”

这些话他起初听着还好，后来听得有些厌了，竟使他心中不得安宁。二则李美时时出外，有时要到晚上一点钟回来，东去跳舞，西去宴会，忙个不了。但因爱伊的美，不敢得罪伊，仍是笑颜对伊。

一天，他领了薪金回来，计算要还去一笔账，走到家中，却不见伊，才想起今天某某社开一个破天荒的光怪大会，请伊跳舞去。伊还留下一张券，叫我去看看的，何不去看看伊怎生模样？我很久不看伊跳舞了，何苦独自在家里寂寞呢？遂出门到光怪大会来参观。正逢李美出场跳舞，见伊穿着蜜色轻纱舞衣，赤着双趺，露着双臂把冰肌玉肤一齐显露，胸前隐隐双峰也可窥见，在台上且舞且歌，用五色电光照着，多么美丽。观众高声大呼道：

“好啊！再来一个……”

又有人说道：

“李美的跳舞真和俄国女子一般好了。”

他真不愿意听这种说话，不愿意见这种形状，掩耳闭目地逃了回去，坐在椅上，只是长吁短叹。停了一会儿，李美回来了，问他可去看过，他也不答，李美不知道他的心事，又对他说道：

“我又向霓裳公司定制一件新的跳舞衣了，大约要五十块钱，很便宜的。”

他忍不住向外边一走，他不敢有这最美之妻了。

暗　　箭

一阵钟声之后，祝楚风挟了一大叠考卷，一步步地走下扶梯来，只走了五六级，两页考卷忽地被风吹落了，便蹲倒了身子去拾。猛听得教室里隐隐地有哧哧笑声，一个学生说：

“今天的测验不用说，定是淑琴第一了。”

又有一个人说：

“如果不是淑琴第一，我也不信。”

楚风听到这里，不觉心中一动，伸下去拾考卷的手就缩了转来，立在扶梯上呆呆地听下去。只听得一个学生又说：

“你们怎样知道呢？难道考卷是你批的吗？”

那个学生笑道：

“要是我做了祝先生，益发要批淑琴第一了，呵呵！”

楚风微微地嘘了口气，赶紧拾了考卷，走下扶梯。当他低倒了头跨下末级的时候，想到教室里的淑琴，在她们的冷嘲热讽的包围中间，一定赌气伏在桌子上不作一声，圆圆的脸上泛起了两朵红霞，水汪汪的眼睛里含着两颗摇摇欲坠的泪珠。他这样想着，已走到办公室了。

这真是一个难题，他把收来的考卷约略看了一遍，淑琴的成绩确是最好，谁也及不到她，他举起了钢笔，想批分数上去。记起了方才听得的笑声，记起了方才听得的讥讽，不觉大大地踌躇，最后决定别使淑琴为难吧，便胡乱地拣了一本，批上八十五分，再在淑琴的考卷上批了八十二分。一本一本批完之后，肩头上似乎轻松得多了。

吃罢午饭，楚风在办公室里整理考卷，恍惚间一个圆圆的粉脸在窗外一闪。定睛一看，那关得紧紧的窗缝里多了一张纸条，他抽来一看，上面写着两行小字是：

我最敬爱的先生，今天的测验请你批我到五名以外，因为我被她们挖苦得够了。你知道的人上。

楚风看了一遍，又看一遍，见那张纸条是从练习簿上撕下来的，字迹写得歪歪斜斜，有几笔几画，只淡淡地有些影痕，却没有蓝墨水的色彩。他知道她写这纸条是在放午饭的时候，背着同学匆忙地写的，他更知道她写的时候，一颗芳心不住地忐忑。他替她愤恨，他替她叹惜，他拈了那张纸条，纳在袋里。

下一天，楚风带了批好的考卷走进教室，一眼看见坐在靠窗第四位的淑琴，粉颊深深地低垂着，那张樱红的小口微微地翘起，和台上的书本只距离一丝。行过了礼，楚风把手中的考卷递给级长，六十多只眼睛都把锐利的视线注射到淑琴的身上。淑琴益发不安，旋侧了脸，用手拈弄书角，从满面的红云中间，可以见到她的羞涩、她的惶恐、她的颓丧、她的悲哀。冒失的级长接了那叠考卷，也不细看，就走到淑琴的身旁，把第一页发给她，淑琴心虚，接了也不去看，赌气向抽屉中一塞，那些同学们不知就里，以为真个是她第一，大家面对面扮了几个鬼脸，咬着嘴唇冷笑。楚风急忙对级长说道：

“你发错了，怎的不看名字呀？”

级长听了，把手中未发的考卷一看，赫然有“丁淑琴”三字，才知真的弄错了，一面向淑琴调过了考卷，一面咕哝着道：

“我只道是淑琴姊第一的，谁知偏又不是？”

全室的学生忍不住哄然笑了。在这十五分钟里，淑琴的头始终不曾抬起来，面上的红云也兀自不退。楚风觉得很为难，因为他是不能低倒了头和涨红着脸的，他只索呆呆地立阒，把肩头挺直，抵抗着上面重量的压迫。他本来想教学生们挨着次序读一遍，现在看了淑琴的光景，原定的计划便失败了。

楚风变更了计划，把课文细细地讲一遍，他预算这五十分钟完全支配给讲解了。他讲到“刺激”两字，想起了顷刻的一幕，便郑重地说道：

“有许多人受了刺激，而心灰意懒，也有些人受了刺激，反能跳出环境，得到良好的结果，像我们知道的牛顿（Newton），他在学校里功课不好，常受同学的欺侮，有一天被高年级生踢伤了他的肚子，他就忍气吞声，发愤读书，后来不但做到同学的领袖，还成为世界第一大算学家、大物理学家、大天文学家……”

这一席话，他们听了只当一只故事，只有淑琴是能够会意的。楚风呢，也只要她明白就是了。他接着又讲了一会儿，下课的钟声铛铛地响了，就连忙退课。

在放学的时候，楚风立在办公室的窗边，对着那株亭亭如盖的碧梧出神地看，学生们和潮涌一般从教室里跳跳跃跃地出来，他看见淑琴也在中间匆匆地在窗前走过，她的粉颈依旧垂倒着，她的小嘴唇儿还是鼓起着，手腕拿着一个妃色的书夹，却和往日一样。

楚风目送她出了校门，然后走到写字台边，把那方才交出来的一叠周记仔细批阅。他翻到淑琴的一册，见她的小楷比以前益发秀丽，有许多地方竟有些像他了。在记事栏里，有几句话很可咀嚼，是“我自己觉得很奇怪，近来怕见人家的笑容，尤其怕见同学们的笑容，可是我越怕它，越是常常看见，真使我也哭不得而笑了”。楚风本想写上几句安慰她一番，恐怕被别的学生看见不好，就单在那几句上面加了两个圈子。

楚风到家里，他的妹妹楚云告诉他说：

“淑琴姊方才来过，说有许多话要和你讲，她候你好久，不见你来，就怏怏而去。她叫你本星期日清晨早些到西溪公园。”

楚风道：

“她在我的书房里坐一会儿吧！”

楚云点点头。楚风连忙走到书房里去，见他的写字台已和早上到校时不同，花瓶中多了一枝梅雪争春的菊花，嵌着半身照片的照架，移了一个地位，分明是淑琴动过。楚云说：

“淑琴姊还送一样东西给你，你猜猜看，是什么东西？”

楚风道：

“是一张照片吧！”

楚云笑道：

“不！那是你猜不到的一个剪指甲的小剪刀，我替你放在抽屉里了。”

楚风听了，拉开抽屉，拿那小剪刀来看，是极平常的东西，委实不明白她的用意。想了又想，还是不甚明白，就把它好好收藏，同楚云到园里去浇花了。

淑琴坐在假山石上，拿了一个大饼，一片片地撕下来，丢到池水中央，引逗小鱼儿。楚风走到她的身旁，她还没有觉得。楚风骤然地把她手中残余的大饼抢了过来，笑道：

“给一块我吃吧！”

她才啐了一口，侧过脸来，和他微微地点一点头道：

“楚风哥，你什么时候来的？吓得我一跳。你既爱吃大饼，这一块就送给你吧！”

说着，从衣角上摘下一块箬灰色的手帕，掩着嘴笑个不住。楚风在她旁边坐下，拉住她的手腕道：

“琴，你给我的小剪刀是什么用意啊？”

淑琴羞涩不答。楚风问之再三，她才轻轻地说道：

“我曾听得妈妈说过，啮指甲的人都不能聚财，我见你爱啮指甲，恐怕中了她的话，所以替你买了这个劳什子。请你以后遇到憎厌指甲的时候，不要用嘴去啮，还是付之一剪吧！”

楚风笑道：

“呀！原来如此，你不说穿，我一世也不会明白的。琴，你也迷信吗？”

淑琴道：

“这个虽然不甚相信，但是终替你担忧。楚风，今天我约你到这里来，是要告诉你许多话。这几个星期里，我被她们欺侮得够了，她们退了课后，终和我胡闹，叫我祝师母的，也有叫我祝少奶奶的，也有叫我祝太太的，也有……真气得我口也开不出来。唉！我坐在教室里，简直仿佛坐在针毡上了！楚风，你替我想想，用什么方法去对付她们才好呀？”

楚风道：

“这是很容易的，只要我辞职他去，就不会纠缠你了。”

淑琴嗔道：

“你忍心撇下了我吗？那是我宁愿被她们永久纠缠、永久欺侮，不愿你去的。楚风，还是好好儿想个方法吧！”

楚风踌躇道：

“那是很难，那是很难，我们两人有了一个离开这里，就没有问题。可是，可是，我去了，撇不下你，你去了，也是这样，如何是好呢？”

一面说，一面撕着大饼，丢在池里，一不留心，一小块饼丢在淑琴的高跟鞋上，嵌在她的鞋缝里了。楚风和淑琴都没有知道，只是面对着面，呆呆地望着。淑琴见楚风想不出方法，就皱起眉来。楚风见淑琴愁闷，也就格外踌躇了。

秋风摇撼着梧桐树，一片黄叶慢慢地下降，下降，把淑琴的满头秀发盖住了。淑琴举起玉臂，把它掠下来，可是第二片又接着落下了。楚风偎近了她道：

“琴，我们和这两片黄叶一样，一同离开这里吧！我们还是不顾一切吧！”

淑琴抬起半个头来道：

“那也不是安全之策，我俩现在既在恶劣的环境中间，如果一同出去，更要贻人口实啦！”

楚风道：

“那么且忍耐着，把心中的愁闷遏住，同学的讥讽当作不闻，忍耐到你毕业，忍耐到我俩脱离这个环境，忍耐到我俩获得自由，你以为怎样？”

淑琴略点点头，把两片黄叶放在掌心里玩弄着。

游人渐渐地多了，他俩立起身来，挽着手，出了西溪公园的门，在一个小摊上买了两包淑琴爱吃的味乐糖，大家咬了一片，静悄悄地走着。太阳照着他俩，在地上多了一条黑影，从两条并成的一条黑影。

走到半路，淑琴忍不住笑起来了。楚风连忙问她，她不回答，却立定了，一手扶住楚风，把身子蹲下去，脱下她的鞋子，直到取出一小片饼。穿好鞋子，才告诉楚风有一块引逗鱼儿的饼，不知怎的落在鞋中去了，所以走路的时候觉得异样地不适。楚风听了，也笑将起来了。

隔了两天，楚风在一个学生的日记中发现有这么一段：

> 前天上午，我同了姊姊到西溪公园去，看见假山石上坐着一个穿绿旗袍的女子，和一个男子喁喁谈话，我仔细地一看，女的是我的同学，男的很是面熟，好像我天天看见的……

的确，那天淑琴穿着一件淡绿色的旗袍，楚风记得。他看完了那篇日记，勉强地在上面批了两个圈子，面上现出一种不可形容的苦笑。

又隔几天，楚风走到教室里，看见黑板上隐隐地有两行大字，虽然用粉刷擦过，还看得出字迹，一行是“祝楚风”三个字，一行是“丁淑琴”三个字，这样并齐写着，写者的用意是显然了。楚风略略一瞧，胸口似乎闷闷的，不知如何是好，偷望淑琴，又伏在桌子上了。在这一个钟点中，他不曾用过粉笔在黑板上写字。

还有一天，是傍晚的时候，楚风赴朋友的宴会，走过一家的门前，一个女孩子指着他的背对她的母亲说：

“这是我们校里的祝先生，他和高级的丁淑琴快要结婚了。”

这几句话完全送入楚风的耳朵，使楚风赴宴的兴味减少一半。

还有一次，楚风有事到上海去，淑琴却巧也受了风寒，害几天病，没有到校。全级的学生都怀疑起来，以为他们俩是同到上海去了，有一个好事的学生更编着谎话说：

“前天我看见祝先生和丁淑琴坐在一辆马车里，向车站方面驶去。

他们并肩地坐着，模样儿很亲热，好像一对夫妇。”

同学们听了，信以为真，便认定这事情是确实的，你我传说，散播了全校。楚风从上海回来，淑琴也新病初愈，他俩同日到校，于是谣言的力量又增加不少，渐渐地传到校外了。

楚风知道他和淑琴的热恋在学生的脑海里已经深深地印入了密集的暗箭，是无法避免了。在这种情况之下，只有安慰淑琴，忍耐着，盼望暑假的光临，他又知道他们无意识的暗箭，不但不能破坏他俩的结合，反可促进他俩的爱情，所以对于这许多谣言表示无抵抗的默认了。

这是在元旦前两天发生的事情。

淑琴那一级的同学预备表演一出新剧庆贺元旦，要求楚风给她们拣选剧本。楚风便把莎翁的《女律师》（即《威尼斯商人》）介绍在推行剧员的当儿，级长起立说：

“我赞成淑琴姊担任女主角，可以说她对于爱情的表演，有深刻的经验啰！”

话还未完，六十多只玉臂高高地举起，只有被攻击的淑琴，头枕着臂，伏在台子上，不敢抬起来。级长又说：

“我更赞成我们的祝先生担任男主角，正好能和淑琴姊做一对夫妇，我知道祝先生的艺术很好，如果和淑琴搭配，那是一定好得不可说啦！”

在一片风时附议声中，在一阵恶意的鼓掌声中，淑琴抽抽噎噎地哭起来。楚风觉得坐也不好，立也不好，好像被他们束缚着不能动弹了。

明天，楚风和淑琴悄悄地走了，学生们在讲坛上得到一封信，中间写着：

我亲爱的同学：

我很感谢你们这几个月里兀自把金头的暗箭射到我俩的心窝，使我俩的爱情蒸发起来，有今天的一日。你们都是天上的甘必得呀！你们都是传说中的月下老人呀！

我和楚风在今天的清晨，到上海去结婚了。这个消息你们听了，怕是惊骇的吧！其实这是不用惊骇的，因为我俩的结合是你们所促成，你们在平日已满望我俩这样的了。我俩现在为你们所支配，我俩现在照着你们心目中的做去，那是何用惊骇？

不过使一个没有毕业的女子嫁给已经学成的青年，那是你们的过咎，本来我俩想到明年暑假再进行结婚，请你们舒舒服服喝一杯喜酒，可是竟被你们所不许，这未免使得我抱恨。而你们的功德上面，也未免稍受微损呢！

今后我俩的行踪不用你们探听，我俩的景况也不用你们操心。如果有机会，谢媒是赖不掉的，你们安心着上课吧！

末了，我要告诉你们，恶劣的环境只能使懦弱的青年意志颓丧，神圣的爱情是什么都破坏不来的。我们再会，祝你们安稳地得到男子的爱。

你们的同学淑琴

如此恋爱

辘辘的车声中，有一个失恋者，低倒了头，思念着过去的欢爱。他不敢抬起头来看对面擎起金盒、涂脂抹粉的妖娆少女，更不敢侧着耳朵听隔座耳鬓厮磨、浓情蜜意的夫妇私语，他只是抚着累累的创痕，暗暗吁叹、深深悲哀，他以为他是全车中的最可怜者、最不幸者。他不知道这一列车还载着不少失掉社会之爱、父母之爱、夫妻之爱的可怜者，又不知道这一列车要产生许多失掉社会之爱、父母之爱、夫妇之爱的不幸者呢！

巍峨的北寺塔影映到玻璃窗上，他的幻想给停车时的簸动打断了，他目送一部分旅客下车，又注视苏州站上的人众争先上车，觉得这种纷扰，是使他寂寞的心发生特殊的憎厌，他回过头来，看身旁的小皮包，和对面少女的视线无意中接触了，一张圆圆的脸、一对明媚的眼睛、一只猩红的小嘴、两点隐隐坟起的乳头、一双白嫩的臂，挨着次映进他的眼帘。他虽坚决地想把这影像抹去，可是她的吸力使他意志动摇不得，不再看到她两只柔软的手和两条穿着肉色丝袜的小腿。

少女在他严重的注视之下，丝丝红晕网满了两爿粉颊，婀娜的腰微微地欹侧，从皮包里面取出一本书来，高高地举起，一行行细看。她想借着这些书叶遮住对面男子的视线，和自己流动的眼波，但是事实上已不可能，自己的眼波越是阻隔着，越是流动得厉害。到了方方的铅字上面，终曲折地放射出去，到他的黑领带上，到他那露在袋外的折叠着的花帕上，到他那银光闪烁的衬衫的纽扣上，和他显露着的身上的一切。

她的一颗芳心是在胸口活跃了，要是没有辘辘的车声不断响着，也许可以听到忐忑的声音呢！

他是看破她的心理了，视线在她的书底和簿面上略打一个转，重复注射到她的粉颊上，在她乌黑的睫毛上面逗留了好久，鼓着勇气，把含在喉间的问题向她提出了：

“是卫小姐吗？”

“是呀！锦哥，也到上海去吗？”

“不错，我和卫小姐是十多年不见啦，谁想还在这儿会晤，伯母身子好吗？”

“托福。方才我见你在常州上车，就疑是锦哥也，为了分别多年，不敢相认，请你原谅。”

她放下了手中的《西线无战事》说。他嘘了一口气道：

“漪妹，在这十多年里，我已饱尝甜酸苦辣的滋味了。想起了我们住在一起的时候，真是不堪回首呢！北街上的李莉兰是你的同学，不是个很诚恳的女子吗？谁知……谁知在我的心窝里刺上一刀的，就是她这个诚恳的女子，使我精神颓丧、灰心意懒的也是这个诚恳的女子。漪妹，我现在一一地告诉你，请你记着，在社会舞台上，有许多剧员是还和京剧中的花脸一样，要戴着假面具的。

“在SS女校的十周年纪念会里，我和李莉兰认识了，她正做着招待，一件箬灰色的旗袍上佩着一条湖绫的徽章，衬着她的笑容，益发觉得可爱。她向着我说了许多关于你幼时情况的话，竟忘掉了她自己的职务。我见她的态度十分诚恳，所说的话又投合我的意思，因此，我从纪念会会场上回家，是挟着她的倩影回家的。

“过了三天，又在电影院里和她相值的，她一见了我，就招呼我坐在她身旁的空位上，她把她柔软的身子紧紧地挨着我，一双明慧的眼睛更时时地注射到我面上，逼着我向她讲话。我被她那诚恳的态度迷惑了，伸过手去捉住她的玉腕，在我的指端，感觉得女性肉的软润时，我们是跨进情场的门槛，踏着爱的道路前去了。

“这是值得回忆的，那一夜，她把秀发蓬松的螓首倒在我的怀里，轻轻地启着朱唇，叫我锦哥，央求我把电影的英语文说明翻译给她听，我用我的左手勾住她的粉颈，讲完了一片字幕，便在她的樱唇上接了一吻，她毫不抗拒我，和绵羊般的驯良。等到电影映完，我们的爱意已怒茁得很长了。

“从此，我俩的书信时常在邮差的袋里对流了。公园的草地上，也就多了我俩的两只脚印。刻在中秋的夜里，是热度最高的时候，我在她的衬衣里发现了我的半身照片。

“漪妹，这时候，我是蛮想娶她啦，一方面催她征求父母的同意，一方面进行我的小家庭计划，差不多每夜的睡梦中，看见她对我媚笑，给我喝欢爱之酒，哪里知道她是一个诱惑男性的女子，意志不定、爱情不专的女性。她的性欲中的饥渴解决之后，竟和别个男子开始谈情说爱的工作了。

“一天，我到苏州去做事，住在城里的VV旅社，放下了行李，吸一支卷烟，听得走廊里有一阵橐橐的鞋声和谈笑的声音，我立在房门口一看，却是一对青年男女，挽着手走来。我看得很清，男子是某机关的职员，家里有四个儿子了。女子呢？不是别人，正是我认为诚恳忠实的她。她看见我，别转了头，兀自和男子说笑，走到了我隔壁的房间，就一同进去，砰的一声把门关上了。

“漪妹，这时，我的心中真好似千刀万剐哟，起初还想塞住了两只耳朵，勉强过他一夜，可是隔墙的笑声很清晰地送来，使我不得不抛了手中的烟头，匆匆出去了。

“从此我的一颗心和木雕泥塑一般死和冷了，我怕见女子，怕见年轻的女子，更怕见诚恳的女子。我有时走到热闹的街上，看见有一双手挽着手、肩并着肩的俪影，慢慢地在我前面移动，我终觉得他俩是向我示威，向我夸张，我是低垂着笨重的头，我是紧合着呆木的眼，终于转了个弯，换别条路到我的目的地去了。

“这样，我觉得对于苏州是不发生什么兴味了，我憎厌苏州，又畏怕苏州，得了一个机会，便换到南京去。昨天回常州老家去一趟，今天再乘车到上海，想买些需用的东西，不想遇到了久不见面的你。亲爱的漪妹，你能把经过的情形，告诉我以约略吗？记得当年你家乔迁的时候，我为你曾经整整地哭了一夜，把你送给我的那副缺了一只卒的象棋抛在池子里。那时，我认为你离开我，是你的主动，是你的忍心。现在想想，小孩子气，多么的可笑啊！”

清漪笑道：

“我的过去情形不及你的曲折，在搬家的那一天，我曾埋怨过最珍爱我的母亲，为什么一定要使我和锦哥平白地不能见面？我又曾发戆似的警告母亲说：‘要是一定要搬到上海去，那么我是无疑地要被汽车撞死。’我以为我的母亲是很爱我的，听了这几句话一定恐慌得取消搬家的举动，谁知她微微地笑道：‘胡说！汽车只撞瞎子和呆木的乡愚，像你这样大小的姑娘是不要撞的。’这样，我只得和绵羊般地跟她跑了。到了上海，本想写封信给你，后来恐怕写得不通，惹你哂笑，就不曾下笔，一直延宕到现在，真是抱歉。去年我在 PP 女学毕业，被同学荐到南京某机关里服务，觉得生活方面尚称舒服，可是在南京已有一年却未曾会过锦哥一面，莫非锦哥埋头工作、深居简出吗？”

文锦点了点头道：

“是的，南京和苏州一样，使我畏怕，不过可以避去李莉兰的影，比苏州好一些。”

清漪安慰他道：

“锦哥，我劝你看开些，世上像李莉兰的女子固然很多，像你这样专爱的男子却也极少啊！你以后不要把李莉兰给你的创痕再遗留着不时地抚摸，还是恕了她吧！”

他俩这样地谈着，火车已很快地驶到上海北站，清漪等火车停了，立起身来对文锦道：

“锦哥，今天能够下榻寒舍吗？如果愿，请你助我一臂，代拿一只手提皮箱。”

文锦踌躇道：

“伯母不讨厌我吗？”

清漪摇摇头。文锦就走到她手指所指的地方，把安放着的皮箱提了起来。两辆黄包车载着这一对久别重逢的伴侣，在一座小洋楼的门前停下了。清漪跳下车来，挽着文锦的手，很快活地喊进去道：

“妈妈，给你看一个人，认得不认得?”

她的母亲正在盼望女儿，一面听着无线电机里的说书播音，一面时常对着门外注视，看见女儿同着一个少年跳跳跃跃地进来，心中暗暗纳罕，就走出来看。只见少年的面貌似乎在哪里见过，一时却记忆不起。清漪逼着她道：

“妈妈，究竟识得不识得呀？这样定睛地对他看，他是要不好意思啦!”

她母亲想了半晌道：

“呀！我记得了，那是旧时的乡邻，你的锦哥。”

清漪笑道：

“还好，妈妈的老眼没有昏花呢!”

文锦在清漪家里住了三天，觉得清漪的一举一动都是爱他的表示，就是她母亲的待遇他，也和往时不同。他禁不住已死的心慢慢地复活，把清漪给他的爱一一接受在心的中央，茁出几条嫩芽来。当他和清漪同车回南京的时候，并肩地坐在二等车中藤椅里，和夫妻一样亲热。文锦握住她的玉腕，细细抚摸，清漪害羞不肯，把两只手都藏到衣袋里去。文锦感慨地说道：

“回想在儿童的时代，你我捉住手，不以为奇，现在大家年龄增加了，一举一动就要被社会环境旁人所支配，真是最无意思的一件事呀!”

清漪听了，轻轻地骂道：

“利嘴的，不要多发牢骚，我给你一握吧!”

说着，左手伸了过去，软绵绵的手指放到文锦的掌内道：

“握！紧紧地握!”

下了火车，文锦送她到某机关，约定每星期日晤谈一次，在一星期中至少要往来书信两次。清漪笑吟吟地答应了，下一天就有一封情意缠绵的信压在文锦的枕下，中间有几句话是：“我感谢下行车，介绍我接受你给我的爱，我愿意你再给我多重的爱，永久地给我爱，然后乘着这下行车回上海，见我的妈妈去。”文锦的精神被这几句激动了，提起笔来，写一封回信，措辞很婉转，大意是说：“我是个爱过别位女性的男子，蒙你垂爱，是惭愧又是惶恐，现在只有小心翼翼地接受你的情愫，在短时期内设法使它扩大到登峰造极。”

他俩的第二回通信是有进一步的表示了，清漪说：“我虽没曾爱过旁的男子，和你地位不同，可是我不怕宽恕你过去的错误，并且有相当的怜惜，我愿意投在你的怀里，直到我生命的结束。”

文锦回答道：

“你的深情蜜意使我感动万分，我的手臂已经张开着，只等我的清漪和好鸟一般地投来。”

第一个星期日的光阴，就全部地消磨在酒馆和影戏院里。当电影开映的时候，清漪指着幕上表演情爱的一瞥，轻轻对文锦道：

“锦哥，请你注意这么一幕，我愿意和你照样地表演下去，成功一出结束圆满的喜剧。”

文锦低着头，在她的嘴唇上吻了一吻，表示赞同，看完了电影，挽手出来，吃了少许点心，方才再三叮咛而分别。

经过多次的会晤，和重量的爱情灌溉，他俩决定在明年的夏季到上海去举行结婚典礼了。文锦满腔是愉快欢欣，不知道世上还有悲剧，从前的心头创痕早已填补得丝毫无缝了。

到了他俩永永不忘的一天了，清漪打扮得和出水芙蕖一样，坐在文锦的身伴，在他俩的前面，是围坐着不少的宾客，都喜气洋洋地喝着酒。文锦把缔结的经过带着笑容报告了一遍，宾客发狂似的鼓掌。大家把手中的玻璃杯倾满了白兰地，高高地举起。突然地来了一个衣服不整的青年，捧着一只纸盒，歪歪斜斜地走到宾客的中间，朗声说道：

“请文锦先生和诸位朋友恕我的罪，让我说几句沉痛的话。我是弱者，失败者，首先得到密斯卫的垂爱，曾经为她而离异未婚妻，曾经为她而转学。在去年的春天，是我和她感情最融洽的时间，她殷殷地叮嘱我，明夏在大学毕业举行婚礼，谁知她认识了文锦先生，竟抛弃我，淡忘我，在我得到学士位做着甜蜜梦的当儿，突然判决我的死刑，和这位邮务员结婚。她这样地弃旧恋新，我现在也不抗议，只把她给我的信物当着群众的注视，一一地还给她。”

说到这里，开了纸盒，拿出一叠情书来，掷在清漪的身上道：

“退还原处吧！放在我那边左不过觉得肉麻罢了。”

又拣出两张照片，撕成粉碎，道：

“一张是密斯卫给我的半身相片，一张是我俩在真光合摄的订婚相片，现在做成几只纸蝴蝶，飞舞一会儿吧！”

相片撕毁之后，他又把那只颤着的手在盒的四周掏摸了好久，才摸出一只白金的戒指来，递给文锦道：

“这是她给我的婚戒，曾经亲手套在我的指上，现在我奉送给你邮务员吧！”

说完，挤出了群众的包围，悲声说道：

“诸位，我到这里来的缘由，你们都知道了吗？我去了，我到另一世界找寻真爱去了。”

他跌跌撞撞地出了礼堂，顿时全堂的空气紧张起来，大家静悄悄的，没有一些儿声息，只在默思。窗外树上的蟪蜩似乎按捺不住心中的烦闷，声声地叫道：

“知了，知了！”

故　乡

侘傺无聊的吴云坐在三等车上，时候还早，车没有开，遂买了一份《申报》，一张一张地披览。窗外晓雾蒙蒙，阳光穿云而出，只是还没有照到车厢里。天气冷得很，而车窗外叫喊的小贩喊得十分热闹，他们也是为生活而忙苦了，他们的喉咙沙哑，人若再不去领情买些，未免使他们失望了。

此时，车上渐渐人多，在吴云的对面坐了两个时髦的妇女，一个年纪大些，披着黑丝绒的披肩大衣，脚上高跟皮鞋，斜系着两朵红色的花；一个年纪轻些，穿着一件闪绿色的羊皮旗袍，四周滚着花边，脚上也是一双镂花黑皮鞋，黑色的丝袜，隐隐还露出肉色。两个都是妖娆多姿、十分风流，车上的人都对着她们注目。年轻的也买了一份《新闻报》和几张小报看着，她们所谈的如天蟾舞台做什么戏、三马路某餐馆什么菜好，至于国家大事，她们却绝对看也不看。吴云听了，不觉好笑。

等了一刻，一声汽笛，车已蠕蠕而动。出了外扬旗，渐渐快了，野田间雾已渐消，然而吴云心中好似罩着一层严霜，看着郊野景色，闷闷不乐，埋首看报。不多时，把四张报都读完了，无聊的广告也一一拜读过了。车上人都是兴高采烈地谈话，他抿着嘴，低着头，和谁人去讲话呢？对面两个妇女尤其是讲得起劲，他无意中听了良久，才知道那两个是卖淫的女子，不觉起了感想，暗想：现在社会生活程度高得很，那些蓬门荜户中人，无以过活，遂情愿把他们的女儿去操神女生涯了。而社会越是穷困，人民越是奢华，朝上辛苦得来的钱，夜间挥霍而去，正当的营业受了时局的影响，不能发达，只有些消费的游戏场、剧场、菜馆、妓院，以及种种娱乐的营业，应时而生，大众也朝不顾暮地只寻一时狂欢，金迷纸醉，酒绿灯红，都向此中讨生活了，可叹可恨。吴云的感叹不穷，引起了他心中的悲哀。但是车行如飞，早到了S城。雉堞一带，现在眼前。车上有些客人都立起身来，拍拍身上的灰尘，携着箱笼包裹，纷纷下车。

吴云却只有一个铺盖和一只手提箱，随众而下，出了车站，雇着一辆人力车，命他拖到轮船埠头，预备坐了船回到故乡去。此时马路上车轮衔接，都载着旅行之人回来。吴云在车上，看看萧条的柳树，寥寂的城郭，想起春日从家中出来时杨柳依依，春光明媚，我怀着绝大的希望，四顾景色，很觉高兴。现在却黯然可怜了，一肩行李，萧然回乡，只觉得金尽裘敝，壮士无颜。

吴云正想，忽听背后马蹄响，见那坐在他对面的两个女子坐着一辆簇新的马车，笑语着疾驰而过。吴云很觉乏味，到了轮埠，船将开了，连忙买了一张客票，带着行李上船。船中十分拥挤，好容易勉强得着一个座位，只听众人谈天说地，吵闹得很。可怜他腹中空虚，饥肠雷鸣，见卖茶叶蛋的人来，香味直送到他的鼻管里，他再也耐不住了，摸出一把铜元，买了几个充饥。

船开了，驶向空旷的河面去，帆船点点，来往不绝，滔滔的流水送着那船过去，他坐在舱中和车厢中一样无聊，更觉得拥挤了。坐在他的左面有一个面团团的男子，看他年纪，已有四十多岁，精神饱满，身体肥胖，穿着毛葛马褂，青灰色绉纱的皮袍子，身旁带着许多食物和箱箧，时时跷起指头和对面一个瘦长的老者讲话，左手上戴一只蓝宝石戒指，耀在众人眼里，似乎夸富的样子。老者问他：

“今年店中可生利吗?”

他答道：

“今年还好，大约有七八千盈余，若非受着战事影响，怕不上万吗?”

老者便称赞他运气好，又问：

“此次回乡，可有什么要事？”

他又道：

“老堂七十岁生辰，我是回家祝寿的。顺便探望亲友，送些东西给他们。”

老者又道：

“孝思不匮，永锡尔类。商先生，你真好。”

他们正谈得起劲，在吴云的右边，却坐着一个二十多岁的乡妇，伊已有城市化而脱尽乡气了。头发也已飘在颈后，两耳悬着金环，身穿一件毛葛的皮袄，元色哔叽，棉裤也不像乡妇了。伊正和旁边一个中年妇人畅谈，但听伊说道：

“……可不是吗？我初到上海也吃了许多苦，后来幸遇着一家好东家，这几年来，说句良心话，着实赚了些钱，所以我家阿顺倒在乡下吃吃茶、赌赌钱，享现成的福了。”

那个妇人道：

“阿金姐，这也是你的能干，我们都说你好的，现在你在上海惯了，回到家乡，不要不惯吗？”

阿金又道：

“是的，就是一到晚上，我总要想着上海开得电灯通明，如同白昼，看着家中的洋灯油盏，真像鬼火一般，不能做事了。我此番回来，吃我妹妹的喜酒，不到一个月便要去的，我代妹妹买了一些洋货送伊……”

夹七夹八地说着，一样现出得意之色，使那侘傺无聊的吴云更觉难堪了，肚里自思自想：她们倒像衣锦还乡的样子，一到家中，家人当然十分欢迎，而且乡人都要恭维，只有我却和当年苏季子游说不成，自秦回乡的情形仿佛。季子还能悬梁刺股，发愤自励，后来佩六国相印，得以扬眉吐气，不知我也有这一天吗？想自己先在上海某某公司中做事，十分勤劳，不过有一种脾气，不肯和人家的调，见了经理先生的面，只会一是一、二是二地说话，不会像人家那样天花乱坠地说好听话，所以经理先生不中意他，同事又在他的背后说他的坏话，做了三个月就把生意歇掉，寄寓在友人家中，四处托人介绍。这却是因为自幼没有了父母，家中又没有恒产，不得不靠着身子赚钱。后来，好容易有人介绍他到某某厂里去任事，厂主也很爱他，自己尽心竭力地做事，很有一些成绩，但是许多工人却反对他。一年之后，工潮大起时，厂中工人也闹罢工，有几个工人竟写恐吓信给他。有一次，他才出门，走出里口，忽听得枪声砰然，有一弹横飞而至，幸亏没有击中，只擦伤了一些皮肤，四望不见凶手，也不知道什么人开的枪。他想自己性命大有危险，不得已向厂主提出辞职，厂主知他结怨很深，也就答应，送了他半年薪金。但在上海一连几个月没有事做，早已用得罄尽。又有一个朋友介绍他到某处一个初级中学校里去当教员，他平日见人家做教员是一种清闲的职务，似乎对付容易，不料做了教员之后，又使他失望，厂家意外的困难，对付同事和对付学生都觉非常辛苦。现在的学生软又不来，硬又不来，新进的教员尤其要受他们的批评和戏弄，熬过了半年，他决计辞职不干了。回到故乡，住了两个星期，又有人介绍他到国民军某某军里去任事，他为了革命工作，兴高采烈地动身前去，谁知吃尽苦辛，没有一钱到手，欠了几个月的薪水，随军出发，餐风饮露，他都一一忍受。不知怎样的，某某军又突被缴械，缴械时，有一团不服，两边开起火来，他从乱军中逃生，险地丧失了性命，连铺盖都遗失去。逃到海上，无枝可栖，后在一个律师处做书记，但那律师因为生意不好，节省开支，二十块钱一月的薪水还嫌他大，所以把他就辞掉了。他无可奈何，废然归乡。这时，在他的脑海中回旋思想，大有天地虽阔，我躬虽渺，实没有他容身的地方的一种感叹，满腔子元龙豪气，消磨殆尽了。

故乡到了，青的山，绿的水，轮埠前老树不是和往昔一样吗？他提着行李，懒洋洋地走上岸来，回到家中去。走在街上时，忽然遇见一个朋友向他点头道：

“吴先生回来了吗？如何发福？一向在什么地方得意？”

吴云很颓丧似的答道：

“不要说起，大概命运不济，没有什么事做。”

那个朋友听了这话，又对他看了一看，露出鄙夷的样子走去了。吴云叹口气，走回家门。天色已晚，他的婶母正在磨粉，他上前叫应了，他的婶母见他这种样式，知道他是不得意，勉强说道：

“你倒想着回家了，晚饭可要吃吗？我们都吃过了。有些冷饭，我叫翠花烧一烧。”

吴云点点头，在旁边坐下，很觉疲倦。他婶母遂高声喊道：

“阿翠快来烧饭！”

便见房中走出一个十五六岁的女儿来，见了吴云，也不响，走到厨房里去了，口里却咕着道：

“好生意！”

还有一个男孩奔出来，叫道：

“哥哥回来了！”

吴云也叫一声：

“龙弟可好？”

小儿望着吴云的行李，见一些儿食物都没有，仍回到房中去。吴云很无聊地坐着，灯光下，见他婶母的面十分难看，只顾磨粉，不向他问什么，他也不响。稍停，阿翠烧好了，吴云自去取出来吃了一些剩下的菜肴，实在不高兴吃，只因肚中很饿，勉强吃了两碗饭。阿翠在旁看他吃，却对他眨白眼，他婶母便叫他在厢房里睡下。这夜，吴云睡在床上，百感交集，听街巷间狗吠声，思前想后，何等的苦痛！

吴云还到故乡已有半个月了，故乡景色似乎都使他感受到一种萧索，他婶母的面孔越觉难看了。他心里说不出的沉闷，闲步河岸，看看河中的乳鸭，浮泳水面，极优游自在之致。耳畔忽听有两个走路人指着他道：

“这不是吴云吗？想是蹩脚了，别走过去，恐怕他要借钱的。”

吴云回头一看，是他家的邻人，暗暗嗟叹。回到家里，想了一刻，决计再走出去。天南地北谋个自立的生活，和穷困奋斗，因为这个故乡再也不能住了，于是他要离开了故乡，立誓发达之后才回家，不然宁可飘零在外头了。

晨光迷蒙中，吴云又携了他的行李到轮船埠头了。愿上帝保佑这个不幸的青年。

轮船开动后，载着愁容满面的吴云而去。吴云望着故乡渐渐远了，眼中不由滴下点点泪来。

垂死的吻

翠珠放下了手中的针黹，抬起头来，注视从门外进来的筱春，见他的面色苍白，双眉紧皱，心中有些愁闷似的。正想动问，筱春颤声道：

“亲爱的，我挟着一个噩耗来了，我们的芷姊病在AA医院里，很是危险。方才吩咐看护妇打电话到我的写字间，叫我同你赶紧去瞧她一下。翠，我们就去吧！”

翠珠听了，多么的惊惶，她记起和她争夺筱春时的杏芷，十分活泼和美丽，我见犹怜。她又记起她和筱春新婚时的杏芷非常达观，很殷勤地替她招待宾客，怎么不满一年光景，竟被病魔所支配，要脱离尘世了呢？她想到这里，忍不住要哭了。

筱春挽着翠珠的手，踏上汽车，轻轻地说道：

“芷姊的病一定不会好了，我们到了那里，或许是要和她永诀了。如果她对你有什么使你不快的话，请你隐忍，为我而隐忍。”

翠珠道：

“她虽是我的敌人，虽曾破坏过我俩的结合，但是我很爱她，我很怜惜她，即使有使我不可隐忍的话，我也要原谅她而隐忍的了。春，你放心吧！”

汽车在AA医院的门前停下了，筱春和翠珠跨上石级，觉得心跃动得很厉害，呼吸也急促起来。翠珠叹口气说：

“当我们争抗的时候，谁知道谁也想不到会有一个人葬身到这里来呀。唉！早知如此，我是应当退让的了。”

一个院役从门房间里出来，招呼他们道：

“先生们，是找人呢，是要瞧病？”

筱春道：

“我们找人，东海女中里的吴先生，她在你们医院里养病，是住在第几号病房？”

院役想了一想，道：

“楼上第八号病房。”

他俩随着院役的引导，到了第八号病房的门前，在门上用指头轻轻地一叩，一个和蔼的看护妇满脸含笑地迎出门来，询问筱春道：

“先生贵姓？是赵吗？吴先生候你好久了。”

筱春道：

“她的身体怎样？”

看护妇摇摇头，低声说道：

“不行，方才医生替她打了一针强心针，说她的寿命至多四小时啦！”

筱春听了，不作一声，和翠珠走进了病房。

杏芷睡在窗口的病床上，瘦黄的脸朝着里面，右手伸出被外，瘦得只有骨头了。她听得了脚步声音，侧过身体来，撑起垂着的眼皮，向着门旁一望，她看见筱春，更看见翠珠，她那久无春色的脸上现出微微的笑容来了。她一面用那枯瘦如柴的右手向他们招着，一面喊道：

“我的春哥和翠珠，请在床沿上坐下，今天你俩一同来看我，非常愉快，说不出的愉快！”

说到这里，咳嗽了一阵儿。

“芷姊，你怎么病到这样了？要是你不叫医院里打电话来，我们还不知道你害病呢！我们没有早几天来看你，真对不起呀！”

翠珠说着，在她的床沿上坐下。筱春立在床边呆呆地向她面上注视，他见她的两块颧骨高高地耸起，已失去固有的美丽。最可怜的，是那点漆似的眸子，深深地陷在眶里，水汪汪的秋波变了淤涸的泥潭了。他看了一会儿，禁不住握住她的手，挥了几滴泪雨。

“春哥，请你听我垂死的话——我的病是蕴伏两年多了，你们看我失恋以后，怡然自得，以为我能够达观，谁知这强笑为欢的时候，也就是我心碎如裂的时候，我何曾有一天忘掉失恋的苦痛？我何曾有一天忘掉了爱我的春哥？更何曾有一天忘掉敌对地位的翠姊？我所以不肯蹈海自杀，不是懦弱，是要安慰你们一对呀！春哥，我念于为你们而病了，当你俩结婚的一天，我喝得醉醺醺的，回校就咯了一夜的血。那时，我觉得这娇弱的生命已是偷活，如果因此而死，比蹈海自杀好得多，也就任它。同事们劝我休养，我都拒绝了，从此我的病逐渐深刻，看见你俩一次就厉害一次，想起你俩一次就沉重一次。我记得，我很清楚地记得，臂上戴着的手表带，慢慢地把它的圆周缩小，只在几个月中瘦得不能再缩了。

“春哥，我是为你而病到如此的哟！想起和你热恋的时候，曾受着许多人的轻视，曾挨着不少人的讥讽，我为你离开了故乡，为我你失掉了父母的爱。那时，我的心中只以为我们是可以永久厮伴着，相爱着，将沉醉在甜蜜的酒里了。谁知镜利如刀的罡风吹醒了我这醉汉，你给我的爱，忽地转了方向，被我的敌人翠姊所接受了。你撇下了我，别有所恋，我并不伤心，翠姊是我的同学，劫夺了我的爱，我也不恨，我只怪忍心的苍天，为甚要使我们站在三角上面呀？唉！”

她说到这里，停了一停，可怕的咳嗽又接着大作。翠珠很悲哀地向着她说道：

“亲爱的芷姊，请你恕我，更恕春哥，我俩使你伤心，使你害病，使你受苦，是罪无可逭了。我们敬以十二分的诚意，祝你早日痊愈。”

“痊愈吗？哪里能够？”

杏芷说：

“迟一点钟死已是我的幸福啦！翠姊，请你放心，我现在心中没有一思半念怀恨了，你老实说，我还很爱你，和爱你的春哥一样。不过我有一个要求，想得到你俩的同意。就是我死之后，我的墓碑上要题刻‘赵吴杏芷之墓’，不知道你俩能够允许我这垂死的孤魂吗？论理这是不应当的，可是你们要知道，我的一颗心早在你俩结婚之前许给春哥的了。”

筱春扪心自问，是应该默认伊。他回过头来，向翠珠一望，听她的回答。只见翠珠很恳切地说：

“芷姊的苦衷，我很明白，你爱我如此，我不答应，是益增罪戾了。但是芷姊现在且不要说这种伤心的话，好好儿静养，或许可以复原。”

杏芷含着两包热泪，十分感激地说：

“翠姊，亲爱的翠姊，我感谢你的厚意，我爱你，直胜过爱我的父母。我默佑你和筱春永久相爱，同时把我对春哥的满腔热望都托付你了。”

看护妇倒了一杯开水给杏芷喝，杏芷喝了一口问道：

“多少时候了？”

看护妇把手表一看，道：

“五点十七分。”

她又向着筱春说：

“明天是星期日，请你走一遭，把我遗留在校里的东西都搬到你家里去。在我的写字台上有一个断臂的爱神石膏像，是我自己手制，你给我保存着，留作纪念。至于你给我的信，四十二封，大小照片四帧，都在这里枕下，停一会儿，你亲手放在我的棺中，我要永久枕着它的。春哥、翠姊，我的话完了，请你俩立起身来，在我的面前拥抱，紧紧地拥抱，接一个甜蜜的吻，这是我今天请你们来的唯一目的，这是我深爱你们的真正表示呀！我等着看着，别使我失望，亲爱的你们！”

看护妇忍着笑退出门外，筱春和翠珠在杏芷切望之下，互相拥抱着，接一个吻。杏芷注视他俩的拥抱，在瘦黄的脸上现出一丝笑容，好久没有了笑容。等到他俩吻罢，引吭喊道：

“现在，你该吻我的了，春哥！”

这两句话，声音带颤，十分沉痛。说完，她的灵魂脱离躯壳而去了。

筱春捧住她的头，吻她的唇，吻她的颊，更吻她的额，泪水、口沫和成了一片。

野　花

新春跟着残冬，出现于海湾附近，海鸥之群终日地在那里波涛上打转，山上的积雪融下来，增满了溪水公园里将近枯死的榆树，现在也抽出一点新芽来，参与人间的欢忭，这真是春光明媚的天气。

一个三月的早晨，芳姑因为要到她爹所开的小饭店里去拿东西，从家里沿着小路走着，路旁的花草，在风中不住摇曳。她穿的是一件新的外套，头上没有戴帽子，两颊带着苹果式的微红。她刚走到小路的尽头，看见有许多灰色的人头在草屋门口蠕动，声音非常嘈杂。她想她爹的店里发生了什么奇事，否则绝不会有如此鼎沸的人声。她就急忙似的走近了草屋，一霎时间，她就看清一群攒动的人头，就是新近开拔来的军队，挤在门口和门里的，约有三四十个兵士。她打了个招呼，挤了进去。兵士们看见芳姑，都知道是老板的姑娘，有的笑嘻嘻地叫应一声，有的瞪着眼睛发呆。她走进了草屋，瞧见她爹面色苍白，有皱纹的脸庞更显得衰老了。在他账桌对面的是一个年轻的军官，全身是深绿色的哔叽的军服，黑色的皮绑腿，发着光泽。身体是不长不短，两只炯炯有光的眼睛流露出斯巴达民族的灵魂，的确是现代的少年。军官眩迷着她的健美，芳姑不期然地问道：

“老总，你们在此闹些什么？”

军官看见芳姑，起初并不注意。因为他是个美男子，没有多少女子能够见了他的风姿而有抵抗力的，所以他曾得城市中不少女子的爱慕，他因而目空一切的妇人。他一听到女子声音，就充满着男性所有的倨傲，说道：

“这里有女子见我，请过来就是了。”

芳姑走近了军官的身旁，一对流动的眼睛注视着他的面部，含着诱惑的微笑，继续说道：

“老总，你们在此有何贵干？”

军官转了转目光，对芳姑道：

“你问我不如问你的老子。”

于是芳姑问着她爹：

“究竟是怎么一回事？”

她爹把事实的经过原原本本告诉了她。原来昨天的夜上，营里有几位弟兄到她爹店里喝酒，喝醉了酒，在店里胡闹，后来挥袖而去，不名一钱。他爹拉着他们的军衣要钱，好容易费了口舌，他们才付清了账。他们以为芳姑的爹有意侮辱他们，所以今天就请了军官过来，打算交涉的。芳姑来时已有一点钟的时候了。

芳姑走近了军官的身前，同时军官残酷的眼睛好像因了对方是柔和的女性而变为温和了。芳姑自己也觉得她有一种高贵的神秘征服这威武的男性，她更伶牙俐齿地和军官辩论。到了后来，军官显然是失败了，很和气地微笑。芳姑觉得这一次是她以女性的神秘征服了异性，在她处女的心地上，发现了新的奇迹。她感到男性的残酷是蹂躏同性的工具，但是任你如何的英雄好汉，总敌不住女性的诱惑，女性是握有无上的威权，同时她又感到男性是外强中干的，一遇了女性，像顽铁遇见磁石一般屈服了。她于是更用她所有的力量征服军官的反抗，要求他立刻吩咐兵士们离开小饭店，返营里去，并且担保将来不会有这样的事情发生。军官沉思了一会儿，屈服在她媚妙的美丽之下，竟毫不顾虑地允诺了，立刻走到门口，对着杂乱无序的兵士喝道：

“一切我都明白了，你们不要再闹，回营去吧！”

他的说话又恢复了力量，部下的兵士虽在暗暗讥笑他为女性所屈服，可是不敢违拗长官的命令，便无条件地散回去了。芳姑看见她的计划全部成功了，现着得意的微笑，她爹的脸上也不再像以前的苍白，对着军官露着感谢的神气，走过来邀请军官喝酒。军官却很毅然地拒绝了，大踏步跨出了店门。芳姑送他出去，在太阳光下，看着他威武的姿态，大模大样地走了。军官走了三四步，回过头来，对着芳姑微微一笑，他俩视线接触了，芳姑也露着粲齿，輾唇一笑。

自从军官认识芳姑以后，他也把经过向她诉说，于是芳姑知道他姓唐，名叫文波，今年二十五岁了，从十七岁到现在，已是八九个年头，过着军营的生活。他在中学里读过几年书，所以不比别的军官只有一副野蛮的态度，他是英武的、风雅的、美丽的少年军官，虽是在枪林弹雨之中往来奔驰，难免披霜戴月，但他白皙的脸庞依旧潇洒动人，并无劳顿的颜色，所以她是爱他了，很热烈地互爱了。他们在暗地里也曾游玩过山水，在黄昏的时候，又常在绿杨影里，并肩谈话，营里的兵士都知道他们恋爱的事情，因此有的在街头见了芳姑，便暗中对他的同伴道：

“朋友，这就是我们连长的未婚妻，真是漂亮呢!”

营里的同伴都赞美他俩的美满，说她是美妙的玫瑰，虽生长在荒野，但是她有苗条的姿态、艳丽的颜色，是一朵鲜艳的玫瑰，值得他那般英武的军官钟爱，不时在歌颂他俩的恋爱胜利。然而芳姑的老爹是站在反对的地位，常在灯下对着芳姑道：

“你太不自爱了，我宋明福活了这一把年纪，好容易抚养你成了人，又长得如此的美丽，同时我的家财也渐渐宽裕，开设这爿小饭店，是不忘其旧的意思罢了。你将来很可安稳地生活，正该嫁一个正经的年轻人，不该瞒住了你的爹妈，恋爱那吃老粮的家伙。你该晓得，掮着枪杆的都不是好人，古语说得好，好铁不打钉，好男不当兵。兵士是无赖做的，所以我虽低微，绝不愿我的爱女嫁给我认为最不满意的兵官做老婆。芳姑，如果你爱你的爹妈，就不该爱那个唐文波，他是社会不齿的有枪阶级，我不愿意他爱你……”

芳姑的爹有声有色地劝他女儿，但是芳姑非唯不听他的话，每逢她爹发着牢骚的时候，她终袒护唐文波，替他辩护，把他抬到九十九层的天堂，说得他如何的可爱，如何的值得崇拜。她的论调适巧和她爹的意见成了反比例，因此她爹很颓丧，由了爱他女儿的心理转变成仇视他女儿的爱人的态度，所以他时常嫉恨唐文波的行动，每见他走到女儿书房里的时候，他终有一种特别注意的神情，对他的女儿却放任地不敢责备，而把全部的错误认为唐文波一人的责任。

唐文波也感觉着她爹的神气了，不时和芳姑说起，芳姑竭力地安慰他。在一个黄昏，唐文波从芳姑房里出来，她爹看见了，便和芳姑大起冲突，他认为芳姑犯了偌大的罪恶，一个处女，不该容许任何男子到她的卧室里去，除非是一个不贞洁的女子，和男子发生了暧昧关系。于是芳姑便和唐文波商量，在那天的半夜，月色朦胧的时分，悄悄地一同私奔了。

他俩在月夜离开了故乡，到了繁华的上海，在静安寺路一带租了一幢房屋，便公然度那同居的生活。每天早晨，到梵皇渡公园去散步，吃过了午饭，在三点钟左右，上影戏院去看电影，晚上如果意兴浓厚，就上跳舞场上跳舞，或上戏院去看京戏。他俩无聊的当儿，便坐汽车兜风，或上西菜馆吃大菜，这正是上海最舒适的生活，摩登青年的生活。他俩离开了冷僻的乡镇，沉醉在繁华都市的怀抱里，忘掉了世上的争执，更忘却了有幽静的名山大水，以及风景古迹，他俩过的是每日刻板式的生活，完全忘怀了人们应负的职责，但是，太散淡了。芳姑是羡慕虚荣的女子，自然不会厌烦，然而文波却感到繁华生活的太无意思了，由乏味而感到无聊，结果他躯壳伴着他爱人在跳舞，而他的一颗心很自由地飞到大自然之中，但是他很爱芳姑，总勉强地镇静着伴她游逛。

在一天的下午，芳姑出去打麻雀了，文波独坐着抽雪茄，很是无聊，于是上卡尔登去看电影。那天映的是《英雄美人》片子，描写英雄爱了一个女郎，沉醉在温柔乡中，正是国家多难之秋，后来他私自逃回了军队，抛弃了他所眷爱的女子，上前线去。文波看了，心头忐忑起来，他觉得这一部影片是他当头的棒喝，他急忙地回到家里。芳姑还没有回来，他就留下一个字条，说明他回军队去了，叫她不要找寻，不久就要回来的。他是久困于繁华的都市，飞向自由的故乡去了，并且祝她前途尊重。写好这条，就提着自己放衣裳的行李箧，踏上电车去了。当文波走了不满一点多钟的时候，芳姑打好麻雀回家，踏上楼梯，喊着文波，却没有回声，她走进房间，也不见文波，想他或许和朋友去喝酒游逛了。她走到梳妆台的前面，看见文波留着的字条，她哭了，哭得很悲哀，然而文波只有他的相片中的人影是在微笑。

芳姑守候着他回来，一天、两天，以至于半个月，文波仍旧没有回家，她断定文波是的确重入军伍了。她诅咒他太任性、太英雄气概，她尽量悲哀流泪，但除了相片中的文波安慰着她，又有谁来安慰她呢？她病了，整整地病了一个多月，病愈之后，就搬了场，经了友朋的介绍，开始在北四川路香白林咖啡馆做女招待。她化名唐文波，表示她的纪念，因了她的美丽，成了香林的皇后，到香白林饱过咖啡的人，谁都称颂唐文波是最美丽的女招待，顾客们大半眷恋着她的美丽，诱惑她的，于是不知多久，她却艳若桃李，冷若冰霜，使那些迷恋着追求着的男性感到莫名其妙的神秘。

在一年以后的春天，约莫在半夜一二点钟的时候，香白林咖啡馆里来了一个少年军官，脸上左边有一个灰色的创痕，面色很是憔悴，但是两只发光的眼睛显出英武的神气来。他坐了下来，要了一瓶威司忒酒、一客鱼排、一客汤、一碗明治饭，并不调笑女招待，吃得醉醺醺的。服侍他的女招待是十三号的月英，站在他旁边，觉他很奇突，而发着神秘地注视，他也不浏览女招待的娇媚，他并不像别人一样的轻佻，临走的时候，赏了一块钱的小账。月英很感激他，当他走下楼梯很久的时候，月英在他坐过的座位里拾到一页日记，上面有“唐文波”三字，她大喊了出来，芳姑便急忙地走过来，抢着那页日记细看，脸上露出惊异的颜色。站在她旁边的月英更觉莫名其妙。

十二日

我从军队开拔到上海，驻扎在龙华地方，到静安寺路去过多次，芳姑是早已搬家了。但是，不知想她搬到哪里去，所以白奔了一天。

十三日

芳姑既已失踪，真感到空虚，我真懊恨过去不该一声不响地走了，这原是我的罪愆，我要求她的原谅，然而何处去找她呢？更哪儿去求她的宽恕呢？

十四日

今天来上海第三天了，询遍朋友，都没有人知道芳姑的消息，恐怕芳姑早已自杀了。如果这猜测竟不幸而中，我只能也死了，才可以在另一的世界里去和芳姑拥抱了。这几天心绪不宁，或者就有意外的事实预示在我的目前。天啊！我只要见我最亲爱的芳姑。

十五日

星期四了，同营兄弟都在操场上打靶，我却躲在被窝中，感到种种莫名的痛苦，与其说莫名，不如直截痛快地说我害了失掉芳姑恋爱的病象，病也好，死也好，芳姑不见了，有谁来慰藉我呢？

十六日

我自从别离了芳姑，何尝有一天忘掉了她？实在我那时太爱慕军人的生活，太任个性的放纵，以致丢开了可爱的芳姑，然而，如今悔已迟了。

十七日

今天我请了假，就到上海来，住在东方旅馆，我将开始我慢性自杀的浪漫生活，酒吧、女人吧，都好，只要我能够在逍遥中自杀，报答我芳姑的爱我。唉！这茫茫的世界，失去了我的第二生命，芳姑，我又何必留恋呢？

芳姑看完了这一页残缺的日记，她便穿上了大衣，离开咖啡馆，跳上了黄包车，向神秘之街奔驰。跳舞场门口的红绿电灯，照耀着这朵娇媚的野花。

谁是情侣

吴毓秀一个人独立在寄宿舍门外的阳台东边，娟娟明月照着伊的俏面庞，似喜似爱。伊一手托香腮，好似有什么心事，停了一会儿，伊从粉红色的里衣中掏出一封书信，是紫色的信。伊悄悄地向两旁看看，没有什么人来，忙把那信在月光下展读。上写道：

毓秀女士爱鉴：

不揣冒昧，遽上寸缄，女士得毋以狂且见责乎？虽然，使此书而果能借青鸟之力，得达慧眼，则鞭我责我，固无憾也。

昨日在半淞园以敝友刘蕙风女士之介，得瞻芳颜，遂识荆之愿，归后时深伊人之思，爱而不见，其何能已？故敢修函恳求女士许我为友……

伊看到这里，忽听阳台上叽叽咯咯的一阵皮鞋声音，有一个女生穿着一身紫色软绸旗袍，笑嘻嘻地走来。伊见了，面色登时大变，急忙把信向怀中一塞，迎上去道：

“蕙风姊，来此作甚？”

蕙风眼快，早已看见毓秀的信，便笑道：

“我功课已预备完毕，特来和你谈谈，不料你一人鬼鬼祟祟，在这里到底做些什么？”

毓秀道：

“不做什么，我正在闲步赏月。”

蕙风把一块玫瑰紫的手帕掩着口咯咯地笑道：

“到底姊姊是雅人深致，不过照我看来，敢怕是在月下读情书吧！”

毓秀听说，面上不由一红，摇摇手道：

“蕙姊不要乱说。”

蕙风道：

“是我冤枉你吗？你可敢让我在你身上搜一搜？”

毓秀道：

“不要如此，我怕肉痒的，否则……”

蕙风用手羞着脸道：

“你休要当着人说谎了，前夜林姊把你抱在怀中，在胸前肋下乱搔，你却闭着眼睛不动，还要说怕肉痒吗？”

说着话，便过来要搜，毓秀哪里肯依？两人你推我扭，搅拌作一团。幸亏舍监走上楼来，她们才一溜烟地各自奔回寝室。

毓秀回到房里，喘息才定，外面钟声已铛铛地打响，同房的人都上床安睡，但是伊却还有半封信不曾读完，哪里睡得着？可是电灯已熄，只得偷偷点上一支洋蜡烛，才把这封信读完。大意已在前半封写明，后半不过多添上些悱恻缠绵的词句罢了。所以在下亦不必再多费笔墨。但是，毓秀心里这时却十分忐忑不定。

原来伊所进的那个学校是一个男女同学的大学校，其中有一个和伊同级的男生，姓郑名仲良，性情和蔼可亲，学问非常高深，校中有个英文竞辩会，仲良曾在会中得过第一名的奖章，又善吟咏，常和一班诗家唱酬，群许为青年作家。他又喜音乐，兼擅丹青，种种美术和文学陶冶得他的性子非常恬静而高尚，大众便替他起了一个别号“才子”。不过还有一个使他颠倒石榴裙下、心悦诚服、不可自持的，便是这位吴毓秀女士了。他们两人同级同年，彼此学问俱已知悉，在爱情上的程序也时时有很深刻的进行，照平常男女交际的惯例，交情既然这样深密，早已有情人成了眷属，可是还有一件事情在毓秀心里终是难以解决。原来伊对于仲良的人品学问固然样样都是满意，只是讲到仲良的风姿，却貌不出众，绝无卫玠玉人风度，若要和伊配对，未免有些够不到，因此伊对仲良还没有切实的表示。仲良也不敢轻易启齿，只是用一种恳挚功夫，至于他们俩的这种关系，只有刘蕙风一人知道。蕙风性情温和，容貌却较毓秀稍逊，和毓秀是莫逆交，仲良也和伊很接近，三人时常在课余之暇同出游玩。毓秀和仲良的事，蕙风都知道，伊以为郎才女貌，真是人间佳偶，常劝毓秀早订婚约，毓秀却还是游移不决，蕙风也猜不出伊的心理。蕙风自己却另有一个心上人，那人姓魏，名金玉，是蕙风的近邻，生得风流潇洒，俊逸不群，胸中也略有些文学上的知识，因他的父亲在沪上商界中很有势力，他从大学科卒了业，便在一家银行中任事，位置很高，薪水很丰。他闲时常作些小说去投稿，目的虽不在乎金钱，却恨一般杂志都有说阀盘踞着，不肯登他的稿，于是他便邀了几个朋友，合组一个青云社，自己出了一种月刊，预备赔钱，一意求好，向各处名家出重金求说稿，自为主编。这样一来，他的名气渐大。蕙风的哥哥也是青云社中的社员，蕙风由伊哥哥介绍，遂得和金玉认识，一见倾心，金玉更求蕙风撰稿，蕙风也是个喜看小说的人，胡乱涂些给他，金玉把来修改了，登在上面。另外又索得蕙风的小照，做了铜版，一同付印，算是特约女撰述，并且在书的后面通讯栏里，时常写着“蕙妹青鉴，乞赐大作”等肉麻句子，因此蕙风和他有了文字上的交情，两人时相过从，渐渐发生了情爱。蕙风也把这事告知毓秀。

凑巧有一天，毓秀和蕙风去游半淞园，遇见金玉，金玉自命风流，对于妇女尤善逢迎，便陪二人四处游览，更雇了汽车到曹家渡一带去兜风，夜间又到一品香吃大菜，再到夏令配克影戏院去看电影。这一天，金玉得间便和毓秀谈话，很是亲密，反而把蕙风有些疏远起来。蕙风心中大大不快乐，未免有些醋意，只是碍着毓秀面子，不好发泄。毓秀归后，隔得一天，便接到金玉的信，就是方才那封信，暗中偷读，不但被蕙风撞见，蕙风有些疑心，所以假作要搜。幸亏舍监先生前来解围，才使毓秀现在得能读完这封情书。

男子贪恋女子无非是个“色”字，女子爱慕男子也是这个“色”字，这是普通的一个定律，作书的要酸溜溜地掉句文道，美色当前而不动心者，未之有也，这也就是孟子所说的食色天性也。不过女子爱色（色字不仅专指女子，是兼两性说的）不能像男子一样露在外面，出言无忌。然而文君私奔相如，红拂夜投李靖，情之所钟，也是不能自止的。毓秀心中本只有仲良一人，但是仲良的色不足维系毓秀的芳心，金玉的美色便乘隙而入，直据大本营，竟使毓秀心里活动起来。爱情为物，本像流水一般，轻而不定，毓秀也难保住不变。不过此时伊脑中忽像开电影，还有一件事使伊可以回忆。

垂柳丝丝，飘拂到池塘水面，这真是校门附近幽静的所在，天然的风景，可以入画，池塘中水草丛深，蛙声悠扬。伊立在池边，一心看着池中的青蛙，要想捉一只回校去解剖，预备生物学上的试验，并且手里还带着一个玻璃小瓶，要觅水中的草履虫，忽见一只青蛙从草里跳将出来，伊忙俯身前趋，要去捉拿，不料踏在青苔上，脚底一滑，一个翻身跌下池去。高声喊救。

这时，郑仲良正读着《大陆报》在校门外散步，听见喊声，忙奔过来一看，只见毓秀跌在水中，手脚乱动，一个头还冒在上面，可以看见伊的蓬松乱发。仲良见了，心中发急，也就不顾什么，丢了报纸，跳下池去，把毓秀救起。这是仲良做过童子军练习游泳的好处。毓秀一条性命居然被他救活，这一节过去的事迹，现在已像故事一般，然而还留在毓秀的脑蒂里磨洗不去。

此时，毓秀的良心和情欲两相交战，暗想：我若背了仲良，答应和姓魏的交识，岂非辜负了仲良一番深情？我没有仲良，也没有今日。仲良屡次向我有求婚的意思，我总是因循不报，将来倘然抛弃他，在我固然得计，但他却怎么样呢？但是，想了一想，又觉得金玉这人着实可爱，他既有心求我为友，哪里舍得回绝？继而又想起金玉是蕙风的好友，我怎能去割蕙风的爱？岂不要被伊唾骂吗？然而毓秀情欲蒙蔽，不计利害，结果良心到底失败，径情直遂地去行伊的事了。

蕙风自从这夜看见毓秀慌张的形状，不免大大疑惑，更加近日金玉和伊交情渐疏，不知为了什么缘故。同时，即有人告诉伊，遇见金玉和毓秀同坐汽车行过南京路到先施公司里去。蕙风这才恍然大悟，知道他们俩瞒了伊，背地恋爱起来了。暗想：他们都是我的好友，不应该这样不义气，心里气得不得了。从此，伊见了毓秀，便不睬不理，难得说两句话。毓秀也觉得有些对不起伊，蕙风又写信去责备金玉，金玉却不肯承认，伊也无可如何。

有一天，正是星期六，下午休课，风斜雨细，毓秀披着雨衣，兀自赶出去。蕙风意兴阑珊，独自回到家中，坐在书房里，空闲无事，在案头拿着一本《石头记》看看，随即抛去，心头恨事涌上心来，觉得自己和金玉的情愫未尝不厚，不料金玉一见毓秀，便生异心，自悔当初和伊一同出游，介绍金玉给伊，但是像金玉这样的得新忘旧，未免太丧心术了。从此可知美貌的男子实在靠不住呀！伊正自伤心，忽听外面门铃响，小婢出去开门，履声橐橐，走进一个少年来。蕙风一看，认得是同学郑仲良，暗想：他来做什么？仲良踏进书室，向蕙风一鞠躬道：

"刘女士安好！"

蕙风也忙答礼，请仲良在沙发上坐下。小婢献过香茗，仲良和蕙风谈些学术，后遂讲起毓秀。原来仲良屡次向毓秀乞婚，毓秀终是似拒绝似答应的，没有一个切实的回答。近来更觉得较前反而冷淡，自问待毓秀总是不差，到底毓秀心里怎样？因为蕙风是毓秀的知友，所以前来托伊前去说项。蕙风是早已明白个中真相，只是不好老实说出，并且自己也有自己的苦处，便在口头上允许代他们撮合，仲良欣然道谢。蕙风又开钢琴抚弄了一曲《园中鸟》给仲良听，蕙风是兼习琴科的，手法敏捷，曼音动听。仲良连连称好，直谈到天晚，仲良才告辞而去。蕙风灯下静想，觉得仲良这人十分可怜，一心对着毓秀，却不知毓秀早变了心，落花有意，流水无情，毓秀，毓秀，你未免辜负他了。老实说，像仲良这般学问、品性，可算鹤立鸡群，卓尔不凡，将来何患没有佳妇？不过此时若晓得毓秀另有所恋，不知要怎样失意，我和他也是同学，总要想法安慰他，他和我一样是被人抛弃，很可怜的。现在受人之托，忠人之事，少不得再去一探毓秀的意思。

到了明天，蕙风进校，暗地里把这件事向毓秀问起，毓秀果然摇头笑道：

“多谢他这样爱我，现在还不提到，请你叫他慢些吧！”

蕙风把银牙一咬，冷笑一声，也就走开去了。

光阴很快，一刹那间已过了半年，又是一个学期。正在莺啼燕语，春光旖旎的时候，校中许多同学都接到一张请吃喜酒的请帖，是粉红色用金字印的，四周加印花边，很是精致，上写“某月某日魏金玉先生与吴毓秀女士举行婚礼于一品香，恭请观礼”等语。一众同学都说吴毓秀出嫁了，大家去吃喜酒，十分热闹。

一到明朝，纷纷议论，都艳羡毓秀选择得一位如意郎君，唯有两个人面上都觉得有些异样，不消说得，便是蕙风和仲良了。再过一月，校中同学又接到一张喜柬，原来是刘蕙风女士和郑仲良君在大华饭店结婚了。大家自然也去赴宴观礼，归来时，大家都说便宜了才子，被他娶得这位音乐家去，可惜这位新郎却不及毓秀的夫婿俊美啊！

刘蕙风斜卧在湘妃榻上，蒙眬睡去，一柄芭蕉扇早抛落在地，身穿着粉红洋纱的小衣，酥胸微露，一双白色黑沿的小蛮鞋搁在榻外，妆台上的小金钟铛铛地敲了两下。午静人倦，稍睡片刻，却走进一个少年，正是仲良，见蕙风酣睡，轻轻过去，在伊樱唇上接了一个吻。蕙风惊醒，星眸微饧，见伊丈夫手里拿着一张报纸，坐在榻旁笑嘻嘻地对着伊，便娇嗔道：

“谁要你来搅人好睡？”

仲良道：

“我来送给你一段新闻看看！”

说罢，展开这张报纸。蕙风扯住他的手臂，慢慢坐起，仲良指着一行大字，和蕙风一齐念道：

“周赓昌大律师代表魏金玉、吴毓秀夫妇协议离婚声明。”下面小字大略为“兹因金玉与毓秀意见不合，各愿离婚，双方公请周律师为证人”云云，两人读完了，面对面地相视而笑。蕙风把螓首徐徐靠近仲良肩上，仲良双手抱住伊，两人很亲密地接了一个甜蜜的吻。

患　　难

离开Q县城二十多里路，有一个小镇，周围不过五六里，人口也不多，最富有的住户是开设米行的赵家，所有财产约计四五十万，因此引起了附近土匪的觊觎。往常当地的守备很是严密，总算没有什么危险发生，可是去年的秋天，省里起了战事，驻扎该镇的军队都奉命开拔到前线去，于是土匪就乘此机会大肆活动起来。在一天的深夜就遭了他们的洗劫。赵家首当其冲，自然不免，其他的人家也受着池鱼之殃，抢劫了不算，还架去了七八个肉票。赵家的二小姐也是肉票之一，她是从小娇养惯的，怎经得起匪窟的苦楚呢？然而事已成事，无法可想，只得跟着他们，走上匪船，眼泪汪汪地离开了她的故乡。

一只用芦席圈作篷子的小船，里面挤满了七八个肉票，并且为了土匪的恐吓，大家不能高谈阔论，沉寂得如死一般。全船的人都含着紧张的悲哀，眼泪流出了眼眶，却又不敢放声，只得抽出了手帕拭去。在这种情势之下，大家是故意地镇静，有的紧皱了眉头，闭着眼睛，有的目瞪口呆，和泥偶相似，有的对着同伴发着凄惨的叹息。在船的左角，躺着一位穿着西装的青年，闭着眼睛，也不叹息，也不流泪，似乎有他特殊的思虑和未来的策略。与其说他是策略，又不如说他是别有勇气，处置这个恶劣的环境。

船转了一个弯，在竹簖上面经过，发生一阵摩擦的声音。那青年张开了眼睛，想看看到了什么地方，但是船的四面都没有窗，关得全不通风的，是些木板。船头是两个土匪，坐在石凳上谈话，声音又很低，听不清楚。青年觉得失望了，嘘了一口气，正想再闭上眼睛的时候，忽然听见背后似乎有一种娇喘的声息，便旋转了头一看，不看犹可，看了禁不住地一呆。原来他背后不是别人，就是赵家的二小姐，苍白的脸庞上还露着些微胭脂泪，珍珠线般地淌着，好似雨打梨花，更显得她的娇美。她是不住地在咽泣，有节拍地喘息，表示着她惊惶的程度，是恐怖到了极端，窈窕的躯干蜷曲在船舱的一角，显然她身体上感着绝对的不适。青年瞥见了她的情状，觉得她是一朵娇嫩的花蕾，却在狂风暴雨的下面，尽受摧残，非常的可怜。他很想尽自己的可能安慰她一番，然而土匪是有无上的威权，只得抑住了自己的情感，重重叹了口气，继续他的幻想工作。

他想起初次到该镇担任小学教员的时候，就有朋友说起赵翠珠的美丽，他终不信朋友的话，以为这方方五六里的小镇，绝不会有安琪儿的。但是有一天，他在郊外踏青，曾经看见过她的，确是一个美丽的女子，虽然没有朋友这样的过誉，她的一双水汪汪的眼睛，两片娇嫩的面颊，一头漆黑的秀发，已足够象征了青春的少女之美。在这天涯海角，居然有这样的美人儿，真是出他意料，然而呀，他只见她一次，仅仅在郊外见了她一次，却至今没有再见的机会。据朋友的报告，都劝他不要妄想，说她叫赵翠珠，是该镇的贵族千金，其实他也没有生过妄想，他也以为没有再见的机会了。谁知道在这困厄的环境之中，竟发现了他所膜拜的女皇，他从此觉得深深的沉寂，不能摧残他活跃的心灵，恐怖的情景不能毁灭他热烈的甜梦。他想到此地，越想越有趣味，仿佛在另一的环境，也忘却了身在囹圄之中呢，他兴奋，他陶醉在梦的怀抱之中。

船外的阳光已没有射进来了，全船愈觉得悲惨，因为全船陷在黑暗之中，狰狞可怕，分明是天已夜了，但是黑暗之中，青年的血还在奔流，他还在追求梦一般的憧憬。

船停了，土匪的首领拿了一盏半明半暗的灯，走进舱来，发出严酷的声音，吩咐肉票们道：

“你们上岸吧，不许说话！违背了我的命令，莫怪无礼。”

说完，接着有几个匪伙下船曳着他，一个个上岸。黑暗之中，他们也分辨不出是什么地方，呈现在眼前的是荒凉的田野，前后是一片苍茫的野色。他们跟着土匪走了约有一里路的光景，土匪叫他们站住了，拿出许多手帕，用力地扎瞒了他们各人的眼睛，拉拉扯扯，把他们送进一间草屋里来。首领点了一遍，知道人数没有缺少，便把他们的手帕解下，匪伙们送来七八碗黄米饭和一碗红烧肉、一碗青菜，给他们果腹，他们胡乱吃了一点，首领又安慰几声，把门锁上了，吩咐匪伙看守门户。那一夜，赵翠珠小姐是没有吃饭，她因了恐惧过度，忘却了饥饿，终夜是没有睡觉，胡思乱想，在黑暗之中过去了。

晨鸡乱啼的声音，远远地传到了他们那里，使他们更其伤心了，他们想着故乡的山河，他们想着家里的人们，他们更想着墙外自由的田野、飞舞的虫豸，他们虽重见了光明，却反而增加了悲哀。那青年也醒了，并不觉得悲哀，却感到人生的变幻是一个玄妙的梦，他在期待着意外的遭遇。他揉了揉眼睛，瞧见阳光透进屋来，已不像昨夜的黑暗了，他想别人的家中或许正在奔波，设法卖田卖地，筹款来赌肉票。他自己呢？家里或者没有知道，以为他仍在执教鞭呢，他倒不自觉地暗暗好笑起来，他更发觉赵翠珠依旧在他的一间屋子里，似乎得到了一个深长的安慰。

经过了三四天，他们在匪窟之中，相互认识了，那西装少年就是该镇的小学教员陆文浩，和赵翠珠处在同一的环境，发生了同一的情感，所以他俩并不像平日少男见少女一样的忸怩，很同情地认识了。一有机会就讨论出险的计划，商量的结果时常失败，于是同声地吁叹。在某一天的夜间，文浩一觉醒来，看见赵翠珠不见了，非常惊奇，询问他身旁的同伴，又都回答不知，他便幻想她是发生了不幸的遭遇，于是垂头丧气倒在败絮里，不住地发呆。他整夜没有睡着，一颗心完全挂在赵翠珠的身上，由怀疑发生猜想，由猜想而决定。眼前是一副可怕的惨剧，他禁不住替她捏了不少汗，几乎跳了起来，号啕大哭。

天将亮的时候，门呀的一声开了，两个彪形大汉拥着翠珠进来，翠珠是一瘸一拐地走着，嘴里喊着痛，眼里流着泪。进屋看见文浩，欲待诉说别后的苦楚，但是终于被武力所屈服，把要说的话完全蕴藏在喉咙中间。她挣脱了土匪的手，便跌了下来，接着她捧了自己两条腿不住地抚摸。土匪威吓了几声，锁门出去。文浩一见她的惨状，替她流了些同情之泪，看见土匪走了，便低声喊她道：

“翠珠，你是哪儿去的？怎么我半夜没有见你？方才又从哪里来呢？”

翠珠一壁抚着创痕，一壁抑制着痛苦，说道：

“昨天夜半，强盗把我从睡梦中间拉了出去，到一间布置很精致的屋子里，当中坐着一个肥胖的汉子，问我家里的财产共有多少，我回答他不知道，他当我撒谎，把我的两只腿绑在凳上乱打，打得非常疼痛。后来，另外一个强盗做好做歹把我放下，要我在他们的信上签一个字，那是一封催赎的信，大意说限十五日之内，备洋十万元赎票，否则撕票。我迫不得已，胡乱签了一个字，可是我的两条腿痛得寸步难移了。”

文浩道：

“你休息吧，我们再想出险的法子，不要说你自己着急，我昨夜也替你担忧了半夜，没有合眼，又急又冷。挨到了天亮，见你回来，才放下了心。”

说着，爬到翠珠附近，替她盖好被褥，服侍她躺了下去。说道：

“休息休息，不要忧愁，你家里见了信，终要来赎了。”

翠珠听了，便道：

“那么你呢？”

文浩叹道：

“我啊！不要说起，现在或许家里也没有知道我身在匪窟呢！即使他们知道了，要拿出整批的洋钱来赎我，恐怕是梦想吧！”

翠珠道：

“陆先生，不要太客气的。”

文浩道：

“事实是如此，土匪也看错了人，像我无产阶级的苦教员，绑来有什么用呢？唉！不过耗费了他们的一颗子弹。”

翠珠道：

“你不要伤感，如果我能出去，当替你设法。”

文浩道：

“多谢你，但我牺牲于此，正是一个归宿。”

说着，两眶的眼泪竟淌了下来。既而念头一转，又安慰翠珠道：

“我们莫谈伤心之事吧！你且静养几天，魔鬼的命运是在上帝手中。翠珠，你安心吧，无论如何我俩终可脱险的，土匪自有土匪的恶果。”

她听了，含痛地睡着了，嘴里还在不住价呻吟。

再过了两天，在微雨的黄昏，土匪附近的地方来了一队剿匪的兵士，土匪的探子报告首领，便聚集羽众，应付官兵，两方面开起火来。枪弹飞来飞去，声音很响，吓得附近的乡民都东奔西散地逃命。文浩等一班肉票住在草屋子里，听得了枪声连连，知道官兵来剿匪了，于是文浩爬到翠珠那边，凑着她的耳朵道：

“翠珠，我们逃命吧！”

翠珠道：

“怎样逃呢?”

文浩便搀她起来，爬到靠东一边，说道：

“这一会儿枪声稀些，大约土匪失败了，远扬了！”

他用力将拳头敲动墙壁，可是墙壁一动也不动，他就把皮带上面的钉头来剥动墙壁的空隙，好容易费了半天工夫，把砖头剥去了一块。文浩凑近一瞧，原来屋外是一片枯黄的草地，树上的枫叶已成了红色，便对翠珠道：

“放心。”

他接二连三地拿去砖头，别的人也来帮忙。后来，扒成了一个很大的洞，文浩道：

“我先出去，翠珠拉着我的脚管跟着出来。”

因此不到一刻，八个肉票都恢复了自由，钻出墙洞，呼了一口深长的气。枪声却愈听愈近，他们便四下散去，各自逃命。翠珠负着伤，走路很感不便，文浩便把她驮上了背，急忙向东边跑去。翠珠伏在他的背上，一颗芳心跳跃得煞是厉害。

他俩向前奔逃，穿过了一个森林，看见前面有一座村庄，人家烟囱里吹着炊烟。文浩知道脱离了险境，抬头一望，已是日落西山的时分，树头的乌鸦也都归了窠，尤其是在秋天的气候，农家的场上是没有人了，门都关得很紧，只有烟囱里的烟在吹动着。文浩放了翠珠下来，翠珠十分感谢他。他微笑道：

"不必如此，我俩是患难中的朋友。"

他们于是找了一家人家，敲门求宿。农家听得了敲门声音，开出来，看见是一对漂亮的青年男女，脸色都憔憔苍白，便问他们从哪里来。文浩把遇难的经过讲了一遍，央求他们留宿一天，他们慨然允许了，并且告诉文浩和翠珠，这里是常山村，离开B城不远。这一夜，他俩是惫极了，仿佛从地狱重到了人间，很安适地从上灯时分睡到天亮。

他俩别了乡人，走上大路，向B城走去。翠珠的脚比前两天逐渐好些，文浩扶着她，慢慢地走。在一路上，相互庆幸能够再见这个山河，仿佛重新换了人生，多么的有兴味。他俩又回想着在匪窟中的生活，简直使自己起了怀疑，是不是做了个可怕的幻梦。在将近城的时候，翠珠向着文浩微微一笑道：

"我的新生命都是你给我的。"

文浩道：

"不要这样说，我俩是患难中的朋友，谈不到报答问题，况且我们还没有见故乡呢！"

翠珠道：

"故乡，我不愿再见它了，乡村中太可怕了！"

文浩和翠珠进了B城，找寻翠珠的姨父，恰巧翠珠的父母也在她姨父家里，晓得女儿被绑的消息，吓得坐立不安，求神问卦，都说逢凶化吉，才略略定心。后来，接到绑匪的信，知道有十五日的期限，便在B城设法款项，预备去接洽赎票。正在商量的时候，忽听得翠珠回来了，疑信参半，急忙走了出来，看见女儿，才知是真实的事情。她的母亲过来，嘘寒问暖，问她所受的惊吓，以及脱险的经过。翠珠便红着脸，指着文浩道：

“多亏他的照拂，不致死在匪窟之中，他曾冒着危险救我出来。”

于是全家表示了谢意，留住了文浩，设酒款待他。文浩就住在她姨父的家里，再写一封信报告自己的家属，同时和翠珠常常会面，亲热得和自家人一般了。一天，文浩在书房里补记匪窟中的日记，翠珠含着深意的微笑走了进来，她的满头秀发烫得很是卷曲，一张苹果似的脸蛋，敷着少许脂粉，两片猩红的樱唇好像一朵艳丽的红喇叭花，真是一个绝世的美人儿。她走到了文浩身旁，轻轻说道：

“文浩，我有几句话要想和你诉说，终没有机会，现在我想到此地公园去一趟，你肯同去吗？”

文浩点头表示同意，把没有记好的日记纳在袋中，随着翠珠出去，到了B城的公园。

翠珠拣了一处树荫，叫文浩一同坐下，她依偎着文浩的身躯，水汪汪的眼睛直射着文浩的面部，然后启着朱唇道：

“文浩，亲爱的文浩，你是一个勇敢的男子，搭救我的恩人，我感激你，我深爱你，我又和你情意相投。我愿意把我的身子做报答你的礼物，文浩，请你爱我，请你也深深地爱我，接受我的礼物。”

她一面婉转地说着，一面涨红了粉颊，把文浩弄得窘了。他是一个苦教员，每月的收入不过三十块钱，家里的父母也不够侍养，哪里能够再娶老婆？更哪里希望得到美丽的老婆，像翠珠般的老婆？他捻捻眼睛，疑惑是在鼾声大作的梦境里，但是一个软绵绵的娇躯投在他的怀抱里，他是知道并非梦境。他说不出什么话，只在翠珠的唇上吻了一吻，表示心中的热爱。

翠珠告诉文浩，这事的动机，一半还是父母的意见，她请求文浩从此住在她的家里，因为她的父母只剩她一个女儿，没有子息，要靠着她这半子以娱蔗境。文浩起初踌躇，经了她的甜言蜜语，终于允许了。

这时，池里的鸳鸯拨动绿波，十分的快乐，枝头的小鸟也奏着美妙的音乐。文浩手指上新套上去的钻戒，发着闪烁的光，忽明忽暗，象征着人生如梦一般的变幻。

裁缝匠的玩物

马路旁边有一座美轮美奂的高大洋房，门前两扇铁门，水门汀地的阶沿，高有五六级，光滑平洁，门上挂着一块铜牌，上刻“某某女子中学校”七个字。门里走进去，便是一片广大的操场，都是绿茸茸的浅草地，场上东西两边竖着两个篮球架子。

这时，正在早晨，淡黄色的阳光照在东边草地上，草上晶莹的露珠都化水汽，两边的衰柳还在摇曳作态，有十几个女学生正在场上抛篮球。有一个很高大的女生，仗着气力，在那一队娘子军里往来奔突，众人抵挡不住，常被伊抢着，抛进篮中，每一抛中，喝彩的声音四处喊起。有些力怯姝推倒在地上，被同伴扶起，咯咯地笑个不住。

其时，校门外呜呜呜的汽车声响，有一辆青色摩托卡飞也似的开到门口停住，车门开了，跳下一个十七八岁的女学生来。卷曲的云发，飘散在两肩，身穿一件蓝地白花软丝绒的灰旗袍，四周镶着时新的花边，襟上系着一朵鲜花，足踏金黄色高跟皮鞋。面容生得甚是俊俏，薄薄敷上一些香粉，白中带红。挟着一个书包，把手向车夫一挥，汽车便开回去了。伊遂一步步走进校门，曼声唱着英文的歌，很写意地走到操场上，一群人见了伊，都奔过来围在伊身旁，大家都叫道：

“Queen of Flowers（花后），早啊！”

伊也娇声答道：

“诸位姊妹早！”

众人都一眼不瞬地对伊上下细看，没有一个不现出羡慕的颜色，有些女学生球也不抛了，簇拥着伊走上楼去，问长问短。原来，伊身上的丝绒旗袍是今天第一次穿上，式样、身材非常合配，所以有的问伊丝绒在什么地方买的，有的问伊丝边价钱，有的说颜色好，有的说做工好，伊听了非常快活，便说道：

“天后我在校里开游艺会，我不是扮《黄金梦》中的仙女吗？我已特地在先施公司拣选得一段外国新到的波光绸，颜色是浅碧色，有水纹荡漾，又轻又软，若在电灯光里看时，更觉出色。现在叫倪裁缝赶制一身衣服连裙，将来你们看了，实在真好。”

有两个女生早嘻开嘴说道：

“惠文姊，你好福气，后天让你出风头了！”

伊方要回答，忽听钟楼上钟声铛铛地响，上课时间已到，便一齐分散，走入各人的教室去了。

伊是谁？原来是一位富室千金，姓陈，闺名惠文。伊父母共生六个子女，只有伊一个女儿，因此十分钟爱，自幼锦衣美食，席丰履厚，娇养惯的。等到十岁时，进了小学校，起初当肯读书，无奈伊母亲生怨伊多用了功要生病，时常抢去伊的书，叫人领着伊出去闲逛。后来，年纪渐大，升到中学校里。不料这座女校管理极松，校风很是奢华，伊结交了许多朋友，大家都欢喜学时髦，朝做一件衣，换个新花样，晚做一件衣，换个新花样，好在伊们家里有的都是金钱，伊们父母不惜供伊挥霍，伊尤其是第一个时髦的人，好胜的心远出常人。伊每天必要换一件衣服，或是裙，总是配着极好的颜色，别人都及不来。因为伊常包着一个姓倪的裁缝到伊家里做衣服，那倪裁缝生性玲珑，专会翻造新花样，恰巧中了伊的意，每晚回去，十天中倒有七八天要和倪裁缝商量裁衣，所以差不多一年到头，倪裁缝住在伊家，代小姐做衣。他得的好处也不少了，然而也亏他的心思巧妙，伊用着这位裁缝以来，衣裳也不知做了几百件，但是有些式样稍旧的，伊就锁在箱中，不再穿了。古语说，佛要金装人要衣装。伊面貌本也不恶，又有锦绣奇丽的衣裙衬映着，自然格外光鲜美好。伊在校中大家进伊一个美号叫作“花后”，其他尚有许多志同道合的同学，也各有雅号，什么“东方安琪儿”啦，“花蝴蝶”

啦，“民国西施”啦，“衣着镜”啦，很多很多，伊们自成一派，都是天之娇女。便是一班教员见了伊，也另眼相待，十分亲热。每到礼拜六和礼拜日，伊们三三两两约出去游玩，打扮得光怪陆离，招摇过市，便有一辈猎艳的少年，不惜工夫去施展吊膀子手段。其中黑幕不可穷究，这真是女学生的怪现象。

伊这天一到四点钟，便忽忽出校，早有家里汽车候在那里坐着回去。其实一天所上的课程不知上些什么，英文啊，算术啊，统统不曾入耳，回家时将书包一搁，再也不懈开来。伊的母亲以为伊女儿入学，也是挂挂空名，博个好听，将来也不要靠在这上面过活，所以尽让女儿荒唐，绝不过问。伊的父亲呢，一天到晚在外面交际办事情，哪里有工夫来盘驳女儿的功课？况且在旧派人看来，一个女子有没有学问，总较男子不重要些，由伊怎样好了。伊也哪里知道什么？只顾称自己的心。

这晚，催着倪裁缝赶制新衣，却见裁衣桌上搁着一个骆驼绒的统子，和一段绿色绸的衣料，忙问倪裁缝：

“这是谁叫你做的？”

倪裁缝答称：

“是三少奶的。”

伊便去要求母亲也要做一件，其实骆驼绒旗袍伊箱里已有三件了。一到开会的时候，伊穿了这套新制的衣裙，走到台上表演，果然翩翩若仙，众口称誉，可算满足了伊的虚荣心。

有一天，伊上国文，是讲到节俭的一课，那国文教员是个有心人，他平常日子本不赞成伊们这般奢华放狂，尤觉陈惠文最是学生中出名挥霍的人。所以他今天借题发挥，大讲奢华的害处，好在奢华是节俭的反面文章。书中有两句是泰西谚语，说道：“凡女子以时世装自炫者，裁缝匠之玩物也。”这位先生把来细细解释，一众学生都倒转头对着伊看，好像含些嘲笑的神气，先生两道锐利的目光也直射到伊的面上。此时，伊不觉两颊红晕，低倒头非常惭愧。

从此以后，伊在“花后”的雅号以外，又得了一个别号，便是“裁缝匠的玩物”。

家　信

芷芬正伏在自修桌上，用着圆规和直线笔，绘画混合算学练习四十八中的八个几何图，她全神贯注着。卫妈的话一些儿也没有入耳，她的两粒乌黑的眼珠，随着圆规功成的弧形转弯和停止。站在身旁的卫妈更不曾注意到，卫妈看得好笑了，再推推她的背道：

"芬小姐，家里寄来的要紧信，要不要看？"

芷芬才搁搁手中的笔，把那封家信接了过来，她看清信封上的墨迹是她亲爱的父亲手笔，又知道信内的文字是回复她前天的要求。正待撕开信封边一看究竟，觉得胸口的心忐忑不宁起来，同时两爿面颊也热辣辣地升火，她向着四面望望。坐在同桌的琴仙正斜侧着身子，偷看她信封上的寄信人名，对面的筱芳和兰芬也停止了工作，立起身来，注视她的掌握。她的一双手震颤起来了，她没有勇气去拆开这封未卜休咎的信了，放在怀里一塞，记得是藏在衬衫的左袋里。更用三只手指着实地揿了一下，恐怕落掉，才伸出手来继续她的工作。

她忘掉圆规上的墨水，已经干透，还拿着画圈儿旋转了几个圈儿，不见墨痕，才发觉自己的冒失。于是提起毛笔，蘸了一包浓墨，涂在圆规上面，重新再画。不料墨水过多，在旋转的当儿，漏了出来，玷污了一大堆。她暗暗埋怨自己，不该稍带严肃性的家信。就手忙脚乱，并且警告自己，这是最懦弱的举动，如果父亲固执着独裁专制，拒绝我的要求，将没有反抗的胆量。她想到这里，稍为定了定心，但是终究觉得胸口的石块还是不曾下落，比平日时候有些异样，最后，她爽性收拾了用器画具，把右掌托住了粉颊，细细思量，推测父亲的态度。

“芷芬姊，你的图画好了没有？肯借给我看看吗？”

筱芳一面把自来水笔的笔套套在笔杆上，一面询问芷芬。芷芬正在遐思，被她一问，便惊醒过来，愕然好久，才答道：

“不，不曾，我因为心绪不宁，就不高兴画了。”

筱芳诧异道：

“为什么心绪不宁呢？你是个乐观者，我们从来不曾见过你愁闷过。今天为了什么大事才心绪不宁呢？”

芷芬的脸上红了一红，道：

“我也不明白啊！”

筱芳立起身来，走到她的身旁道：

“既然如此，我俩到场上去散步一会儿吧！”

芷芬心中虽不愿出去散步，可是无法拒绝她的诚意，只得让她拉着手腕一同走出自修室。穿过了礼堂，便是一片铺着浅草的广场，场的东边是沿着一条小江，岸上种着不少的柳树，叶儿都泛得黄了。筱芳和芷芬踏着草地，走向江边，在一棵合抱的柳树下面，找到一只铁制的长椅，便一同坐了下来。筱芳把吹在身上的黄叶捡拾拢来，搓成一团，抛到江心里去。芷芬却提心吊胆，唯恐怀中的家信在不知不觉间落掉地上。

“芷芬，我和你是多年同学，论理，你有什么愁闷，就该告诉我，替你设法。照你这样的郁结，不免要害起病来，那是何苦值得，芷芬，你告诉我吧！”

筱芳靠紧了她，握住她的手，很诚恳地说。芷芬听了，摇摇头道：

“我并没有什么愁闷，也没有什么困难，只是不知怎的，今天的精神十分颓丧，不论做什么事，终是一百个不高兴。”

筱芳着急道：

“这恐怕是害病的现象吧！停了一会儿，我给你几片阿斯匹林，试服一下，或许有些效验。”

芷芬点头道：

“好！谢谢你的盛意。”

灰色笼罩了大地，柳梢头的明月，告诉下面的她俩，是天色晚了，邻舍的老妇人又提高了嗓子，在呼唤她放出的鸭。接着，一群杂乱的鸭从江里游过，把平平的波面装点成了许多的图案画。芷芬拍拍手上的树叶道：

“快要打吃饭钟了，我们回进去吧！”

筱芳同意，拉着她的手，一步步踏着浅草，回自修室去。

在晚餐的时候，筱芳注意芷芬的饭量，看见她只吃薄薄的一碗，便伸过手去，抚摸她的额角。她以为这个最亲热的伴侣又受了风寒，以致影响到她的胃纳，但是她的五只手指和她额角接触时，只感受着冰冷，却不像是害病的样儿，于是不得不当着全桌的同学，询问芷芬道：

“芷芬姊，究竟为了什么？”

芷芬摇摇头道：

“没有什么，今天的饭粒似乎硬了一些。”

筱芳用着齿力，咀嚼饭粒，发觉越是掩饰，便益发怀疑，匆匆地吃好了饭，随她出去。

芷芬伸手到自己的怀中，正想把那封没有拆开的家信掏将出来，背着同学看它一看，听得后面的脚音，很急迫似的过来，便把才和信封接触的手缩了回来。筱芳走近她的身畔道：

“为了什么，害你这么担心？”

芷芬笑笑道：

“没有什么，委实没有什么。”

筱芳见她执意不说，心头有些动火了，鼓着两爿小嘴唇儿，悻悻说道：

“好！好！好心慰问你，反尽是向我掩饰，我又不是三岁孩子，看不出你的内心表现！”

说着，径自到宿舍里去。芷芬慌了，追踵上去道：

“好姊姊，别淘气了，我也有我的苦衷，不能对你宣泄啊！”

筱芳头也不回，走进了第四号房间的门，便向着床上一横，心中不住地打算，如何可以侦察芷芬的秘密，面上却装出负气的样儿，斜视着进来的芷芬。芷芬挨到她的身前，低声央求道：

“好姊姊，原谅我吧！明天我准背着大众向你宣布就是了。”

筱芳道：

“你宣布也好，永久不宣也好。”

芷芬又和她亲热了一会儿，然后一同走到隔壁第三室去。第三室是X女中的皇宫，皇后陈淑贞看见她俩翩然莅止，便放下了手中的蝶霜和一面小镜，在桌上的洋漆罐里摸出满满的一握巧克力糖来，请她俩吃。筱芳道了声谢，咬了一粒，随手从棕垫架上取下一只月琴，琤琮地弹了一会儿，淑贞对芷芬道：

“密斯吴，唱个《月夜曲》吧！”

芷芬笑道：

“我不唱，伤风还没有痊愈，请皇后自唱一曲吧！”

淑贞道：

“唱得不好，你别见笑。”

就依着筱芳拨动的琴弦，张开猩红的樱唇，唱将起来。一曲歌罢，彩声充满了全宿舍。芷芬也暂时地忘掉了心中的担忧，拍着双手道：

“毕竟是我们的皇后，要是我做了男子，也要深深膜拜，愿做裙下的奴隶了！”

淑贞啐了她一口，正想说笑，芷芬猛见一个信封，从她的怀中落下在她的脚尖旁边，连忙蹲倒身子，拾了起来。筱芳一眼瞥见，也不遑把月琴放好原处，对着淑贞的褥上一掷，奔来过道：

“呀！原来她有了姓周的信，大上心事，亏她还取笑皇后呢！”

芷芬一见她的书信落在淑贞的手中，快要被她和筱芳公开了，便急得向淑贞乱抢乱夺。

“这是家里写来的信，和姓周的没有关系，并且我自己也不曾拆看，你们如何能够偷看呢？”

芷芬说着，面色灰白了。淑贞见她发急，便还了她，她就好好地藏在袋里，用右手遮护着，不敢大意了。筱芳微微地笑道：

“家信是没有什么秘密，尽可公开的。你这样穷凶极恶，莫非信中对于姓周的，也有多少关系的吧！”

芷芬被她一言中的，羞得两爿面颊连耳根一齐红晕起来了。走出皇宫，回到自己的第四号房间。

她走到桌子旁边，对着课程表望了一望，见明天没有重要的功课，就拿了一本小说，坐在床沿上翻阅。筱芳从淑贞那里借到那支月琴，一壁走，一壁弹着进来，把开学以来谢先生教的几支歌全都弹遍了，然后递给芷芬，要她也弹一会儿。芷芬放下小说，把月琴接了过来，正要拨动琴弦，忽地听得阅报室中有一阵哗然的纷扰。接着许多房间里的同学都奔过去看，在走廊里，顿时添了一片杂沓之声，她便放下了月琴，对筱芳道：

“又是什么事了？”

筱芳道：

“待我去看。”

芷芬乘筱芳出去，房间里没有别人，就摸出信来，拆开封贴的地方，抽出信笺，担着心，一个字一个字地看下去，只看了一行，筱芳回进来了，笑道：

“书呆子张秀英，又老毛病发作，为了一张青光和李凤娟口角起来，真不愧为书呆子。”

芷芬连忙把信放好，答应她道：

“呀！原来如此，李凤娟和她口角，也太不识相了。”

筱芳看看腕上的手表已经八点二十分了，便把八个几何图赶紧画好。芷芬知道在她监视之下，还没有看家信的机会，只得也拿了书本温习起来，她希望时间快些过去，可是时间也好像和她作对，兀自慢慢地移动。最后，她实在忍耐不住了，提醒筱芳道：

“我们睡吧！好在明天没有什么重要的功课。”

她听得筱芳的鼾声，合着节拍似的断断续续，知道已入睡乡，于是从衬衣的袋里摸出那封信来。她恐怕纸张窸窣的声音惊醒了筱芳，而引起她的注意，便小心翼翼地把信笺展开，借着帐外的电灯光，看将下去。她的一颗心是和潮汐一般地跃动着，她的全部热血是和驷马一般地奔腾着，她知道这一封信是左右她的毕生命运的信，可以使她快乐，也可以使她悲伤，不比往时的家信。她战战兢兢，从第一个字看到了末一个字，每看一个字，就觉得把心头的石放松一些，看完之后，竟疑惑在魔幻的梦境里，不由自主地看第二遍。

看了好几遍，知道慈爱的父亲确已允许了她的要求，不觉十分的愉快，也不顾赤着两只脚，也不顾身上的衣服很单薄，径从被窝中爬了起来，倚着桌子，拿了一支钢笔，在信笺簿上写道：

亲爱的裕哥：

光明之路已到了我俩的面前了，我的父亲不但同意我们的结合，并且对于你年少英俊表示十分的赞美，在今天的晚上，给我这一封满意的复信，我是不知世上尚有悲哀和离别，恍惚投身在你拥抱之中了。

写到这里，不作美的电灯突然熄灭了。

为人作嫁

一、娓娓女儿语

月色如银，照到阳台上来，丝丝的垂柳笼着月光，似烟非烟，还随着微风袅袅地摆动，好似美人儿回旋着柳腰，在那里曼舞。阳台西首椅子上坐着两个女学生，正自携手喁语。一个荡头发的，穿着一件银丝绸的夹衫，在月光下闪闪地发亮，对着那一个灰色衣的女郎道：

“琼英妹，这几天我觉得一到晚上，十分疲乏，你觉得怎样?”

琼英道：

“月珍姊，可不是吗?一天到晚这样地排演啦，跳舞啦，唱歌啦，累得我精神疲倦，连夜课也不高兴读了。”

月珍道：

“杨先生教跳舞实在比朱先生高明得多呢！伊的花样很多，自己跳的姿势也实在出色，听伊卡尔登是常去的。”

琼英道：

“伊曾到法国去学了一年，所以伊的钢琴也弹得很好。我们有伊指导，到那天，我们的跳舞一定受来宾欢迎，可算在本地女校里第一次出手。”

月珍点点头，把纤手掠着额上的头发，对着明月，好似转什么念头。琼英又道：

“在我们一班里，到底要推陶凤声第一了，伊能唱能做，表情多么细腻，面貌也美丽，无怪校长和杨先生十分赞美伊，在我们排演的《五月之花》一剧里，要请伊做皇后了。伊打扮后，果然出色，听伊的舞衣还没有做好呢！伊的艺术功夫很高了，邹先生说伊若去摄演电影，一定是一位未来的女明星呢！”

月珍笑道：

“像你唱的《黛玉葬花》也不输于人啊！”

月珍刚说到这里，忽听得阳台转角处有人接口道：

“不错！大家不要客气，月珍姊饰的花神也是独一无二呢！”

随后跳出一个人来，把两人唬了一跳，定睛一看，见立在她们面前的正是陶凤声。凤声道：

“你们讲我吗？”

月珍把伊一拖道：

“你也来坐坐吧！我们正讲校中的游艺会，都是讲你的好话。”

凤声咳了一声嗽道：

“谢谢你们，你可知校长近来也忙得很吗？听说券在明天可以印好，券资每张两元，据校长的意思，至少要售去一千张，大约教职员和学生大家都要派着担任销券的。”

月珍道：

“销券吗？我至少可以销去十几张。”

琼英道：

“究竟你的面子大啊！大概你的密司脱程可以买几张了。”

月珍笑笑，凤声道：

“日子快近了，我叫母亲去做的舞衣不知道可做好吗？明天礼拜六，我可回家去取了……”

三人谈了一刻话，才听校钟铛铛地响起来，知道睡时已到，遂回到寝室里去。皎皎明月仍射在阳台上，柳丝也时时飘舞，但寝室中的灯光一齐熄灭，夜已深了。

二、谁知母心苦

一个将近五十岁的老妇坐在室中做针线，看看台上的小钟，钟摆正指着一点二十分，便吩咐一个老妈子道：

“李妈，你仔细听着门，凤小姊将要回家了！”

果然不多时，敲门声响。李妈去开了，楼梯上咯噔咯噔的皮鞋声，走上一个女子来，身穿一件蜜色花绸的夹衫，下系黑绸短裙，踏着白皮鞋，手里挟着一包书，正是陶凤声从校中回来了。伊走近前去，好似小鸟般扑入老妇怀中，叫声“妈”。老妇笑着把针线放下道：

“凤儿回来了吗？你的咳嗽可好？”

凤声道：

“好些了，不要紧的。妈，我的舞衣可做好吗？”

老妇听了，面上露出为难的样子，答道：

“还不曾……”

凤声倏地立起来，把书向桌上一掼，将足向地板上一蹬道：

“怎的，怎的？还没有做吗？我所有的样子尺寸不是已在上星期开明了单子交给母亲的吗？如何没有做呢？开会的日期快到了，我已答应了校长，若是没有舞衣，我怎能加入奏技？岂非倒我的脸吗？同学们大都已做好了。”

老妇道：

“凤儿，你不要学人家的，人家有父亲兄弟整千整万地赚进来，手里来得及，做一件舞衣自然不足为奇。我家却不然，你父亲故世了长久，我靠着一些进款支持这个门户，也非容易。我只有你一个女儿，哪一件不依你？只要我能够去办，今年你也做了好几件衣服，我却一件也没有添置，可算对得起你了。不过这月里实在没有钱，赵家的欠款又讨不着，所以耽搁下来了。因为你点戏的那件舞衣，估计料作和工钱须在五十元以上，你也要体谅我做娘的苦楚啊！”

凤声噘起嘴唇，一声也不响。隔了一歇，道：

“这件舞衣若然不做，我也不能去读书了，并且发誓一生不进学校，也可省去你的学费。”

说罢，掩着面哭起来了。老妇皱着眉头说道：

“凤儿，不要这样，我为要希望你成功一个有学问的人，所以尽力预备学费要你去读书。你要做舞衣，待我想法，包你下星期有得穿便了，何苦和我怄气呢？今天还来，应该快快活活，我和你四点钟到范家去游玩。”

凤声道：

“妈！你真肯做的吗？”

老妇道：

“自然真的。范家那里几十块钱总可以移挪的，哄你也不成功的啊！”

凤声听了，方才止住哭，面上露出笑容，伊母亲见伊有了笑容，方才安心。

三、轻歌曼舞日

W女校开游艺会了，校门前国旗飘扬，车水马龙，汽车接连歇着，约有好几十辆，男男女女都到会场里去坐了观看。各种游艺应有尽有，很使来宾满意，还有七人跳舞，那些女学生都打扮得和穿花蛱蝶一般，进退疾徐地跳着，真是手如回雪，身若转波，能尽翩翩跹跹之致，加着琴韵歌声，靡曼动听。跳舞过后，有京剧《黛玉葬花》，饰黛玉的正是琼英，唱得珠圆玉润，哀音缭绕。末后是歌舞新剧《五月之花》，演员都是从全体女学生中拣选出来的优秀分子。陶凤声饰皇后，温文美丽，艳若天仙，表情做工都到上乘。和花神对舞一幕时，台上电灯都发绿色电光，布景是一个极幽静的花园，绿油油的树荫下，皇后卧在茅草上，正在入梦，梦中和花神跳舞。陶凤声穿着伊母亲代伊新做的一套舞衣，颜色鲜明，式样新巧，来宾一齐拍起掌来，掌声如雷，热诚地欢迎那位皇后。陶凤声自然十分卖力，舞得来宾目怡神往，各个说好。

散会后，一众来宾退出去，有的说姓陶的女生饰的皇后足使全剧生色，有的说伊跳舞怎样好，有的说伊面貌怎样美丽，还有人说那女学生唱的《黛玉葬花》不输于上海名旦，有的说出了两块钱看了许多花头，很为值得。总而言之，是 W 女校的游艺会在社会上得了一个如此的名誉。

四、校长笑颜开

第二天早晨，校长坐在校长室里，拈着两边的菱角须，笑嘻嘻地看那些销券员前来报账，花花绿绿的钞票，雪白光亮的银币，摆满了一台。细细一算，销去券竟在预算之上，一共售去了一千一百七十二张，计洋二千三百四十四元，除去当日一切费用三百余元，净多洋二千元。这次游艺会开得有美满的成绩，校长笑嘻嘻地对跳舞教员杨先生道：

“这回辛苦你了。”

杨先生答道：

“理当尽力。但学生们很吃力，我想要领他们到苏州去旅行一回，总算酬劳，好使他们快活。”

校长道：

“不错，今年我们校里的学生活泼得多了，即如陶凤声的皇后实在出色啊！无怪来宾称赞了。”

这时，凑巧陶凤生进来，要想在例假以外多请一天假，以便回去休息。校长满口许诺，带笑对凤声说道：

“凤声，你的艺术果然不错，此番真一鸣惊人了。前途无量，愿你益自奋勉。”

凤声受了校长几句赞扬的话，心里十分得意，跑出去便告诉同学，同学们听了，都艳羡伊。但伊的母亲听了并不怎样，因为老人家心里正疼惜着做舞衣的五十块钱呢。

月　色

婉芳近来态度的变更，志坚有些觉得了，但是他信任婉芳，绝不会意志薄弱，爱上了一鹤。男女同事是很平常的一件事，不过在这乡间风气不开通的地方，似乎是一桩惹人注意的奇迹。婉芳或许有些太大方的举动，乡人误会了，便以为她与一鹤有什么暧昧关系，其实是冤枉了她。

上星期日的晚上，他送婉芳到火车站，在一钩皎月的下面，他俩坐在马车里，她把她的纤腰紧紧地靠着他，对他说明她是永永爱他。虽然花有开落，月有圆缺，什么都有缺陷，但是她对他的爱恋绝对地不变。现在仅仅过了七天的光景，难道会骤然起了变动吗？更其是她竟肯抛却了处女的尊贵吗？不会的，世界上永不会有如此流荡的女性心理，所以他是非常信任着她，遵守着上星期他俩约定的园会，志坚在中秋那天，早晨八点钟的时候，便雇车到重华那里来。

志坚进门，照例直闯到他们的卧室里来，恰巧静芝正在梳洗，重华还没有起身。志坚走近重华的床沿，坐了下来，重华也醒了，招呼了一声，便问道：

“志坚，今天密斯李约你到留园去，非常开心，所以你一清早就赶紧起来，是不是？”

志坚听了，也打趣道：

“重华，我没有结婚，躺在被窝里也没有多大趣味，你和我是不同的，自然不晓得东方之大白了。”

重华一壁微笑，一壁掀开被窝，穿了衣裳下床。静芝梳洗已罢，就替他端整面汤。志坚不去顾及他们小夫妇间的日常起居，在沿窗的椅子里坐了下来，随便在写字台上找了一本书看看。

“吴，你也该到李的家里去看看，她有没有回来？”

重华突然向志坚发问。志坚抛了手里的书，问道：

“王，什么话？”

重华道：

“我的话，你不曾听清楚吗？我说你该去瞧密斯李一次，快去快来。”

志坚听了，便毫不迟疑地出去了。

歇了一会儿，志坚气喘吁吁地回到重华那里，两条眉毛似乎受了重大的压迫，兀自皱紧着。静芝抢先问道：

“志坚，怎么恁地忧闷？”

志坚道：

“李太欺侮我了。”

这时，重华正在写字，也放下了笔插嘴道：

“怎么？她饷你闭门羹吗？”

志坚道：

“我到密斯李的家里，问她的母亲婉芳回来没有，她的母亲告诉我她没有回来，恐怕今天不回来了，她也买好了月饼、柿子和她爱吃的嫩藕，等她来赏中秋呢。”

停了一停，志坚继续着说道：

“重华，此次婉芳爽约不来，恐怕她和一鹤真有什么蹊跷了！”

重华道：

“今天是中秋佳节，你俩正该把杯持觞，共赏明月，一尽兴趣。偏偏婉芳不回来，使你白起劲一番，未免太觉扫兴了。”

志坚苦笑道：

“重华，别说这种赚我眼泪、伤我心肠的话吧！现在她既硬着心爽我的约，该怎么办呢？”

重华道：

“中秋良宵，不能畅叙，的确是一件憾事。我看还是我们赶到她那儿去，一来步步月，倒也别开生面，二来是侦察他俩的情景，或许找得什么头绪，一举两得的事情，何乐而不为呢？”

志坚听完，表示十分的赞成，便立刻动身，雇了三辆黄包车出城。

他们三人上了火车，在拥挤的人丛中，争得立足的地位，志坚和重华谈谈说说，静芝探出头去看窗外沿路的风景，一霎时，已到了望亭。三人下了车，询问站役CC小学在什么地方，站役指示了路径，他们便向着清波村走去。

在浅草平铺的路上，志坚回过头来，向重华道：

“你猜他俩的热恋，是一鹤诱惑婉芳的结果，还是婉芳张着胶性的网裹住了一鹤？”

重华道：

“他俩都是年轻的男女，住在一起办事，自然极易互爱，在唯一恋爱原理上看来，婉芳既有了你做对象，如何可以再爱一鹤呢？但是爱也有流动性，世界上也没有永久不变的恋爱，或许婉芳意志薄弱，受不住环境的诱惑而变心，也未可知。”

志坚笑道：

“这是圆滑的话，你是有力的批判家，要下一个准确的预测。”

重华道：

“对于这件事，我不能透视对方的心理，所以婉芳的爱情有无变动，是有两个问题。第一是事实告诉我们，婉芳先爱了你，就不该再爱他，而且她也不会爱他；第二是要问你的心。”

志坚道：

“什么要问我的心呢？”

重华道：

“你是爱她的，她是爱你的，她和你的两颗心已经融洽在一起，有了深刻的谅解和认识，她是你，你便是她，她的心变不变，自然要问你的啦？”

志坚道：

“好圆滑的话，我不要听了。”

重华也大笑。静芝一面听着他们的谈话，一面走到铁轨上，反鞋尖踢着细石子，似乎感觉到特殊的兴趣。

住惯乡村的人偶然到城市里，觉得五花八门，煞是有趣，反过来说，城市的人到乡村中去，青山绿水，苍翠的天，碧茵的地，大自然的生趣又使人满受尘嚣的心非常活跃。他们三人从苏州到此地，与大自然接触，当然十二分的高兴，他们更把自己比拟在塞外行走，是豪壮的举动。沿着铁轨奔波了十多里路，问了好几次讯，才听到一个乡人的答复：

“先生，再过一顶铁路桥，转一个弯便是洋学堂了。”

一鹤和婉芳服务的学校是在离望亭十六里的清波村，校舍是旧时的祠堂，布置得很简陋，一所祠堂分作三间，靠东做教员的卧室，中间一间是教室，靠西是很空的杂物间。祠堂的前面也是三间旧屋，东边是教员预备室，里面陈列着各种教具，中间是墙门，四扇木板的门，靠西又是教室。校门前是一片砖场，场边有所六角的亭子，地方虽小，倒也很整齐的，乡民时时到这里来游玩。自从来了女教师，他们对于校内的情形便比以前格外的注意。

使他俩出于意料的，志坚等到了校门口，领路的乡民报告他俩，他俩迫不得已地出来招呼，态度是非常局促，同声地说道：

“呀！你们今天怎么会到此地来呢?”

说着，面上露着不自然的狞笑。志坚见了这个情状，心中忍耐不下，便道：

“嘿！难道我们不会来吗？任你俩走到什么地方，都找得着的。”

他俩听了，不由得脸上飞着一层晕红。重华解围道：

“休得啰唆，里面去再谈吧！”

拉着志坚的手向里面进去。一鹤和婉芳是取同一的冷淡态度对付这三个不速之客，婉芳对于志坚是含着一种神秘，志坚对于婉芳是有热烈的追求。坐了下来，志坚对婉芳道：

“你为什么不回苏州啊?”

婉芳笑道:

“你又要多心了，我因为昨天校内有功课，张校长又没有销假，所以不能践约了。”

志坚道:

“那么，你预备今天失约了吗?”

婉芳道:

“那是不得已的事情。”

志坚几次想发泄他心中的愤懑，重华把他劝住了。他俩便一同走出了教员室，向着操场上去谈判。

“婉芳，你不爱我了吗?”

志坚拉着婉芳的手说道。婉芳微笑答道:

“志坚，你别误会，我是爱你的，也从来没有不爱你的表示。”

志坚急道:

“没有表示吗? 那么今天为什么爽约呢?”

婉芳道:

“你爱我，难道不能原谅我吗?”

志坚道:

“爱了你，当然原谅你的。”

婉芳接着道:

“那么今天为了校务关系，不能践约，你就该原谅我啊!”

志坚道:

“我原谅你。”

婉芳道:

“你能原谅我，那才是真正的爱我。”

志坚沉思一会儿，道:

“你爱我，为什么我来了，却冷淡我，反和一鹤亲热? 你跟一个同事应该不应该如此?”

婉芳笑道:

“你说我冷淡你，又说我和一鹤亲热，这是抽象的心理作用，你不能用灰色的眼镜来看我们。”

志坚道：

“嘿！你别说我戴灰色的眼镜，作模糊的观察，你该负你俩的责任。”

婉芳脸上一红道：

“我和一鹤仅仅是同事关系，说不到你俩我俩。”

志坚道：

“同事，好亲热的同事。”

婉芳道：

“你说什么话？你不要诬蔑人家，你是爱我的，说话就不该这样。”

志坚道：

“我说的话是事实上的话，你和一鹤恐怕早有了爱情，甚至更进一步了。”

婉芳的脸色随着这几句刺刀似的话由红转白，发急道：

“你太冤枉人家了，我和他不过是同事而已，你说我爱他，可有什么证明？”

志坚冷笑道：

“证明呀！多着多着呢，单看你用着我给你的烫发器，替他烫得很卷曲，就是强有力的证明了。”

说着，抚着他自己蓬松的头发。婉芳道：

“这有什么关系呢？”

志坚道：

“女性替男性烫发，除了女理发师以外，只有爱人肯，也只有十分接近、十分热烈的爱人才肯呀！”

婉芳道：

“这种闲话，不要多说吧！”

志坚的眼眶里滴下几点泪珠来，道：

“婉芳，还有你的床架上挂着他的西装，这有什么意思？”

婉芳怔了一怔，道：

“你太疑心了，你太多疑了。”

志坚道：

“我现在也不和你多说废话，我问你，你爱我不爱呢?”

婉芳道：

“我爱你。”

志坚道：

“如果你真的爱我，那么在今天明月皎洁的晚上，随我回去，离开此地。”

婉芳呆了一下，笑道：

“我爱你，但是不能因了你而抛弃校里的事情。”

志坚道：

“婉芳，我很诚挚地爱你，你快走吧！校里的事情不用管它。”

婉芳道：

“我和你的前途正长，何必急急呢？我和你是有一个快乐的将来。”

志坚道：

“不，我爱你，我要你走，我要你和你永久沉浸在甜蜜的乐园之中。婉芳，不用踌躇了。”

婉芳道：

“下星期日，我到苏州和你长谈吧!”

志坚道：

“你给我一个答复，我爱你，我要你离开他，再住下去，恐怕难出我的意料了!”

婉芳道：

“你放心，我爱你的，他不过是同事罢了。你和重华夫妇赶紧回去吧!”

志坚知道说不动她的心，禁不住滴下泪珠来。婉芳给他一块印度绸的手帕道：

“你不要哭，拿去揩揩，我并不是催你走，实在时光不早，太阳快要下山，你们又要走一段路，所以劝你走吧！”

志坚道：

“今天你不走，我就断定你蒙着爱我的假面具。”

婉芳不答，只是微微地笑。

他们三人在月亮初上、夕阳西下的时分，离开了校门。婉芳和一鹤送到大路的尽头，铁轨的支点，和他们握手分别了。重华夫妇询问志坚和婉芳谈判的经过，志坚抽出印度绸帕揩干了眼眶中的泪痕，微微一叹道：

“重华，我的一颗心受着重伤了。”

说完，三人的眼睛齐对着当头的明月，起着相异的情调。

哭

一

饭后，秦玖从他母亲房中回到他妻子房里，只见他妻子小琼正坐在沿窗一只写字台前看书，台上燃着一盏玫瑰紫色珠罩电灯，映得伊娇红的脸上更觉红漾漾的艳丽。秦玖悄悄地掩过去，展开双手，把伊两眼遮住，小琼微微笑道：

“又来戏弄人家了？谁不知道是你这小狗啊？”

秦玖只是不开口。伊急了，举起皓腕，在他手上狠命拧，秦玖才放松了手，向台边藤椅上坐下。小琼道：

“我早道是你啊！”

秦玖因向伊责问道：

“什么小狗不小狗？难道我是狗吗？”

小琼听了，不由咯咯地笑，把书向桌上一抛道：

“你不但是狗，而且是小狗，这是你前天承认的，还要问我做什么？”

秦玖道：

“我是小狗，你又是什么东西？”

伊道：

“我是好好的一个人。”

秦玖笑道：

“呸！你是一只母狗。”

小琼闻言，立起身来，要拧秦玖的嘴，秦玖哪肯相让？两人便互扭起来，推来推去。小琼到底力小，被秦玖推倒在一只沙发上不能动弹，只得说道：

“请你放手吧！算你气力大。”

秦玖道：

“事情这样容易吗？那可不能照办。”

用手尽向伊的肋下乱挠，伊忍不住痒，眼泪都笑出来了。

秦玖见了伊这可怜的形状，便道：

“你若肯讨饶，我便放手。”

小琼不得已，央告道：

“好！哥哥，你饶了我吧！”

秦玖哈哈大笑，将伊放起，伊立起身，把云鬓略整一整，伸手过来，却又要打他了。秦玖忙跳开道：

“别闹了，我还有正经事和你讲呢！”

伊将身靠在妆台边，问道：

“什么正经事？快快告诉我。”

秦玖道：

“明天不是我的姑母出丧的日子吗？你少不得要去一趟的。适才母亲说明天一早她要带你同去，因为你是新学界中人，恐怕你于仪式上有些不懂，所以叫我叮嘱你，明天到得那处，一定要拜跪，还要进孝帏哭泣一场，这是普通规矩，不能不照行的。”

小琼听说，面上露出不悦的形状，慢吞吞地说道：

“不行便怎样？不过……”

秦玖对伊看了一眼，又说道：

“这也不能把你怎样，不过我们是阀阅世家，一切行动只好照着老例，不然人家都要批评我们，说笑我们了。而且你也晓得她老人家万事不肯马马虎虎的，你如不照她行，她不要说我们不知礼仪、损失她的颜面吗？你体谅我的，千万听我的话。总之，现时代的人只好照现时代所有的规矩去做啊！”

小琼只是低着头不响。良久方说道：

“好！不过至时我是哭不出来，也是无法。”

秦玖道：

“只要敷衍面子，哭他几声就完了。”

二

一间陈设很精美的房里，有一个年约五十开外的老妇，身穿蓝色宁绸的珠皮大袄，坐在一张榻上，面上显出一团怒容，把左手支着有皱纹的额角，似乎深思着一件事情。这是秦玖母亲，却不知道为了何事这般地动怒啊！一个使女垂手立在一旁，动也不敢动一动，伊也知道主人正在恼怒时候，自己应当益发谨慎，否则就要触犯雷霆，自讨苦吃。不多时，秦玖的母亲回头对那使女说道：

“你去看看少爷可曾回来？快快喊他到此。”

使女连声答应是是，飞也似的奔出房门外去了。稍停回来报道：

“太太，少爷刚才回家，正在书房中打电话，我已请他来了。”

接着革履声响，一位风姿俊爽的西装少年走进房来，正是秦玖。秦玖一见他母亲的面色不好，心里不免怀着鬼胎，低低说道：

“母亲呼唤孩儿，有何吩咐？”

秦玖的母亲说道：

“你晓我今天到彭家去干什么事？”

秦玖不知就里，忙答道：

“不是去祭奠姑母的吗？孩儿上午也曾去一遭呢！”

秦玖的母亲道：

“不！我是去坍台的。”

秦玖惊问道：

“母亲此话怎讲？”

她气愤愤地说道：

"你去问你那位好妻子便知道了。"

此时，她的面色更加严厉。秦玖颤声道：

"莫不是小琼得罪了人吗？"

她又接着道：

"伊既然做了秦家的媳妇，任你怎样新法，总要照着我秦家的规矩，大小人家都是如此的。谁知唯有伊特别不同，今天我带了伊一同到你姑母家去送出丧，别人家的太太、少奶、小姐等没有一个不走进孝帏哭一场的，我和你姑母是嫡亲姑嫂，她一朝逝世，我觉得悲伤非常，所以更是一场大哭。哪知偏偏只有伊一个人呆呆地坐在里面，低着头，一点也不哭，人家见了，都很稀奇。我便暗中把伊衣襟扯了几扯，谁知伊只是不理，当着众人的面，我也不好怎样责备伊硬逼着伊哭。不过人家一齐痛哭，就是没有关系的人见了，也要堕泪，伊熟视无睹，无动于衷，我倒佩服伊具着这般的硬心肠了。至于在灵前下拜，更瞧得出伊出自十分勉强，后来，我到内房中去，那邱家太太就对我说道：'你家这位媳妇大约是个女学生出身吧，怎的哭也不哭一哭？'唉！我受了她这句奚落，叫我如何还答？不是当场坍我的台吗？照这样看来，将来我死后，伊也一定哭不出的了。不过我隔晚不是叫你预先叮嘱伊吗？难道你忘记了，不曾告诉伊？"

秦玖这才明白他母亲动怒的原因，忙道：

"请母亲息怒，总是伊年纪轻，不懂规矩，孩儿也曾将母亲的意思告知伊，无奈伊总是十分任性，不肯听人家的话。"

她怒声道：

"你不要说伊年轻，比伊年纪轻的人也很多，却都能知得礼节，况你既然明白告诉了伊，伊还是不哭，这明明故意违背我，和我反对了。我一定不肯饶伊的。"

秦玖发急道：

"伊哪里敢反对母亲？不过伊不会哭罢了。"

她将桌子一拍道：

"世上没有一个人不会哭的，你不要袒护着妻子，快去问伊，究竟还有我这么一个人在伊的眼睛里吗?”

秦玖还要分辩，她已把手挥着道:

“快去快去!”

他不敢分辩，只得退出房去。

三

秦玖叹了一口气，走进自己房中。那时，小琼正穿着一件浅紫色闪色缎的骆驼绒旗袍，立在玻璃窗橱边，对着镜子，顾影自怜，这是新做成的一件衣服，伊去送出丧时穿的，要等秦玖还来看了说一声好，所以还不曾换下。一见秦玖走进，便含笑说道:

“我等你好久了，你快看我这件衣可配身不配?”

秦玖心里正没好气，略略看了一看，道:

“还好。”

小琼何等乖觉? 见伊丈夫眉峰紧蹙，带着不快活的神气，自己也不觉有点扫兴，便问道:

“怎的你有些不快活的?”

秦玖叹道:

“都是为你罢了。”

小琼怔了一怔道:

“此话怎讲?”

秦玖顿足道:

“我昨夜不是已和你说过，今天你到姑母家去送丧，多少总要哭一哭，怎样你不肯听我的话呢? 现在母亲在房中大动其气，这……这……这事如何办法?”

小琼听说，玉容顿时气得发白，立刻答道:

“哭不哭由我做主，干人家什么事?”

秦玖道:

“不是这样讲的，这是社会上一种通行的风俗，你不哭了，便要惹人家讪笑。”

小琼把手一指，叹道：

“哼！你枉是新学界中人，亏你不顾前后，说出这种话来，我们不是要凭着新学识去改良社会吗？自古以来，不知社会上流传下有许多陋俗，到了现在二十世纪的时候，凡是头脑稍清醒的，都应把来痛行改除的。讲到哭，是人类的一种感情，出于自然，你哭他不哭不能，要他哭也不能。你的姑母我到了你家，只见得一面，和她一些没有感情，她现在死了，也是寿终正寝，叫我哭得出什么来？可笑那些妇女们自以为善哭，哭了一大篇，全是门面语，心中何尝有什么悲苦呢？这样假装腔，我是不会的。哭不哭都由人家，婆婆竟要前来干涉，也太专制了。我尝见有许多大人家死了人，吊客不计其数，若然都要来一个哭一次，岂不要哭死吗？所以他们雇了一种贫家妇女来代哭，哭也有代哭的，你想这不是可笑的事情吗？”

秦玖摇手道：

“不要说了，无论如何，母亲前是说不通的。”

小琼不觉娇嗔道：

“说不通便怎样？”

秦玖两面不敢开罪，十分为难，便走上去对小琼深深一揖道：

“你看我的面，暂时受些委屈，去向她赔一个罪吧！我心中是很感激的。”

小琼笑道：

“你不要这样惹人气惹人笑了，我不哭有什么罪过，要向她老人家认错呢？天下安有此理？”

秦玖道：

“这也是无法的啊！我家素重礼义，你今天不哭，她老人家以为有失体面，当作大大的一件事情呢。”

小琼急道：

“好！原来你家是大人家，我是不懂规矩，做错了事了。唉！我本来是平常人家出身，不明礼义的人，不配到你家来做媳妇。不过当初你何不去讨个懂规矩的贤妻来，也免得你家庭间发生闲气，何苦再三向我求婚，又要我这种人呢？既然事已至是，你今晚又这样逼我，不是强人所难吗？你到底是个孝子。”

秦玖被伊一顿抢白，只噘着嘴不响，坐在一旁。小琼也不再说，就向床上一横，室中顿时寂静下来，但听台上的摆钟走动嘀嗒嘀嗒的声音。隔了一歇，秦玖走近床前，却见小琼面向着里，双肩不住地耸动，两手用手帕掩住了脸，有一种微细的声音在伊鼻子和咽喉里发出来。唉！伊说不哭，现在却真的哭了。

妆　奁

奚老太太正和女戚陈少奶坐在房中谈话，忽地门帘一掀，走进一个十八九岁的女郎，穿得十分齐整，风姿美好，笑容满面，带着娇憨的神气，跑到奚老太太身边，凑在耳畔，低低说了几句，又走出去了。奚老太太忙即立起身来，陈少奶问道：

"曼英小姐和你说些什么？敢是外面有客吗？"

奚老太太摇手道：

"不，不！陈少奶，曼英这丫头下月要出嫁了。你是知道的，前天我到木器店里去看了些物件，今天他们都已送来了。少不得要检点一遍，所以来知照我，你也同去看看可好？"

陈少奶道：

"原来是这么一件事，那曼英小姐也不必瞒我呀。"

说罢，随即立起，陪了奚老太太一同走下楼去。到得外面厅上，奚老太太的媳妇同着曼英正立着观看，但见一厅中都挤满了物件，什么最新式的雕花玻璃大橱啦，梳妆台啦，面汤啦，沙发啦，还有碰和台、百灵台、杨妃榻、大八仙桌、新式衣架交椅茶几等等，应有尽有，都是全红木的。陈少奶看了，啧啧称美道：

"亏你老人家一样一样想得到。"

奚老太太皱皱眉头答道：

"这样又省不掉，那样又罢不得，我也叫作没法。停刻绸缎庄上又要送绸缎来了。这两天我真烦得不得了啦。"

那时，送东西来的人便把发票呈上一看，总计一千零七十六元。奚老太太把发票揣在怀里，开发了，一面又命下人把这些东西暂时堆叠好。那位曼英小姐却不辞劳苦，早已亲自过去安排，不过心里还觉有些不高兴，因为那只梳妆台的式样不大称伊的心，但是同时伊嫂嫂看了，心里也有说不出的难过。

奚老太太和陈少奶重又回到楼上坐下，陈少奶喝了一杯茶，慢慢说道：

“我看你老人家近来面庞消瘦了许多，到底嫁女儿是辛苦的。”

奚老太太叹口气说道：

“你怎知道我心里的忧闷？待我细细讲给你听吧！当我家老爷做部长的时候，财多势盛，家道十分兴旺，我大女儿秀英恰在那时出阁，妆奁十分丰富，谁也不啧啧称美？后来老爷死了，二女儿浣英出阁，因为对的是大户人家，我不得不极力赶办嫁妆，总求和大女儿一样，可是我的私房赔去了不少，还惹得儿媳背后怪我多贴女儿。现在一眨眼已是六七年，最小的女儿又要出阁了，讲到曼英这小妮子，常常在我跟前，那是我最钟爱的，伊嫁起来妆奁要办得格外出色，自是不消说的。不过自从我家老爷故世以来，小儿守着一些家财，并不出外干些赚钱的职业，每天只是打打牌，看看戏，年深月久，不免渐渐亏耗。加之去年恒丰庄倒闭，我家影响受得很多，现在外面看起来虽和从前一样，其实内中却不同了，所以我如今虽极力要争气，要场面好看，无如心有余而力不足，也只好力求简省，不能和以前两个女儿出阁的时候相比了。”

陈少奶听着，带笑答道：

“这是伯母的谦虚，像曼英小姐这般的妆奁，也非寻常可及了。我出嫁时哪有如此呢？”

奚老太太咳了一声嗽，又说道：

“话虽如此，可又要说回来了。曼英配的那个盛家公公，正在首都财政部里做官，新郎又在上海一家洋行里做副经理，父子都是跨在马上的人，场面自然格外求好。我受了他家一千块钱聘金，暗地虽已赔上几个一千块钱，但终觉不好看、不完美，比不上他家，这不是苦了我吗？并且现在的女孩子，面皮都是很老的，曼英这妮子，伊竟时常在我面前开口，要求这件，要求那件，只要一个不依，立刻面上露出不快乐的颜色，饭也不要吃，倒在床上睡了。你道做娘的难不难？如果过分好了呢，儿子方面又要发说话，因此我最后的八百块体己钱，本来存在中国银行内的，现在也提出来贴去了。然而还是不够，所以昨天我又着人来请你，并非为的别事，就是想托你代挪借五百块钱，预备购办银桌面等等之用，我想你总可替我办到吧！”

陈少奶道：

“这个数目我总可设法，不过你老人家也太可怜了，俗语说得好，有钱有嫁，无钱无嫁，又何苦这般讨好呢？曼英小姐也是很有良心的，你老人家这般操心，伊将来定不会忘记你老人家，那是不消说的。不过这些男家越是有钱的人家，越是一心贪图女家的陪嫁，尽你妆奁怎样好，终究难填他们的无底欲壑，很有点不合算了。”

奚老太太接着叹口气道：

“人情固是如此，不过我为曼英嫁后计，为自己门面计，也不得不这样啊！”

说到那时，曼英又跑上楼来了，笑盈盈地立在奚老太太身旁。她们不能再谈下去，陈少奶便告辞而去。

黄昏后，曼英在房中检点嫁时衣服，五光十色的，堆满了一榻。奚老太太却坐在沙发中呼水烟，正自呆呆出神，忽然间，曼英不知转着什么念头，将手中提着的一件绣花衣服向箱子盖一抛，走到伊母亲的身边，笑嘻嘻地说道：

“母亲，我记得你有一朵胸前挂的珠花，我心中很是中意，可肯让我带好去吗？”

奚老太太对伊看了一眼，懒懒地说道：

“曼英，我只有这件东西了，你也想要了去吗？我的珠镯不是已给了你，难道还不够吗？”

曼英闻言，脸上微微一红，别转头去，答道：

“什么叫作够，什么叫作不够，我记得大姊姊嫁时，母亲不是拿出二十四粒精圆珠子，代伊扎成珠花的吗？又记二姊姊嫁时，母亲不是也拿出一对珠蝴蝶吗？至于给我的那副珠镯，珠子又小，光彩又暗，实在不大好戴出去的。母亲既如此说，我就连这珠镯也不要了。”

奚老太太见她女儿生气，忙含笑立起身来，又把水烟袋安放桌上，说道：

“曼英，我和你不过说句笑话罢了，你总知道我的爱你，胜过爱你的两个姊姊，我有哪一件事不依你？你既要这珠花，你就拿去便了。”

曼英这才回嗔作喜，重去料理衣服。奚老太太便去开箱，取出一只朱漆小拜匣来，又从拜匣里颤巍巍地拿出一朵碗大的珠花，粒粒都是又圆又亮的明珠，交给曼英道：

“你藏好了吧！”

曼英欢欢喜喜接了过去。从此，奚老太太的小拜匣里不剩什么珍贵的物件了。

这一天，奚府中挂灯结彩，大开正门，许多男男女女走出走进地去看发妆，一副好丰富华丽的妆奁，摆满了奚府大厅，由几十名轿夫扛的扛，挑的挑，一齐排列着出去，再有八名男仆，先后押着，一路发到盛家来。路上行人看见了，没有一个不啧啧赞叹。

一到盛家，早鼓乐喧天地迎进去，停在对照厅上，众人都拥去看热闹，一面有人点妆，什么玻璃大橱成对、红木镜台全事，喝得一片声热闹。盛家许多女戚也簇拥着盛太太出来看妆，盛太太看了一会儿，却似笑非笑地说道：

“难为奚家老太太费这许多心思，不过在我看起来，还不如我那侄女的嫁妆，休说要比我的大媳妇了。”

说罢，很不高兴似的回到后厅去。

唉！奚老太太借债贴私房，用尽心力去办的这副妆奁，在常人看起来已是再好没有了，却不料还不值盛太太的一笑呢。

病

“唉！病魔啊！你是世间最残酷者了，古时虽然有了扁鹊俞跗等名医，也不能将你打倒，许多宝贵的生命都被你残害，许多甜蜜的幸福都被你剥夺。你好似帝国主义者，用残忍的手段侵略到人们的身体中去，扩大你的殖民地，把人们生命的活水吸去，恣意蹂躏人家的健康，武力侵略经济侵略同时并行，似乎要把他人置之死地而后快，强迫地做你的俘虏。唉！你是世间最残酷者了，我不幸而做了你的俘虏，想尽方法和你奋斗，终是驱逐你不去，你是我的大仇敌，我虽没死，然而我的一生幸福已被你剥夺尽了。”

这是他病中愤懑时，常常自言自语的，不知无病的人听了，有什么感想。

平子工愁，维摩多病，他不幸而被病魔缠绕，使他身子孱弱，精神缺乏，有许多事业虽有志气要想去做，而不能如愿。因此元龙豪气，消磨殆尽，中年潦倒，不能有所作为，这是他生平的大憾事。

一九二五年的新秋时候，他病了，病的前几天，天气很热，寒暑表常在九十六度以上，已热了一个多月了，他守在家里做什么呢？闷得很，唯有作小说以为消遣，但在这个时候，用脑却不合宜，但他有一部书要出版，所以很喜欢工作，并且除了这个也没有什么别的消遣了。

一天，他觉得头脑掣痛，精神恍惚，自知要生病了，于是便到一个西医处去诊治，注射了一针，到明天稍觉好些，但时时要牵痛。恰巧他的至戚在海上开汤饼宴，他例须去拜贺，于是他上道了，可是坐在人力车上，觉得道途不平，每一颠簸，头即震痛。他到了上海，也懒于出外，只觉后脑更痛了，睡在床上休息，又接到家中快信，知道他的外祖母又逝世了。在次日一清早，便又乘车返里，忙忙碌碌。到了次日，他不觉病倒床上，急请医士来诊治，但服了药后，一些儿没有效验。

他在病中一连换了几个医生，中医也有，西医也有，可是吃了药后，病状天天如此。后来请到一个中医，服了药后，觉得渐有起色。医生劝他不能转念头，凡用脑的事情一概不做，因为他病厉害时头痛得不能转侧，连步履稍重也觉得要震痛，只好睡，睡了又不好翻身，因为他头一动便大痛了。这样，他是何等苦楚呢？有一个西医对他说：

“你的病若要完全痊愈，最好辞去职务，休养一年，到西湖之滨，或是匡庐之巅去住下，呼吸新鲜空气，尤其是笔墨的事不能操劳。”

他听了点点头。唉！他是一个笔耕为生的人，哪里可以如此逍遥呢？

他在病中糊里糊涂地睡着，他的亲戚来看他，他很感激，但他又讨厌人多说话，因为他自己没有精神说话。

他在病中想：世界是一个舞台，人类都是做戏的，上了台，父母、妻子、兄弟、朋友，一下台，却各顾各了，哭了，笑了，算什么呢？这一刹那间的事，人们为什么看不破呢？又想朝菌不知晦朔，蟪蛄不知春秋，它们也这样地过了一世，人们多活几年，少活几年，算什么呢？唉！可怜的人们，你们还不如园中的一株树呢！他想到这里，很想累得够了，不如死了倒干干净净，脱去一切苦痛，但他又怎样舍得下他的老母？还有他的未婚妻T女士，他也时常在念的，所以他忍着苦痛，仍自望病速好。

病中唯一的安慰就是接到他未婚妻的来函，此外还有一个女友Z女士和知友K君、L君等，最喜欢他们的来鸿，他先将病情告诉他们，他们十分思念，都写信来问疾，尤其是T女士发了急，接一连二地信来，他却不敢将病的恶况陈述了，只说现在服药中，希望早日霍然。他暗暗对天祝告道：我若是命该不死的，愿你使我好了吧！不然也使我早早脱离尘世。

病中静卧，听着邻人的留声机音，又听远处一切的人声天籁，在在皆能兴起他的悲观。他念着欧阳子的《秋声赋》道：

百忧感其心，万事劳其形，有动乎中，必摇其精，而况思其力之所不及，忧其智之所不能，宜其渥然丹者为槁木，黟然黑者为星星……

他想多愁多病，愁为病之媒，一个人生在世上，竭智尽虑的和不动心思的一样，过去何不糊糊涂涂地寻些快活？但是人生最痛苦的便是病，他不幸而被病困厄，安得不愁？然而愁了也有何用？不过病者的心理都是这样，何况他是一个善感的人呢？

他想起前十年的病了，睡在床上足有一年，中西医生都看过，不知费去了多少金钱，还是事倍功半，使他抱着缺憾。所以以前他写信给朋友，总有许多牢骚话。给凌云生的信上道：

日来枯坐斗室，借书消忧，闻邻人言我之忍耐心大好，弟闻此言，不禁叹渠辈之徒能观人于外也。庸讵知我心中虽一分一稍尚不能稍忍乎？顾以蛟龙已困于池，虎兕长伏于柙，事到其间，不由不然，只可苟延岁月，默默以待理数之变。未知破壁飞去，出柙长啸，鲰生有此万一之希望也乎？暇尝自念，我生何来？世界中何以有我？将来能否回我往日之我？且天既生我，又何必厄我？思潮起落，辗转而卒，至于怀抱悲观。

噫！既深贾子之悲，复甚唐衢之哭，在地虽阔，我躬虽渺，实不能一日容也……

又有：

此次赴校，岂中心尚欲求学哉？盖譬之在家长日枯坐耳。然而块然独处，斗室何异于狴犴？消磨黄金之光阴于黑甜乡中，宁不悲耶？

向尝以风流自诩，捉笔为小说，往往吐语哀感，效无病之呻，及今而后，始悟不幸之人，所言每易成谶。少年人自有蓬勃峥嵘气象，不宜为此噍残之音也。日来细雨如丝，连绵数日不辍，黄昏时一灯相对，手披《离骚》，而雨声淅沥中，听邻近笛声，风送过墙，清凄动人。因自顾身世，不禁涕零，不幸而为病魔所厄，遂使壮志消磨。

嗟乎企君！如仆尚何言哉？尚何言哉……

那时，他还是在学生时代，宛如一朵将开放的好花，忽被风雨打击，真是何等残酷的事。他怨谁呢？他只有自己眼泪自己揩罢了。又有一封信给他的友人道：

……知足下患疾甚剧，且缠绵年余，不见痊可，不觉兴同病相怜之感。噫！大千世界，芸芸众生，其间受疾病之痛苦者，不知其几何人？类皆求生不得，求死难能之辈，彼体魄雄壮，不为二竖所侵者，真人类中之有福者也。弟病半载，不能还我自由，言之怏怏，弥多感喟。其间所受之痛苦，殆非个中人不能晓，终日枯坐，有如涸泽之鱼。对斯好花如醉，好鸟如歌之大好春光，视若无睹，似此身为天地间一畸零悲痛之人。

呜呼！天实为之，谓之何哉？君询弟以何术消此光阴？不知此正弟之不得已也。足不能越雷池一步，身不能离坐椅片时，唯有以书消忧而已，或效因是子之静坐，如老僧入定。顿觉一切光明，四大皆空，此心如澄波碧月，毫无渣滓，然一触感怀，则又不禁悲从中来，此真如企君所谓达人知命，知之而不能自解脱，徒唤奈何耳……

后来这位友人病故了，他不禁痛哭下泪，时深黄垆之思。他身体虽弱，却能和病魔奋斗，所以竟生存在世上，但抚今追昔，增添了不少感慨。他自己想想前十年若没有大病，那么到今朝他的身体也不至于这般软弱，他的环境必大异了，他一生的大仇便是病。病中是在凉秋时候，他叹道：

“浮生若梦，为欢几何，这样大好秋光，枫红苹白，不能向青山绿水中，临流赋诗，登高长啸，岂不可恨?”

他只有以睡为消遣了。医生本叫他多睡，可以休养精神，庄子梦蝴蝶，遽遽然，栩栩然，不自知其蝴蝶梦庄子，还是庄子梦蝴蝶。他睡着了也一般出游，反觉得身体没有病了，但是等到一醒，头又觉痛。他的母亲安慰他，还有Z女士也来看他，劝他要少思想，他虽答应，但依然要思想。

否极泰来，剥复之道，他是时常幻想着的，后来他头痛的病果然好了，休养了许多时候，身体也渐渐比较活动。虽是创巨痛深，还是抱着积极主义，要走入乐观的路上去，友朋间酬酢，他也要周旋其间了，春秋佳日也要出去游山玩水，强自挣扎着，自寻乐趣。后来便和T女士结婚了，老母在堂，总想家庭中有些天伦之乐，虽然他的环境不很好，可是依旧奋斗，希望创造一些新生活，同时他的笔墨事务也忙得多，苦恨年年压金线，为他人作嫁衣裳。仔细想来，不免有这种情景，然而他也没有别的想法，只得如此，能够平安地过日子已是很知足了。所以有些友人反说他“兴致很高”啦，“得享家庭之乐”啦，“是一个乐天主义的人”啦，他很希望能够这样，因此也不必分辩，不再为秋虫之哀鸣。于是他著作了一部很香艳、很美丽的言情长篇小说，写出许多理想中的好青年，给读者快意一下子，不再洒酸辛之泪，也是女娲氏采石补天的意思。

可是，无情的病魔不肯放松过他，乘间蹈瑕，蠢蠢思动。在一九三〇年的初夏，不幸的他又被病魔袭击了，这一场病，病得非常厉害，似乎要把他的生命夺了去。S城里的名医也请教了不少，终不能扑灭它、扫除它。直到秋凉的时候，他的病——足疾更进一层，自由都失去了，连以前一些些的自由也剥夺去了，因此他的身体当然不消说得，比较以前更是不行了。种种不能解决的思想在他脑海中盘旋忽释，他是何等的痛苦啊？然而他不得不苟延残喘地活着，度着很沉闷、很无聊的光阴，而且对于外侮内乱，以及社会上不安景象，要使他不胜愤恨，不胜惆怅，他宛如深禁囹圄的羔羊，是一个弱者，又有什么法儿想呢？

“仰足以事父母，俯足以畜妻子，乐岁终身饱，凶年免于死亡。”这几句古人的说话，一个人能够做到这步田地，也是不容易的，除非是资产阶级，席丰履厚，不用说了。而在多病的他，困于病魔的他，要想做到如此，也非容易。他有老母，他有娇妻，他有牙牙学语的小儿，一家的责任仰事俯畜，当然在他的身上，犹如驽马拖着笨车，不得不被生活之鞭驱策着向前赶路。他现在只知强自努力去赶路，前途如何，他也顾不到了。

他唯一的希望还是在他的小孩子身上，他很想卵翼着他，爱护教养到他成人，然而这却不知道自己的精力能不能了。现在呢？沉闷的时候还有一些安慰，因为他的小孩子很聪慧，宛如百灵鸟一般，足够得到他父母的欢心，希望他将来一直能够如此，更希望这小孩子十分康健，一生没有病，因为他自己病得苦了。

“唉！病魔啊！你是世间最残酷者了……”

他时常这样愤慨地说，他依然要和病魔奋斗，不绝地奋斗，因为他的一生差不多被病魔包围住，所以他只得鼓着最后的勇气和病魔奋斗了。然而，他是世间一个畸零痛苦的人，可无疑义了。

他以后的景况呢……不可知……

此中人语

绿槐树下，新蝉鸣嘒其上，旁有荷池，翠盖田田，红葩素萼，如美人之凌波而出，不染纤尘，然清风过处，时有幽香，沁人心脾。池畔有一老人与一少年，据桌对饮，意甚萧河流，盖际此火伞高张、日长如年之时，得来此清静之地，浅斟长谈，固较之仆仆烈日下，汗出如蒸者，不啻别有天地也。老人衣服甚蔽，黯然无华，年可五十许，白发盈颠且微秃，鼻架银镜，短于视，故其背亦伛偻甚，几如弓形。由此可觇知彼老人数十年必于故纸堆中过生活者，少年衣白纱长衫，戴罗克眼镜，手摇纨扇，风姿潇洒，与老人同坐，适愈形老人颓唐之态。

有顷，老人忽问少年曰：

“子已充任某校之教职乎？”

言时，一“已”字声浪稍高，且微皱其额，似不愿少年之遽允是也。实则其额上之皱纹深而多，固勿庸微皱也。少年答曰：

“然，余初思毕业后将留学外邦，深吾造诣，惜资斧不足，体又不强，故不得已而充任某校教职矣。自惟学识谫陋，深惧陨越。先生久居教育界，学术淇湛深，经验丰富，必能有以垂教。”

老人正持箸夹鱼片细嚼，闻少年言，连摇其首，力咽物下，以箸击桌而言曰：

“子以余为识途老马而有所请益乎？吾欲不言，则骨鲠在喉，不吐不快，安能无言？嗟夫！老夫耄矣！滥竽教育界，忽忽光阴，已历三十寒暑，传云三十年为一世。此三十年中曾从吾修业之子弟殆有千余人，而菁菁者莪，今日出而立身行事于社会，其成绩蔚然可观，亦实繁有徒。顾吾则年华易逝，行将就木，老执教鞭，依然故吾。且苜蓿阑干，清苦生涯，教坛无异于青毡，慰藉无人，揶揄有鬼，殆将老死牖下矣！吾今略告子以我三十年之经过，子当知我胸中之块垒，未易消也。”

言至是，乃斟酒满杯，浮一大白。少年亦危坐静聆其语。老人微摇其扇，而言曰：

“回忆科举废后，我虽搏得一领青衿，而致力于古文辞，目睹宦海龌龊，仕途匪吾思存。适某校创办伊始，主事者辟一席地以延我，我思教育为立国之本，中国之所以贫弱不振，难与列强争衡者，其根本最要之一点，即教育不能振兴之故也。今国家开设学校，亦造就社会人才之意，我苟尽我心力，培植后进，亦所以间接爱国，奚可辞者，遂毅然允焉。是校为两等小学，我所教者为高小三年国文及一二年国文、历史、习字等科，每星期授课二十小时，而所得月薪仅戋戋三十五金，可谓薄矣！然吾以为我既热心教育，自与市侩斤斤计较多寡有异，况君子忧道不忧贫，我求其能行道而已，虽衣食稍苦，亦差足自慰也。顾当时校中学生类皆私结党派，藐视教师，稍有拂逆于心，睚眦必报。我初授课之日，正授高三国文，讲《原才》一课，学生等问难甚多，欲试我学识之深浅也。我为之详解句法、篇法及字义，繁征博引，毫无遗漏，侪辈遂信服。然学生所作之文，苟非支曼浮泛，即重复拖沓，亦有枯短无味，不能成文，别字满目，解人难索者。我不得不为之爬罗抉剔，刮垢磨光，然而苦矣！我尝谓国文教员改削论文一事，最为棘手，削之过多，则学生锐气尽失，无兴握管，临文生畏，不敢发挥矣，且亦足引起侪辈之恶感；改之过少，则人皆以为教师躲懒，或不善文墨，稍一失检，则留为笑柄。往往有长篇累牍不知所写何物者，简言之一字不通耳，然亦必为之细细窜改，留其小半，不亦苦哉？譬之匠氏筑屋，其构造处稍有剥落或罅隙，或外观不美，修理者略为涂饰，便觉可观，若前后倒置，东西倾倒，式样既谬，工料又劣，则势非拆除重建不可。然而拆除重建，岂人所愿者？不通之文，亦犹是耳！而学生尚敝帚自珍，以为佳作也。吾每星期须改六十课卷，授课之暇，独坐室中，手挥目送，苦无暇暑，不觉头脑涔涔作痛。”

言至是，以手抚脑，若有余痛者。复饮一杯，而言曰：

“吾人谓政界中人情势利，工媚善谀，立社结党，以攫取禄位，若学界中则必自命清流，殆不至此，而孰知不然。我在是校服务可七年，校长两易其人，以我资格较老，仍加重视。后某校长履任，宣言欲积极整顿，筹款若干，为广建校舍，刷新课程，种种设施，逐渐改组，其对待教员也纯用压力，所谓顺我者生，逆我者死，不及一载，纷纷易人。而察其新用者，则苟非校长之亲戚，即为校长之好友，旧日同事只存其三，更无势力稍批逆鳞矣。但我素性刚直，颇鄙视其人，故与之落落不合，有人告我谓：‘今校长于下学期将去子职，子盍稍逢迎之，或可蝉联。’我怫然不悦曰：‘大丈夫不肯枉道以事人，合则留，不合则去。我虽贫寒，宁饿死，断不为此饭碗问题向人乞怜。’后果如其言，但我在是校服务年久，自信成绩不输于人，而夫己氏以私心去我，岂热心倡办教育者所忍出此哉？夫以此种人物而使长教育，则教育之前途可知矣。”

少年闻言，亦为之扼腕。老人复举杯而饮。少年又问曰：

“先生将何之？”

老人曰：

“在家课徒耳！幸不及一载，友人某介绍我入上海某女校教授国学，薪金亦稍厚。然教授女生，其对待法亦稍异，男生有过，教师往往严词训斥，不假辞色，若女生受此，则必嘤嘤啜泣，终日勿欢矣！且彼等善笑，禁之不可，纵之则满室喧哗，教师亦为之窘。古云，女性善妒。此言良是，故于批分数一层，尤须审慎。尝有一生以彼分数较少，竟涕泣终日勿食，其狡黠者则在教师前絮絮陈说，必稍加数分，方惬于心。有某校师尝赞美某生，所予积分最多，妒之者造作谣言，谓某教师钟情于某女生，卒不安其位而去。我以年龄较老，尚无此苦，唯某日我讲历史至武则天秽乱宫闱，私置面首，有某生问我面首何解，我直言之，众皆哧哧笑。又某生独谓：‘武则天实开女权之先声，泰西各国亦有女子参政，如英皇伊丽莎白、梅丽、维多利亚，俄皇加他邻辈，其政治斐然可观，皆震惊一时。我国积习相沿，重男轻女，遂使数千年来女子俯首受制于男人之下，不克发达其本能。若武则天者，生当唐时，而能从黑暗昏茫之中一鸣惊人，大张女权，是诚可贵，不能以其私德之不修而遽斥之也。今日女权之声，稍播人耳，然实际尚未得权，安得有如武则天者，出而与男子一决上下乎？’我闻其言，颇为惊奇，一笑置之。盖若与辩论，颇难下断也。”

少年闻老人所言，亦大笑曰：

“三宫六院，妃嫔媵嫱，非帝主之所宠幸乎？多妻之制盛行，我国武后所为，正反其道而行之耳！执笔者既为男子，宜其力加诋斥，不可谓不快哉？女生之言！”

老人则微笑，徐徐饮酒，续言曰：

“自辛亥政变，该女校以经费竭蹶停办，故我又往某中学教授。至今十二年来，校中同事尚称和好，但往往欠薪至二三月，我等一介寒士，其执教鞭，亦半为糊口计，家无斗石之储，何能枵腹从公？屡请无效，乃有教职员罢工之宣言。邦人不谅，谓教员操神圣之职业，当于国家教育上着想，虽欠薪不可久长，然教职员亦当含辛茹苦，勉为其难，不忍使数百学生有失学之虞也。此言良是，然我侪已含忍久矣，人皆有，我独无，教育经费移为他项用途，是可忍孰不可忍。教员所得者本较他项职业为薄，今教员甘享菲薄而从事于此，已为牺牲其私利，岂能并此戋戋而靳与耶？教员亦人也，必饱食而后做事，教职员非人尽富翁，为富翁亦不愿为教职员矣。若然则将使冻馁其妻子，而授课于学校，方可谓之热心乎？且年来百物昂贵，生活程度日高一日，而教职员之月薪，其定额亦不闻稍增也。按之事理，岂得谓平无怪有小学教员拖人力车者矣！我以为教育既为立国之要素，则必使为教员者尽其一生心力，从事于此。庶经验多而获益广，欲使教员能安心乐业，孜孜不倦无复他虑，以分散其心，则必按其入校之年月，增加教员薪金，至某数为限，教育经费必先独立，断不能延挪移，而已故之教职员家属，其贫苦不能自赡者，当另设法抚恤。盖我曾见某校教师在校教授十余载，未尝别迁，所得薪金亦甚薄，可谓尽忠于某校矣！孰知忽罹急病而死，所剩寡妇孤儿，贫苦几不能活，而某校主事不闻有若何相助也，不亦可悲？”

老人言至是，愤不能已，树上蝉声亦愈觉聒耳。老人唏嘘曰：

“此蝉餐风宿露，可谓清高，而尽力长鸣，至死方已。我侪为教员者，殆相似也。”

少年曰：

“我闻西国小学教员每周薪金亦有十余金，若以月计，则每月至少有我国银圆七八十番。今我国大学毕业生为教员，亦不过六七十元耳！若小学教员则三十余元者有之，十余元有之，六七元亦有之，其价值抑亦贱矣！故有学问而稍有他处可图者，莫不弃之若敝屣，其为教员者，亦大都不得已暂作枝栖，罕有作永久想矣！亦有一无经验或学问而从事者，此教育之所以不振也。”

老人又曰：

“自五四运动以来，各处学潮时有新闻，其为好现象与否，吾不敢言，但学生旷费功课，不能安心于求学，亦至可虑之事。又我校学生近年顽皮异常，势力日大，校长事事抱迁就宗旨，使学生组织自治会，而某学生卒耗亏会费二百余元，而遭斥退。由此观之，今日之学生，果能自治乎？尚属一疑问也。顾学生动辄以学生会名义向校务部要求种种，校务部不得不十允其七八，否则必致各生恶感，酿成风潮，故我谓团体者，群策群力，本一好名字，然若以团体之力用之歧途，则其祸亦非浅鲜。是以去年我校学生演剧一事，校务部严加审查，学生不欢，遂致罢课，阅两星期而弭止，然牺牲学业不少矣！我尝以此戒诸生，谓：‘罢课之事，苟有万不得已则行之，不然则自杀耳。’渠等闻我言，显然不以为是，言者谆谆，听者藐藐，我亦无如之何。且于上国文课时，大都偷阅小说，或私读英文，忽焉不加之意，所作之文，亦日浅陋，不及往日中学生之程度，而口辩则远胜于昔，其为进步欤，抑退步欤？又我所难言也，至若如子之好学不倦，于中西文俱有根底者，亦不数觏矣！子后执教鞭，当尝知此中滋味，然后知为学生乐而为教员苦也。”

老人言至是，微有醉意，壶中酒亦已涓滴俱尽。拍桌而叹曰：

“师道穷矣！吾谁与归？”

少年亦慨叹不置，起立曰：

“先生在教育界热心服务三十年，至两鬓斑白，而淡泊自甘，无求私利，虽无丰功伟业，为人重视，而先生人格之高尚，亦可敬已！天色将晚，吾侪行乎？”

老人微颔其首，少年遂出付酒钞，与老人徐步而去。时夕阳之光尚照林梢，而晚蝉声唱，如送客归去也。

著者曰：

杜道事人，有志者所不为。此老人之所以蹭蹬一生也，可胜叹哉！

盟　兰　记

小明月河为五里湖之支流，其地便于人而适于野，青山绿水，境至幽静，河畔夹岸皆老榆绿杨，当春时，丝丝柳条，飘拂水面。而大榆树绿荫蔽日，如张翠帷，乳鸭群浮水上，嬉波洗羽，状殊优游，春水粼粼，暖日照人，如明镜，晴碧泛然。间有轻舸点篙而过，橹声欸乃，与鸟鸣声相应和，如入画图中也。小明月河颇曲折，两岸多平原，田畴而外，乃有数巨厦，美轮美奂，结构仿欧式，盖富家所建之别墅。每在夏日，来此避暑者也，流水淙淙，鸟鸣嘤嘤，绿窗之间，时有琴韵箫声。一班乡农过此者，咸驻足而听，一若其中有神仙眷属在，人世间虽乱，而桃源地尚多，惜问津者少耳。

一日为初夏之杪，蝉声已噪于林间，夕阳一抹，颇有恋别之意，天空余霞成绮，如错采缕金，幻为美丽之色，此自然之美丽，非人工所能为。一刹那间而变化万状，世事皆作如是观，可耳。独惜夫置身其中者，哀乐当前，喜怒在心，悉凭造化者摆弄而不自觉，此亦无可奈何之事也。

斯时焉，河畔有一少年徐步而至此，少年方当终贾年华，翩翩风度，亦如新春之柳，濯濯可爱。鼻架叆叇，眉目俊秀，身御白色西装。因天气溽暑，仅衣一领衬衫，握手杖，顾不以之点地，而挟在肘下。行至河滨，见流水清涟，凝视水中之影勿释，良久，取背系之照相机出，以河之东岸一老榆树长枝欹向河上者为背景，榆树之下有一渔家，一童子赤其双趺，在树下招竹竿以驱数乳鸭。摄竟，置于草地，又放其手杖，去其草帽，坐河滨稍憩，见水边荇藻交萦，有紫色而作喇叭状之小花，附着水草上，不辨其为何种植物，遂俯身以手撷之，不意河畔泥土松而滑，稍一不慎，竟堕河中。然少年曾习泅泳，故非但不惊惶呼救，且借此在河中一试故技，以涤尘暑，鼓其勇气，向前而去。百余步外，河水较深，两岸相距亦较阔，少年在水中游泳良久，觉稍惫焉，方欲赴岸，不意泅未及半，力已不胜，水流又急，全身下沉，将遭灭顶之凶。少年竭力欲浮出水面，而双足如系数百斤之铁砧，无能为力，屡沉屡浮，如是者数次，其力已尽，惨呼一声，没入水中。

斯埋东边忽有一小舟驶至，舟首一女子盘膝而坐，手挥团扇，方瞩两岸风景，瞥视少年之下沉，乃回首惊呼曰：

“阿父，前有人溺于水矣！可怖哉？”

又呼曰：

“春泉，汝速往救之！”

春泉者，舟子也，方在船后力摇其橹，闻女子呼声，即曰唯。小舟之速率骤加，刹那间已至少年下沉之处，春泉持长竹篙从船舷步至鹢首。此时，忽闻水中泼剌声，露出一蓬松之人头，盖少年即至河底，尚奋其全身之力，作最后之挣扎也。春泉急以篙触之，少年得篙，即猱升而上，春泉又以手援之，始登舟首，面色尽变，颓然而倒。舱中出一老翁，年可五十许，精神矍铄，美髯下垂，仪表至为庄严。顾视倒卧之少年，作惊奇之色曰：

“嘻！此吾故人陈适之子也，胡为而在此时？”

春泉已去其篙，施展两手在少年腹上揉搓。少年吐水少许即苏，缘少年谙水性，故虽溺而灌水不多，若以常人当此，早随屈大夫游矣！少年既醒，环视其旁诸人，见老翁即呼曰：

“丈得毋为太玄伯乎？侄陈志摩也。”

志摩之父陈适，本为杭人，但久宦东省，志摩自幼即随父母同往。所谓太玄伯者，即在其时与陈适同寅，二人性情契合，公余之暇，或诗酒唱和，或围棋一局，以消遣有涯之生。未几，太玄以与上峰意见不合，故从政羊城，与陈适天南地北，不相觌面，顾落月屋梁，时念故人，双鱼之剖，童唤勿遑也。

太玄初为梁溪望族，薛其姓，才高八斗，学富五车，总角时已入泮，弱冠中进士，固薛家之千里驹也。其妇侯氏亦梁溪人，夙有扫眉才子之誉，故归太玄后，伉俪之间益相得，晓起开奁，对绿鬟而点黛，宵深伴读，泥红袖以添香，南国名姝，东床快婿，佳话传遍里闬，诚好逑也。嗣后太玄厕身政治舞台，奔走南北，侯氏常随之。生有一子一女，子名卜熊，女字梦兰，皆聪颖异常儿，家学渊源，其来有自，神仙眷属，美满家庭，人皆羡之。太玄虽从政，而性甘淡泊，家本富有，故无患得患失之心，以为赵孟之所贵，赵孟能贱之，所谓上下交孚之道，漫不措意，以此宦游十载，未登显要，鸟倦飞而知还，乃赋归去，挈其孺人稚子，隐居故里。慕小明月河风景之佳，建一别墅于此，精洁无伦，夏日则来墅中避嚣，胸襟清净，不染一尘，爱女梦兰依依膝下，每日倩其阿父教授诗词，梦窗白石，一一领略，间握管作小令，置之宋人词中，可乱楮叶，因此太玄更珍爱之逾其子。

今日彼父女适拿舟游五里湖归来，恰逢志摩堕水，遂救之。孰意即为故人之子，其遇合固有天焉。

陈适久宦东省，后因患肝疾，故辞职至沪，求名医诊治，终不愈，早归道山。太玄闻鵩音，弥切黄垆之痛，曾为诗以吊之。迄今岁月如流，已数易寒暑矣。今遇志摩如觌亡友之容，盖志摩面貌酷肖乃父也。

时志摩精神稍觉恢复，已起身坐，回首忽睹彼女子方凝视己面作微笑。女子姿容秀丽，衣白纱旗袍，宛如出水芙蕖，纤尘不染，秾纤合度，修短适中。云发微卷，明眸如水，两颊有酒窝儿，笑时益增其媚，耳旁有一红色小痣，如红豆子然，见志摩亦不作羞涩态。太玄即指之而作绍介语曰：

“此吾女梦兰，汝等亦曾一度识面。回忆甲子之秋，余家避兵海上，适汝父病归，余曾挈梦兰造汝庐问疾。时汝方读于某中学，携书箧跳跃回家，梦兰亦稚。此情此景，如在目前也。”

志摩曰：

“然。”

即点首向梦兰为礼，梦兰亦微点螓首，剪水双瞳，直射志摩之面。志摩不觉俯首作危坐状。太玄又诘之曰：

“子何事至此，而乃堕入河中？若非梦兰早见，呼舟子相援，不其殆欤？”

志摩曰：

“甚感救助之恩，但侄非堕入河中，乃因泅水力竭使然耳！侄今肄业于上海弘道大学，前日已放暑假，假期中诸同学集资将出一周刊，取名《观海》，慕丈之文名，欲乞一题序，俾增声价。侄因先父与丈为知交，毅然以曹邱自任，故来梁溪，趋叩仁丈之居而请益焉。讵意阍者答言仁丈避暑于小明月河之别墅中，故昨夜侄即下榻无锡饭店，今日出游，问询至此，而适逢丈又出外，故徘徊河畔，观赏风景。曩在校中尝喜练习泅水，游泳池畔时见侄之人影，运动会时曾得百米锦标，自以为于此道颇精，见河水清澈，不觉技痒，然又未敢冒昧。适睹水边有奇形植物，俯身下取，失足堕于河中，遂练习吾技以试浅深，不虞骤尔力竭，几殒吾生。得遇吾丈与世妹，幸也！”

梦兰闻志摩称以世妹，又嫣然微笑。太玄笑曰：

“子特来访余者乎？幸未遭险，非然者余罪大矣。寒舍不远，即请枉过，并易湿衣，当备佳酿，为子压惊也。”

志摩谢曰：

“诺。”

春泉乃返至船尾，棹舟前行。志摩又指一柳树植立之岸上，曰：

“其地尚留有余物，盍停舟一取？”

太玄曰：

“然。”

春泉即以舟徐徐傍岸。志摩一跃登岸，取其手杖、照相镜与帽而返，笑曰：

“物虽区区，未能忘此也。”

舟又向前驶行，过一小石桥，复向右折，遥望有一西式巨厦峙立于绿树丛中，残阳斜照，屋顶作赭色，即太玄之别墅矣。岸边新辟一方形之水门汀地，两旁各有一槐树，水边石级整齐，可以泊舟，于是此舟遂傍岸而泊焉。太玄与梦兰先起立，邀志摩同上。志摩亦携其物，随二人之后，拾级而登。小舟乃系缆树上，盖此舟即薛家所有也。

梦兰踏白色高跟革履，行水门汀上，咯咯作响，姿态更见婀娜。志摩亦步亦趋，足下革履其声亦不觉与之相和。未几，行草地上，则又如践轻毡，太玄则在前倚杖而行，转瞬已至别墅门前。一老仆正守候，见主人归来，即含笑相迎，启铁门伺立于旁。太玄乃肃志摩入，见门以内为一草地，浅草绿油，如铺文茵，花木繁茂，走廊曲折，风景绝佳，清洁华丽，兼而有之，是诚避暑福地也。太玄先延志摩至客室，命梦兰入内，为觅衣使更换，梦兰一笑而去。志摩方瞻览四壁图画，及精美之陈设。一雏婢已以纺雏衣裤至，曰：

"长公子作客在外，此间无西装，只华衣，请客暂易之何如?"

志摩受之，即往短屏后易衣。太玄与婢俱出。

志摩易衣讫，弃湿衣于地，未几，此婢又步入，拨柱上电钮而电灯明矣，遂取湿衣去，又送热水一盆，至及香皂、手巾，低声曰：

"陈公子，请洗面。"

志摩见此婢颇娇小，时时向其微窥而笑，盖亦一慧婢也。志摩洗竟，微风自窗入，觉暑气一消，回想适间堕水形景，未免哑然失笑。太玄又来，见志摩已易衣，乃曰：

"请入内一见山荆何如?"

志摩立应曰：

"唯本将候起居也。"

太玄乃导之出室，左拆而行，又穿过一园地，假山玲珑，有小亭翼然高踞其上，旁为一池，护以白石之栏。对面南向有一回廊，上下各四室，电炬灿灿，如列明星，湘帘高卷，尘氛不到。廊下金丝笼内鹦鹉方调舌而鸣："兰小姐归来矣!"室中人影憧憧，如映银幕。志摩至此，如入一新境界，俗念都蠲矣。

太玄遂导志摩入左边之第二室，则见一容貌慈祥、蔼然可亲之老妇，方坐藤椅中。其侧立一女仆，为握新式之水烟袋，伺候其吸烟，见志摩来，即含笑起立，此即太玄夫人侯氏，梦兰之母也。著者以后即称之曰兰母，以取简便。太玄即为二人介绍，志摩向兰母鞠躬行礼，兰母亦殷殷问陈母安健否？志摩一一对答，凡此琐称，尤为妇人家所喜道，盖不如是不足以见其亲近耳。谈有顷，太玄曰：

“室中较热，余已备座于草地，何不往坐？”

时梦兰忽翩然入，浴后新妆，芳香扑人鼻管，已易一苹果绿色之轻纱旗袍，足上革履亦去之，而易白色绣花之鞋，电炬下益觉明艳。志摩愈庄重自持，不敢作刘桢之平视。兰母曰：

“兰儿，我侪至草地憩坐，儿已命小菊备冰淇淋未？”

梦兰答曰：

“彼等早已竣事矣！”

太玄遂又先行，志摩次之，梦兰母女又次之，从回廊西行，达一草地，中置圆桌、一椅，可七八，皆藤制之。其对向又有一竹亭，上有电灯，光照草地，故不虞黑暗，四人乃挨次坐。兰母又问：

“志摩堕水受惊否？”

志摩答以曾习游泳之技，故亦不觉，虽然，若非太玄丈等舟至，亦危矣！兰母又言：

“昔日在关外之时，曾与陈母晤面数次，志摩方童年，谅已不能忆及，今为时已久，恐一旦与陈母相见，彼此不能认识矣！”

太玄闻其夫人絮絮而语，则掀髯而笑。梦兰则仰视天上星斗，状殊闲适。斯时小婢以朱漆小盘托玻璃杯至，一一放于圆桌之上。此小婢即兰母口中所谓之小菊也，自幼即被其父母鬻身于薛家，颇伶慧，能博主人欢，今年可十五六，梦兰殊爱之，常教其读书写字，都能领悟，故长伴梦兰身侧也。既又有一女仆持冰淇淋一桶至，梦兰乃起而盛冰淇淋于杯中，先敬志摩，后奉父母及已。志摩尝之，不但香甜可口，且清凉入骨焉。太玄复询其在校之课程，志摩略举以对，始知志摩在弘道大学化学科肄业，彼因中国科学程度幼稚，远不及泰西，故发愤致力于是。明夏，即可毕业，或将渡大西洋留学于德意志也。且陈述该校教师之得人，课程之精良，校舍之宽洁，设备之周全，规模之宏大，同学之众多，足为海上各校之冠军。太玄见志摩谈吐俊爽，彬彬一学者，深为亡友喜陈氏有子矣！志摩亦询梦兰世妹今在何处修业，梦兰则言：

“生平喜研究文学与绘事，曩读于苏州景海女学，今夏已毕业，下学期之行止尚未定也。”

谈笑间，晚膳已具，太玄即请志摩同至餐室，共进食。薛氏在此，眷属不多，老夫妇及爱女而外，只有一中年之女戚，至长子卜熊在杭创设医院，一对小夫妇在外组织新家庭，暇时或回里一候双亲平安而已，墅中男女仆人则甚多也。是晚，太玄坚邀志摩下榻于此，别启精美之客室以居。志摩见老人情意殷挚，不可却，乃谢而允焉。其在无锡饭店之行箧，则由太玄遣健仆持名刺往取，且付旅资，免逆旅主人惊讶客之失踪也。

黄昏时，太玄意兴甚高，复与志摩畅谈，试叩以学术。志摩答如流，足见边孝先腹笥便便，非好学深思者曷克臻此？若以一知半解者流当此，不堪当老人数问，即弃甲曳兵而走，遁辞知其所穷矣！直至夜深，始各安寝。志摩初未遇此境界，故一枕甜然，如入乐园也。

次日，天气稍觉阴凉，阳乌匿影，炎威不施，志摩晨起盥栉毕，即往见太玄，与太玄同进早餐。太玄向之温语曰：

“子所委之题序，明日老夫有暇，当可握管。子为我亡友之后，与我家有葭莩谊，非外人可比。余老矣，得见故人之子，俊逸可喜，他日必非池中物，余心颇慰。暑期朊事，此间地方清静，子盍多留数日？若恐堂上盼念，可先投一家函禀白之，以免倚闾之思。子以为何如？”

志摩早失所怙，兹闻老人慈祥之言，大为感动。即曰：

“唯唯，侄愿居此，时向仁丈请教益，得聆清诲，岂不愈于家居？况此地凉爽，风景清幽，诚绝妙逭暑所在，固侄求之而不得者。又蒙仁丈诸多优渥，不以外人相待，使侄愧且感矣！”

于是志摩遵太玄之意，即留居别墅中。太玄夫妇颇优待之，太玄喜饮酒、吟诗、弈棋，此三者为老人唯一消遣之物。志摩虽对于诗词一道，未尝三折肱，然作五绝，亦俊新无俗气。太玄为之讲解唐宋诗学且出其爱女梦兰所作，志摩读之，叹为咏絮才调，不可多得，今之女相如也。梦兰性微骄矜，孤芳自负，其性情绝类乃父，见人亦无娇羞态，落落大方，与志摩谈学校中事与时局问题，旁及音乐电影等等，所言颇能默契。盖二人年相若，道相似，自如水乳之易交孳耳。

一日下午，志摩以请求太玄所作之题序，业已蒇事，遂就写了台前草一书，夹入太玄大著，付之邮筒，俾社中早日付梓，彼所作之《科学救国论》第一、二章亦已脱稿，同日寄去，就摇椅中假寐片刻，不见太玄莅临，盖每日下午，老人必来清谈一小时也。志摩乃整衣而出，询之下人，方知太玄有事赴城中，须明日归来矣。一人独居无聊，梦兰亦崇朝未见，疑随父同出矣。遂信步园圃中，听蝉声正喧，因念斗酒双柑听黄鹂，古人何其闲情逸致也。今我听蝉声，有以异乎？忽又闻叮咚之声，自西边传来。噫！此钢琴声也，泠泠然，靡靡然，墅中人舍梦兰外谁能奏此者？遂循声而往，由小荔径曲折行，穿出竹林，见绿窗之内，一女郎衣淡红轻纱，昳丽若仙，方坐窗侧，纤纤玉手按弄批霞娜，音调悠扬而婉转，忽焉纵纵琤琤，金铁皆鸣，则变徵之音矣。伊何人？非梦兰而谁欤？此为梦兰之书室，在别墅中西南隅，足迹不到，故颇僻静。

梦兰曩在女校，喜习钢琴，曾由琴科卒业，今日以昼长如年，借此遣怀，不意一曲琴声引得佳客循声而来也。时志摩悄立竹林中，不敢惊动伊人，招孟浪之咎，细聆琴声，则为世界有名之《月光曲》也，不觉技痒。盖志摩于此道亦非门外汉，雅擅操梵婀玲，为弘道弦乐队中之健将，是以颇有高山流水之感，侧耳静听，神为之往。《月光曲》将终时，梦兰偶一回首，于绿纱窗中瞥见窗外十余步翠竹之后，伫立若木偶者志摩也，即旋其娇躯，起立而至户边，启绿纱之门，与志摩点头为礼，肃之入。志摩欲遁不可，则亦颔首曰：

“世妹安乎？琴声曼妙，使余闻声而至，甚佩世妹之高技也。”

梦兰微笑曰：

“不敢，恶劣之音，恐污尊耳，盍入室少坐?”

志摩乃随梦兰步入，见书室中皆白漆器具，触处皆洁。批霞娜之上置一意大利石刻裸女模型，玉腕枕首，微侧其臀，棠睡方酣，栩栩如生。其旁一雨过天青之古瓷花瓶，中插鲜红之花数朵，作圆筒式，衬以尖细之绿叶，不知何名。顾名花与玉人相对，雅绝艳绝。琴前一六角式之白漆高凳，上铺汽垫，为梦兰坐而奏琴者，正面悬一梦兰之放大玉照，拈花微笑，美目流盼，若将翩然而下焉。壁上又有一图，图中绘绿杨数株，飘拂江上，远山如数点青螺，一小舟泊江畔，渔翁坐舟首，持竿垂钓，颇有诗意，用笔亦细佳，配以红木镜框，上题《春江垂钓》四字，再视题名则赫然梦兰也。志摩指之曰：

“此即世妹所绘者欤？传神阿堵，不愧为一女画师，难能可贵。”

梦兰陡闻溢美之言，芳颜不觉微赧，即答曰：

“涂鸦耳！悬之壁上，亦敝帚自珍之意。乃蒙志摩兄过誉，不亦令人愧汗耶？”

志摩曰：

“否！我言并未妄誉，此世妹之谦抑耳！”

梦兰又嫣然浅笑，乃请志摩坐于圆椅中，己则伴坐其侧，又微笑曰：

“此间静寂，与海上迥不相侔，余侪居于此，久觉清静，已惯不闻车轮马足之声，志摩兄将笑余侪为离群独居矣！庄周云，逃空虚者，闻人足音跫然而喜。故世兄之来，老父颇欢迎也。”

志摩笑曰：

“此间离城市不远，而风景绝佳，诚避暑福地。余视世妹等视天上神仙矣，乃谓逃空虚耶？”

梦兰亦自觉其言之过甚，又哑然失笑。志摩瞥睹室隅悬一梵婀玲，遂指而问曰：

“世妹又擅此技乎？”

梦兰曰：

“虽喜弄而未精也，此系老父新为余购得者。”

志摩又曰：

“适聆世妹所奏之《月光曲》，已登堂入室，令人钦佩。”

梦兰曰：

“末技乌足称道，志摩兄亦擅此乎？”

志摩曰：

“梵婀玲尚能一奏，钢琴非所能也。”

梦兰喜曰：

“知音难得，请世兄操梵婀玲，与余合奏《月光》一曲，可乎？”

志摩笑曰：

“诺。雅意不可负也，惜技劣奏乐于伶伦之室，得毋贻笑大方。”

梦兰螓首微俯，以足尖点地曰：

“何必多谦？余不惯作此等语。过谦则伪，窃为世兄所不取也。”

志摩曰：

“善，过谦则伪，余今后当不再作谦逊语。非然者，世妹将目余为伪君子矣！”

遂立起至室隅，取梵婀玲，并取乐谱架，趋琴侧而张之。梦兰至琴畔，别出曲谱授志摩，志摩先拨弦铮铮作响。梦兰展柔荑按琴，与之相和，彼此手挥目送，重奏一曲，音调和谐，如闻仙乐。窗外鸣蜩亦止其喧声矣。奏罢，二人相视而笑，莫逆于心，则彼此技艺相敌，如铢两悉称也。志摩兴至独奏《海波》一曲，雄壮凄厉，兼而有之。曲终时，置梵婀玲于沙发中，以素巾微拭额汗，向梦兰笑曰：

“何如余今不作自谦语矣！”

梦兰曰：

“兄之技术，实凌驾余上，闻君一奏，三月不知肉味……”

梦兰之言未讫，志摩即摇手止之曰：

“世妹，过谦则伪，欲人不谦，今反又自蹈覆辙，殆明于责人而昧于责己欤？”

梦兰一笑无言，离座起立，自桌上取羽扇频挥，美目斜盼，状至曼妙。斯时雏婢小菊悄然启绿纱门而入，笑曰：

“怪道梵婀玲与批霞娜声同奏，陈公子乃在是间。”

志摩睨之微笑。梦兰曰：

“小菊，汝殆闻声而来耶？”

小菊曰：

“太夫人命婢子来询兰小姐欲进晚点否？”

梦兰曰：

“何物？”

小菊曰：

“百合汤耳！”

梦兰曰：

“可。”

小菊遂退去。须臾，以盘盛百合汤二碗至，置圆桌上，请志摩同饮。志摩略谢，即与梦兰对坐而食。食毕，小菊又各送上热巾，二人拭面后，日影渐西，志摩即步出书室，在廊下闲步。梦兰亦出，顾谓志摩曰：

“前日余见世兄携有摄影箱，想于此道甚谙，能为我摄一影否？”

志摩不意梦兰之为是言，如奉九天纶音，立应曰：

“能不嫌技劣，敢请一试，余当去取来。”

言毕，遂匆匆行去。未几，已携照相机至，指竹林之一隅曰：

“以绿竹为背景，旁有玲珑小石，世妹可倚石而立，光线既佳，位置亦适宜也。”

梦兰如其言，至石旁侧身玉立。志摩对光竟，即摄一影。适一金铃小犬奔至，此犬全身白色，唯四爪乌黑，目光灵敏。梦兰甚爱之，呼之以阿灵，小犬即跳跃其侧，依依不去。志摩乃又请梦兰抱犬，坐廊前石阶上，为摄一影。梦兰輾然微笑，小犬则双目眈眈，正视镜箱。此犬能与梦兰同摄影，且坐玉人怀中，在登徒子视之，当羡犬有艳福，兴人不如犬之感矣。小菊见之，亦欲志摩为摄一影，志摩许可，即嘱小菊立一桐树之下，以右手把树干，左足微欹，姿态亦自然。志摩摄毕，复与梦兰立谈数语。暮色已至，乃返室去，心中颇觉恬适，亦不自知其故也。

黄昏后，志摩在庭中芭蕉树侧，独坐藤椅内，纳凉自遣，仰视天上银河，光芒直射，流萤点点，飘荡于绿树丛中，忽近忽远。冥想梦兰奏钢琴情景，觉伊人倩影常悬于脑海间，因思梦兰生长于绮罗丛中，自是一班人所谓名媛闺秀，天之骄子。但余尝目睹所谓名媛闺秀者，往往富贵气咄咄逼人，而骄奢淫逸，荡检逾闲，反不若平民化之女儿，能洁身自爱，高明之家，鬼瞰其室，珠帘绣闼间，黑幕暗罩，往往构成许多秘辛污秽之逸闻，为好事者增资料。而身犯者久亦觍然，不知廉耻为何物，犹如贪污之官吏，虽声名狼藉，千夫所指，尚尸居其位而不肯去，笑骂由他笑骂，好官我自为之，其例一也。今观梦兰言语温文，意志高洁，居此别墅中，如空谷幽兰，既芳且洁，与凡卉异，且又多才多能，洵人世间好女子，我将誉之为安琪儿，亦不为过。宜彼太玄老人爱之如掌上珍也。

志摩正自想入非非，忽闻足声，瞥见小菊自廊后走来，笑向志摩曰：

“陈公子一人在此，得不寂寞？太夫人有请入内一谈。”

志摩方苦岑寂，闻兰母相招，即起身随小菊行，步至后园紫藤棚前，有椅三四，及矮几二，错杂而置。兰母与梦兰皆在焉，志摩即趋前行礼，兰母含笑请其入座。适与梦兰相对，梦兰已易白罗衫裤，趿拖鞋，手蕉扇，作晚妆，幽香缕缕，沁人肺腑。小菊又以玻璃杯及汽水来，开瓶各倾一盏，聊以解渴。兰母谓志摩：

“今日太玄有事入城，余虑子岑寂无伴，故命小婢相邀，来此同坐。今晚东风颇大，故不觉闷势也。”

志摩曰：

“然。蒙伯母辱爱，实深感谢。”

兰母又曰：

“闻子善操梵婀玲，谅于音乐一道颇有造诣，小女亦喜沾沾于此，尚望不吝指教。”

志摩曰：

“侄尚未窥堂奥，至于梦兰世妹则已三折肱矣！”

梦兰笑曰：

“世兄又欲伪谦耶？”

志摩曰：

“否。此实语也。”

于是纵谈学校之事，不觉其言之絮絮。志摩又言明年毕业后将留学德之柏林，以期深造。梦兰曰：

“吾国学子大都喜习政治、经济，次则教育、美术等类，对于科学一道，能刻苦潜心，孜孜矻矻，以求之者，则甚鲜焉。然而吾国科学程度幼稚极点，与欧美各国相较远逊，不如望洋兴叹，即视东邻三岛亦瞠乎其后矣，余甚憾之。今世兄有此大志，前途未可限量，尚望始终不懈，克底于成，则东方之爱迪生，为民众造幸福，为国家增荣光也。”

志摩笑曰：

“余之与爱迪生，犹之蜩与莺鸠之较大鹏，岂敢望乎？世妹之言，不无过奖，令人愧赧。”

梦兰正色曰：

“不然，昔人有言，舜何人也？予何人也？有为者亦若是。第视人之自信力如何耳，安见兄之不能为爱迪生第二耶？”

志摩方欲作答，兰母曰：

“汝二人之言皆是，《易经》云，天行健，君子以自强不息。余敬以自强二字，勖汝侪，盖汝侪方如初春向阳之花，方欣欣向荣，犹如骐骥之奔前程，勇士之赴战场，非自强乌能出人头地。但行百里者半九十，为山九仞，功亏一篑，最后之五分钟须坚持之。世人往往有志而不偿者，坏在‘息’之一字，苟不息，则所谓有志者事竟成，何忧不能造就乎？观于爱迪生之终身研究科学，寒暑不辍，朝夕无间，而发明之学说与事实，亦层出不穷，可以知矣！”

志摩知兰母胸有学问，非寻常妇女，故能为此言，因谢之曰：

“闻君一席话，胜读十年书。今晚得聆伯母金玉良言，余当拳拳服膺而弗失之矣。”

时小菊忽捧一西瓜至，先以清水拭净，然后取银刀剖之，则三白蝴蝶子也。复取银叉与匙置三人前曰：

“请尝此瓜，瓜味当甘。”

于是兰母又请志摩一同食瓜，入口果松脆而甜，津津然如饮琼浆。兰母曰：

“此瓜乃虞山所产，我家农工王大，每当夏日，辄以舟载瓜来，无不甘美者。今年王大适有病迟迟至，昨日始命其子摇舟送至。余已盼望多时，谓不得尝王大之瓜，虽冰淇淋不能解渴也。余喜啖瓜，胜于冰淇淋及汽水，吾女亦然，以为瓜味之得天然美也。”

志摩曰：

“今日得尝此瓜，口福不浅，若在海上，焉得有此？”

遂纵谈西瓜之事，以及于他。久之，闻钟鸣十一下，凉露下降，暑气全消，兰母觉我倦欲眠，频打呵欠。志摩乃扶兰母上阶，然后道晚安而去。偶回首，则见梦兰正倚廊柱，横波微顾其去，见志摩回头，似又觉察，急回其面，适一流萤飞扑其顶，梦兰即以手中蕉扇掠之，萤堕扇上，乃授小菊，命送与志摩曰：

“此亮晶晶者为兄导路也。”

志摩谢而接之。及归己室，偶一摆动，萤又飞去，灯下细视扇上，以银色写“梦兰拂暑”四字，仿何绍基体，甚觉妩媚而有力，梦兰手笔也。扇柄以象牙骨制之，雕有山水人物颇工，小小一扇，乃珍藏于枕畔，诗云：匪汝之为美，美人之贻。读者于此，当窃笑志摩之痴矣。

次日，小桃源室中又闻志摩之笑语声矣。小桃源室者，即梦兰之书室也，盖志摩昨日曾代梦兰摄二影，即遣薛家下人至城中照相馆购办冲洗之药水，以及照相纸等各物，夜间志摩已洗出，上午复于日光中晒之。倩影毕露，惟妙惟肖，乃亲呈于梦兰。小菊一影亦清楚可观，小菊得之，跳跃大乐，往持与兰母观。梦兰得照，向志摩笑谢，且誉其功夫之深。志摩又与以河边所摄之风景照一帧，饶有画意。梦兰喜曰：

“志摩兄所摄之影，如画师绘事，取材俱佳，加以光线平均，一一适合，神乎技矣！他日余将重请兄摄数影，盖余颇喜摄影也。”

志摩曰：

“可。”

时小菊忽来，谓：

“太夫人见照，赞许不已，遣婢子来请陈公子往代太夫人摄一影。”

志摩曰：

“甚佳，请汝家太夫人稍待。”

即谓梦兰曰：

“余取摄影机去。此机用硬片尤宜，幸昨晚已添购矣。”

遂出室去，取得摄影之机，行至兰母内室前，则太玄已归自城中。梦兰亦侍立母侧，志摩趋前谒见毕，略叙数语，先为兰母独摄一影，又请梦兰侍从双亲，又摄一影。梦兰曰：

“志摩兄为人作嫁，亦欲自留庐山真面目耶？”

志摩颔之，即向一罗汉松前配准光线与距离，以手招梦兰曰：

“请世妹为我一按机捩可也。”

梦兰微笑，走至志摩近身，接机在手，志摩遂趋罗汉松边，两手背后而立，微露笑容，作向人欢迎状。梦兰即用纤手一握，曰：

“可矣！”

遂以机还归志摩，笑曰：

“余亦将学摄影术矣！”

太玄即邀志摩至其书室，瀹茗清谈，既又一局围棋。不觉天色之已晚也。

光阴之为物，视各人之环境而认为迟速不同，发昼长无事，独坐斗室，似觉百无聊赖，暮色胡不将临。若在游山玩水之人视之，则胜游难，再转瞬而日影已西，恨时光之不我留矣。又如狱中之囚，则其视光阴也为天下最迟之物，而在新婚之人，则春宵一刻值千金，宝贝非常，且古人有贱尺璧而重寸阴者，有挥鲁阳之戈者，以著者言之，光阴如常也，愿在人之有以善用之消遣之耳，爱惜与浪费，本无一定也。

志摩来居墅中，倏已逾旬，然因所处之环境，足以使其胸襟畅快，心灵安慰，故不觉也。一日晨起，往候太玄于书室中，太玄方操觚染翰，书楹联一副，用放翁“烛映一池墨，风飘半篆香”诗句。梦兰衣淡黄软绸旗袍，姗姗而来，右臂御一翠镯，色深绿，而光泽与玉腕相映，更觉其美，遂同坐谈。谈及国事之日坏，外侮之孔亟，梦兰尤多愤激之语。老人拈髯叹曰：

“梦兰，汝殆为漆室女乎？世变方剧，不知伊于胡底，余虽欲为陶渊明，窃恐未能也。”

志摩方欲发言，忽闻室外革履之声橐橐，一少年衣西装，自外步入。左手持一烬余之雪茄，烟气缕缕，绕其指端，而无名指上一灿烂之钻戒，亦晶莹发光，射入人之眼帘，右手去其头上所戴之巴拿马白帽，向老人鞠躬致敬，既又向梦兰微笑行礼曰：

“密司薛，近日佳况如何？厥状甚媚。”

继又回顾及志摩，则微点其首，若甚讶此不相识之客何从而来者。太玄即介绍志摩与少年相见，曰：

“此同里徐子博文也。渠父志达，为本邑银行界巨子，与余家为世交。”

太玄又略告博文以志摩之家世，相与同坐，下人献茶毕，太玄又问：

“日来子仆仆沪锡，所事想已就绪矣。”

博文曰：

“然。幸未辱吾父之命暨众人之雅望，诸事均已接洽妥当，今将于下月开幕，尚乞世伯见教。盖侄所膺者为会计部主任，初众皆属意侄就副行长之职，但自问年齿尚轻，经验薄弱，驽骀之材，不堪胜任，故坚辞去也。”

言时微笑，以目睨梦兰，若有骄色。梦兰曰：

“资本家长袖善舞，诚能克绍箕裘，此后海上交易所中，君之足迹更频繁矣。”

博文曰：

“世妹常称余为资本家，誉我乎，笑我乎？以余家之资产，他人似以为富有，其实若与美国之煤油大王等相较，则小巫之见大巫，相去远矣。余雅不愿受此‘资本家’三字之头衔，在今日之中国求足当此三字者，能有若干人，而世妹屡以此相呼，何也？”

言讫，纵声而笑。梦兰曰：

“君已为银行界闻人，称以资本家，谁曰不宜？”

博文又曰：

“世妹又以闻人称我矣，世妹慧舌，以余之钝，固不足以当折冲也。”

言已，状殊自得，双目睥睨及于志摩之面。志摩觉其人满身如有金银气，虽非大腹贾，而形色可憎，与之道不同不相为谋，遂亦缄口无言。博文则又谈银行开幕之事，时言财部某要人与己素稔，盐署某要人与其父为知交，海上某富商为其父之谱兄，若一一夸示于人者。太玄父女则微笑，虚与委蛇。博文方口若悬河、高谈阔论之际，忽一仆人匆匆行入，则博文之下人也，手持名刺，一言海上某银行行长特来拜访，请小主人款接。博文曰：

“请客稍坐，余当即来。”

仆人乃先去，博文谓太玄曰：

“家父适有事在宁，宾客枉顾频繁，余不能不酬酢也。少间，当再来。”

太玄微笑作隽语曰：

“席不暇暖，子之谓矣。至我侪则如闲云野鹤，与贤乔梓不可同日而语矣。”

博文曰：

“世丈清福，本非庸人所可几及也。”

即从架上取帽向三人告辞而去。太玄俟其行后，乃谓志摩：

“彼徐氏父子亦筑有别墅在此小明月河之东，相距不过二三百步耳！徐翁为此间富绅，在银钱业中颇有势力。博文曾在中学毕业后即入银行界，今方创设一安平银行于海上，其人有亿中才，故交易所中年有盈余。徐翁益信任之，以谓其能，故以巨资畀之经营也。彼暇时常来墅中闲谈，亦尝一度从余学诗，但性喜浮华，于此道不近，故无所成而中止耳。”

志摩曰：

“人各有其才能，固不可强也。”

梦兰亦笑曰：

“吾故称之曰资本家，彼明明为资本家，而辄不愿当此头衔，何也?”

志摩与太玄闻言微笑，太玄因谈太史公所著《货殖列传》，二人端坐静听。太玄谈竟，曰：

“余固不欲为陶朱公也，阿堵物本非能为一人之私有，德不及则祸且不旋踵而生，古人积金于库，愚耳！象有齿自焚其身，余雅不欲如韩信将兵多多益善也。”

志摩闻太玄言，益佩老人之淡泊，但自著者言之，老人之生活固已优游自得，自不必学贪夫之殉财矣。

七夕之前三日，志摩以家中有事，乃别太玄夫妇及梦兰，束装返沪，期以三日后重来是间。兰母馈赠礼物多件，且请志摩代候堂上，并言，陈母若能偕来小住尤佳。

志摩去后，七夕之晨，坐早车来钱，携带甚夥。有先施永安各种罐头食物及水蜜桃等，敬赠予太玄夫妇，又有家藏陈鼻烟两瓶，及以玛瑙制之鼻烟壶一，上有翡翠小盖，名贵非常，为志摩亡父之遗物。因知太喜吸鼻烟，故特取来敬奉与老人，又以新购之法国油画一帧，贵重衣料数件，赠予梦兰，梦兰却之不可，乃谢而受之。此法国油画乃名家所绘，价值六七十金，志摩因前日闻梦兰欲购油画，故以此投其所好，而梦兰芳心亦颇感谢也。志摩又向兰母言，家母因事不能来拜访，异日请太玄夫妇及梦兰至海上一游，以叙契阔。兰母笑允之，嘱志摩稍憩。

下午，志摩欲与梦兰驾舟一游五里湖，请命于太玄，太玄许可，谓彼亦愿奉陪，但以有客将至，不能去矣。梦兰易一新制之白色纱衫，上有镂空花纹，内衬长马甲，颈际悬带结之，手摇白羽扇，足踏革履，益增艳丽。志摩亦易新制西装，紫色之领带，映出少年之美，携照相机及手杖，相将至河滨。舟子春泉已撑篙而待，二人既下舟，并坐舟舱中，桌上有汽水数瓶，及瓜子、雪藕各一碟，为梦兰柔嘱春泉巡置者，遂先开汽水，倾入玻璃杯中，饮而解渴。小舟向五里湖驶去，帆影波光，风景殊佳。志摩乃取照相机摄风景数帧，又为梦兰摄一影，则小舟傍岸而泊，绿柳飘拂舱顶，梦兰坐于舟首，以一手支其身，曲其左膝，作欹坐状。摄后又登岸，至近处一探名胜，并游法严寺，寺僧殷勤款接。迨钟鸣五时，乃鼓棹而归，二人喁喁谈求学之事，志摩力言弘道大学课程之整齐，教授之高明，且言文学大家钱某、章某都在其中，意欲梦兰下学期亦入该校肄业。梦兰本欲进南京金陵女子大学而未决，闻志摩语，不觉心动，乃言得问即当询之阿父，以定方针。志摩曰：

“甚佳，我校距第二次考试之期尚有三星期，世妹大可从容熟商也，但余在其中读有多年，自信所言非妄耳。”

梦兰笑曰：

“若入此校，世兄可为他山之助，余甚望此愿能实现也。”

谈有间，渐至曩日志摩泅水下沉之处。志摩笑谓梦兰：

“彼时若非世妹见而拯救，此身早已不在人世矣！”

颇露感激之意。忽闻岸上鸾铃声，一少年坐白马，控辔疾驰而来近，视之乃徐博文也。博文亦窥见二人，即纵马至河边，一跃而下，以马鞭招之曰：

“密司薛，雅兴抑何高耶？”

春泉见博文，亦以舟拢岸，二人乃从舱中走出，笑问：

“徐君何来？”

博文曰：

“今晨余有要事赴城，麻烦之至，今方归休，未若密司薛及陈君之逍遥乎河之上也，从鼋头渚归来乎？如此清游，令人羡煞！”

博文言时，以马鞭频挥，额汗涔涔下，双目紧视志摩，如有怒焰。既又转顾梦兰，则作鸬鹚笑，其状殊不耐。梦兰曰：

“余等仅游五里湖之一隅，以陈世兄新至此间，当陪一游也。君能者多劳，何言麻烦耶？”

博文低首如沉思，既又言曰：

“明日下午余有暇时，拟请密司薛及陈君至寒舍小叙，何如？”

梦兰微颔其首。志摩曰：

“得暇当造府拜访，并聆教益。”

博文曰：

“幸甚，荣甚！明日请勿爽约也。”

言毕，即向二人道晚安，上马加鞭而去。二人遂立舟头，观眺野景。梦兰状殊不怿，曰：

“今日之游甚乐，然不期而遇彼资本家，遂有明日之约，然余殊不愿赴此等无谓之叙宴也。”

志摩闻言默然。未几而舟抵别墅门前矣。

是日之夜，志摩方在灯下撰一稿，寄社中备刊登者，小菊又含笑至，谓：

“太玄夫妇在后园乘凉，请陈公子去小坐。”

志摩停笔曰：

“即来。”

遂将其稿纸折叠一边，以玉狮压之，起身行至后园，见太玄夫妇与梦兰同坐于草地中，圆桌上杂陈瓜果无数。志摩道晚安后坐定，太玄即曰：

“五里湖之游乐乎？”

志摩曰：

“风景甚佳，蒙世妹为伴，更觉感谢，此间乐不思蜀矣！”

梦兰闻言，嫣然一笑，以洋苹果一枚已削去皮者，授予志摩。志摩谢而受之，入口即啖。盖志摩居此，已有一月，太玄夫妇殊和蔼，颇优礼之，而梦兰亦温文可亲，日久渐稔，不如初见面之拘谨矣。兰母曰：

“今日为旧历七夕佳期，玉露初下，银汉横斜，天气亦较凉爽，古称牛郎织女上会于银河，灵鹊填桥，世人亦有乞巧之举。今观天上二星殊光辉，年年一度，果有其事，则天孙今夕之乐乐未央矣。”

言终微笑。志摩曰：

“侄以科学眼光视之，则二星之行，适于此时接近，世人故作神话耳。”

太玄笑曰：

“虽为神话，亦音乐事也。一年中不可无佳节，俾人生及时行乐，精神上之安慰，吾子其亦以为然乎？”

志摩曰：

“然。平添诗人不少资料。”

梦兰曰：

“余甚爱唐人《秋夕》一诗，虽曰宫中秋怨，然亦可言小儿女闲坐纳凉一种清冷之景，杜牧固未尝自注也。”

因曼声而吟曰：

银烛秋光冷画屏，轻罗小扇扑流萤。
天阶夜色凉如水，坐看牵牛织女星。

志摩闻梦兰恬吟，其声曼妙，如出谷乳莺，弄其清吭，不觉悠然神往。太玄乃曰：

“汝言亦未尝不是，但首句银烛秋光冷画屏之冷字，足见宫中寂寞之状耳。”

梦兰曰：

“安见必指宫中耶?”

太玄微笑。兰母曰：

“尝忆少时每逢七夕，陈瓜乞巧，其兴弥高。今乃大减，亦受改历之影响也。此后七夕两字，恐将成过去之名词矣!”

志摩忽应曰：

“然。顷从无线电接得银河新消息，知牛郎、织女亦已一跃而为新人物矣!”

梦兰曰：

“世兄殆作滑稽语耶？愿闻其详。”

志摩侃侃而言曰：

“每年七夕，牛郎、织女相会于天河之旁，灵鹊填桥，传为佳话。但近年灵鹊觉悟，不甘再受压迫、为人利用，故于前数日曾有一次大会议，到会之鹊，约有十万余。议决一致大罢工，如有甘心媚外、私行飞向天河填桥者，一经觉察，即不承认为同类，并须禁闭木笼，以示惩戒。此其一。”

太玄笑曰：

“罢工罢工之声浪，传遍国内，皆因经济之故，农工利益被剥夺，而受资本家之榨轧耳，灵鹊填桥，造就他人佳事，岂亦被压迫耶?”

志摩又曰：

“七夕之夜，牛郎徘徊于天河南岸，怅望秋水，不见伊人，无鹊填桥，恐有负佳期，徒劳相思也。顷之，织女坐水面飞行机至，牛郎不禁诧愕。盖见织女一头云发，早已截去，效下界电影明星杨耐梅装，衣蝉翼轻纱之旗袍，穿白色革履，仙乎仙乎，宛然西方美人儿矣！牛郎则戴笠穿犊鼻裈如故，织女即谓牛郎曰：‘若如此顽固不化，何堪与我为配?须知今年之织女，非复昔日可比矣。余自随西方爱神维纳斯游，得种种新学说，因截发易装，常跳舞于大西洋，演讲于莫斯科。今兹归来，将联络天上仙界诸姊妹，一致起而革命，提倡女权，打倒不平等制度，以与男子对抗。君豚尾垂垂，犹是乡曲，已为时代落伍者，归去种田可也。吾闻女子结婚、离婚自由，今将与君离婚矣！’牛郎惊曰：‘卿平昔温文守礼，恶乎出此言哉？我等爱情亘古不变，何忽有离婚之提议？腾笑世界，贻羞双星。’织女曰：‘否否，离婚为极光明之事，何畏物议?’佛然欲去，牛郎执其袖哀之。适有月下老人渡河，问悉其事，老人叹曰：‘吾强欲以赤绳系男女之足，使外无旷夫，内无怨女，自结婚自由、离婚自由之说兴，而吾道穷矣！然世之离婚者，其中含有无量数之哀史惨剧，余此去拟发明一爱情镜，以挽回此浩劫。久闻双星为神仙眷属，年年一度爱好如常，为下界男女所爱慕，奈何亦有离婚之不祥消息，若织女而嫌牛郎守旧，则不妨待老朽叫其一新面目，何致决裂乎?’织女遂不语。老人顾之曰：‘请少待，余当挈牛郎去，当还汝一好郎君也。’此其二。”

梦兰笑曰：

“世兄未免唐突织女矣，织女为天上神仙，岂愿效世人之所为耶?况双星爱情高洁，何致有离婚之举？此消息不确。”

言毕，又哧哧而笑。兰母曰：

“姑妄言之，姑妄听之。燕书郢说，足为消夏之助，况有月下老人出而调停，不致成事实也。请续言之。”

志摩亦笑曰：

“若实行者，今夕双星不明矣！余当继续报告。牛郎既随老人去，老人曰：‘子欲免离婚之事，速从吾言，不则休矣！’牛郎唯唯，老人遂为剪去发辫，梳刷一新，更易西装，穿革履，架金镜，挟手杖，且以新学说一卷，摩登要览二册授之，牛郎究是神仙，一目十行，展卷一览，尽知个中三昧矣。于是偕至天河，织女正无聊，见牛郎前后竟如两人，俊美飘逸，不愧时髦少年，遂趋而与之握手，并谢月下老人指导之功、调解之德，不复萌离婚之念矣！此其三。”

太玄正嚼雪藕，闻志摩之言，即曰：

“佳哉牛郎！不愧为识时务之俊彦也。”

兰母亦曰：

“月下老人之功德亦复不浅，然今日者世间男女离婚之事至夥，恐彼老人亦无法调停矣！赤绳系足，不亦繁乎？”

梦兰笑曰：

“月下老人已为时代落伍者，维纳斯已代之而兴矣！”

志摩复曰：

“双星既已和谐，织女遂挽牛郎之臂，双双同至南天门露天演讲，在新文化宣传，织女大讲妇女运动之重要，征求同志，听者甚众。当场签字入会愿意合作者，有天女、麻姑、嫦娥、阿香神女、龙女、许飞琼、董双娵、上元夫人等诸仙，复被王灵官率天神、天将用武力解散之，并鞭伤麻姑。现闻织女等群至月宫，开后援会，大发传单，将有大规模之游行，向玉皇请愿也。此其四。”

志摩言至是，稍顿，既又曰：

“以上诸消息，从瞎三话四无线电台传送来者，欲知真假虚实，下文如何，请亲自至天河探访可也。余固非滑稽小说家，能为之续耳。”

时天空适有一流星飞过，自东徂西。梦兰笑曰：

“此流星得勿为南天门前之击落者乎？”

志摩笑曰：

“未得无线电报告，尚不敢言。”

志摩言毕，众人皆为之解颐。小菊傍梦兰而立，亦咯咯笑言：

“陈公子有如许玲珑心思，如闻《新镜花缘》也。”

志摩曰：

“小菊，汝亦读过《镜花缘》耶？”

小菊笑而不答，低首弄襟。梦兰曰：

“小菊能识字，尤喜阅小说，常背人偷读。余教之习字，亦能书写。”

志摩曰：

“康成诗婢不足专美于前矣！”

太玄亦掀髯微笑，闲谈久之，冷露已下，遂各道晚安而归寝。时彼天上双星，尚照耀于银河之旁，似一对情侣喁喁而诉相思之苦也。

明日上午，志摩至太玄书室，方有客在，不欲惊扰，乃造小桃源室。见梦兰方立画架前绘一油画，豆棚瓜架，绿荫如幄，才及其半，见志摩至，则掷笔笑迎曰：

“世兄前日嘱余为绘消夏图，迟迟至今，尚未告成，得勿笑我慵懒耶？”

志摩曰：

“甚感世妹之雅意，迟早终蒙见赐，勿急急也。”

梦兰乃伴志摩坐于窗前，开留声机以娱耳。志摩忽问曰：

“昨日徐氏子相邀，此约亦将践之否？”

梦兰曰：

“余殊不欲多此一行，彼资本家目中皆金钱，诚难与之周旋。”

志摩曰：

“亦不尽然，目中未尝无他物……”

梦兰急询曰：

“何物耶？”

志摩骤觉其语之失检，遂转语曰：

“大凡富贵之子，嗜好甚多，象犀珠玉怪珍之物，皆在其目中也。”

梦兰始无语。志摩亦不再请，彼固无意填宴，梦兰如不去，则亦可省却一番无谓之酬酢耳！

午餐后，太玄与客赴城去，志摩又至梦兰书室，观梦兰作画。小菊忽持紫色信笺至，谓：

“徐家送来者。”

梦兰与志摩同视之，则请函也。邀二人即往，万勿推却。志摩曰：

“彼既已预备，我侪不可失约，愿与世妹一行何如？”

梦兰曰：

“可。”

即起身往内室易衣去。志摩坐候久之，始闻革履声，梦兰推门而入，香气四溢，如凌波仙子，翩然来临。身衣紫色乔其纱之旗袍，下有蓝色珠盘之波纹，如云如浪，其光绽照，耀眼生缬。足踏银色革履，皓腕上系一白金手表，清丽无伦。顾谓志摩曰：

“余已告之阿母，可行矣！”

志摩点首，亦取冠携杖，与梦兰并肩而出。行过廊下，忽闻背后娇声唤曰：

“兰小姐美哉！到何处去？”

志摩回顾，则架上鹦鹉唤声也。志摩不觉笑曰：

“兰小姐美哉！鹦鹉亦知之矣。”

梦兰微笑，盖亦自觉其美也。

图书在版编目(CIP)数据

情波·茉莉花/顾明道著. —北京:中国文史出版社,2018.5

(民国通俗小说典藏文库·顾明道卷)

ISBN 978-7-5034-9964-7

Ⅰ. ①情… Ⅱ. ①顾… Ⅲ. ①短篇小说-小说集-中国-现代 Ⅳ. ①I246.7

中国版本图书馆 CIP 数据核字(2018)第 010104 号

点　　校:清寒树　旷　野
责任编辑:薛媛媛

出版发行:中国文史出版社
网　　址:http://www.chinawenshi.net
社　　址:北京市西城区太平桥大街 23 号　邮编:100811
电　　话:010-66173572　66168268　66192736(发行部)
传　　真:010-66192703
印　　装:廊坊市海涛印刷有限公司
经　　销:全国新华书店
开　　本:720×1020　1/16
印　　张:26.5　　字数:377 千字
版　　次:2018 年 5 月第 1 版
印　　次:2018 年 5 月第 1 次印刷
定　　价:78.00 元